クラシックシリーズ 11

千里眼 ブラッドタイプ 完全版

松岡圭祐

角川文庫 15727

目次

「B型は撃たれやすいから前か」防衛大臣の迷言、米軍関係者は失笑（東日本新聞）

陸上自衛隊と米海兵隊が、離島侵攻を想定し合同訓練をおこなっている米西海岸の施設を訪れた日高晃彦《ひだかあきひこ》防衛大臣（61）は、海兵隊員がブーツに血液型を書きこんでいるのを見て「血液型による性格の違いを部隊の編制においても考慮しているとは、じつにアメリカらしい」という珍妙なコメントを発し、記者会見場は一時水を打ったような静寂に包まれた。

現地記者の報告によると、日高大臣はこの日、米カリフォルニア州キャンプ・ペンドルトンで陸自西部方面普通科連隊（佐世保《させぼ》市）の一個普通科中隊一二七人が、米海兵隊から離島への上陸方法の指導を受けるようすを視察。訓練前の装備点検時に、海兵隊員らがそれぞれの血液型をブーツに油性ペンで書きこむのを見て、血液型性格分類が部隊編制の一要素となっていると勘違いしたらしい。

日高大臣はその際、偶然B型の隊員が多く先遣隊に加わっているのを見て「B型は目立ちたがりで衝動的に行動するから、斬りこみ隊長には向いているのだろう。半面、撃たれやすいから本隊とは遠ざけられているようだ。本隊には服従タイプのA型が多く、士官は一心不乱に突き進むO型を採用しているらしい」などと血液型性格判断にまつわる自説を展開、記者一同を啞然《あぜん》とさせた。

米海兵隊広報フレデリック・デイトン中尉の話――お判りと思うが、海兵隊員のブーツに血液型を記載するのは戦闘で負傷し、輸血が必要になった時のために各自が自発的におこなっているものだ。軍の指導ではないし、血液型で性格が変わるなどという学説は聞いたことがない。

CNNなど海外ニュースが取り沙汰《ざた》――日高防衛大臣の血液型発言（東日本新聞）

ロイター発共同によると、日高晃彦防衛大臣の「血液型性格判断による部隊編制」発言は世界各国で報じられ、波紋を呼んでいる。

CNNは午後七時のニュースのトップでこの問題を取りあげ「日本の防衛大臣は占星術と大差のない迷信を、軍の部隊編制に持ちこむことを当然と考えているようだ」とコメント。第二次世界大戦時、独アドルフ・ヒトラーが占いに凝っていたことを引き合いにだし「現実的であるべき軍の指揮官がオカルティズムに傾倒することは好ましくない」と批判している。

英ロンドン・タイムズも一面の紙面で「われわれ英国人には馴染《なじ》みのない血液型で性格が分かれるという説は、日本では非常にポピュラーなものであり、こうした非科学的な迷信が政治家にまで広まっていることは、自動車など優れた工業製品を生みだす先進的国家としての近代日本のイメージと嚙《か》み合わない」と戸惑いを表している。

血液型が性格に影響を与えているという説は、欧米ではフランスで一時的に流布したにとどまり、それ以外の国では普及していない。日本と同じく血液型性格判断が大衆に受けいれられている韓国および台湾では、日高大臣の発言は事実関係が報じられてはいるが、論評はおこなわれていない。

東京赤十字会医科大病院・長田《ながた》広益《ひろます》医師の話——血液型性格判断は科学的根拠もなく、医学界ではナンセンスな理論とされている。これほどまでに普及しているのは日本だけで、諸外国では一笑に付されることだろう。

「問題発言とは思っていない」日高防衛大臣の発言がさらなる波紋を——防衛省定例記者会見の席で（東日本新聞）

昨日帰国した日高晃彦防衛大臣は定例記者会見の席上、一連の血液型発言をめぐる内外の反応について記者からの質問を受け「科学的な裏づけは知らないが（発言に）問題があったとは思っていない」と自説を曲げない姿勢をしめした。

会見の席で日高大臣は「与党でもA型は派閥のリーダーになりたがらないし、敵味方をはっきりと区別するO型は派閥を動かないと感じることがある。B型は唐突に癇癪《かんしゃく》を起こすきらいがあり、野党に多い。誰でも否定しきれないと感じる側面があるのでは」と、あくまで大臣自身の感覚によってそうとらえているという面を強調しながらも、発言を撤回する意志はないことを明確にした。

尾畑恵一《おばたけいいち》内閣総理大臣の話――（血液型性格判断を）自衛隊の編制など実務に持ちこむようなら問題だが、大臣は一般的な雑談としてその話題に触れただけであり、問題はないのではないか。勘違いに端を発しているとはいえ、責められるほどのことでもないと思う。

社説――消えない血液型性格ブーム　その根源はどこに（東日本新聞）

血液型で性格が分類されるとする説は、日本では何度となくブームと沈静化を繰り返しており、さきの日高晃彦防衛大臣の発言をきっかけに、また世間に取り沙汰される様相となっている。

この説は一九二七年、心理学者の古川竹二《ふるかわたけじ》による研究に端を発するもので、大日本帝国陸軍でも隊の編制に関し考慮する案もだされたが、実験の結果が芳しくなく、実行されなかったと言われる。現在、韓国および台湾でのみ日本と同じく血液型性格判断が大衆文化として存在しているのは、植民地時代の文化交流の名残りではないかともみられている。学界では非科学的と断じられながらも、大衆にこれだけ普及した説も世界的にみて珍しい。血液型性格ブームが日本に存続しつづける理由の分析は、その科学的根拠の追求よりも、それを信じる大衆心理にメスを入れることに重きを置くべきだろう。

（一部抜粋）

「スマップにもBはいない」血液型性格ブームの弊害？　B型で会社をクビ――三十代会社員、職場を提訴へ（東日本スポーツ）

日高晃彦防衛大臣が発言を撤回しなかったことで「血液型性格判断」がふたたびブームとなっているが、その弊害ともいえる事態について訴訟を起こす騒ぎが兵庫県尼崎市《あまがさきし》であった。

食品卸売業の営業を担当していたこの会社員（35）は、先月末の部署の再編の際、血液型を理由に上司から解雇を言い渡されたという。

同じ部署で働く派遣社員（43）によれば、この会社員は以前から服装の乱れや言葉づかいについて上司から注意を受けることが多く、部署のなかでも浮いていて、無断欠勤などの身勝手な行動が目立っていたらしい。上司は部署の業績低下はこの会社員の性格に原因があるとし、解雇の理由は「自分勝手なB型だから」というものだった。血液型は天性のものであり、指導による矯正は不可能というわけだ。

「血液型で差別するのか」と会社員が抗議したところ、上司は「（歌手グループの）スマップにもB型はいない。B型は組織を乱す問題児だ」と応酬、解雇の決定は翻らなかったという。

この会社員は「自分に非があったことも認めるが、少しずつ改善していくつもりもあったし、血液型でクビになるとは承服しかねる。訴訟で決着をつけたい」とコメントしている。

同営業課長の話――訴状を見ていないので発言は差し控える。

二十代女性「B型とは結婚したくない」七割――女性誌アンケートで（東日本スポーツ）

流行の血液型性格判断に基づく相性について、結婚適齢期の女性の七割がB型男性とは結婚したくないと考えていることが、女性誌のアンケート調査によってわかった。

調査によれば、これらの回答をした女性の大半が「過去にB型男性とつきあい、ひどい目に遭った」と感じているという。

「ほら話が得意で、自分を大きく見せるのが好きだったみたい。おしゃべりがじょうずで最初は惹《ひ》かれたけど、約束も守らないし、自己中だし（神奈川県・26歳・AB型）」、「明るくて、冗談が好きなタイプ。そのぶん気さくだけど、中身がない。やらかしても反省しないし、謝りもしない（千葉県・24歳・O型）」、「責任感が皆無。感情のおもむくままに行動するし、振りまわされて疲れる。自分で言ったことを忘れるか、忘れたふりをするし、おおげさで、すぐ怒る（静岡県・25歳・B型）」など、散々な言われよう。防衛省の日高晃彦大臣の発言でも、お調子者で弾に当たりやすいとまで言われたB型男性。聞けば各地でも「政治家がそう思うのなら」とB型の雇用を見送ったり、あげくは解雇したりという問題も頻発しているとか。このご時世、仕事から結婚にいたるまでB型は受難の時代――!?

学校で血液型別のいじめが流行――文部科学省、調査へ（東日本新聞）

全国の小中学校で血液型別のいじめが増え、一部では教師までもが同調している――こんなショッキングな事態が文部科学省による会見であきらかになった。

同省によれば、全国のPTAから子供の「いじめ」の原因として、血液型に基づく差別を挙げる報告が増加しており、なかでもB型は「自分勝手」「無責任」などのイメージが強いせいか、学級で除《の》け者にされるケースが増えているという。

京都市内のある小学校では、五年生の学級で宿題をしてこなかった児童を、同じ学級の児童らが、B型ゆえに改善の見込みのない性格が原因と囃《はや》し立てた。この児童は担任の教師に相談したが、教師もB型は性格が悪いなどとホームルームで発言、児童は不登校を余儀なくされたという。

文部科学省はこれらの報告を重く見て全国の小中学校を調査、血液型性格分類に基づく偏見や差別などあってはならないと教職員を強く指導していく考えだ。


文部科学省、臨床心理士に大臣説得を依頼――「民間団体には力不足」の声も(東日本新聞)

血液型性格判断に基づく差別が社会問題化してきている現在、文部科学省は、一連の騒動の発端となったとみられる日高晃彦防衛大臣の発言について、日高大臣にその撤回を求めるため、専門家を招致し説得を求める考えをしめした。

日高大臣の発言は国会でも論争となり、野党議員は発言を撤回し国民に謝罪すべきと提言したが、大臣は「感じたままを述べただけのことで、間違ったことはしていない」と頑《かたく》なに拒否。マスコミの質問にも口をつぐんでいる。

あくまで発言を撤回しない大臣の姿勢の背景には、内閣支持率低迷を理由に解散総選挙間近とされる今国会において、ほんのささいな勘違いを認めただけでも不利になると考える大臣の思惑があるものとみられる。だが実際には、大臣の発言は失言にとどまらず、社会に大きな影響を与えるまでになっている。

このため、血液型による性格分類が非科学的であるという、しっかりした説明を専門家からおこなわせ、大臣に納得してもらおうというのが文部科学省の考えのようだ。文部科学省は日本臨床心理士会に適任者を派遣するよう要請している。

しかしながら現在のところ、日高大臣は多忙を理由にこの面会に応じていないとされる。臨床心理士は国家資格ではなく民間資格であり、政治家に対してはその権威性のなさが浮き彫りになる――そんな憂慮の声も一部では挙がっている。

オフサイド

心理学のプロフェッショナルと呼べるのは臨床心理士ではない。いまこそ、われわれの存在をしめすチャンスだ。

沢渡学《さわたりまなぶ》は武者震いを禁じえなかった。五十も半ばになってこんな興奮を覚えることになろうとは。早大に在籍していたころ、ラグビーで慶大と対戦したときのことを思いだす。あのときはライバルに手痛い敗北を喫した。きょうこそはなにがなんでも勝つ。

ネクタイの結び目を正しながら、沢渡は国会議事堂の赤絨毯《じゅうたん》を踏みしめて歩いた。中央階段につづく二階から四階までの吹き抜けの広間は、詰め掛けた記者たちで騒然となっている。ひっきりなしにフラッシュの閃光《せんこう》が瞬き、シャッター音が鳴り響く。その渦中にあるのは、血液型性格分類問題のきっかけとなった人物だった。

さいわい、彼を取り巻いているのはいまのところ、報道関係者のみのようだった。じきにライバルが現れるにちがいない。大臣に接触する機会はここにしかないからだ。気後れしている場合ではなかった。

「ちょっと失礼」沢渡は人垣を掻《か》き分けて、くだんの人物に近づいた。「大臣。日高防衛大臣！」

　やや小太りな身体を質のいいスーツに包んだ、頭髪の薄い男が足をとめて振りかえった。銀縁の眼鏡の奥で目を怒らせ、眉間《みけん》に皺《しわ》を寄せている。その表情は、彼の不快感が絶頂に達していることを意味していた。記者たちから血液型問題に関する質問ばかりを受け、うんざりしているのだろう。

　それでも沢渡は怖《お》じ気づかなかった。静止したということは、いま私が呼びかけた声に記者とは違うものを感じとったからだろう。彼は表面上、頑なな態度を貫いているが、内心では救いを求めている。この事態を収拾してくれる、頼りがいのある人間を探している。その期待があればこそ、彼は振りかえったのだ。

「大臣。お初にお目にかかります」沢渡はかすかに震える自分の声をきいた。「医療心理師国家資格制度推進協議会で理事をしております、沢渡と申します」

「なんだって。医療心理師？」日高はたずねる顔をした。

「そうです。厚生労働省管轄の医療分野で設立が検討されている、国家資格の心理カウンセラー職です。この機会にぜひお話をと思いまして」

「検討ということは、まだ国家資格者ではないのだな？」

「まあ、それはたしかに、そうなんですが……。しかし、すでに心理学系の大学学部卒のカウンセラーが多数在籍しておりまして、このたびの血液型問題につきましても、われわれがお力になれると……」

「またにしてくれないか」日高は踵《きびす》をかえしながら吐き捨てた。「これから午後の議会だ。それが終わったら閣僚会議、防衛省に戻って幕僚会議。暇はないんでな」

「ああ、大臣……」沢渡はあわててその背を追おうとした。

ところがそのとき、秘書か政務次官とおぼしき男が行く手を阻んだ。「すみません。ここから先は、議員以外にはご遠慮いただいているので」

沢渡は異議を申し立てた。「医療心理師は厚生労働省の……」

「現在のところは民間資格でしょう。お引き取りを」

これだ。役人という肩書きを持たない人間を拒もうとする公務員たちの稚拙《ちせつ》な絆《きずな》。過去にも何度となく直面した。心理カウンセラーが活躍の場を得るために国家資格を必要とするのも、こういうお役所的な対応が政府の側にあるからだ。

と、報道陣のなかに身体をねじこませるようにして、ひとりの若い女が姿を現した。

華奢《きゃしゃ》な身体にぴたりと合ったスーツをまとい、わずかに褐色がかった髪に縁取られた顔は小さく、そのなかにあって大きな瞳《ひとみ》が印象的だった。色白で端整な顔だちで、知性に溢《あふ》れる目の輝きがある。年齢はその落ち着きぐあいから二十代後半と思えるが、女子大生に見えるほどの若さと生気に満ち溢れている。

今国会にこんな若手議員がいただろうか。沢渡は女の襟もとを見やった。議員バッジはない。代議士というわけではなさそうだった。

背がそれほど高くないその女は、長身の記者たちのなかで、もがくように歩を進めていた。立ち去りかけた日高大臣の背に呼びかける。「お待ちください、大臣」

よく通る声のせいか、日高はまた静止して振り向いた。昇りかけた中央階段から、女の顔を見下ろす。その表情から、彼の知り合いではないとわかる。

「初めまして」と女は喧騒《けんそう》に掻き消されまいとするように、声を張りあげた。「大臣。わたしは臨床心理士の岬美由紀《みさきみゆき》と申します。血液型性格分類の件で、ご説明したいことがあってまいりました」

臨床心理士。そうか、ライバル陣営が送って寄越したのはこの若い女か。沢渡は思った。文部科学省の後押しを受けて国家資格化をめざす、もうひとつの心理カウンセラー職の専門団体。すでに実務において先行しているせいもあって、いまのところ知名度では医療心理師よりも上といえる。

だが、その有利さもここでは発揮されないはずだ。沢渡は苦笑してみせながら岬美由紀にいった。「無駄だよ。民間資格はお呼びではないとさ」

ところが日高が険しい目つきを向けたのは、美由紀ではなく沢渡に対してだった。日高はぶっきらぼうにつぶやいた。「そうでもない」

「え？」

日高は美由紀に目を移すと、にっこりと微笑んだ。「よくおいでになった。噂は何度も耳にしたよ。歩きながらでよければ、話をきこう」

「ありがとうございます」美由紀は笑みをかえした。それから沢渡を見て、礼儀正しく会釈をした。

敵対関係にあることを忘れさせるような魅力的な微笑。沢渡はしばしぼんやりとその顔に見いってしまった。美由紀がまた日高を見あげて、階段を駆け上っていく。その横顔が、スローモーションの映像のように感じられた。

はっと我にかえったとき、美由紀は日高と談笑を交わしながら、中央階段に消えていくところだった。

沢渡は呆気《あっけ》にとられ、もう誰の姿も見えなくなった階段を見あげつづけた。被写体を失った記者たちが散っていく。静寂が戻る中央広間に、沢渡はひとり立ち尽くしていた。

臨床心理士が先に国家資格として認定されたのか。いや、そんなことはありえない。ではいまのはなんだ。大臣はどうして私を無視し、彼女については話を聞く意志をしめしたのか。そもそもなぜ、彼女はこの階段を上ることが許されたのだ。

ためしに、階段に足をかけてみた。すぐさま職員が駆けだしてきて、審判の笛のように鋭く告げた。立ち入り禁止です。

わかってるとも。沢渡は不本意に思いながら後ずさり、階段に背を向けた。釈然としない思いで中央玄関に足を進める。合点がいかない。どうして私は負けたのだ。ノックオンもオフサイドもしていないのに、どうして臨床心理士にボールが渡ったというのだ。

美由紀の血液型

議場につづく廊下を歩きながら、日高がいった。「きみを寄越すとはな。日本臨床心理士会も考えたものだ」

美由紀は日高に歩調をあわせながら笑ってみせた。「恐縮です。臨床心理士には元国家公務員も少なからずいるのですが、防衛省出身となるとわたししかいなかったようで」

「幹部自衛官だった女性に面会を申しこまれたんでは、会わんわけにはいかんからな。しかし、防衛大出身は臨床心理士資格を取得できるのかね。驚きだ」

「指定大学院制度の導入前でしたから。でも、医師免許とはちがって永続的なものじゃないんですよ。五年ごとに更新しなきゃならないんです。その都度、活動内容が吟味されますから、気が抜けません」

「なるほど、国家資格を目指している団体だけに厳しいな。ふだんはどんな仕事を？」

美由紀は一瞬、口をつぐんだ。日高はのらりくらりと話を長びかせて、時間稼ぎを図っている。そう思えた。前後にぞろぞろと従者のように職員たちをはべらせている以上、歩は決して速くはないが、それでも議事堂の廊下はさほど長くはない。このままではかたちばかりのあいさつを交わしただけで退散せざるをえなくなる。

とはいえ、防衛大臣の質問をはぐらかすわけにはいかなかった。美由紀はできるかぎり早口で応じた。「派遣先のほとんどは学校です。スクールカウンセラーの需要も増えてますし。病院ではデイケアや入院患者の心理面の支援をおこなったりします。ほかに市町村の保健センター、児童相談所、少年鑑別所やハローワークにもいきます」

「ほう。失業者の悩み相談も受けるのかね？」

「はい。職業の適性調査もおこなったりします」そろそろ本題に入らねばならない。美由紀は日高の横顔を見た。「大臣。血液型性格判断についてですが……」

「まあ待て」日高は足をとめた。美由紀に向き直ると、政治家らしい飄々《ひょうひょう》とした物言いで告げてくる。「きみ、何型だね？」

「……O型ですけど」

「O型ね」日高は笑った。「私と同じだ。おおらかで行動的、親分肌。親切ですなお、気さくな面もある。防衛省にはふさわしい逸材だよ」

「大臣。あのう……」

「非常に残念なことだが」ふいに日高の表情が険しくなった。「その逸材もいままでは自衛官ではない。防衛大が女性に門戸を広げるようになったというのに、卒業後には自衛官になりたがらない、いわゆる任官拒否が続出している」

社交辞令は終わりを告げ、わたしに対する嫌悪をのぞかせてきた。そういう状況だろうか。美由紀は戸惑いがちにいった。「わたしの場合は……」

「ああ、わかってる。きみは幹部候補生学校から空自に進んで、立派に二尉を勤めあげた。ただの任官拒否とは異なる。それでも、だ。防衛大臣である私が耳を傾けるべき意見の持ち主というのは、過去に幹部自衛官だった者ではなく、現役で国のために命を張っている者たちだよ。そこのところはわかるな？」

「はい。おっしゃることはわかります。けれども……」

日高は片手をあげて美由紀を制した。「きみの防衛大時代に、ご両親に不幸があったことや、その後もいろいろな事情から除隊せざるをえなかった経緯については、だいたい聞き及んでいる。だからきみを責めているわけではない。しかしながら、現在のきみは民間資格を有する、一民間人にすぎない。これは揺るぎない事実だな？」

「……はい」

「よろしい。前司令官の仙堂《せんどう》君は私の同期でね。彼の顔を立てる必要もあるから、こうして話だけはさせてもらった。臨床心理士会に戻ったら、きみの上司につたえるといい。私は血液型の性格分類について自分の意見を語ったまでだ。他人にそれを押しつけたことはない。巷《ちまた》で起きている、そのう、差別的なことは、私の関与することではない。国民に対する指導については、臨床心理士会の考えをもって、よろしくおこなってもらえればいい。それだけのことだ」

「わかりました、申し伝えます。でも大臣。大臣のご発言は世間に重大な影響を……」

「以上だ」日高は足早に歩きだした。「かつてと進む道は変わったわけだが、頑張ってくれ。それでは」

職員たちは気配を察したかのように、日高の背後をふさぐようにして立った。美由紀の進路は阻まれ、対話は打ち切らざるをえなくなった。

結局、形式だけの面会か。美由紀は落胆を禁じえなかった。わたしのような若輩者が閣僚を説得できるとは思っていなかったが、ああまで聞く耳を持たない態度をとられると、無力感に打ちひしがれてしまう。

そのとき、衛視のひとりが駆けてきた。「岬美由紀先生。臨床心理士会から電話が入っています」

美由紀のなかに妙な感触が走った。議事堂のなかでは、携帯電話の電源は切る規則になっている。不通だと知ったうえで、わざわざ議事堂の事務局に電話を寄越すとは、緊急の用件にちがいない。

ここで日高が議場から出てくるのを待つべきか否か。美由紀は衛視にたずねた。「どんな用談なのか、お聞きになりましたか?」

「はい」衛視の顔はこわばっていた。「なんでも渋谷《しぶや》区のほうで、血液型を苦に自殺をはかろうとしている男性がいるとか……」

思わず息を呑《の》んだ。なんてことだ。これでは大臣の説得どころではない。

廊下を中央階段に引きかえしながら、美由紀は衛視に告げた。「電話にでます」

歩が自然に速まる。階段を駆け下りながら、美由紀は胸のなかに暗雲がひろがっていくのを感じていた。血液型性格分類は、もはやこの国が抱える病となりつつある。永田町《ながたちょう》で革張りの椅子の背に身をあずけている政治家たちには、そのことがわかっていない。

恋愛相談

嵯峨《さが》敏也《としや》はひどく重い昭和四十一年式カローラのステアリングをゆっくりと切ると、渋谷の公園通りに面したガソリンスタンドに乗りいれた。

だがそれも、楽な仕事ではなかった。午後の陽射しが降り注ぐガソリンスタンドは、異様なほどの人ごみにあふれている。野次馬の何人かが振りかえった。緊急車両でもテレビの中継車でもないことを見てとった人々の顔は、たちまち興味を失い、また前方へと向き直る。誰ひとりとして、クルマの進路を空けようとはしない。

ため息をついて、嵯峨はここにクルマを停めようと決心した。初代カローラにも珍しいとされる前時代的なコラムシフトを入れ替えて、エンジンを切った。

ドアを開けて外に降り立つと、顔なじみの私服警官が、スタンドの制服を着た若い従業員を連れて駆けてきた。

警視庁刑事部、機動捜査隊の枡添《ますぞえ》は、事態にそぐわないのんびりとした声をかけてきた。

「やあ、嵯峨先生。きょうはあなたがおいでですか」

「まあね」と嵯峨は答えた。「近くに住んでいるので、到着がいちばん早かったみたいで」

「また痩《や》せたんじゃないですか？　ハンサムな優男って感じの嵯峨先生も、痩せすぎるとただやつれてるだけに見えますね。髪もずいぶん伸びてますし、どうされたんですか。身だしなみにはいつも気を遣っておられたのに」

「べつに。きょうは休みだったので、こうしてスーツを着てくるのがやっとでして」

「休み？　平日に休んでおられたんですか」

質問ばかりする男だ。刑事の勘を働かせるべき相手を間違っているだろう。だいたい、現場に急いで駆けつけたところで世間話をしていたのではなんの意味もない。

嵯峨はクルマを振りかえり、後部座席のドアを開けてカバンを手にとった。医者のように往診用の道具が入っているわけではないが、臨床心理士にもそれなりの準備がある。

と、ガソリンスタンドの従業員がつぶやいた。「すげえ……。これカローラですか。よく動いてますね。歩道のスロープも難なく上ったみたいだし」

「そりゃ、スロープぐらいは上るよ。もうちょっと急な坂になるときついけどね。直列四気筒、千CCのOHVエンジンってやつでね。これでも当時は余裕の大排気量っていわれてたんだよ」

「当時って……。先生、若くみえるけど、じつは歳いってるとか？」

「三十二だよ。これは死んだ親父の形見みたいなもんでね」嵯峨はそっとドアを閉めた。

「それで、問題の人はどこに？」

「一時間ほど前にワゴン車できたお客さんなんですけど、積んできたポリ容器からガソリンを撒《ま》き散らして、火をつけるぞって脅したんで、大騒ぎってわけですけど」

歩きだした嵯峨に、枡添が歩調を合わせながら問いかけてきた。「なんだってわざわざスタンドに籠《こ》もったんだろうな。ガソリンを持ってきてるのなら、籠城《ろうじょう》する場所はどこでもいいでしょうに」

「ここで購入したガソリンだったんでしょう」嵯峨は人混みのなかに歩を進めながらいった。「本当はそのときに自殺を決意していたんだけど、できなかったので出直してきた。別の場所でも籠城は可能だなんて発想は本人にはない。きわめて近視眼的な思考に陥っているといえるでしょうね」

枡添が引きあげた黄色いテープをくぐって、警察関係者のみが立ち入ることのできる領域に足を踏みいれる。数台のパトカーと制服警官らの隙間を縫うようにして先を急いだ。

そのとき、嵯峨は脇に痛みを覚えた。たちまち激痛に変わり、筋肉が縮みあがるように感じる。痛みを発するほうへと身体が横方向に捻《ね》じ曲がっていくかのようだ。

「痛……」嵯峨は思わず呻《うめ》いて、その場にしゃがみこんだ。

「嵯峨先生?」枡添が驚いたようすで声をかけてきた。「どうしたんですか。だいじょうぶですか」

返事はできなかった。声を絞りだすこともできないほどの痛みだ。ただし、前に経験がないわけではない。というより、ここ数日のあいだ唐突な痛みが襲うことは何度かあった。背中から脇にかけて、つったような感覚からたちまち激しい痛みへと変わる。しばらくすれば、痛みもひいていく。ただし、それまでの時間が少しずつ長くなっているように思えた。

まさか再発か。完治したはずなのに。検査通院と採血の結果、問題なしと証明されたのに。

「先生」枡添が肩に手を置いてささやきかけた。「お身体の具合がよくないようでしたら、きょうは別の臨床心理士に代わっていただいたほうが……」

「いいえ、いいんです」ようやく声がでた。痛みがひいてきた証拠だった。脇をさすりながら、嵯峨はゆっくりと立ちあがった。「クルマよりさきにダウンしたんじゃ、親父に申しわけが立たないからね」

まだずきずきと痛む脇腹を、あえてまっすぐに伸ばして嵯峨は歩きだした。さいわい、痛みは耐えられる範囲にとどまり、ぶりかえすようすはない。額ににじんだ汗をぬぐった。

制服警官らの人垣を掻《か》き分け、スタンドのガラス張りの建物に近づく。建物のなかにはただひとり、発煙筒らしきものを手にした男が、椅子に座ってうずくまっているのが見えていた。

「ひとりでいきます」と嵯峨は建物の入り口に向かった。

「気をつけてくださいよ」枡添があわてたようにいった。「踏みこんだとたん、火をつける可能性も……」

「対話する気がないのなら、わざわざ窓ぎわに座ったりしませんよ。ご心配なく」

嵯峨は扉に近づいた。ガラスを通してなかを覗《のぞ》き見る。まだ男は顔をあげようとしない。チェックのシャツにデニム、スニーカー。若い男のようだった。髪は茶いろに染め、長く伸ばしている。

扉をそろそろと開けて、なかに入った。とたんにガソリンの強烈な臭いが鼻をつく。床は一面、濡《ぬ》れていた。目を凝らすと、テーブルやカウンター、自販機などあらゆるものに液体が浴びせられているのがわかる。点火すれば、一瞬にしてすべてが炎に包まれるだろう。

あるていどは本気だなと嵯峨は思った。こけおどしなら、みずからに危険が及ぶまでのことはしない。

椅子にうずくまった男の身体はずぶ濡れだった。その近くには空になったポリ容器が放りだしてある。室内に撒き散らしたあと、残りを頭上から浴びたのだろう。その作業が完了するまでのあいだ迷いが生じなかったのだとしたら、理性は正しく機能していないことになる。

男までの距離は十歩以上もある。忍び寄る、あるいは飛びかかって発煙筒を奪おうというのは得策ではない。なにより、自分は臨床心理士だ。そういう行為が問題の解決につながらないことは、よくわかっているつもりだった。

嵯峨はためらいもなく声をかけた。「こんにちは」

男はびくっとして顔をあげ、嵯峨を見てさらにあわてたらしく、表情を凍りつかせた。

無精ひげを生やした二十代半ばの若者。その顔は、このところ体調を崩している嵯峨以上にやつれてみえた。

「おい！」男は震える声でいった。「なに入ってきてんだよ、あんた！」

「いや、あの……。ドアに鍵《かぎ》もかかってなかったんでね」

「でてけよ」二本の腕が小刻みに振動しながら突きだされる。左手には発煙筒、右手にはライターが握られていた。「火つけるぞ！」

「待ってよ。そんなに急がなくてもいいだろ。まずは、その発煙筒を持った腕を左右に大きく振りなよ」

「なに？」

「振るんだよ。大きく。動けないわけじゃないだろ？」

「馬鹿にするな」男は腕をまっすぐに伸ばし、発煙筒を水平に振った。「ほら、みろ。いつでも素早く動けるんだ。火をつけるぐらいわけないぜ」

「よし。その腕はなにかに当たったか？」

「あ？」男は眉《まゆ》をひそめた。「当たったって？　なにも当たらないよ」

「そう。何にも接触しないし、ぶつからない。ということは、きみが腕を振ったその範囲に、邪魔するものはいないということだ。それがきみの占有する領域。その中心にいるきみには、誰も手出しできない。だから安心して。いいね？」

「ああ……まあな……」

嵯峨は手近な椅子を引き寄せた。ガソリンにまみれたその椅子に、嵯峨は腰を下ろした。
「座るよ」

男は、嵯峨の行為を信じられないという目で見つめながらつぶやいた。「スーツに……ガソリンが染みこむだろ？」

「いいんだよ。コナカで買ったバーゲン品だし」

実のところ、嵯峨は腰を下ろしたいと思ったわけではなかった。だが脇がまた痛みだしたせいで、立ちつづけることは不可能だった。苦痛の表情が、焦りや怒りの感情と誤解されるのはまずい。説得は終始、冷静におこなわれねばならない。

「でも」嵯峨は苦笑してみせた。「たしかに染みてくるね。背中が冷たいよ。こりゃ燃やしたらほんの数秒で黒焦げだな。ミディアムレアじゃなくウェルダンって感じだ。焼肉は好きかい？」

焼肉を視覚的に連想させることで、自分たちの運命の末路を悟らせようという嵯峨の意図は、たちまち男に拒絶された。男は声を張りあげた。「黙ってろよ。決意を鈍らせようったって無駄だぞ。俺は考えるよりまず行動する性格なんだ」

「そうか。羨《うらや》ましいね。僕はいつも慎重すぎるっていわれるよ。……まだ自己紹介してなかったね。僕は嵯峨。臨床心理士、つまりカウンセラーだよ。よろしく」

「カウンセラー？　俺は異常じゃないぞ」

「わかってるよ。だから医者じゃなく僕が来たんだ。なんでも血液型でお悩みだとか。僕ならなにかアドバイスできることがあるかも」

「ああ……そうだな……」男は口ごもった。

「きみの名前は？」

「近田《ちかだ》……道隆《みちたか》」

「ふうん。いい名前だ。じゃ、道隆くん……」

「駄目だ」近田は脅すように発煙筒を振りかざした。「近田さんって呼べ。こう見えても二十六だ。立派な社会人だ」

「働いてるの？」と嵯峨はきいた。

「いや……。働いてたこともあった。いまは、たまたま仕事が見つからないだけで……」

「なるほど。就職難がつづいているからね。景気が回復してるってニュースは言ってるけど、まだ実感はないな」

「ない」近田は真顔でうなずいた。「あったらこんなに苦労しない。もっと金持ちになれるだろうし、女のことで悩んだりしないはずだろ」

「彼女との相性が問題かい？　死ぬほど絶望することでもあった？」

「あったよ。あんた、カウンセラーなんだろ？　BとOがうまくいかないってことぐらい知ってるだろ」

「きみがOで、彼女がB？」

「俺がBで彼女がOだよ。わかるだろ。俺はB型だよ。戦場で弾に当たる確率が高いB型。

調子に乗って破滅しやすいBなんだよ」

日高防衛大臣の発言の浸透力は凄《すご》いな。嵯峨は内心呆《あき》れながらも感心した。戦争になったら真っ先に狙撃《そげき》される、そんな占い師じみた予言をこうも普及させてしまうとは。

「ええと」嵯峨はカバンを開けて、ついさっき立ち寄った書店で買った本を取りだした。題名は『血液型でわかる相性診断』。ページを繰りながら嵯峨はつぶやいた。「男性がBで、女性がOって状況……」

「おい」近田が面食らったようすでいった。「なに読んでんだよ」

「なにって。相性ってやつを調べてるんだけど」

「あんた専門家だっていったろ。そんなどこにでも売ってるような本で調べるなんて……」

「いや、それがさ……。臨床心理士の資格試験って、心理アセスメントの課題は山のように学習しておく必要があるんだけど、血液型はねぇ……。そんなものない、のひとことで退けられて、以後は学ぶ機会がさっぱりなかったんでね」

近田はこわばった顔のまま、ふんと鼻で笑った。「ないわけないだろ。当たってるんだよ。俺は嫌われ者のBだ。こらえ性がないと自分でも思うけど、血のなせるわざだからな、しょうがないんだよ」

「ふうん」嵯峨は本に目を落とした。探していた項目はすぐに見つかった。「ああ、あった。B型はマイペースで異性の前でも強いのですが、O型に対してはそうもいきません。

なぜかO型の前では調子がでず、会話も嚙《か》み合わずぎくしゃくしたものになります……」

「そうなんだよ！」近田は悲痛な声をあげた。「なにをやっても、どう出ようとも、軽くいなされちまう感じなんだ。愛想よくはしてくれるのに、ちっとも距離が縮まらないんだ」

嵯峨は文面を読みつづけた。「O型は態度を明確にする人を好みます。B型は、本来の持ち味をフルに生かしてアピールすべきです」

「だからやってるんだよ。でもまるで、あいつは俺の必死さをあざ笑うかのような態度でさ……。ほかにも男がいるんだよ。何人もだ。あいつ、俺の前ではにこにこして、恋人は俺だけって感じでつきあっておいて……」

「彼女がそういったの？　恋人は近田さんだけって？」

「いや……言ってはいないけど、そういうふうに振る舞ってたんだよ。それが携帯に大勢の男の番号を登録しててさ。三十過ぎてるオヤジと頻繁にメール交換してやがんだよ」

「まあ僕も、三十はすぎてるけど……」

「でもそんなに金持ってないだろ？　コナカのスーツ着てるぐらいだから。そいつはさ、IT関係かなにかの社長やってる金持ちでさ、いいクルマ乗ってやがるんだよ。彼女、いつもそいつと出かけやがるから、行った先でなにやってるかと思うと辛《つら》くてさ……」

「ああ、それは辛いね」

近田の声は震えていた。「だからさ、俺もそういう本、読んでさ、対策を考えたんだけど……。O型の女には、たまには嫉妬《しっと》をのぞかせたほうがいいって書いてあったんだよ。そいつとつきあうなら、俺ともつきあってくれてもいいじゃん、とか、つぶやくのもいいってさ」

っていいってさ」
「ここにはそんなこと書いてないけど。本によって違うのかな」
「それで、彼女の前でそう言ったよ。そしたら、彼女、マジギレでさ。そいつって、誰のこと？ あの人のことをそいつだなんて言わないでよとか、一方的に責められてさ。俺、どうしたらいいかわからなくて、情けなくて……」

自分の告白に感極まったのか、泣きだした近田の顔を、嵯峨はしばし眺めていた。

認知は正しく機能するが、防衛大臣の血液談義を真面目に受けとったり、書物に記されたことは絶対と思いこんだり、挙げ句は金持ちには勝てないと断定していることから、権威性には弱いことがうかがい知れる。それらのストレスの要因に対し、攻撃性を持つことで心の安定を保とうとするのではなく、自己への反転という防衛機制に依存しがちだ。対象への攻撃を自己攻撃にすり替えている。

精神障害や心身症とは思えない。しかし血液型性格分類を信じこんだ弊害があることは否定できない。そのせいで相手の気持ちも見抜けていると早合点しているのだ。

「彼女の名前は？」と嵯峨はきいた。

「加奈子《かなこ》……」近田は涙ながらにいった。「坪内《つぼうち》加奈子」

嵯峨は携帯を取りだし、iモードに接続をした。

「なにするんだ」ふいに近田は憤りのいろを浮かべて鋭くいった。「勝手に電話なんかするな」

「心配ないよ」嵯峨は携帯の液晶画面を近田に向けた。「念のために姓名判断のページもチェックするだけだから。相性のいい画数かどうか、気になるだろ?」

「姓名判断だって? くだらない。やめろよ」

どうやら占い全般を信じがちなのではなく、血液型だけを信奉しているようだ。昨今の風潮だろう。そう思いながら嵯峨はきいた。「じゃ、やめとく?」

しばしの沈黙があった。

近田は真顔でぼそりと告げた。「いや。いちおう……」

「だろ?」嵯峨は携帯のボタンを押した。「この際だから相性については、たしかめられるだけ、たしかめておいたほうがいいよ」

だが嵯峨は、液晶画面を自分に向けるや、ただちにメールの作成画面に切り替えていた。臨床心理士会に連絡をいれねば。

姓名判断がおこなわれていると信じたようすの近田が、うわずった声でいった。「三十男との相性も、調べてもらったほうがいいかな」

嵯峨はひそかにメールを打ちながらたずねた。「その三十歳代の男性は何型なの?」

「A型だよ。相性は抜群らしい」

ふうん。気のない返事をしながら、嵯峨は素早くメールを作成した。

近田道隆　恋愛の悩み　自己への反転　相手の名は坪内加奈子　彼女の説得必要

これでよし。臨床心理士会は近田の交友関係を調べて、坪内加奈子という女性のタイプを把握し、最も話の合いそうな臨床心理士を派遣することだろう。むろん警察への連絡も同時におこなわれる。警察に通報した場合には臨床心理士会に情報が渡りにくいが、その逆の道筋ならわりとスムーズな伝達が期待できる。

メールを送信してすぐ、嵯峨は近田にいった。「いい相性だって。画数もぴったりらしいよ」

「ほんとか?」近田は、嵯峨が予想した以上の食いつきで身を乗りだした。「見せてみろ」

「え」嵯峨は思わず固まった。液晶画面には、送信を完了したメールが表示されている。いまからiモードに切り替えても、姓名判断のページにつないで結果を表示するには、かなり手間がかかる。

不穏な空気を、近田は敏感に察したらしい。表情を険しくすると、発煙筒とライターを突きだし、高圧的にいった。「早く見せろ。投げて寄越せ!」

まずいな……。嵯峨は携帯を持ってのひらに汗がにじむのを感じた。

アドレス

坪内加奈子は自室の鏡の前に座り、シャネルのメイク用品をずらりと並べて、渋谷に繰りだす前の儀式に取り掛かった。

二十二にしてはふけ顔といわれるわたしの顔には、一般的なギャル系のメイクよりはシャネルのセレブ調が似合う。そう、上品なシャネル顔こそわたしのカラー。加奈子はせっせとクリーム状の下地をスポンジで顔に塗りたくり、毛穴を隠した。それから黒っぽいファンデーションをのせ、フェースパウダーをはたく。目もとはゴールドパールのクリームシャドー。アイホール全体に大きくのせて、瞳《ひとみ》をでかく見せる。ここにコツがある。

と、ピンポーンと呼び鈴が鳴った。加奈子は顔をあげ、振りかえった。

そこにはセレブの妄想を掻《か》き消す現実の部屋があった。渋谷の109《マルキュー》で買いこんだ衣服やアクセサリーの類《たぐ》いが、六畳一間の部屋に溢《あふ》れている。灰皿は吸殻で溢れているし、空き缶も散乱していた。足の踏み場もないほどに物に覆いつくされているが、ここの床は畳だ。和洋折衷、サイケな眺めがそこにある。

平日の昼間から訪ねてくるなんて、家賃の催促にきまっている。居留守を使っておこう。

このメイクが仕上がるころにはあきらめて退散してくれるだろう。

そう思いながら、まつげにたっぷりとマスカラを塗りたくっていると、また呼び鈴が鳴った。やけにあわただしく呼び鈴のボタンを連打している。

ったく、うぜえな。加奈子は悪態をこぼしながら立ちあがった。たった三か月の家賃滞納でそこまでヒートアップするとは、先が思いやられる。前のアパートの大家は半年ぐらい、平気で放っておいてくれたのに。

靴脱ぎ場は各種ブーツやハイヒール、厚底スニーカーの類いで埋まっていた。それらを踏みつけないように、前のめりになって玄関の扉を押し開ける。「はい」

ところが扉の向こうには誰もいなかった。と、そう思えたのは一瞬のことで、じつは背の低い小柄な訪問者が、加奈子の目線よりも下にいることに気づいた。

身長百五十センチにも満たないと思われる女、一見して加奈子と同じ渋谷系だが、人種はやや違う。広義ではふたりともギャル系におさまるのだろうが、大人びたシャネル顔を自負する加奈子に対し、その女のメイクはいわゆるアルバローザ系だった。コギャルによくみられる派手顔だ。

身体は痩《や》せているが、顔は小さく丸く、金髪のナチュラルヘアに縁どられていた。目が大きく見えるのはアイラインのせいばかりでなく、実際に瞳が大きいのだろう。やけに黒々とした虹彩《こうさい》、すっきりと通った鼻すじ、小さくて薄い唇にはパールのグロスが光っている。

へえ。アルバ系にしちゃ自然で上品な顔つくってんじゃん。加奈子はすなおに感心したが、見覚えのない顔だった。

「あのう」女は微笑を浮かべながら上目づかいに加奈子を見つめた。「坪内加奈子さん……ですか？」

「そうだけど」

「あー、よかったぁ！」女の顔に満面の笑みが広がるとともに、甲高い声が発せられた。「このへんの住所ってわかりにくくってさ。もしかしてこのアパートかな、って飛びこんでみて、大正解。超ラッキーって感じ」

いきなりタメ口かよ。加奈子は苛立《いらだ》ちと戸惑いを覚えながらきいた。「あんた誰？」

「誰……って、連絡きてない？」

「知らないよ。知り合いの連れかなにか？」

「そうじゃないの。わたし一ノ瀬《いちのせ》恵梨香《えりか》。臨床心理士。カウンセラーってやつ」

「はあ？　カウンセラーって、あんたが？　……もしかしてバイトとか？」

「ああ、いま高校生みたいって思ったでしょ。はずれ。こうみえても二十五だし」

二十五。年上か。加奈子は開いた口がふさがらなかった。それに、一ノ瀬恵梨香の指摘は、近いが当たってはいない。加奈子は彼女を中学生かと思ったのだ。

「で」加奈子はため息まじりにきいた。「その臨床なんとかってカウンセラーさんがなんの用？　相談もちかけた覚えなんかないけど」

「それなんだけどね。ちょっと入れてもらっていいかな。悪い悪い」恵梨香はそういいながら、強引に靴脱ぎ場に入りこむと、後ろ手にドアを閉めた。加奈子のものよりもずっと厚底のスニーカーを脱ぎにかかる。

「ちょっと」加奈子は抗議した。「部屋散らかってるし。居場所もないしさ」

「気にしないって。わたしの部屋もこうだし。ギャル系ファッションって物が増えて困るんだよね。ちょっくら失礼」

部屋のなかに入っていく恵梨香を、加奈子は呆気《あっけ》にとられて眺めていた。ふしぎと怒る気をなくさせる、飄々《ひょうひょう》とした性格の持ち主。笑顔を絶やさない明るさのせいかもしれなかった。

それでも、突然の訪問を快く受けいれられるわけではない。加奈子は腕組みをして恵梨香をにらみつけた。

だが恵梨香は加奈子の視線に気づかないかのように、部屋のなかをうろつきまわった。

「へえ、シャネル使ってんの。大人じゃん」

加奈子の目は自然に恵梨香の手にしたバッグに向いた。中古で揃えたシャネル一式に驚くということは、ブランドとは無縁の女なのだろう。

ところが、加奈子は息を呑《の》まざるをえなかった。恵梨香が持っているバッグは、新車並みの値段を誇るしろものだった。

「それエルメス？」加奈子は思わずたずねた。

恵梨香はぼんやりと振りかえったが、すぐまた笑顔になった。「あ、これ？　そう。バーキンのブルージーン」

「嘘。まじ？　なにキーホルダーじゃら付けしてんの？　物の価値わかってんの？」

「わかってるよ、ちゃんと自分で買ったものだから」

「お金持ち……」加奈子はすなおに感嘆した。

「まあ働いてるからね。でさ、きょう来た用事なんだけど……近田道隆さんって、あなたの彼氏？」

「近田……？」加奈子は頭のなかで男友達の名簿のページを繰った。しばらくして、冴《さ》えない茶髪の男の顔が浮かんだ。「ああ、あいつ……。べつに彼氏じゃないけど」

「つきあってたんじゃないの？」

加奈子は苦笑した。「ちがうよ。なんかキモいフリーターでしょ？　あ、もう居酒屋クビになったから無職か。友達の紹介で会ったけど、粘着っぽくて鬱陶《うっとう》しいから最近会ってないの。それがどうかした？」

ふいに恵梨香は意外そうな顔をした。「なにがあったか知らないの？」

「だから、あなたがなにしに来たか、まるっきり見当つかないんだって。教えてよ」

恵梨香はテーブルの上のリモコンをすくいとり、テレビに向けてボタンを押した。

点灯した画面に現れたのは、ガソリンスタンドらしき場所に群がる人々の映像だった。パトカーの赤色灯が明滅し、警官の姿もある。画面の右上には〝中継〟とでていた。

つづいて、望遠で撮影したと思われるぼやけた画像が映しだされた。スタンドの建物のなか、椅子に座っている男の横顔がシルエット状に浮かんでいる。手にした棒状のものを突きだして、近くにいる人間になにか喋《しゃべ》っているようだ。

「まさか」加奈子は声をあげた。「道隆？」

「気づいた？」恵梨香は無表情にいった。「けっこう気にかけてんじゃん」

「馬鹿いわないでよ。あの間抜けな襟足はあいつしかいないでしょ」

恵梨香は黙ったまま、疑わしそうな顔で加奈子を見やった。それから画面に目を戻し、リモコンで次々にチャンネルを切り替えた。

驚いたことに、どの放送局も同じ場所からの中継を伝えていた。ガソリンスタンドに籠《ろう》城《じょう》、犯人の意図は？　字幕スーパーにはそう表示されている。

「そんな……」加奈子は衝撃とともに立ちすくんだ。「なにしてんの……？　立て籠《こ》もってるって……」

「頭からガソリンかぶって、焼身自殺しようとしてるって」

「自殺」加奈子は激しく動揺する自分を感じていた。「そんなの……わたし関係ないから。あんなの、一方的に言い寄ってきただけで、つきあったつもりはないし」

「思わせぶりな態度をとったこともないの？」

「ないよ。っていうか、わたしもO型だからさ、友達づきあいは重視するほうだし、あと、情に弱いしさ。道隆ってわたしの前で泣きだしたんだよ。つきあってくれなきゃ死んじまうとか言って……」

「予告してんじゃん」

「本気だなんて思わなかったよ。とにかく、わたしはそういう性格で、あいつはBだし、勝手に熱あげちまったんじゃないの？」

「んー」恵梨香は頭をかいた。「加奈子さんってO型なの？　犬が好きで、一日じゅうぼんやりするのは苦手で、とにかく予定で埋め尽くす生活が好きで、頼りにされる人？」

「そう。それ。すごく当たってる」

「ひどいことされると根に持ってたり、カラオケが好きだったり、プライドが高かったり、ストレス溜《た》めこみがちだったりするの？」

加奈子は何度もうなずいた。「その通り。わたし、典型的なOだってば」

「ってことは、本心を隠すのもうまいの？　O型ってお芝居じょうずっていわれるよね」

「はあ？　さあ……ね。わたし、いつも正直でいたい人だから。嘘とかつかないから、わかんない」

「それってほんと？　嘘を一回もついたことがないわけじゃないでしょ？」

苛立ちとともに怒りがこみあげてきて、加奈子は思わず声を張りあげた。「ないっていってるじゃん！　あんた何様？　わたしを疑うんなら出てってよ！」

「わかった、わかった」恵梨香はさほどあわてたようすもなくいった。「そっかー、典型的なO型に当てはまるってわけか。でもなぁー、なんだか……」

「いや、わたしもA型で、血液型性格判断とか当てはまるところもあるんだけど……当たってないところも結構あるんだよね。まああなたも、嘘つかないし芝居下手っていうから、O型の性格に該当しないところもあるみたいだしさ」

「なによ」

加奈子は胸の奥をちくちくと針の先で刺されているような、落ち着かない気分を覚えていた。この感覚はいったいなんだろう。後ろめたさだろうか。いや、そんなはずはない。わたしは悪いことをしているわけではない。騒ぎを起こしているのはあの男ひとりだ。

「でもさ」恵梨香はあっさりとした物言いで告げた。「それはともかく、道隆さんって人とつきあってたのはたしかだよね？　あなたはそう思ってなかったけどさ、一緒に暮らすぐらいはあったわけでしょ？」

「……まあ、それくらいはね……」

つぶやきを漏らしてから、加奈子は自分に驚いた。認めてしまった。いったいなぜ、こんなことになったのだろう。はっきり否定したはずなのに、どういうわけか二度めの問いかけにはうなずく自分がいた。

恵梨香に誘導されたのか。そうにちがいない。わたしは思わず怒って声を荒らげてしまったが、その直後には内心悔やんでいた。頭に血が上りやすいのはO型の典型といわれている。それなら芝居じょうずというO型の特徴も加奈子のなかに存在するにちがいない、恵梨香は無言のうちにそんな圧力を与えていたように思う。

しかし恵梨香はすぐに、血液型性格判断に該当することもあれば、そうでないこともあるといった。みずから武器をおさめた。圧力から解き放たれてほっとした、その一瞬の油断のせいで、恵梨香の問いかけに従順になってしまった。道隆とつきあっていた過去をばらしてしまった。

O型のわたしは人を操ることに長《た》けている、そのはずだった。恵梨香の指摘したように、わたしは真実と異なることでもみずから信じこむことによって、本当のごとく振る舞うことができる。だから嘘がばれることなど滅多にない。けれども、いまは違った。恵梨香は的確に加奈子の本心を見抜いた。それも、加奈子のプライドを傷つけない方法で。

A型はO型の世話焼き係になることが多く、O型の裏をかくことなどまずできないと思っていたが、恵梨香はそうでもないようだった。いや、逆に心遣いができるからこそ、こちらを傷つけることなく心を開かせてくれたのだろうか。

恵梨香は穏やかにいった。「ま、とにかく、元彼だったわけだしさ。道隆さんがショックを受けたことについてなにか思い当たるんなら、すなおに謝っておくのも手じゃない?」

「謝るって、わたしがなんで謝んなきゃいけないの？　悪いのは向こうだしさ。B型の男って最低。自分勝手だし、仕事しないし、時間にルーズだし、服のセンスも悪いしさ。いきなり怒りだしといて、翌日にはけろりと忘れてたりするし。むかつくことばっかり」

「でもいい面もあるでしょ？　あなたもO型の性格にすべてが当てはまるわけじゃないん

だし、彼もB型のわりにはいいところあんじゃん、って思えたこともあるでしょ」

またうまい誘導だ。「そりゃ、なくはないけど……」

「じゃ、それだけでも伝えてあげなよ。携帯でもメールでもいいからさ」

「そんなの……無理」

「心配しないで。秘密は絶対に守るから。関係を公にするわけじゃないし、彼と会うか会わないかも、ぜんぶ片付いてから決めればいいんだしさ」

わたしの抱く罪悪感を巧みに利用して操ってくる。これが臨床心理士というものか。ただし、それほど不快ではない。問題が早く解決できるなら、それも悪くないという気がしてくる。道隆と途切れたままよりも、いちどぐらいは話しあったほうがいいとも思えてきた。でも……。

「でもやっぱり無理」加奈子はいった。「携帯、通じないしさ……」

「どうして？　彼が番号変えたとか？」

「じゃなくて……わたしのほうが切れてるの。料金払ってないから……」

「なんだ、そうか」恵梨香はにっこりと笑うと、ハンドバッグのなかに手をいれた。これまた数十個のキーホルダーがついた豹柄《ひょう》の携帯電話をとりだすと、差しだしてきた。「道理で臨床心理士会からも連絡がつかなかったわけね。これ使って」

加奈子は戸惑った。「番号、わかんないんだけど。携帯の短縮ダイヤルに頼りっきりだったし」

「ああ、そう……じゃあ」恵梨香は携帯のボタンを押した。加奈子に手渡されたその携帯の液晶には、メールの作成画面が表示されていた。「このアドレスでメールして。現場にいる臨床心理士が受信するから」

それを受けとり、メッセージを入力しようとボタンに触れた。その指先が小刻みに震える。

上目づかいに加奈子は恵梨香を見やった。「道隆、怒って火つけちゃうかも」

「だいじょうぶ」恵梨香はひどく落ち着きはらった声でいった。「彼も、あなたの携帯が通じないから、拒絶されたって思いが強まったのかもよ。誠意を尽くして本心をつたえれば、心配ないって。がんばって」

誠意をつくして、か。恵梨香の言葉はなぜか、すなおに心のなかに沁《し》みこんでくる。

加奈子はボタンを押してメッセージを打ちこんだ。いままで抑制していた心が解放されたかのように、言葉が溢《あふ》れだすのを感じていた。

めまい

嵯峨は脇腹の痛みが限界に近づきつつあると感じていた。

ガソリンの悪臭が充満しているせいもあってひどく息苦しい。実際、揮発によってなんらかの有毒な気体が生成されているのかもしれない。意識が朦朧《もうろう》としてきた。かならずしも環境がすべての要因ではない、体調は今朝から最悪だった。それが現在置かれている状況にともなう緊張と不快感からさらに助長されていく。

「なあ、嵯峨先生だっけな」近田は窓ぎわの席で発煙筒を手にしたままいった。「かれこれもう二時間以上は経つだろ。いいかげん観念して、正直になったらどうなんだよ」

「正直って?」おぼろげな意識のなかで、嵯峨はすました表情をつとめていた。「なんのこと?」

「とぼけんなよ。その携帯だよ。姓名判断なんてしてなかったんだろ。警察にメールでもしたんだろ」

「いや。画数で相性診断したんだよ。最高の相性だった」

「なら見せてみろってんだ。何度もいわすなよ。投げろよ、こっちに」

「もう電池が切れてるかも」

「それもたしかめてやるよ。ほら、寄越せ」

案外、執着心の強い男だなと嵯峨は思った。馬鹿にされるのを極度にきらい、必要以上に食いさがる。たしかにB型の性格として喧伝《けんでん》されている特徴の持ち主だ。臨床心理学では否定されていても、血液型性格判断にはそれなりに信じられるところがしばしば見受けられる。いまがいい例だ。

いや、よそう。そんな考えは持つべきではない。科学者は証明された科学のみを信じるべきだ。

だが近田のほうは、嵯峨とは正反対の思考を働かせているようだった。「あんた、何型？」

「僕？　O型だけど」

「ちぇっ」近田は舌打ちした。「あんたもO型かよ。まいったな」

「男どうしの場合も相性が悪いのかい？　そんなにつきあいづらい印象はないけどね」

「そうかよ？　じゃ、友達になってくれるか？」

「……ああ、いいよ」

「よしきた。友達としての頼みを聞いてくれ。その携帯の画面を見せなよ。いますぐにだ」

「そりゃちょっと、難しいな」

近田はじれったそうにきいた。「どうして?」

「さっきも言ったけどさ。きみが携帯を返してくれるって保証がないからさ。こんな状況なんだし、どんな連絡が入るかわからないから、携帯は手もとに置いておきたいし」

「なんでそんなことを言う。友達だろ?」

「だから、きみも僕を信用しなよ」嵯峨はいった。「携帯の画面なんか見るまでもない。僕を信用しなよ。誓ってやましいことはしていない」

「ふざけんなよ」近田は弾《はじ》けるように立ちあがった。「さっさと携帯を寄越せ! 火つけるぞ!」

弱ったな。これ以上の時間稼ぎは困難だ。のらりくらりと会話をはぐらかすにも限度があるし、なにより体力がもちそうにない。

そのとき、ふいに携帯が短く鳴った。メール受信しました、着信音声がそう告げる。

「それみろ」近田は声を荒らげた。「やっぱりメールだ」

「着信しただけだよ」嵯峨は携帯を手にとりボタンを押した。画面は受信メールの表示に切り替わっている。ほっとしながら嵯峨はその文面を見つめた。「ああ……。彼女から連絡が入ったよ。坪内加奈子さんから」

近田は口をつぐんだ。やや動揺したようすをしめしながらも、近田は首を横に振った。

「そんな馬鹿な。なんで加奈子からあんたの携帯にメールが来る?」

「事情はあとで説明するよ。いいかい、読みあげるよ? 道隆君へ。テレビ観てびっくりしちゃったよ。だいじょうぶ？」

「あー、もう、よせ」近田は苛立《いらだ》ちをあらわにした。「でまかせをいうな。携帯をテーブルに戻せ」

嵯峨は言葉を切り、近田を見つめた。近田はまっすぐに目線を合わせることに抵抗があるらしく、顔をそむけた。

まるっきり信用していないわけではないな。そわそわしているのは、期待感の裏がえしとみることができる。つまり、彼女からの伝言を無条件に待ち望んでいる心理状態なのだろう。籠城《ろうじょう》の目的についても、彼女を振り向かせたいという欲求が自殺願望よりも先にあったのはまず間違いあるまい。

近田は本心ではメールの真偽を気にかけている。それならためらう必要もない。嵯峨はメールを読みつづけた。「最後にマックで会ったときさー、道隆君に家のこととか相談したじゃん。道隆君って何話しても、とにかく頑張れしか言わないから、わたしもいらいらしちゃって……」

衝撃を受けたようすの近田は、ふいに感嘆の声をあげて駆け寄ってきた。床に張られたガソリンが飛沫《しぶき》をあげる。

「まじかよ」近田は目を見張っていた。「ほんとに加奈子からのメールなんだな？」

嵯峨は黙って携帯をテーブルに置き、近田のほうに押しやった。

直接手で渡さなかったのは、近田が携帯を手にとるかわりに、いま持っているものを置くようながすためだった。

近田はこの誘導に乗せられたようすで、発煙筒をテーブルに放りだして携帯をひったくった。

だが、嵯峨の緊張は解かれなかった。近田はもういっぽうの手にライターを握りしめたままだ。油断できない状況に変わりはなかった。

携帯の画面を食いいるように見つめる近田のようすをうかがいながら、嵯峨はそっと発煙筒に手を伸ばし、近田から遠ざけた。

「加奈子……」近田はふいに泣きそうな顔でつぶやいた。「料金未払いで電話が切れてたのか……。事情により通話ができなくなっておりますとか言うから、てっきり着信拒否されてると思ってた……」

「よかったね」と嵯峨はいった。

近田はふっと笑った。「どういうふうに頑張るのか考えてくれないことに腹を立ててたけど、それはB型だったらしょうがないのかな、って書いてある……。そうだよ。その通りだよ！」

加奈子という女性のもとに、臨床心理士会が誰を派遣したかはわからないが、的確な説得をおこなうことができたらしい。おそらく、血液型性格分類を信奉する彼女の主張に逆らわず、同調することで心を開かせたのだろう。賢明な策だと嵯峨は思った。

いまも近田に対しては、意見を否定するのは得策ではあるまい。嵯峨は告げた。「O型は母性本能が強いとも言われてるからね。きみが困っているのを見捨ててはおけなかったんだよ」

「そう……かな」近田は戸惑いに似た表情を浮かべた。「よかったのかな……。ここに立て籠《こ》もったことが……。いや、よくないか」

自分の行為に疑問を抱きだした。いい兆候だ。最後は自分から投降させよう、嵯峨はそう心にきめた。警官らが押し入って逮捕となったのでは、近田の心に揺らぎがあったことが証明できなくなる。彼自身も自分がどんな心境だったかわからなくなり、供述であいまいなことを口走ってしまうだろう。

「外に出ようよ」嵯峨は穏やかにいった。「いまなら情状を酌量してもらえる余地もあるよ。でもそれには、きみが自分で自殺を思いとどまったという証《あかし》が必要になる。ライターを僕に預けてくれ」

近田の顔はこわばった。にわかに警戒のいろが広がる。信用できるかどうか、値踏みするような疑わしげな視線が嵯峨に向けられた。

嵯峨はただ黙って、その近田の目を見つめかえしていた。

沈黙はしばしつづいた。やがて、静止していた時間がふいに動きだしたように、近田はライターを差しだした。テーブルに叩《たた》きつけるように置いて、ゆっくりと身体を起こす。

「これでいいのかい」近田がきいた。

「ああ」と嵯峨はうなずいた。脇腹の痛みを堪《こら》えながら、静かに椅子から立ちあがる。

「外の空気を吸おう。丸腰で建物を出れば、警官も押し寄せたりはしないよ。心配いらないから」

「そうなのか。そうであってほしいけどな」近田は不安を隠しきれないようすだったが、嵯峨に携帯電話をかえすと、戸口に向かって歩きだした。

嵯峨はテーブルの上の発煙筒とライターを手にとり、背後に隠し持った。これで物理的にも危険は去った。だがそれ以前に、嵯峨はもう近田が心変わりすることはないだろうと確信していた。

加奈子に嫌われていないとわかり、近田道隆は理性を取り戻した。理性の働きがある以上、本能的な反社会的行為への衝動は抑制される。当人の思いをきちんと掬《すく》いとることができれば、大半の犯罪は未然に防げるはずだ。

近田につづいて戸口へと歩いていく。近田がガラス戸を押し開けた。外気が吹きこんでくる。ガソリンの悪臭に頭痛を覚えていた嵯峨には、なによりありがたい環境の変化だった。

警官らはこちらの動きを察知し、ゆっくりと包囲網を狭めてきていた。パトカーの脇に立つ枡添警部補の姿は、すぐに嵯峨の目にとまった。たずねるような顔をこちらに向けている。嵯峨はうなずき、所持していた発火用の道具を高く掲げてみせた。

枡添がすばやく指示を送ると、警官らの何人かが小走りに駆けてきた。

嵯峨は警官にいった。「手錠は仕方ないかもしれないけど、腰縄まではいらないよ。彼は逃げたりしないから」

　近田が嵯峨を振りかえった。いまになって事態の大きさに気づいたのか、怯《おび》えたような顔をしている。その表情はまるで少年のようだった。

「怖がらないで」嵯峨は近田に微笑みかけた。「警察のほうには僕からも、ことの流れを説明しておくから」

　近田はわずかに潤んだ目で嵯峨を見つめていたが、やがて少し頭をさげた。うなずいただけだったかもしれない。そのまま黙って、警官らの誘導に従って建物から遠ざかっていった。

　緊張が解けると、足もとから崩れおちてしまいそうだった。嵯峨はガラス張りの壁面にもたれかかり、めまいを堪えようとした。

　と、走り寄ってくる足音がきこえた。顔をあげると、枡添が満面の笑いをたたえながら近づいてくるところだった。「いやあ、嵯峨先生。お手柄でしたね」

「どうも」嵯峨は発煙筒とライターを手渡すと、その場を離れて歩きだした。「すみませんが、気分がすぐれないもので。署で事情聴取につきあうぶんにはかまいませんが、いちど帰って着替えてきてもいいですか」

「ええ、それはもちろん。……背中も腰もガソリンまみれですね。あのカローラでお戻りになるんですか？　お送りしましょうか？」

「いえ、いいですよ」嵯峨は苦笑した。「ラジエーターが駄目になって煙がでたことはありますが、車両火災までには至りませんでしたから。きょうもだいじょうぶでしょう」

野次馬たちが群れるガソリンスタンド前の歩道に、黄色いテープによって仕切られた通路ができている。重い足をひきずりながら、嵯峨は古びた愛車へと足を運んでいった。そう、油まみれになってもこのクルマを転がすことに、なんの不安もない。カローラはけっして壊れたりしない。機能を失う寸前の、僕の身体とは違って。

少年の心

陽が傾いてきている。一ノ瀬恵梨香は買ったばかりのメルセデスベンツSLK350の屋根《ルーフ》をオープンにして、文京区本郷《ほんごう》の住宅街を駆け抜けていった。風が心地よい。ガソリンスタンドの籠城《ろうじょう》も無事解決したらしく、すっきりした気分に浸れる。坪内加奈子は、警察にはひとりで行くといっていた。彼氏が逮捕されたというのに、加奈子の顔には微笑があった。逮捕は初めてじゃないし、と加奈子はいった。前にも飲酒とかでしょっぴかれたことがあったし。道隆君を警察に迎えにいくのはわたしの役目。嬉《うれ》しそうにそう告げた加奈子を、恵梨香は半ば呆《あき》れながらも羨《うらや》ましく思った。へえ、ラブラブじゃん。こういう愛のかたちもあるんだね。恵梨香がそういうと、加奈子は照れ笑いを浮かべていた。

加奈子に付き添う手間が省けたので、恵梨香は予定より早く臨床心理士会の事務局に戻ることができた。住宅街のなかに立つ五階建てのビルの下、専用の駐車場にクルマを乗りいれる。この時刻、臨床心理士の大半はまだ事務局に帰ってきていない。駐車場は閑散としていた。

恵梨香は、同じくメルセデスに乗る岬美由紀のCLS550を探したが、見当たらなかった。その代わり、いやに古びた国産車が停めてある。カローラのようだった。いまどきこんなクルマに乗るなんて。ステアリングを回すだけでもしんどそうだ。

事務局に立ち寄ると、美由紀がいるかどうかいつも気にかかる。三つ年上の尊敬する先輩を真似て恵梨香もエルメスのバッグを買い、先日やっと新車のSLKを購入できた。貯金はまたゼロに近くなった。知名度もあって高級とりの美由紀と所有物で張り合うのも滑《こっ》稽《けい》だが、なぜか彼女のライフスタイルを模倣したくなる。美由紀とはそんな女性だった。

ただひとつ、恵梨香が美由紀を手本にしないものがある。化粧だった。元国家公務員の美由紀はいたって地味に、控えめなメイクを心がけているらしい。もちろん臨床心理士としても好ましいことなのだろう。しかし恵梨香は、この派手なメイクだけは変える気にはなれなかった。上司に何度小言を受けても聞く気になれない。

ルーフを閉じたSLKを離れて、ビルのエレベーターに向かう。三階を押した。事務局には文字どおり会の事務室のほか、一般の相談者に面接するためのカウンセリングルームがある。臨床心理士も常時待機するシステムだ、誰かはいるだろう。

上昇するエレベーターのなかでぼんやりと思った。美由紀は美人であることや有能であることを鼻にかけるタイプではないし、むしろ万人にやさしく公平であろうとする性格の持ち主だが、それでもブランド品をそろえる誘惑には勝てないらしい。O型は高級ブランドが好きともいわれている。たしかにO型の坪内加奈子は、恵梨香のバッグを見たとたんに態度を変えたようでもあった。

するとA型のわたしが、美由紀のようになりたいという欲求の代償として以外、これらの高価な品に喜びを感じないのもうなずける。渋谷１０９におさまっているチープなブランドのほうがずっと好みに合う。

恵梨香は頭をかいた。血液型性格分類はそれなりに当たっているような気がする。こんなわたしが資格試験にパスするなんて、臨床心理士会もだいじょうぶなのかな。

エレベーターの扉が開いた。病院の待合室のように長椅子が連なる広い部屋は、いまはがらんとしていた。カウンセリングルームで面接療法を受ける相談者が順番を待つための場所だが、いつ来ても椅子が来訪者で埋まっているところなど見たこともない。事務局の威厳をだすための設備なのだろう。国家資格を目指そうとする本部の意気込みはわからなくもないが、少しばかり無駄遣いにも思える。

薄暗い無人の室内に、テレビだけが点《つ》いている。恵梨香はそう思ったが、すぐに間違いだと気づいた。壁ぎわにぽつんと座っている男がいる。背もたれに身をあずけて天井を仰ぐようにしていた。

誰だろう。恵梨香は近づいていった。男は目を閉じて、仮眠をとっているようすだった。長い髪に痩《や》せこけた頰、高い鼻。顎《あご》にはうっすらと無精ひげが生えているが、端整な顔には違いなかった。どことなく不健康そうな印象がある。相談者だろうか。

と、男が目を開けた。男は黙って恵梨香の顔をじっと見あげた。

「あのう」恵梨香は戸惑いがちに声をかけた。「あ、こんにちは。わたしは……」

「一ノ瀬恵梨香さん。だろ？」男は喉《のど》にからむ声でつぶやくようにいった。「初めてお目にかかるね。僕は嵯峨。さきほどの坪内加奈子さんの件では、お世話さまでした」

「ああ」恵梨香は隣りに座りながら嵯峨を見つめた。「あなたが嵯峨先輩!? でもどうしてわたしが……」

「一ノ瀬さんだって気づけたかって？ そりゃ、見ればわかるよ。坪内加奈子さんって、いわゆるギャル系だろ？ つきあう男性の嗜好《しこう》やメールの文章でそう思ったよ。で、臨床心理士会はそんな坪内さんと話が合いやすそうなカウンセラーを派遣した。いや、事務局もみごとな判断を下したもんだね。臨床心理士も毎年、二千人から三千人が資格試験を受けるけど、いよいよその幅も広がったってことだね」

「それってどういう意味？ ちょっと差別的な含みがあるように聞こえるんですけど」

嵯峨は苦笑に似た笑いを浮かべた。「差別だなんて、とんでもない。世の中にはいろんな人がいるから、臨床心理士も多種多様になるのはいいことだと思ってるんだよ。僕だって行く先々で変人扱いされてるさ。きょうもガソリンスタンドの従業員に白い目で見られた。あんなクルマに乗るなんて、ってね」

「駐車場にあったカローラですか？ あれ嵯峨先輩のクルマ？ うそー、なんか意外……。外車とか興味ないんですか？」

「外車って？ 美由紀さんのクルマみたいな？ 活躍の場の多い彼女とちがって、僕は薄給の身だしね」

思わず心が躍る。恵梨香はきいた。「美由紀さんとは知り合いだったんですか」

ところが、嵯峨は表情を曇らせた。口もとに笑いは残っているが、どこか憂鬱《ゆううつ》な気分を漂わせながら嵯峨はつぶやいた。「まあ、同僚ではあるしね……」

どうしたのだろう。なにか気に障ったかのような反応だ。ひょっとして仲が悪いのだろうか。

ふとそのとき、なじみのある音楽が耳に入ってきた。バイオリンの奏でるせつないメロディ。脳裏にきざみこまれているその曲、さすがに瞬時に注意を喚起される。心理学でいえばカクテル・パーティー効果というやつだった。

思わずテレビに目が釘付《くぎづ》けになる。織田裕一《おだゆういち》の演じる主人公が、病室のベッドに横たわる柴山《しばやま》コウの手を握り、僕はどこへもいかない、低くそうつぶやいている。

魅了されるとはまさにこのことだろう。恵梨香はドラマの世界に入りこみ、その美しくはかないふたりの関係の行方に思いを馳《は》せた。涙が頬をつたう柴山コウの心境になり、思わずもらい泣きしてしまいそうだ。

だがそれはほんの数秒のことだった。本編の放送ではなく、CMにすぎなかった。ナレーションが告げる。『夢があるなら』今晩九時。

「あーきょうだったんだ！」恵梨香は衝動的に大声をあげた。「ラッキー。HDD録画セットしてくるの忘れてたんだよね。気づいてよかった。嵯峨先輩、これ観てます？　わたし毎週欠かさず観てるんです。先週もぼろぼろ泣いちゃって、もう最高！」

嵯峨はまた天井を仰ぐ姿勢で目を閉じたまま、ぶつぶつといった。「なんの番組？」

「なんのって、決まってるじゃないですか。柴山コウと織田裕一といえば……」

「世界陸上？」

「じゃなくて、『夢があるなら』ですよ」

「ああ、あれか……」嵯峨は咳《せ》きこむと、寝返りをうつように身体をねじって背を向けた。

「なんかインターネットで知り合った人たちの実話に基づく話とか……」

「そう。ブログで知り合いになった白血病の女性を支える男性の話で……すごく可哀そうで、繊細な話なんですよ。女性は最後には死んじゃうんだけど、それまでの短い人生にすべての幸せを集約させよう、って男性が頑張るのがけなげで……。あー、なんか喋《しゃべ》ってるだけでも泣けてくる」

「すごいねそりゃ。トランス状態だね。理性が完全に鎮まって、本能が表層化している」

「まあ、ドラマにハマる心理を分析すればそうでしょうけど、でも実話だからさー……。難病に冒されて、家族からも見放された彼女のために尽くすなんて、嵯峨先輩、できます？　すごい素敵な話で……」

嵯峨はかすかに神経質そうな態度を漂わせながら、恵梨香を振りかえった。「トランス状態だよ。理性の働きがなさすぎる。いまもカウンセリングルームには相談者がいるんだよ。おしゃべりの声が大きすぎるってことが、きみには自覚できていない」

恵梨香ははっとして口をつぐんだ。言われてみればたしかにそうだ。

「ごめんなさい……。つい夢中で」と恵梨香はつぶやいた。

「わからないではないよ。自宅で毎週観ているドラマによって深いトランス状態に入っているってことは、平素な状況にあってもそれを連想させる目印的な条件、たとえばテーマ曲とか馴染《なじ》みの俳優の顔とかを視聴すると、たちまちトランス状態に引き戻される。いわゆる後催眠《ポスト》暗示に近い心理のメカニズムだ」

「ええ……まあ、そうですね……おっしゃるとおり……」

恵梨香は小声で同意してみせたが、内心は釈然としないものを感じていた。

ドラマに感動する心理を、そんなふうに理知的に分析するなんて、損な性格の持ち主だな。恵梨香は嵯峨についてそう思った。そういえばどことなく暗いし、やたらと咳きこんでいて身体も悪くしているようだし、近寄りがたい印象がある。ルックスはいいほうだし、もう少しおしゃれにしていれば株もあがるというのに、安っぽいスーツがくたびれた印象を助長させている。

真面目ひとすじに生きてきて、恋愛もあまり経験してこなかったのかもしれない。そんな嵯峨だからこそ、あのドラマを観るべきではないだろうか。

おせっかいとは知りつつも、恵梨香は薦めてみることにした。「『夢があるなら』観ます？　よければ第一話から録画してあるから……」

「いや、観ない」嵯峨はひどくぶっきらぼうにいった。「観たくもない」

恵梨香はむっとした。そこまで毛嫌いする必要があるだろうか。この先輩は、後輩にあたるわたしの心理に配慮できないのだろうか。血液型性格分類が正しければ、B型に当たるだろう。

「嵯峨先輩って、血液型は何ですか?」恵梨香はきいた。

「きょう聞かれるのは二度めだな。僕はO型だよ」

O型。恵梨香はやや拍子抜けした。いや、そういえばO型は一匹狼ともいわれている。この無頓着《むとんちゃく》さはそう考えればしっくりくる気もする。

うんざりして、恵梨香はため息をついた。わたしはなにを考えているのだろう。どんどん世間に感化されて、血液型性格分類に信憑性《しんぴょうせい》を感じはじめている。四年後の臨床心理士資格の更新時にはマイナスになりこそすれ、決してプラスにはならない知識だというのに。

人は迷信に弱い。晴れ男とか、雨女という迷信にすら、いくらか信じがちになるときさえある。血液の生理作用という説得力のせいで、天気が左右されるという話よりさらにリアリティのある血液型性格分類。それを否定することは、個人の観念としては難しいかもしれない。

そのとき、突如のようにあわただしさが増した。壁の向こうで怒鳴りあうような声がきこえる。ふたりとも男性の声だ。くぐもっていてよく聞こえない。

だが次の瞬間、カウンセリングルームの扉が蹴破《けやぶ》られたかのように勢いよく開き、ひとりの痩せた少年が目をいからせながら足早に歩みでてきた。ラフな服装をしている。年齢は十代半ばから後半、背は高いほうで、ほっそりした体格は嵯峨に似ている。病的な面影も嵯峨を若くしたかのようだった。

「北見君」面接していた臨床心理士があわてたようすで、少年を追いかけてきた。「北見《きたみ》駿一《しゅんいち》君、待つんだ」

「うるせえ！」北見駿一と呼ばれたその少年は振り向きざまに一喝すると、恵梨香のほうに向かってきた。

腕っぷしはそれほど強そうではないが、怒りに我を忘れて何をしでかすかわからない、そんな殺気に満ちた目をしている。恵梨香は思わずすくみあがったが、隣りにいたもうひとりのカウンセラーのとった行動は違っていた。

嵯峨はおもむろに立ちあがると、北見駿一の前に立ちふさがった。「きみ。担当の臨床心理士が呼んでるよ。勝手に帰るのはよくないんじゃないかな」

駿一は嵯峨を見つめて立ちどまった。進路を阻まれたことにわずかな動揺のいろをみせたが、すぐにまた敵愾心《てきがいしん》を剝《む》きだしにすると、手にしていた紙袋からなにかを引き抜いて突きだした。

彼の担当の臨床心理士が告げた。「嵯峨先生、気をつけて！　改造ガスガンですから」

恵梨香は怯《おび》えながら立ちあがった。

駿一が嵯峨に突きつけているものは、映画で見かける金属製のオートマチック式拳銃《けんじゅう》そのものに思えた。事実、形状は本物とうりふたつなのだろう。一般に流通しているホビー用品のガスガンを改造し、威力を高めることは違法のはずだった。この北見駿一という少年は、それを所持しているのだ。しかもいま、嵯峨を狙いすましている。

嵯峨はその場に立ち尽くした。けれども、怯えているようすもない。駿一を説得したい意志をのぞかせているようだが、駿一のほうもその気配を察したのか、ガスガンの銃口を嵯峨の眉間《みけん》に向けた。説教などするなという意味の威嚇行為だろう。

三人の臨床心理士らを脅しながら、駿一はそろそろとエレベーターの扉へと後ずさっていった。ガスガンを持つ手が震えている。それが怯えや緊張によるものなのか、それとも発砲を辞さないほどの怒りのせいなのか、恵梨香の目には判然としなかった。

ところがそのとき、エレベーターの扉が開いた。降り立ったのは岬美由紀だった。美由紀は何歩か進みでたところで、すぐ目の前にいる駿一に気づいたらしく、足をとめた。

駿一も美由紀に対しとっさの警戒心を働かせたようだった。身を翻してガスガンの銃口を美由紀に向ける。武器であることをしめすように、銃をわずかに傾けて側面をみせた。

しかし、その一瞬の隙をついて美由紀は動いた。ほとんど無表情のまま、美由紀は素早く繰りだした右手で駿一の手首をつかみ、捻《ひね》りあげた。

悲鳴に似た声を発したのは駿一だった。美由紀に手首をつかまれたまま、全身の筋肉を萎縮《いしゅく》させてちぢこまっている。まるで捕獲された動物のようだった。

美由紀はけっして駿一の手首を力ずくでねじ伏せているわけではなさそうだった。彼女の得意な合気道の関節技、手首が可動するほうに捻って極《き》め、駿一の動きを封じているらしい。

それでもかなりの痛みを伴うのか、駿一は苦痛の表情で悲鳴をあげつづけた。駿一の指先からガスガンが落下した。床におちたそのガスガンを、美由紀が蹴って遠ざけた。なおも駿一の手首をつかんだまま、美由紀は冷ややかにいった。「あんなもの持ちこんじゃ駄目でしょ」

さすが美由紀さん、元自衛官。機転が利くばかりか敏捷《びんしょう》さも申しぶんない。恵梨香はほっと胸を撫《な》でおろしたい気分だった。

だが、嵯峨の反応は違っていた。嵯峨は美由紀のほうに歩み寄りながらいった。「放すんだ、美由紀さん。もっと穏やかにいこうよ」

穏やかって。恵梨香は面食らった。嵯峨はなにをいっているのだろう。ついいましがた、彼自身が大怪我を負うかもしれない状況だったというのに、穏便な対話を推奨とは。いくらカウンセラーとはいえ呑気《のんき》すぎはしないか。

美由紀も一瞬だけ憤然としたような顔を浮かべたが、嵯峨に目を向けたとき、その表情は変化した。

「嵯峨君……」美由紀は呆然《ぼうぜん》とした面持ちでつぶやいた。

「ひさしぶりだね、美由紀さん」嵯峨は静かにいった。

思わず立ち尽くしたようすの美由紀の握力が緩んだことを、駿一は機敏に感じとったようだった。身体を捻るようにして強引に美由紀から逃れると、閉じかけたエレベーターの扉のなかに転がりこんだ。

駿一はなおも追っ手を気にするようにエレベーターのなかで身を小さくしていたが、美由紀はそこから一歩も動かず、ただ見送るにまかせているようすだった。扉は閉じた。駿一はまんまと逃げおおせたことになる。

美由紀が嵯峨に目を戻したとき、その顔には苛立《いらだ》ちや憤りはなく、ただじっと見つめるまなざしだけがあった。「なぜここにいるの？　長期休暇中って聞いてたのに……」

「急な呼びだしがあってね。ほら、昼間のガソリンスタンドの件だよ。僕の家から近かったから……」

「ああ」美由紀の顔に少しずつ冷たいものが混じってきた。「あなたが説得に行ったの……。そう。怪我はなかった？」

「もちろん。だいじょうぶだよ。きちんと話ができれば、危害を加えられることなんて滅多に……」

「いまの子は違うでしょ？　炭酸ガスの圧力に耐えられるようにバルブや部品をいじった跡があったじゃない」

「いや。あの子がどんな理由で面接療法を受けてたかは知らないが、ひどく怯えているみたいだった。精神的に不安定だったんだよ、護身用に武器を持っていることで、ようやく安心できたのかもしれない」

「改造ガスガンは違法でしょ。まず武器を取りあげてからでないと、話し合いなんかできないわ。嵯峨君が負傷する恐れもあったわけだし……」

「僕ならだいじょうぶだってば」嵯峨は控えめに笑った。「あの状況でも説得はできたよ」

美由紀はむっとしたようだった。「それ、本気でいってるの？　嵯峨君のカウンセリング技術に疑問の余地はないけど、武器を手にした人間は衝動的な行動にでる可能性も……」

「ガソリンスタンドのほうが危険だったよ。でもなんともなかった」

「それも違うって言ってるの！」美由紀は怒りをあらわにした。「ガソリンが撒《ま》き散らされた場所にいくなんて。相手が点火したらどうするの？　嵯峨君がいくべき場所じゃないのよ。臨床心理士は交渉人《ネゴシエーター》じゃないわ。危険が去ってから、相手の心を安定させるために対話の役を買ってでればいいの」

「それはそうだけど……」嵯峨はつぶやくようにいった。「たとえ負傷したとしても、それは自分のせいだよ。悩んでいる相手のために、話を聞くのが僕らの仕事なんだからさ……」

「もう。どうしてわからないの？」美由紀は憤りのなかに、別の感情をのぞかせていた。かすかに潤んだ瞳《ひとみ》とともに美由紀はいった。「こんなに心配してるのに、なぜわかってくれないの」

「心配してくれたのかい……？　正直、気づかなかったよ」

「何度も電話したのに連絡も寄越してくれないし。それなのに、臨床心理士会からの呼び出しにはすぐに応じるの？　どうして？」

恵梨香は気まずい空気を感じ、腰がひけている自分を悟った。

なんだか会話が妙なほうに向かっている。ふたりの過去については知らないが、少なくとも嵯峨がさっき説明したような、ただの知人どうしという間柄ではないのだろう。美由紀が四歳も年上の嵯峨を、君《くん》づけで呼んでいることからも、たんなる同僚の関係ではないとわかる。

率直に熱い思いをのぞかせる美由紀に対し、嵯峨のほうは内気な態度を貫いていた。嵯峨はいった。「そのう、とにかく、多少の怪我を負ったって、対話を優先させるべきなんだよ。僕らはカウンセラーなんだから」

「多少の怪我？」美由紀の目が鋭く光った。

「そうだよ。改造ガスガンといっても、人を殺傷するほどじゃないだろ」

美由紀の顔がこわばった。嵯峨をじっと見つめてから、つかつかと落ちている銃のほうに向かう。それを拾いあげると、長椅子の背に向けて両手で構えた。

空気銃のように生易しい音ではなかった。美由紀が引き金をひいたとたん、鋭く弾《はじ》けるような音が耳をつんざいた。

恵梨香は呆然としながら、その長椅子に近づいていった。美由紀が狙い撃った場所はすぐにわかった。貫通はしていないが、中のスポンジがのぞくほどの亀裂《きれつ》ができていた。たしかによほどのことがないかぎり、死ぬほどではないだろう。しかし、重傷というレベルは充分にありうる。それだけの威力であることは一目瞭然《りょうぜん》だった。

しんと静まりかえった室内で、美由紀が嵯峨を見た。嵯峨は困惑したように目を泳がせていた。

「警察に連絡したほうがいいわね」と美由紀はいった。

北見駿一の担当だった臨床心理士が、怯《おび》えきった顔で事務室のほうに向かいながら告げた。「すぐ電話するよ」

「あの」美由紀はその背を呼びとめた。「さっきの少年、どんな理由でここに相談にきていたんですか？」

「それが、心の病ではなくてね。……重い疾患にかかっているせいで、精神的に不安定になっているんで、面接療法でやわらげたほうがいいと医師が判断した。それで紹介を受けたんだよ」

「重い疾患ですか。どんな？」

「それが」臨床心理士の目がちらと恵梨香を見た。「急性骨髄性白血病だよ。北見駿一君は白血病患者だったんだ」

白血病……。恵梨香は愕然《がくぜん》とした。

わたしが『夢があるなら』のＣＭを観て、はしゃいだ声をあげてしまった直後に、彼は飛びだしてきた。全国的に話題になっているあのドラマのことを、北見駿一も当然、知っていただろう。

室内に沈黙が降りてきた。恵梨香はいたたまれなくなり、うつむくしかなかった。

嵯峨がささやくような声で恵梨香にいった。「気にするなよ。知らなかったことなんだ、きみのせいじゃない」

事情を知らない美由紀が当惑ぎみにきいてきた。「なにがあったの?」

恵梨香は顔をあげられなかった。声をだすこともままならない。わたしは不用意に、あの少年を苦しめてしまった。生きるか死ぬかの病に冒された少年の心を、追い詰めてしまった。

オークション

北見駿一は、電車の窓から外を覗《のぞ》いた。夜の闇、あるのはそれだけだった。都会のようなネオンの光も、窓の明かりも見えない。街路灯もない山林がつづく。

車内に目を戻した。JR内房《うちぼう》線の最終電車、安房鴨川《あわかもがわ》駅行き。木更津《きさらづ》駅まではそれなりに乗客の姿もあったが、館山《たてやま》市に入ってからはこの車両には駿一ひとりしかいなかった。それでも、静寂にはほど遠い。使い古された車両なのか、騒音も振動も半端ではない。

だが駿一にとっては、その騒々しさはかえって安堵《あんど》につながっていた。家が近い、そんな実感がある。うたた寝を誘うような静けさは、乗り過ごすことにつながる。これぐらいがちょうどいい。ずっとそう思って生きてきた。

高校二年になったばかりの春、首に妙な腫《は》れものができた。それまでにも父に竹刀でしばかれた翌朝には、あちこちに痣《あざ》や腫れはできていたが、首を打たれたことはなかった。

奇妙に思って病院にいくと、小児科に通された。十七にもなって小児科とは納得がいかなかったが、未成年でもあるし仕方のないことだろう。

医師は、駿一がタバコも酒もやっていないことに妙に関心を寄せていた。きみぐらいの歳になると、成人と変わらない肺と肝臓の持ち主になっている輩《やから》が少なくないからね、そういって笑った。

たしかにそんな友達は多いが、館山の高校生がみな不良と決めつけるような見方には反感を抱かざるをえなかった。それに、まともな生き方をしない連中には、それ相応の理由がある。この医者にはそのことがわかっていない。

血液検査をする、と医者はいった。太い注射器に身の毛がよだったが、実際に待ち受けていた状況はそのていどではなかった。十本近い注射器に血を抜かれたうえに、検査入院となった。点滴、それに骨髄の検査。腰の骨に麻酔をしてから、細い管を刺して、骨髄の一部を吸引する。そんな作業がおこなわれた。

骨髄、骨髄としきりにいわれても、それがなにを意味するのかあまりよくわからなかった。内臓の一部か、構成要素のなにかだろう。そう思って、それ以上考えるのをやめた。いまに至っても、あまり詳しくは知らない。骨のなかにある液体みたいなもの、ということだけはわかった。ある日、医者が説明してくれた。ラーメンでいうガラ、つまり煮込みスープのもとになるとろりとした液体、あれが骨髄だという。

検査結果は翌日、伝えられた。まず父が呼びだされ、その父の口から駿一に告げられた。呑《の》んだくれの父は、いつものようにうつろな目で駿一を見やりながらつぶやいた。おまえ、白血病だってよ。

それは文字どおり、頭をぶん殴られた以上の衝撃だった。自分でも気づかないうちに目に涙が溢《あふ》れ、それからぼろぼろと泣いた。なんでこんな目に遭うんだ、そんな思いばかりが募った。ぼんやりとベッドの脇に立つ父に腹が立った。俺と父の健康状態を挿《す》げ替えてやりたい、本気でそう思った。

父が母と別れたのは、駿一がずっと幼かったころのことだ。母の面影もおぼろげな記憶でしかない。それでもこのとき、駿一は母に会いたいと強く願った。戻ってきてはくれないだろうか、父に頼んでみるかと何度も考えた。しかし、そんなことは言いだせなかった。過去にも父は、母の話をだされるとひどく不機嫌になった。暴力で八つ当たりした。まさか病院で患者に手をあげることはないだろうが、家に帰ってからどうなるかわからない。

列車が減速する感覚とともに、車掌の声が耳に入ってきた。九重《ここのえ》、九重。

駿一はゆっくりと立ちあがった。列車はほどなく停まり、ドアが開いた。

冷たい夜気のなかに歩を進める。ひとつ手前の館山駅はエスカレーターもある大きな駅だが、この九重駅は駿一が物心ついたころからずっと無人駅のままだった。上下線をはさんでふたつのホーム、その表層を照らす街灯の薄明かり。あるのはそれだけだった。

ホームを降りると、辺りは真っ暗だった。駅前の郵便局と、近くを走る国道一二八号。ほかにはなにもない。国道から一本入った山道を、駿一はひとり歩いていった。

入院がきまってから、長時間、点滴を打たれることになった。その薬の袋もどんどん増え、飲み薬の数も増加の一途をたどった。点滴のほか輸血、採血用の管を心臓のすぐ近くに刺すという手術がおこなわれたが、麻酔がきかないのか激痛に苦しんだ。蚊帳のようなビニールの覆いがついた簡易無菌ベッドに寝かされ、そこが唯一の居場所になった。これは無菌に浄化された空気が絶えず覆いの内部に流れこんでくるもので、ベッドからでるときには防塵《ぼうじん》マスクを着用せねばならない。いまはそこまでの処置は必要でなくなったが、病気の進行過程や治療しだいでは、またいつでもその生活に戻る可能性がある。

髪の毛も抜けはじめた。毎朝、枕の上に黒々とした髪が無数におちている。それらは、自分で取り除かねばならない。ただし、大量に抜け落ちる日が続いても、ハゲにまではなかなか至らなかった。髪というものがこんなにあるとは思ってもいなかった。少し髪が薄くなったら、ヘアスタイリングにも都合がいい、そんなふうに感じた。

白血病は、白血病細胞がどんどん増えていく病気だと説明を受けた。その白血病細胞が百万以下にとどまれば、治る見込みもあるという。ステロイドの注射で白血病細胞が減少してくれればいいのだが、不幸なことにそうはならなかった。白血病細胞は増加をつづけ、五百万前後にまで至っているときいた。このままでは呼吸不全や脳出血になる可能性もあるという。遠慮なく事実を明らかにしてくれる医者だと駿一は思った。

不治の病。そんな言葉が頭をかすめた。ちょうどこれに前後して、あのブログに端を発した白血病の女を励ます男の純愛物語が話題になった。ブログの文面をまとめた本が売れ『夢があるなら』と題名がついた。駿一は病院のベッドで、その評判をつたえるワイドショーの特集を観た。泣ける本だと話題になっているという。この『夢があるなら』が映画化、ドラマ化されることになって、後につづけとばかりに白血病の話がテレビの番組欄に溢れていった。

そのさまはまさに、駿一の体内の白血病細胞の増加に等しかった。白血病にかかる薄幸の運命はいまやちょっとしたブームとなり、若くして死んだスポーツ選手や芸能人、一般の学生、主婦までが悲劇の主人公として持てはやされ、これまた書籍化されドラマ化されていった。右をみても左をみても白血病、そして美しい死。純愛イコール白血病、その逆もまたしかり。

ふざけろと駿一は思わず吐き捨てた。暗い山道を帰路につきながら、頭をかきむしった。また手のなかで髪がごっそりと抜ける。その感触があった。

白血病の闘病は美しくなどない。惨めで、嫌気ばかりがさし、痛みのともなう治療の連続だ。ただでさえ落ちこんでいるところに、身勝手に美化した白血病ドラマで、安易な涙など流すな。そんなに泣きたいのなら、俺が代わってやる。そうだ、代われるものなら代わってやる。

いままでの入院生活で最も恐ろしい思いをしたのが、血液成分分離装置という巨大な機械に、長時間にわたってかけられたときのことだった。身体の外へ血液を誘導し、その血液を機械の内部で回転させ遠心力で白血球を分離し、浄化された血液を体内に戻すというしろものだ。

血が吸い取られていくことははっきりと感じた。しぼんでいく水風船のようだった。全身に締めつけられるような痛みと痺《しび》れが走った。機械の唸《うな》り声は、地獄からの呻《うめ》きのような恐怖を伴った。このまま意識を失って死んでしまうのではなかろうか、怯《おび》えつづけた数時間だった。

感動するような美しさなど、どこにあるというのだ。

白血病細胞を減らす試みはつづいた。白血病細胞がゼロになりさえすれば、白血病は治る。しかし、減少はしても消滅はしなかった。いずれ大量の輸血、骨髄移植が必要になるときいた。

入院してから二か月が過ぎ、ときどき外泊が許されるようになった。その前後には大量の点滴を受けることになるため、最初は外泊などなくてもいいと思ったが、自由はやはり捨てがたかった。病院食にもうんざりだった。外にでたからといって勝手なものを食べられるわけではないが、少しは味のついたものを口にできる機会もあるだろう。

気にはしないように努めてきたつもりだが、それでも不安をやわらがせることはできない。周りに八つ当たりすることも頻繁にある。医者や看護師にも食ってかかるようになった。短気を起こしすぎだといわれ、外泊が許されたきょう、臨床心理士に相談することになった。

かねてから心配になっていた〝内職〟について、臨床心理士に打ち明けた。ガスガンの改造は、いまとなっては違法だ。わかっている。わかりきったことだ。それでも、唯一得意なこの技術を生かして小金を稼がざるをえなかった。

ところが、臨床心理士なる肩書きを持つ男の反応は、どこにでもいる大人たちと大差ないものだった。怯えたような目で、それはいけない、すぐに警察に相談にいくべきだなどと言いだす。

相談。自首の間違いだろう。そんなことができるのなら、おまえなどに打ち明けたりはしない。

うまく話が嚙《か》みあわず、いらいらしていたところに、壁ごしに女の黄色い声がきこえてきた。その女は『夢があるなら』がいいドラマだとか抜かしていた。たまらなくなり、カウンセリングルームを飛びだした。制止されそうになったため、思わず所持していたガスガンで威嚇してしまった。相談のために持ってきたガスガンを、飛び道具として使ってしまった。

誰にも怪我をさせるつもりはなかった。でも、状況によってはどうなっていたかわからない。逃げだしたこともよくなかった。すぐ戻るべきだったかもしれない。しかし、もうどうしようもない。

手入れのなされていない雑木林のなかに延びる狭い道を歩いていった。駿一の家、古びた平屋建ては、その林のなかにひっそりと存在していた。以前から小さな家だとは思っていたが、きょうはまたひときわ、こぢんまりとして見える。

玄関の引き戸の前で、スクーターが埃《ほこり》をかぶっていた。卒業した先輩のおさがりだが、入院したせいもあり、長いこと乗っていない。ときどきはエンジンをかけないと走行不能になってしまうだろう。

明かりは消えていたが、引き戸に手をかけると、思ったとおり開いていた。こんな家に盗《と》るものがあると思う間抜けな泥棒はいねえ、父の口癖だった。駿一が父の言葉を真っ当だと感じる、数少ない例のひとつだった。

暗闇のなかにいびきが聞こえる。スイッチに指を伸ばし、玄関の明かりを点灯した。と、だらしない服装をした、痩《や》せた中年男が、玄関に横たわっていた。

泥酔する父など珍しくもなかった。ただし、こんな場所に寝かせておいて体調を崩させるわけにもいかない。

靴脱ぎ場からあがった駿一は、父、北見重慶《しげよし》の上半身を引き起こし、羽交い絞めにして奥の和室へとひきずっていった。

和室にも、ビールの空き缶が散乱している。足の踏み場もないほどだ。それらをどかして、ようやくひとり横たわることのできる場所を確保した。座布団を折り、重慶の頭の下に押しこんで枕がわりにした。重慶は起きるようすもなく、のんきに眠りつづけている。

駿一は身体を起こしたが、そのとき初めて、重慶がサンダルを履いたままなのに気づいた。外で飲んできたらしい。いちばん近い居酒屋まで十キロ以上ある。父の唯一の足である軽トラで出向いたのだろう。無事にかえってきたところをみると、飲酒検問にひっかからなかったにちがいない。運のいい男だった。

重慶の足もとで身をかがめて、サンダルを脱がしにかかる。

と、ふいに重慶の足がびくっと動いた。すぐに膝《ひざ》が持ちあげられ、駿一の胸を勢いよく蹴《け》り飛ばした。

　駿一は背後のたんすに叩《たた》きつけられた。落下してきた目覚まし時計に頭を打ちつける。胸に背中、頭に痛みが走り、同時に怒りがこみあげる。

　だが、駿一は罵声《ばせい》を浴びせなかった。そんなことをしても、なんの意味もない。いまの父はなにをされようとも、反撃のために起きあがることさえできない。無防備というより、ただの生きる屍《しかばね》。そんなもの相手に喧嘩《けんか》を売るほど馬鹿ではない、と駿一は思った。

　重慶はわずかに頭を持ちあげ、たんすの前にうずくまる駿一を見た。目が開いている。酔っ払いの血走った目、顎《あご》の無精ひげにはよだれが光っている。

「おめえ」重慶はかすれた声でつぶやいた。「病院は？」

「きょうは外泊だよ」駿一もぶっきらぼうにかえした。「親父も夜勤じゃなかった？　ガードマンの仕事は？」

「ああ、ガードマン、か」重慶は座布団の枕に頭をもたせかけ、天井を仰いだ。「クビになった。B型は雇わねえってよ」

　駿一はしばし黙って、重慶がそのさきをつづけるのを待った。

　しかし重慶は無言のままだった。つまりそれは、またしても収入を失ったこの状況下で、次に就けるであろう仕事もないことを意味していた。

　やれやれだ。ため息をつきながら、駿一は身体を起こした。まだ胸が痛む。蹴られたせいか、病気のせいかはさだかではない。どうにもならないという意味で、どちらだろうと大差はない、駿一はそう思った。

「ああ、駿一」重慶が呼びとめた。「部屋にあったおめえの携帯、なんべんも鳴ってたぞ」

駿一は重慶を振りかえった。重慶は仰向《あおむ》けに寝たまま身じろぎひとつせず、またいびきをかきだしていた。

はやる気持ちが、駿一の足を急がせた。廊下を自室へと駆けていく。

扉を開ける。四畳半の室内はガスガンとその部品、工具でいっぱいになっていた。入院前に引き受けた改造のほとんどがまだ手つかずだ。

しかしいまは、それらよりも大事なことがあった。ちゃぶ台のパソコンに電源をいれてから、その脇に置いてある携帯電話を手にとった。病院に持っていっても意味がないため、ここに置きっぱなしになっているものだった。

着信履歴を見ると、予想どおりの番号と登録名が並んでいた。すぐに折り返しにかける。呼び出し音が何度かきこえたあと、馴染《なじ》みのある女の子の声が告げた。「はい。安藤《あんどう》ですけど」

「あ、沙織《さおり》……。俺だけど。夜遅くごめんね」

「駿一君？　どうしたの。きょう外泊の日でしょ？　いま帰ったの？」

「うん……。いろいろあってね。やっと家に着いた」

「具合……悪いの？」

「そうじゃないって。用事があっただけだよ。……うん、でもなんか、安心した」

「え？」

「沙織の声をきいたら、ようやくほっとした気分になったよ」

控えめな笑い声がした。「わたしも、駿一君の声がきけて嬉《うれ》しいよ。このところ、あまりお見舞いにいけなかったから……」

「テスト期間だからね。しょうがないよ」

「あの、駿一君。きょううちのお母さんと話してたんだけど、よければこんどの外泊日、うちに遊びにこない？」

「え……」駿一はどきっと胸が高鳴る思いだった。こんな誘いを受けたのは初めてだ。

「べつに、いいけど……」

「よかった。当日はうちのお母さんが食事つくるから、楽しみにしててね。あ、もちろん、病院のくれるレシピに合わせてつくるから、心配ないよ。来てくれる？」

「そりゃ、もちろん……。ありがとう……」

「どういたしまして。ああ、そうだ。もうひとつ聞いておきたいんだけど」

「なに？」

「これもお母さんとの話にでたことなんだけどね、駿一君って血液型、何？」

駿一は、ふいに心が冷えていくのを感じた。時間が制止し、自分のなかで燃えあがっていた炎が急速に小さくなっていった。そんなふうに思えた。

血液型。親父と同じBだ。しかしそのことを告げたくはなかった。自分の性格がどうであるとか、意識したことはあまりない。ただ、B型がこのところ世間でも評判が悪く、風当たりが強いことは知っていた。

あの呑《の》んだくれの親父が職場を解雇されたのは、必ずしも血液型のせいではないだろう。B型だったからというのはむしろ、雇い主が重慶をクビにするための格好の言いわけだったに違いない。しかしおそらく、その雇い主も重慶を見て、やはりB型は仕事ができず信用ならない、その思いを強めることにはなったろう。

「ごめん」駿一は小声でいった。「きょうはもう疲れたし、休みたいんだけど……」

「あ……」沙織はやや気まずい雰囲気を察したのか、あわてたようすでフォローしてきた。

「ごめんね、へんなことを聞いて……」

「いや、いいんだよ。きょうはもう寝るよ。沙織も、風邪ひかないように気をつけて」

「うん。駿一君もね。おやすみ。おやすみなさい……」

「おやすみ」駿一はそう告げて、電話を切った。

しばらく携帯電話を手にしたまま、ぼんやりと虚空を見つめた。

世間に流されることを、極端にきらう自分がいる。白血病、そして今度は血液型。世間の偏見に次々と当てはまる自分。嫌になってくる。時が経つとともに運の悪さが証明されていくかのようだ。

携帯を置き、パソコンの前に座った。

そのときようやく、駿一は自分に対する世間の目に意識が向いた。病気や血液型などという漠然としたことではない、いまは自分が名指しにされ槍玉《やりだま》にあがっていてもおかしくない状況だ。臨床心理士会で改造ガスガンをちらつかせ、それを威嚇に使ったのだから。にわかに鼓動が速まる。ヤフーのニュースページを開いた。未成年だけに実名は公表されていないだろうが、事件はもう報じられている可能性もある。

血液型が気になっていたせいか、最初に目をひいたのはB型という表記を含む記事だった。

消費者金融も血液型で判断？――「B型を狙え」内部流出のマニュアルに記載

内部告発に端を発し次々と問題が表面化している消費者金融業『ポジティブ』の接客マニュアルが流出し、それによると同社は顧客の血液型によって、応対方法を変えていたことがあきらかになった。

マニュアルによれば、B型は「金銭感覚に疎く調子に乗りやすいため、借り入れ金額も多くなりがちで、しかも返済計画が立たず滞りやすいことから、利子も膨れ上がる傾向がある」という。このため、B型についてはほかの血液型よりも借り入れ審査を甘くし、審査に通りやすくするよう指示していた。また、AB型についても「起業を夢見る人間が多いため、巨額の債務を背負いがちになる」とB型に次ぐ「狙い目」であることが記されている。

ガソリンスタンド籠城《ろうじょう》、二時間で解決——臨床心理士の説得が功を奏す

東京都渋谷区のガソリンスタンドで発生した籠城事件は、警察の依頼で文部科学省が手配した臨床心理士による説得で、大きな被害をだすことなく二時間で解決に至った。大量のガソリンを撒《ま》き散らし、自殺をほのめかしながら立て籠《こ》もった無職の男(24)は渋谷警察署での取り調べに対し「自分はB型だが、O型の恋人とうまくいかず、むしゃくしゃしてやった。申しわけないことをした」と反省を口にしているという。

新聞の社会面に該当するニュースは、それらふたつだけだった。

駿一はふうっとため息を漏らした。安堵の吐息にちがいなかった。通報しなかったのだろうか。考えてみれば、警察沙汰《ざた》になっていれば病院や学校にも連絡がいくはずだ。父も呼びだされるだろうし、自宅に警官が来ていてもおかしくない。しかし、父も沙織もふつうだった。

俺は見逃してもらえたのだろうか。それとも、手に負えないから、面倒なこととは関わりあいたくないからと、通報が見送られたのだろうか。

しばらく考えたが、答えはでなかった。大人はなにを考えているかわからない。いまもその状況に変わりはない。

頭を振り、悩みを思考から閉めだした。部屋のなかを振りかえる。ハイプレッシャーガスとグリーンガスのボンベ、補強した金属フレームやバレル、鉄製のベアリング弾……。ガスガン改造用の素材を眺め渡した。

それらをまとめて掻《か》き集め、どこかに捨ててしまいたい衝動に駆られる。どんなに楽になることだろう。

だが、そういうわけにはいかない。親父はまた失職した。入院にもドナー探しにも金がかかる。これ以上、収入なしには暮らせない。

迷っている場合ではなかった。マウスを手にとり、メールソフトを起動した。全国各地の依頼人《クライアント》に返事をせねばならない。ネットオークションの落札者のなかには、だまされたと思っている人間もいることだろう。納期は遅れたが、きちんと完成させる。そう連絡せねばならない。

講堂

東大の本郷キャンパス、安田《やすだ》講堂を借りきって催されたシンポジウムには、全国から臨床心理士が集まっていた。出席者は現在、臨床心理士の資格を保有する者に限られるが、平日の昼間というのに講堂の雛壇《ひなだん》式の座席はすべて埋め尽くされている。血液型性格判断に科学的根拠がないことを証明するという議題に、いかに大勢の臨床心理士らが関心を寄せているかがわかる。

血液型で性格が分類される、それを信じてしまう心理のメカニズムはどこにあるのか。社会心理学的な見地から分析を試みて、それを公に広め、偏見や誤解を払拭《ふっしょく》する。それがこの討論会の目的だった。つまり、一般大衆を説得できるだけの分かりやすく馴染《なじ》みやすい理論で証明せねばならない。

講壇では、臨床心理士がひとりずつ入れ代わり立ち代わり、自分なりの証明法を発表しているのだが、どれも似たり寄ったりだった。討論会の開始から二時間が経ち、参加者らの当初の気概や意気込みは薄らぎつつある。姿勢を崩す者が増え、発言も野次に近くなっていた。

七番目に壇上にあがった九州大学の准教授を務める臨床心理士は、プロジェクターで数値の一覧表を投映し、熱弁をふるっている。

「これは以前、ある雑誌が血液型で性格が分かれる証拠として掲載した、統計の一部です」と准教授はいった。「ごらんのように、無作為抽出した二百人についてアンケートをおこない、どの血液型がどう答えたかを分類しています。たとえばこれ、あなたは聞き上手ですか、という質問に対し、A型だけがほかの血液型に二倍以上の差をつけて、イエスと答えています。これでA型は聞き上手だと結論づけているわけですが、そもそもこの統計のサンプルになった二百人が、どんな人々なのかまったく記されていません。ただでさえ日本人はA型が多く、二百人のなかの血液型の比率もどうだったかわからず……」

講堂のなかはざわめきだした。ひとりの参加者が声をあげる。「失礼を承知でいわせていただくが、そういう話は聞き飽きた。統計のサンプルが何者かわからない、などという言い方は、雑誌の記事にいちゃもんをつけているだけと受けとられるよ。嘘かもしれないし、でも本当かもしれない、そんなふうに水掛け論に持ちこまれて終わりだ。もっと確証が必要なんだよ。われわれは科学者だ、科学的に分析せねばならん」

准教授は苦い顔で咳払《せきばら》いすると、よろしい、そういった。「では科学的に申しあげます。これらのサンプルに偏りがあるか否かが公表されていないかぎり、統計結果も信じられるものにはなり得ていないのです。たまたまこの場合において、自分が話し上手だと感じる人がA型に多かったという結果を伝えるだけであり、それ以外にはなにも証明していません。日高防衛大臣は与党にO型が多いといいましたが、それは現在の国会においてそうだというだけであり、過去にはA型が多かったこともあれば、B型が大多数の議会もありました。数学的証明の統計は何度も繰り返されるべきであり、それらの優位性検定の確率が毎回同じであれば、それなりに実証されうる理論と呼べますが、しかしながら元のサンプルの絶対的な割合の違いを証明するものとはなりえず……」

雛壇はまたブーイングの嵐となった。

老齢の列席者が立ちあがって、他を制する大声で怒鳴った。「小難しくいえば科学的というわけではない。一般にわかりやすく、といっているだろう。これではただ難癖をつけているだけだ」

准教授はむっとして、開き直ったかのように告げた。「そうですよ。ある意味では、われわれはまず、難癖をつけるところから始まるんです。なぜなら、血液型と性格のあいだに因果関係はないという、直接の証明は不可能だからです。だからひとつずつ、こういうデータを否定していくしかない」

列席者たちの罵声《ばせい》は大きくなった。別の臨床心理士が憤りをあらわにした。「不可能とはなんだ。それを証明できてこそ、われわれの存在意義があるんじゃないのか」

「これでは埒《らち》があかん」新たな野次が飛んだ。「血液型性格分類を信じる連中が都合のいいサンプルを公表し、われわれが重箱の隅をつつくようにして否定してまわる。どちらも証明しきれないから永遠に平行線だ」

さっきの老齢の臨床心理士が発言者を振りかえった。「だがなんとかして証明せねばならんだろう。いまや血液型性格分類はわが国の抱える大きな社会問題となりつつある。心理学の専門家であるわれわれがきちんと非科学性を証明できなくてどうする」

講堂内は騒然となった。誰もがいっせいに声を張りあげて発言しているせいで、どの声も聞きとれない。たんなる騒音でしかなかった。

岬美由紀は後方の席で、一ノ瀬恵梨香と並んで座り、その喧騒《けんそう》を眺めていた。思わずため息が漏れる。いつも理性的であるべき臨床心理士が、ここまで本能剝《む》きだしで罵《ののし》りあうとは。誰の顔にも焦りがある。血液型問題を解決できなければ科学者としての敗北、皆がそう考えているせいだろう。医療心理師との縄張り争いもある。この問題にいちはやく決着をつけて、臨床心理士を国家資格に採用させるステップとしたい、理事クラスはきっとそう考えているにちがいない。

恵梨香がささやきかけてきた。「駄目だねこりゃ。話し合いにもなってないよ」

「誰もが興奮性のトランス状態ね」と美由紀もつぶやきかえした。

「……ねえ、美由紀さん」恵梨香が深刻そうにいった。「聞きたいことがあるんだけど」

「なに？」

「北見駿一君のことなんだけど……美由紀さん、通報した？」

「いいえ。白血病だって聞いて、考えが変わったわ。彼にもどんな事情があるのか、わからないから……」

「よかった」恵梨香はほっとしたように笑みを浮かべた。だがすぐにまた、憂鬱《ゆううつ》そうな面持ちになってつぶやく。「わたし、謝りにいったほうがいいかな」

「どうして？」

「駿一君が怒ったのは、わたしのせいなんだし……。『夢があるなら』が泣けるドラマだなんて大声をあげてたのは事実だし……」

「そのドラマが好きだからって、白血病患者の人を傷つけたことになるの？　恵梨香は、真剣にそのドラマを観てるんでしょ？　そこに描かれた登場人物の心や、命の尊さに純粋に感動しているぶんには、罪なんかあるわけない」

「そうかな……。美由紀さん、『夢があるなら』って観てる？」

「いえ。実話に基づいているってことは聞いたけど、まだいちども……」

「美由紀さんがいうほど崇高な思いで観るドラマじゃないような気もするんだよね……。もっと単純に、泣けることの心地よさに浸ってたっていうほうが正解かもしれないし」

「そんなに自分を責めないで。駿一君を傷つけてしまったのが事実だとしても、恵梨香に悪意があったわけじゃないわ。まだ四日しか経っていないし、駿一君のもとに出向いても、かえって彼の神経を逆撫《さかな》ですることになるかもしれない」

「じゃあどうすればいいの？」恵梨香は瞳《ひとみ》を潤ませて美由紀を見た。「わたし、本当に申しわけなく思ってるし……。駿一君の病状が悪化したらどうしよう、とかそればかり考えてて……」

「落ち着いて。白血病は不治の病じゃないのよ」

「……そうなの？」

美由紀はやや意外に思って、恵梨香を見つめかえした。「医大系の大学院をでてるのに、内科の医療については詳しくないの？」

「心理学を勉強し始めたのも遅かったし、心療内科はともかく、ほかの医療関係まではとても……。知り合いにも白血病になった人、いないし。『夢があるなら』にでてきた医師は、まず治らないって断言してたけど……」

「いまどき、そんな表現方法をとってるの？　実話が元になってるわりには変ね。まあ、どんな病状が描かれているのかは、ドラマを観てみないことにはわからないけど……」

恵梨香はため息をついた。「美由紀さんって、いつも冷静で、理論的だよね。羨《うらや》ましい」

「そう？　そんなこと……」

「あるの。わたしも美由紀さんみたいにいつも冷静沈着でいたいよ。問題が起きるといつも不安になるし……。美由紀さんを見習いたい」

「わたしはそんなに……」美由紀は口ごもった。

沈みこむ心のなかでつぶやく。わたしはそんなに立派じゃない。いまも気持ちはそわそわして、落ち着くところがない。本来なら討論を傍聴することに集中すべきなのに、それができずにいる。この瞬間、気がかりなことはほかにある。

美由紀は壁ぎわの席に目をやった。嵯峨は二列ほど前の、端の席に座っている。なぜか咳《せ》きこむことが多い。顔いろも悪そうだ。そのようすが気になって、しきりに見やってしまう。

四日前、ひさしぶりに彼に再会した。そしていま、四日ぶりに彼の姿を見ている。

自分に対する苛立《いらだ》ちが美由紀のなかにあった。なぜわたしは彼を気にかけるのだろう。

彼とは知り合いだった。同じ職場で働いた。そして仲が深まったと感じ、告白したこともあった。彼はしかし、それ以上の仲になることを望んでいなかった。

ふられたことを認めたがらず、まだ未練をひきずっているというのだろうか。まさか。わたしはそこまで女々しくはない。

ふいに場内のざわめきがおさまったため、美由紀は我にかえった。前方に目を向けると、壇上に初老の紳士が立っていた。桑名《くわな》浩樹《ひろき》、日本臨床心理士会の会長だった。

「皆さん」桑名はやや疲労感を漂わせながら、それでも冷静な声でいった。「いろいろご意見はあろうかと思います。しかし、私たちがここで口角泡を飛ばし議論しても、広く国民に受けいれられる結論が導きだされねば、すべては無駄な努力にすぎないわけです。原点に立ち返り、ひとつずつ考えていきましょう。血液型性格分類とはなんであるか、を」

講堂のなかはしんと静まりかえった。心理カウンセリングの学会の重鎮、それも臨床心理士会をここまで大きく育ててきた立役者の発言ともなれば、誰もが聞きいるのは当然の状況だった。

「まずは」と桑名はいった。「生理学的に、血液型の違いが脳に影響を与えるか否かです。

しかし、現代の医学では血液型物質は血液脳関門を越えられないといわれています。ゆえに血液型物質が脳内の化学物質に影響を与えたり、シナプス結合に変化を加えることは、物理的に不可能です。だから血液型の違いが性格の違いに結びつくことはない。ここまではよろしいですね？」

列席者たちの何人かがうなずいた。ほかの人々も、沈黙をもって同意をしめしているようだった。

「結構。それでは、科学的根拠がないとされる血液型性格分類を、どうして人々は信じてしまうのか。そこに目を向けてみましょう。現代の臨床心理学において、性格というのは一元的でなく、多面的という捉《とら》え方をします。人は明るくもあれば、暗くもあります。強気でもあれば弱気でもあります。厳しくもあれば優しくもあり、社交的でもあると同時に孤独を好みます。性格というものは接する相手や、時と場所により、かたちを変えてみえる影のようなものです。しかし一般に多くの人々は、自分の性格は固定化されていると考えがちです。だからどのような性格判断も自分に当てはまるのに、自分の血液型に関する性格判断はことさら当たっているように感じる。いわば錯覚です。私たちは人々に、これが錯覚であると証明せねばなりません」

列席者から発言があった。「それには、錯覚がどのようなときに起きるかを突き詰めていく必要があると思いますが」

「その通りです。しかし大衆がどんなふうにとらえているかを想像することは、私たち科学者には限界があります。ここで私の知人のフリージャーナリスト、坂家《さかいえ》さんに登場していただき、現在の血液型性格ブームの動向を説明してもらいたいと思います」

桑名が講壇から降りていく。しんと静まりかえった講堂内に、嵯峨の咳だけが響く。

美由紀はまた嵯峨に目を向けた。いかにも辛《つら》そうに背を丸めている。どうしたのだろうか。四日前に会ったときにも咳をしていたが、きょうはその頻度も増しているようだ。

講壇に動きがあったので、美由紀は視線を戻した。坂家は小太りで普段着という以外は、これといって特徴のない男だった。緊張しているのか、ハンカチでしきりに額の汗をぬぐっている。

「どうも」と坂家は告げた。「私は皆さんのような専門家ではないので、表現に誤りがあるかもしれませんが、どうかお許しください。さて、現在のブームですが、発端こそ日高防衛大臣の発言によって火がつきましたが、以後は大きく分けてふたつの要素が柱になっています。いずれもテレビ番組がらみのものです。ひとつは民放某局の情報バラエティ番組。このバラエティというのが曲者《くせもの》でして、いちおう情報番組という体裁をとっておきながら、バラエティと名がつけば演出も許されるというのが、現在の民放各局の基本方針なのです。報道番組なら〝やらせ〟と呼ばれることであっても、バラエティ番組の場合は〝演出〟となるわけです」

臨床心理士のひとりから質問が飛んだ。「あの幼稚園の幼児たちの行動をとりあげた番組ですか」

「ええ、そうです」坂家はテーブルからリモコンを手にとり、ボタンを押した。背面のスクリーンに、幼稚園の庭で遊ぶ大勢の幼児たちの映像がうつしだされた。「音声は消していますが、これがその番組です。ゴールデンタイムに放送されて高視聴率を獲得、社会に大きな影響を与えています。ごらんのように幼児たちの行動を取材カメラで追いかけ、どの血液型がどのような行為に及ぶかを分析するというものです」

画面が切り替わった。スタジオで司会者やタレントたちが、フリップに書かれた表に見いっている。表題は『小犬がいなくなって泣きだした子の数』。A型が十六人、B型が二十三人、O型が四十一人、AB型が八人となっている。

坂家はリモコンを操作し、映像を一時停止させた。「番組ではこのように、簡易的な統計で血液型別の傾向をしめします。この表をみて、O型は涙もろいという結論につなげることに、演出の意図があるわけですが……。聡明な皆さんならお気づきの通り、この調査方法には問題があります」

列席者のひとりがいった。「泣かなかった子供は何人かね？」

「そう。まさにそれです。私はこの番組のADを務める若者に接触し、取材時の資料をこっそり提供してもらいました。泣かなかった子の数は、A型が六十八人。B型五十九人。O型七十九人、AB型四十一人です。つまり泣いた幼児自体が全体からみれば少なく、分母もばらばらで、公平な実験ではありません。日本国民はA型が多いとのことですが、この実験で最も大勢いたのはO型です。こうしたことから、統計にもなりえていません」

「驚いた」老齢の臨床心理士がつぶやいた。「こんないい加減なごまかしを、さももっともらしく放送する番組があるとはな」

「バラエティにおける演出とは、大なり小なりこういうものです。番組の娯楽性が優先されますし、集計結果そのものをでっちあげたわけではないのですから、責められることもありません」

「でっちあげではないだと？　意図的にデータの一部を伏せて、視聴者に誤解を与えるようにしているではないか」

「あくまで演出、というわけですよ」坂家はリモコンのボタンを押した。「血液型性格ブームを支えるもうひとつの要素も、テレビでよく見かける顔です」

映しだされたのは四十代から五十歳ぐらいの、浅黒い顔の男だった。髪はオールバックに固め、丸襟のジャケットに身を包んでいる。体型はスマートだが、笑顔でなにかを喋《しゃべ》っているそのさまはどこか胡散《うさん》臭くみえる。端整な顔にはちがいないが、溢《あふ》れんばかりの自信が妙に押しつけがましく感じられた。ただし、いちど目にしたら忘れられない印象的なキャラクターととることもできる。

実際、美由紀はこの男を記憶していた。よくテレビ番組にでている。血液型性格判断を扱った番組には必ずといっていいほど登場し、トークの巧《うま》さで視聴者の関心を惹《ひ》きつけているらしい。もっとも、美由紀が観たことがある番組でのこの男のトークは、著名人を槍《やり》玉《だま》に挙げ予言めかせた毒舌を発揮するというもので、まったく感心するに値しなかったが。

坂家はいった。「彼は城ノ内光輝《じょうのうちみつてる》という芸名で、このところマスコミに頻繁に露出する一種のタレントです。著書の『的中！　これが城ノ内流血液型判断だ』はミリオンセラーを記録しています。本業は、プロフィールによれば血液型カウンセラー。日本血液型性格判断研究所主宰とのことです」

複数の列席者から失笑が漏れる。そのうちのひとりがいった。「そんな研究所、実在しないんでしょう？」

「いえ」坂家は首を振った。「彼が人気者になる以前は有名無実も同然だったようですが、いまは都内に立派な建物を本部として購入し、支持者を集めています。入会すると彼との一対一のカウンセリングを受けたり、講演会に呼ばれたりするらしいです。入会希望者は大勢いて、その大部分が女性です。現在の会員数は全国に五十万人以上。困ったことに、入会した人々は血液型性格分類および城ノ内氏の熱烈な信奉者になってしまうのです。会員らは全国各地に自発的に支部をつくり、知り合いや家族に血液型性格分類の正確さを説きながら、さらに会員数を増やそうとしています」

雛壇《ひなだん》からため息が漏れた。列席者がつぶやく。「こりゃ一種の宗教だな」

「なぜそこまでの支持を集められるのかわかりませんが、さきほど桑名会長のおっしゃった錯覚というものがいかに強烈であるか、証明する出来事であると思います」

また沈黙が下りてきた。憂慮すべき事態となりつつあることを知り、誰もが言葉もでないようすだった。

美由紀も複雑な思いを抱いていた。社会問題は、集団の病理へと変わりつつある。どこかで歯止めをかけないと、極端な信奉が社会の構造を歪《ゆが》めてしまう可能性がある。

静寂のなかで、しだいに騒々しさを増すものがあった。嵯峨の咳《せき》だった。げほげほと苦しげにむせている。さすがに気になったのか、会長の桑名が立ちあがって振りかえった。

「きみ。だいじょうぶかね」

「はい」嵯峨はなおも咳きこみながら、ゆっくりと席を立った。「すみません。ご迷惑をおかけして……。ちょっと失礼します」

嵯峨が側面の扉から講堂をでていく。足もとがふらついていた。血の気がひいているが、耳もとだけは真っ赤になっているのがわかった。遠目に見ると、以前よりもさらに痩《や》せたように感じられる。

美由紀は当惑した。どうしたというのだろう。この重要な局面で討論会を退席するなんて、よほどのことにちがいない。

ようすを見にいくべきだろうか。しかし、嵯峨はいちどたりともこちらに目を向けなかった。美由紀がいることは知っていただろうに、関心を払わなかった。わたしと接触したくはないのかもしれない。行けば、彼に疎ましがられるかもしれない。

ためらいは、そう長くはつづかなかった。嵯峨のことが心配だ、深く考える必要はない。美由紀は意を決し、席を立った。

恵梨香が声をかけた。「美由紀さん……」

「ごめん」と美由紀はつぶやいた。「討論会の内容、あとで教えてくれる？」

「ええ、それはいいけど……」

美由紀はそれ以上、恵梨香の言葉を聞かず扉に向かっていった。

恵梨香がなにを問いかけようとしたのか、察しはつく。わたしと嵯峨がどんな関係か、気にかかるのだろう。あいにく、彼女が思い描くような関係ではない。美由紀は自分に言いきかせた。彼は先輩であり同僚だ。気遣うのは当然だ。それ以外に、いま講堂をでる理由はない。

回避方法

安田講堂前、緑の広場にやわらかい午後の陽射しが降りそそぐ。平日のせいで、往来する学生の姿もある。どの顔も大人びてみえた。背筋を伸ばして早足で移動する学生らは、スーツに着替えさせてもそのまま永田町の赤絨毯《じゅうたん》に適応できそうなほどの威厳を放っている。

それだけに、ふらついた嵯峨の足どりはひときわ目立って見えた。美由紀は、広場をよろよろと正門に向かう嵯峨の姿を目にとめ、声をかけた。「嵯峨君！」

嵯峨は足をとめると、緩慢な動作で傍らのベンチに寄りかかり、身体を投げだすようにして腰をおろした。

美由紀が近づいていくと、空を仰いでいた嵯峨の顔が、ようやくこちらに向けられた。「ああ」と嵯峨はぼんやりとつぶやいた。「美由紀さんか」

心のなかに、もやが広がるのを感じる。あいかわらずの気のないそぶり。こちらの心配をよそに、いつもマイペース。それが少しばかり腹立たしかった。

それでも、嵯峨の苦しげなようすが気になる。美由紀は穏やかに声をかけた。「気分が悪いの？　医学部の付属病院にいってみる？」

「いや……。いいよ。ゆうべ飲みすぎただけだから」

「それってほんと？　っていうか、嵯峨君お酒なんて飲むんだっけ？」

「だから、飲めないから具合が悪くて、二日酔いも厳しいんだよ」嵯峨は空を眺めたまま、ふうっとため息をついた。「やっと落ち着いてきた。もうだいじょうぶそうだ」

快方に向かっているかどうかはわからないが、たしかに咳はとまったようだった。美由紀はひそかに安堵《あんど》を覚えながら、嵯峨の隣りに座った。

「よかった」美由紀は、囁《ささや》きのように漏れた自分の声をきいた。

嵯峨が美由紀を見やった。「討論会に戻らなくていいの？」

どこまで鈍いのだろう。美由紀はかちんときていった。「そばにいる人が必要でしょ」

「そうでもないよ。きみのいうように病院近いし」

「そこまで行くのも大変そうじゃない。ねえ。検査を受けてみたら？　食欲がわかないんでしょう。痩せすぎよ」

「いいから。疲れが溜《た》まってるだけだし」嵯峨は身体を起こした。「学生時代にも、徹夜明けはよく講義を抜けだして、休んでたよ。ちょうどこのベンチでね」

「ああ……嵯峨君、東大だっけ」

「そう。五月祭のときとか、この広場が催し物に占拠されちゃったりして、居場所に困ったよ」

会話がふつうの流れになりつつある。美由紀も、ほっとしながらつぶやいた。「こうして座ってると、学生どうしみたいね」

「そうかな。そういう学生はいたね。でも僕は、キャンパスでもいつもひとりだったよ」

「彼女はいなかったの？」

「いないね。食堂でもカウンターみたいな席に座ってたよ。ぞろぞろと群れたりはしなかった」

「嵯峨君らしいね」美由紀は思わず微笑した。「そこの講堂の地下食堂？」

「向こうの第二食堂だよ。カフェテリアがあって、落ち着くんだ。安田講堂のほうはたいてい混んでいるから」

「ふうん……」

「美由紀さんのほうは、こんなにまったりもしていられなかったんだろ。防衛大って厳しそうだし」

「まあね。食事は全員で揃って食べたし、授業の合間も課業行進で移動するし……」

「課業行進って？」

「全員で足並みそろえて教室移動するの。行進っていっても、小走りが義務づけられているけど」

「一日もつづかなさそうだ。僕なら卒倒するよ」嵯峨はまた空に目を戻した。「美由紀さんは健康で、羨《うらや》ましいね。人並みはずれた体力の持ち主でもあるし」

「規則正しい生活を送れば、嵯峨君もそれなりに元気になるわよ。最近、不摂生でしょう?」

「そうだね……。休暇はどうも、性に合わない」

なぜ長期休暇をとることになったのか、理由はきいていなかった。しかし、いまの嵯峨をみればおおよその見当はつく。健康診断で休むようにいわれたのだろう。

「もっとリラックスしないと、休んでいる意味がないわよ」美由紀はいった。「毎日、食事を差し入れてあげようか?」

「いいよ。そんなの……悪いし」

美由紀は苛立《いらだ》ちを募らせた。こちらがいくら気を遣っても、あいまいな返事をするばかりだ。鈍感にもほどがある。

「嵯峨君。もっと自分をたいせつにしたら? 周りが心配してるのに……」

「そうなの? 誰か心配してるんだっけ」

思わずため息が漏れる。「マイペースにもほどがあるんじゃない?」

「マイペースか。よくいわれるよ。O型だからかな」

「それ、本気でいってるの?」

「そんなわけないよ。でもふしぎだね、血液型って。当たってるような気がすることも多いよ。美由紀さんもO型だろ」

「それって……どういう意味? 気取り屋だとか?」

嵯峨は力なく笑った。「どうしてそう思うの？」

「べつに。血液型性格判断の本にそう書いてあったから」

「僕がいったのはそういう意味じゃないよ。O型は生徒会長タイプって、聞いたことないかい？　きみはぴったりだ」

ふたりとも臨床心理士だけに、血液型の話など冗談が前提のはずだ。しかし、美由紀は妙に胸が高鳴る気分を覚えていた。本気にならない話題だからこそ、探りをいれるにはちょうどいいかもしれない。

「O型どうしって」美由紀はうわずった自分の声に焦りを覚えながらいった。「相性、どうなのかな」

ところが嵯峨は、つれない態度でつぶやいた。「さあ。意地を張りあって、うまくいかないとか、そういう話じゃなかったっけ」

はぐらかすような物言いに、美由紀は嫌悪を覚えた。以前に美由紀のほうから愛情があることを打ち明けたのに、人はここまで鈍くなれるだろうか。

「ずるいのね」美由紀はいった。「マイペースって話、ほんとに当たってるわ。昔のこともさっさと忘れちゃったみたいだし」

「え……」ようやく嵯峨は気づいたらしく、美由紀を見つめて告げた。「そうか……いや、ごめん……。気づかなかった」

「わたしと一緒にいても楽しくない？」

「そういうわけじゃなくて……前にもいったけど、きみが本当に僕とつきあいたいのかどうか……それがわからないし。きみも、そんなに多くの男性と知り合ったわけじゃないだろ？」

「なにいってるの？　防衛大から幹部候補生学校、空自と進んで、男の知り合いがいないとでも思う？」

「だけどさ、臨床心理士になってからはそうでもないだろ？　そのう、誤解しないでほしいんだけど、きみは素晴らしいひとだよ。誰もがいうように、美由紀さんほどの女性はほかにいないと思ってる。でも僕は……きみと一緒にやっていく自信もないし、力量もないし」

「勝手にきめないでよ。つきあってみないとわからないことも、たくさんあるはずなのに」

「意見も合いそうにないんだ。きみと僕じゃ、男女の役割が入れ替わってるよ。きみはとっさの機転で、どんなことにも怯《おび》えずに突き進んでいく。僕はきみの陰に隠れなきゃいけない」

「嵯峨君は勇気があるひとよ。ガソリンスタンドの事件でもそうだったじゃない」

「きみがいれば、もっと早く解決したさ。籠城《ろうじょう》してた彼をひきずりだしてから、とことん説得して聞かせただろう。そのほうが周りのためにはよかったかもしれないね。ただし……僕は僕のやり方でいいと思ってる」

だから美由紀の助けを必要としていない、そんな含みをもって聞こえる。美由紀はまたもや、むっとせざるをえなかった。「危機的状況でも話し合いを優先させるって？　駄目よ。危険は真っ先に除去しないと」

「きみはいろんな危険を回避できる知識と行動力を持ってるだろうし、それを生かせばいいと思うよ。だけど、それは僕には真似のできないことだ。だから唯一得意な心理学の技能を最大限に生かそうと思う。それには、面と向かって話し合う機会を持たなきゃならない」

「そのためには火だるまになったり、改造ガスガンに撃たれて重傷を負ったりする危険を顧みないっていうの？　わたしはなにも、混乱している人を打ち負かしてから説教をすべきと考えてるわけじゃないわ。でも心理学的に見ても、混乱で情緒的安定を失っている人が、常に聞く耳を持ってくれるとは限らないじゃない。そんな状態で、相手の良心に信頼を置くことはできないわ」

「でもね、とりあえずは、信じることにしているんだよ。誰からも信用されずに孤独を感じているひとに、まず与えられるものがあるとしたら、それは僕らからの信頼じゃないか」

潔癖すぎる、と美由紀は感じた。嵯峨はそれが臨床心理士としての信念と心にきめているようだ。もちろん、立派な志にはちがいない。ただし、と美由紀は思った。わたしが嵯峨に問いかけたいのは、そんなことではない。

ここまで気遣っても、のらりくらりと話を逸《そ》らしてしまう嵯峨に頭にくる。と同時に、はっきりとものを言わない自分にも嫌気がさす。わたしはなぜすなおになれないのだろう。つまらないプライドが邪魔をして、遠まわしな言い方しかできない。以前もそうだったし、いまも変わらない。こと恋愛に関しては、わたしはなにも成長していない。美由紀はそう悟った。

ため息だけが漏れる。美由紀はつぶやいた。「いかにもO型どうしって感じ」

「そうだね……」嵯峨もささやいた。

交わす言葉が見つからないまま、しばし時間が過ぎた。緑の広場を駆け抜ける微風《そよかぜ》に、花が枝や葉をすりあわせてかすかにざわめく。もの音は、それだけだった。

と、嵯峨がまた咳《せき》にむせた。ごほっと、いやな音をたてる。

「嵯峨君……？」

「痛い！」嵯峨はだしぬけに声をあげた。「痛っ……」

ベンチから跳ね起きるように前かがみになった嵯峨は、そのままの姿勢で、うつぶせにばったりと倒れた。

「嵯峨君!?」美由紀は駆け寄った。「どうしたの？　なにが起きたの？」

身をよじりながら、悲鳴に近い声をあげる。それが嵯峨のしめす反応だった。表情に苦痛のいろがひろがり、脂汗が湧きだしている。両手は脇腹を押さえていた。全身が痙攣《けいれん》し、断続的に大きな震えが走った。

異常事態にちがいない。美由紀はどうすべきかわからず、ただ声をかけるしかなかった。

「どうしたっていうの。嵯峨君……」

複数の駆けてくる気配がした。嵯峨の周りにかがみこんだ青年たちは、白衣をまとっている。医学部の学生のようだった。

まだ医師でないせいか、青年らの言動は頼りないものだった。ひとりが青ざめた顔でつぶやいた。「痛むんですか……？　肋間《ろっかん》神経痛かな」

嵯峨が激痛をこらえるように目をつむったまま、首を横に振った。腹から絞りだすような小声がかすかに響く。「違う……。早く……痛み止めを……」

青年が緊張の面持ちで仲間にいった。「付属病院の救急センターに運ぼう。手を貸してくれ」

白衣の男たちは嵯峨を引き立てようとしたが、嵯峨は姿勢を変えることさえ苦痛らしく、ただひきつったような悲鳴をあげるだけだった。

どうしよう。美由紀は立ち尽くすばかりだった。

わたしにはなにもできない。そんな無力感が襲った。危機的状況の回避方法は無数に知っている。目に見えるものが相手なら、どんな窮地も逃れられると自負してきた。でも、いまは無理だ。わたしはなにもしてあげられずにいる。嵯峨のために、なんでもできると思っていたのに。不可能などないと思っていたのに。

沈黙

東大病院の外来の医師は、嵯峨に対しすみやかに鎮静剤を打ち、レントゲンやCT検査をおこなった。

検査のあいだ、美由紀は廊下で待っていた。嵯峨が倒れたことを聞きつけたらしく、恵梨香も駆けつけた。どうしたの、と問いかける恵梨香に、美由紀はまだわからないと答えるしかなかった。事実、突然の事態に、思考がついていかない。

なにが起きたのか。嵯峨が激しく咳きこんでいたことは、なんらかの兆候だったのか。講堂には臨床心理士が大勢いて、そのなかには医者を兼任している人が少なくないはずだ。にもかかわらず、嵯峨の病状について気にかけたようすの出席者は皆無だった。血液型問題に気をとられていた、というわけではないのだろう。彼らの目にも、さほど差し迫った危機とは映らなかったのだ。容態は急変した、誰の予測もつかないほど唐突に。

そしてそれは、美由紀にとって妙に胸騒ぎを覚える事実だった。内科の医学に精通しているわけではなくとも、この症状はある重大な病を連想させる。嫌な予感を覚えずにはいられない。

しばらくして、医師が廊下にでてきた。医師はこわばった顔で、病院を移らねばなりません、そういった。最先端の設備のある病院に移送しましょう。

事態の重さがしだいにあきらかになっていく。愕然《がくぜん》として押し黙った美由紀を見つめて、医師はつけくわえた。もうひとつお願いします。あの嵯峨さんという方の、ご家族を呼ぶことはできますか？

千代田区赤十字病院は、都心に一昨年建った真新しい医療施設だった。美由紀にとっては馴染《なじ》みのある病院でもある。ここの精神科と心療内科に派遣され、患者相手のカウンセラーとしてしばらく働いたことがあった。おかげで、広々とした院内も迷うことなく、嵯峨の運びこまれた病室へと向かうことができた。

病室の扉の把《と》っ手を握るころには、美由紀は担当の医師から説明を聞いていた。重苦しい気分で把っ手をひねろうとして、ふと手がとまる。

背後で恵梨香の泣き声がしたからだった。美由紀は振りかえった。恵梨香はうつむき、震えながら泣いていた。こぼれた大粒の涙が、しずくとなって床におちるのを見た。

「恵梨香」美由紀はささやいた。「ここで待ってて」

「いえ」恵梨香は涙を指でぬぐうと、顔をあげた。また瞳《ひとみ》が潤みかけたが、涙を堪《こら》えようと心にきめたらしい。唇を固く結んでじっと美由紀を見つめた。

泣かないと約束するから、一緒に部屋に入りたい。そう告げる目だった。

否定する理由などない。美由紀は扉に目を戻し、静かに開け放った。

そこは、化学療法のためのさまざまな機器類に満たされた個室だった。狭い室内の真ん中に据えられたベッドに、嵯峨が仰向《あおむ》けに横たわっている。片腕だけシーツの上にでていた。袖《そで》がまくられ、点滴を受けている。目は閉じていた。眠っているのかもしれない。

面会時間は十分以内だと医師にいわれた。寝ていたとしても、その時間は守らねばならないと。患者の疲労に留意することだけが肝心なのではない、この部屋の空気の汚染さえも阻止せねばと、病院側が神経を尖《とが》らせている。嵯峨がいるのは、そんな環境のなかだった。

美由紀がベッドのすぐ脇に立つと、嵯峨の目が開いた。ぼんやりとしたまなざしが、美由紀に向けられる。嵯峨はつぶやいた。「ああ、美由紀さん……」

「嵯峨君……」美由紀は言葉に詰まった。なにかを言うよりも先に、こみあげてくるものがある。それを堪えながら告げた。「あの……いま病状を聞いてきたんだけど……」

しかし、嵯峨はさらりといった。「急性骨髄性白血病。だろ」

しばらく時間がとまっていたように感じられた。やがて目の前を覆いつくしていた氷が溶け去り、現実がとってかわっていく。そんな感覚があった。

「知ってたの?」美由紀は衝撃とともにきいた。

「再発だからね」嵯峨はベッドの上に横たわったままいった。「それに、千代田区赤十字病院に搬送されたとあってはね。白血病患者の治療とモニタリングに定評のある病院だ、もう間違いないと思ったよ。医師も再発と知って、病名を隠したりはしなかった」

「っていうことは……以前に発病していたの？」

「六年も前のことだよ。きみと知り合ってからも、具合を悪くすることがあったろ？　この病気の後遺症みたいなものだった」

恵梨香が震える声でささやきかけた。「嵯峨先輩……ごめんなさい」

嵯峨は意外そうな顔をした。「……なに謝ってるの？」

「だって」恵梨香の言葉は、また泣き声の響きを帯びてきた。「わたし……嵯峨先輩がどんな病気かも知らずに……『夢があるなら』を観たほうがいいなんて言っちゃって……。嵯峨先輩がどうして嫌がってたかも気づかないで……」

嵯峨は青ざめた顔のまま、力なく微笑を浮かべた。「そんなの、気づくわけないよ。僕だって長いこと、完治したと思ってたんだし」

「でも……。白血病だなんて……」

「だから、ドラマの観すぎだよ、一ノ瀬さん。不治の病だなんて思ったことはいちどもないし、そう言われたこともないよ」

「治るんですか……？　原因も治療法も、ちゃんと解明されてるんですか」

嵯峨は気丈に振るまっているが、じつは喋《しゃべ》るのもおっくうにちがいない。

美由紀は恵梨香にいった。「急性骨髄性白血病はね、血がうまく作られずに、白血病細胞ばかりが増えてしまうっていう病気なの。血液の癌ともいわれてる。心因性とか外的要因とか、いろんな理由は考えられるけど、いまのところあきらかになってないのよ。治療法は……まず抗がん剤を投与することから始まるの」

ため息とともに嵯峨がつぶやいた。「六年前にやったよ。内科医でもないのに、薬の名前を覚えきるぐらい詳しくなった。ノバントロン、キロサイド、イダマイシン、ダウノマイシン……。機能しない無駄な白血球を根絶するため、それこそ薬を浴びるように飲むんだ。白血病細胞がゼロに近づいた状態を寛解《かんかい》といって、その状況を保つために一、二年は薬を飲みつづける」

「嵯峨君」美由紀は話しかけた。「発病したときも……今回みたいに酷《ひど》かったの？」

「いや……。いまのほうが辛《つら》いね。六年前は、身体がだるいってぐらいで、激痛が襲うことなんてなかった。覚えているのは、机の角に膝《ひざ》を軽くぶつけただけで、内出血みたいに黒ずんで、しかもそれがちっとも消えてくれなかったことだ。それから、書類の縁で指先が切れることが増えたように思う。カッターナイフみたいに浅く、でも確実に傷ができるんだよ。そして、その血がとまらない。バンドエイドを巻いても止血できず、傷がいっこうに治らない……。そんなことが数日つづいてから、ある朝、出勤のために部屋をでようとしたとき、突然、息が吸えなくなってね。鼓動が速まるのがわかったし、目の前も真っ暗になった」

「気を失ったの？」

「意識はあったよ。視力もすぐにまた戻った。あわてて知人に電話すると、その知人が救急車を呼んでくれた。搬送された病院で検査を受けて、白血病細胞がどんどん増えていることを知った。助かる見込みは五分五分だっていわれたよ」

「ほら」恵梨香がたまりかねたように、悲痛な声でささやいた。「やっぱり危険な病気じゃん」

「落ち着きなよ、一ノ瀬さん」嵯峨は他人《ひと》ごとのようにいった。「五分五分ってことは、ぜんぜん不治の病じゃないだろ？　ただし……僕より、母に負担がかかった。父を亡くした直後だったからね。そうだ、美由紀さん。母にはこのことは……」

美由紀はうなずいた。「わかってる。知らせてはいないわ。長いこと神経症で苦しんでいることは、以前にも聞いたし……」

嵯峨はまたため息をついた。「母がああなったのは、僕のそのときの入院生活によって、かなりの心労を与えたせいだと思う。でも……そんな母を独り残していくわけにはいかないと思ったから、頑張れたのかもね。四十度近く熱がでたし、脱水症状に陥るまで汗が流れでたし、震えもとまらなかった。抗がん剤のせいで吐き気もおさまらないし、髪の毛もどんどん抜け落ちていく。でも、諦《あきら》めの境地には至らなかった。生きなきゃならないと思ってたよ。臨床心理学を学んだ身だからね、心身には密接な結びつきがあって、心の状態は健康にかならず影響を与える、そう信じてた。だから負けなかった」

「医師は、そのとき完治したって言ったんでしょ？」

「うん……。正確には、僕がそう思ったってことだけどね。医者も、もう再発の心配はなさそうだとは言ってたよ。退院してからも、ときどき通院して血液検査を受けたけど、経過は良好だと告げられた。何か月かに一回、マルクも受けたけど、それらの数値も正常だったみたいだし」

恵梨香がきいた。「マルク?」

美由紀は恵梨香を見ていった。「胸のあたりの骨に小さく穴を開けて、骨髄の一部を採取して成分を調べるの。……でも、それで正常値になっていたのに、再発するなんて……」

嵯峨は目を閉じ、物憂げにつぶやいた。「仕方がないよ……。さっき検査してくれた医師は、ヘモグロビンの数値が半分以下になってるって言ってた。道理で息苦しかったはずだよ。酸素が全身にほとんど行き渡らないんだから」

体内を運ばれる酸素が半分以下。美由紀は自分のことのように胸に痛みを覚えた。嵯峨が苦しそうにしていることはわかっていた。それなのに、事態の大きさに気づけなかった。わたしの気持ちばかりを優先して、嵯峨の置かれている状況の厳しさを察することができなかった。

でも、と美由紀は思った。彼はいちども、白血病の過去を話してはくれなかった。ここしばらく、あれほど苦しんでいたのに、心を開いてはくれなかった。

「嵯峨君……。再発したとわかっていたなら、打ち明けてほしかった。少なくとも、病院にいくことはできたはずでしょ。どうしてひとりで背負いこもうとするの？」

「そんなつもりは……。さっき倒れるまでは、再発だと確信してたわけじゃないんだ。できれば間違いであってほしかった。だけど、日増しにその疑いが濃くなって……。休暇をとったけど、いっこうに体調も改善しなかった。それでも入院してる暇はないと思ったよ。いまは臨床心理士会もたいへんな時期だし……」

「なにをいってるの？　職場の心配なんて。あなたが厳しい状況に立たされていることは、あなた自身がいちばんよくわかっているはずじゃない」

「職場だけじゃないんだよ。人々の……ひいては全国民にとっての社会問題なんだ。わかるだろ？　血液型問題はいまや、人の心を蝕《むしば》む病理みたいなもんだよ。差別や争いのもとにもなってる。一刻も早く科学的反証を成しえないと……」

「だからといって、いまのあなたが治療を遅らせてもいい理由にはならないわ。もっと自分の身を案じてよ。わたしは嵯峨君のことが……」

思わず言葉に詰まった。こみあげてくるものを堪《こら》えられなかったからだった。視界が揺らぎ、涙が頬をつたった。

「美由紀さん……」嵯峨がつぶやくようにいった。

言葉を発することもできず、美由紀は泣いた。そうする以外に、なにもできない自分がいた。

やがて、恵梨香が静かに声をかけてきた。「美由紀さん。わたし、外にでてるね」

返事も聞かずに、恵梨香は戸口に歩を進めた。嗚咽《おえつ》を堪えるように口もとを押さえながら、恵梨香は振りむかずに病室を出ていき、後ろ手に扉を閉めた。

静かな室内に、嵯峨とふたりっきりになった。

辛い時間だった。美由紀はただひたすらに、胸に痛みを覚えつづけていた。嵯峨と一緒にいたいという希望は、自分のなかに確実にあったはずだ。それが果たされたのは、彼が病に伏したときだった。

美由紀は言葉にならない声を発しながら、泣くしかなかった。沈黙のなかで、ただ涙が溢《あふ》れ、こぼれおちるにまかせるしかなかった。

限界

恵梨香は病院の廊下に歩を進めていた。

重い足をひきずって歩く、そんな心境に至ったのはいつ以来だろう。このところはずっと、希望に満ちた日々を送ることができていた。仕事は大変でも、以前に乗り越えた苦しみからすれば、やりがいのある仕事に伴う苦労など気にはならなかった。かつては心の迷いから、いちど取得した臨床心理士資格を失い、民間の心理相談員を数か月つづけることになった。その後、迷いを振りきり、ふたたび資格試験に合格して復帰した。もうささいなことで心を煩わせたりはしない、そう誓った直後のことだった。

無力感がひろがっていく。わたしの知識は偏っていて、白血病のことなどなにもわからない。ドラマを観ていても、その先にある現実の患者の苦しみに思いが至ってはいなかった。皮肉なことにそれが、先輩を傷つけることになってしまうなんて。それも、あんなにいい人を。

また涙がこぼれそうになったため、恵梨香は歩を速めた。先に帰ろう。美由紀が嵯峨のことを特別に思っているのはあきらかだ、ふたりの邪魔はしたくない。もうここには、居場所はない。

ナースステーションにさしかかったとき、角を折れてきたパジャマ姿の痩《や》せた少年と目が合った。

少年が先に、立ち尽くすような反応をしめした。恵梨香はそれを妙に思って、少年の顔を見た。

驚いて恵梨香は声をあげた。「北見駿一君？」

「ああ……」駿一はぼんやりとした顔で恵梨香を眺めた。手にはミネラルウォーターを持っている。売店で買ってきたところなのだろう。「このあいだの……」

「あ、あの」恵梨香は戸惑った。思考が混乱する。なにか言うべきことがあるはずだが、言葉が思いつかない。嵯峨の件で頭がいっぱいになっていて、ほかのことを考えるのに骨が折れる。

駿一はどうしてこんなところにいるのだろう。千代田区赤十字病院は白血病のモニタリングと治療に定評がある、嵯峨はそういっていた。だから駿一もこの病院に入院しているのだろう。ということは、最先端の医療技術が必要とされるレベルの病状なのかもしれない。

そうだ、わたしはこの少年にも謝らなければならない。恵梨香は頭をさげた。「ごめんなさい。駿一君」

「え？　いや……」駿一は無表情につぶやいた。「別に、気にしてないよ」

恵梨香は意外に思って駿一を見つめた。駿一は他人と視線を合わせることに慣れていないのか、当惑のいろを浮かべて目を泳がせていた。

「だけど」恵梨香はいった。「わたし……あなたの気に障ること言っちゃったし……。ドラマのことなんて……」

「いいって」と駿一は、恵梨香の脇を通り過ぎようとした。

「あ、まって」と恵梨香は駿一を制した。「あのね……。ガスガンのことだけど、わたしたち、通報とかしてないの。誰も怪我してないし、ちょっと怖かったけど、でもそんなの、もう済んだことだしね。だから心配しないでね」

駿一は複雑そうな表情を浮かべたが、なにもいわずに歩きだした。

恵梨香は駿一に歩調をあわせながらいった。「それからさ、わたしたち、あなたの力になりたいと思ってるの。どんなことでも相談してね」

妙な目で恵梨香を見やりながら、駿一はきいた。「臨床心理士なの？」

「そう。一ノ瀬恵梨香。よろしく」

「てっきり年下かと思った」

「年下……。ま、悪い気はしないけど」

「なんでそんな格好してんの？」

ギャル系の服装についてのことだろう。恵梨香は笑った。「まあこれは……わたしの好みだし。臨床心理士に服装の規定はないしね」

「……俺と会うためにここに来たの？」

「いえ、そういうわけじゃないんだけど……。悩みごととか、なんでも打ち明けてくれれば……」

「悩みなんかないよ」駿一はぶっきらぼうにいって入院患者用の個室が連なる廊下に歩を進めたが、いきなり立ちどまった。

その反応に驚きながら、恵梨香も静止した。駿一が呆然《ぼうぜん》と見つめるほうを目で追うと、病室の前の長椅子に座った少女の姿があった。

高校の制服姿のその少女は花束を手にしていて、駿一を見ると笑顔を浮かべ立ちあがった。

だが次の瞬間、少女の目は恵梨香に向けられた。表情から笑みが消え、並んで歩いていた駿一と恵梨香をかわるがわる見る。

「あ……」駿一は少女にいった。「沙織。このひとは、あの……」

沙織と呼ばれた少女は、あきらかに衝撃を受けているようだった。恵梨香にとってはそれが誤解であることはあきらかだったが、沙織はそうは思わなかったらしい。

花束を長椅子に置いて、沙織は駿一に背を向けると、廊下を小走りに立ち去っていった。

「沙織」駿一はあわてたようすで駆けだし、後を追いだした。「ちょっと……待てよ。ちがうんだよ」

静寂に包まれた院内で、あわただしく走る足音はたちまち職員の耳に届いたらしい。看護師の声が響く。「駿一君！　走っちゃ駄目でしょ！」

駿一はしかし、その呼びかけに応じなかった。沙織を追って廊下を走りつづけている。おそらく、健康な状態で全力疾走すればすぐに追いつくだろう。しかし、駿一はぜいぜいと苦しそうに息を切らしながら、ふらつきながら駆けている。距離はいっこうに縮まらない。

ほうってはおけない。恵梨香は駿一を追って走りだした。看護師の声を背に受ける。

「ちょっと。あなたも……」

「ごめんなさい、彼を連れ戻しますから」きょうは謝ってばかりだ、そう思いながら恵梨香は駿一を追った。

突き当たりにある観音開きのガラス戸を押し開けて、沙織が駆けだしていく。駿一もそのガラス戸にさしかかったが、開けるのにひどく重そうにしている。体力の消耗が著しい。戸の向こうに消えていった駿一を追いかけて、恵梨香もその戸を開けた。

階段だった。沙織はもう駆け下りてしまったらしく、姿がみえない。駿一のほうは、踊り場付近によろめきながら座りこんだ。どうやら限界らしい。

恵梨香はあわてて近寄った。駿一の肩に手をかけて、恵梨香は問いかけた。「駿一君……だいじょうぶ？　無理しないで」

しかし駿一は、当然のごとく腹を立てているようだった。恵梨香の手を振りほどくようにして、苦しそうな息づかいのなかでいった。「あんたのせいだぞ」

困惑だけが恵梨香のなかにあった。また謝るしかない、そう思いながらささやいた。

「ごめん……」

愚行

美由紀は嵯峨とふたりきりになった病室で、ベッドの脇の椅子に腰をおろした。横たわる嵯峨の青ざめた顔をじっと見やる。

自分にできることはないか、しきりに頭を働かせる。しかし、いっこうにそれが見つからずにいる。そのうちにまた、涙がにじんできた。発揮できる力がないとわかり、孤独と虚無に押しつぶされそうになる。

「泣かないでよ」嵯峨が静かにいった。「まるで通夜みたいな気分になる」

「そんなことを……」美由紀は涙を指先でぬぐった。「だけど、どうしようもなくて……」

「まあ、ね」嵯峨はぼそりとつぶやく。「再発だからたぶん、骨髄移植が必要になるんだろうな。大量の放射線を浴びて、長時間の手術か……。今度ばかりは耐えられるかどうか、不安だよ」

本当に泣きたいのは嵯峨のほうだろう。それにもかかわらず、嵯峨はときおり瞳《ひとみ》に涙の粒が膨れあがっても、すぐに瞬《まばた》きとともに消し去ってしまう。涙が頬をつたうことはない。闘病の決意を胸に秘めた横顔、美由紀の目にはそんなふうに映った。気持ちを前向きに持とうとしている。泣いてなどいられない、嵯峨は自分にそう言い聞かせているにちがいない。

それなら、わたしも悲しみにくれている場合ではない。彼を支えてあげたい。一緒に苦難に立ち向かい、待ち受ける運命の暗転を乗り越えていきたい。

ふと、嵯峨がつぶやいた。「わかるだろ？」

「え？」

「こんな状況だから……きみとつきあうことなんかできないよ。風邪ひとつひかない強靭《きょうじん》な美由紀さんに、病弱な僕。いつお荷物になるかわからない。ずっとそう思ってた」

また心拍が速くなるのを感じる。美由紀は嵯峨を見つめていった。「それが、わたしを避けてた理由なの？」

「きみに告白されて、嬉《うれ》しくない男なんていないさ……。でも駄目だよ。こんな身体だし……」

「病気なんか関係ないわ」

「それは違うよ。僕は父が死んだとき、嘆き悲しむ母の姿をまのあたりにした。ショックだったよ、あんなに取り乱すなんて……。もちろん僕にも、その気持ちは痛いほどわかった。たったひとりの父だったからね。だから……美由紀さんが、僕の母のような気持ちになるのは耐えられない」

「そんな心配しないで。わたしはしっかりと自分の理性を保つ自信がある。それに……理性を充分に働かせて考えても、嵯峨君のことが……」

その先をいうことができたかどうか、美由紀にもさだかではなかった。戸惑いが生じる前に、嵯峨の言葉が美由紀を制したからだった。

「よしなよ」と嵯峨はかすかに表情を硬くした。「いま愛情が深まって感じられるとするなら、それはPEAのせいだよ。理性が下した判断じゃないさ」

「PEA? わたしが脳内物質のせいでそう感じてるだけっていうの?」

「そうだよ。危機的状況ではPEAの分泌もさかんになる。その感覚は恋愛の初期段階における胸の高鳴りと本質的に同じで、自分では区別がつかない。だからこういうときには、相手のことが好きかもしれないっていう錯覚が強まるんだ」

「まさか。そんなの違うわよ。ぜったいに違う……」

「でもね」嵯峨は美由紀を見つめていった。「そういうことにしてほしいんだ。……僕にとっても、そのほうがいい。きみにとっても、おそらくそうだ」

美由紀は言葉を失った。

誰かに愛されることを苦痛に感じる心理。それはいまの嵯峨でなければわからない、他人が共有しえない心の状態なのだろう。嵯峨は、自分に万一のことがあった場合、わたしにショックを与えたくないと思っている。それゆえにわたしを遠ざけたがっている。

PEAによる錯覚。その物言いは、彼流のやさしさの表れだろう。わたしを闘病に関わらせまいとしている。彼はひとりで、苦難に挑むつもりだ。

「嵯峨君……」ようやく、つぶやきが漏れた。言葉にできるのはそれだけだった。

ノックする音がした。扉が開いて、看護師が姿を現した。

「十分を超過してます」と看護師はいった。「すみませんが……」

「あ、はい」美由紀は立ちあがった。「じゃあ嵯峨君、また来るから……」

「うん……」嵯峨はわずかに首を縦に振っただけだった。

これ以上留《とど》まって、迷惑をかけるわけにもいかない。美由紀は看護師に会釈をして、戸口に向かった。

と、病室を出る寸前、背に嵯峨の声をきいた。

「痛い」嵯峨は子供のような声でそういった。「痛いよ」

その言葉は、看護師に訴えかけるものだった。看護師が応じる声がきこえる。「だいじょうぶですよ。すぐ先生がきますから」

後ろ髪を引かれる思い。足がとまりかける。それでも美由紀は、歩を踏みださねばならなかった。むしろ、早急に立ち去らねばならない。

嵯峨は痛みを堪《こら》えていた。わたしの前では、なにごともなく振る舞っていた。痛い、と彼はいった。それはわたしに聞かせたくないひとことだったにちがいない。退室の寸前、その言葉が耳に入ってしまった。

わたしが病室にいたことは、彼を苦しめることにほかならなかった。わたしはそのことに気づけなかった。わたしは馬鹿だ。罪深いにもほどがある。

侘《わび》しさと情けなさが胸を締めつける。美由紀はまた視界が涙によってにじみだすのを見た。足が自然に速まる。今度こそ、涙が頰をつたう前に病院をでよう。もう彼を苦しめたくない。自分の愚行で、彼を追いつめたくはない。

本当の幸せ

安藤沙織は高校からの帰り道、友達と一緒に渋谷の道玄坂《どうげんざか》に面したマクドナルドに立ち寄るのが日課だった。沙織は食が細かったが、ふたりの女友達はよく食べる。それに、よく喋《しゃべ》った。カウンターの席で、なぜか沙織をはさんで左右に座ることの多いそのふたりは、マックシェイクをすする沙織の肩ごしに、部活のことから教師の悪口まで話に花を咲かせる。沙織はそのあいだ、目の前のガラスごしに渋谷の街を行きかう人々を眺めるのが常だった。

いまも傾きかけた陽射しに赤く染まっていく街並みに目を向けているが、ふだんほど人の姿を観察することはなかった。涙のせいでぼやけて、なにもはっきりしない。きょうは学校でも、独りでいるときには泣いてばかりだった。

ふたりの友達は、とっくにその理由を知っていた。というより、おせっかいな彼女たちになにもいわず孤独に浸ることなど不可能だった。朝のうちに沙織から、先週の病院で起きたことを聞かされたふたりは、一日じゅう勝手気ままに感想や意見を口にしつづけていた。

「だけどさ」三沢琴美《みさわことみ》はチーズバーガーをぱくつきながらいった。「その女、感じ悪くない？　たぶん沙織がいつも同じ時間に見舞いに来ることぐらい、駿一君から聞いてたんでしょ。その時間にわざと一緒にいて、仲を見せつけたわけじゃん。最低」

そうかなー、と清川真理子《きよかわまりこ》もポテトを頬張りながら首をかしげた。「最近つきあいだしたんなら、駿一君に沙織っていう彼女がいることを知らなかったのかもよ」

「うそー。じゃ、駿一君が黙ってふた股《また》かけたとか？」

「わたしたちと歳、同じぐらいのギャル系の女ってんでしょ。このへんの女子高とかに別の彼女、持ってたんじゃない？　ほかにもいたりして」

耳をふさぎたくなる話だった。沙織はうつむいて涙を堪えるしかなかった。

「ちょっと」琴美が沙織のようすに気づいたらしく、今さらながら真理子を責めだした。「言いすぎじゃん。沙織の気持ちにもなりなよ」

「琴美だって好き勝手言ってたじゃん。ね、沙織。元気だしなよ。新しい彼氏、つくればいいじゃん。わたしたちと一緒にいれば、そのうち見つかるって」

沙織は返事をせずに、ただぼうっと聞き流していた。真理子も琴美も、そんな沙織のようすを気にすることなく、またおしゃべりに興じている。

このふたりとの友達づきあいがなぜつづいているのか、理由はさだかではない。内気な沙織にとって、心のなかを覗《のぞ》きみるような態度をしめしてこないふたりは、妙になごむ存在ではあった。いつも明るく話しかけてくれるのもありがたかった。歯に衣《きぬ》着せない物言いで傷つくこともあるが、それも慣れてからはさほど気にならなくなった。なにしろ、沙織のつきあっている相手が白血病と知っているくせに、平気で話題のドラマ『夢があるなら』の感想を声高に喋りあうふたりだ。沙織の失恋を気遣ってくれるだけ、きょうのふたりの態度はましにさえ思えた。

琴美が肘《ひじ》で沙織の脇腹をつついてきた。「沙織は可愛いし、男ウケする女だからさー。あんな駿一よりいい彼できるよ、ぜったい」

「あんなって……」沙織は戸惑いながらつぶやいた。「それに……駿一君がわたしのことをもう好きじゃないとしても、重い病気なんだから……。気遣ってあげなきゃ」

ふたりはいっせいにブーイングをあげた。

真理子が顔をしかめ、甲高い声でいった。「泣かせるっていうかお人よしっていうか、もう典型的なA型女だね」

「ほんと」琴美も同意した。「駿一のことは、新しい彼女にまかせときゃいいじゃん」

「そんなの……無理……」

「あーあ」真理子がカバンをカウンターの上に載せた。「未練ひきずっちゃって。しょうがない、とっておきのプレゼントをだすとするか」

琴美が眉《まゆ》をひそめた。「プレゼントって?」

真理子はもったいつけるように、ゆっくりとカバンを開けて手を差しいれると、一枚のハガキを取りだした。

「じゃーん」と真理子はハガキを振りかざしながらいった。「ついに当たっちゃいました。城ノ内先生のカウンセリング」

「まじ!?」琴美がハガキをひったくった。それを凝視しながら、琴美が大声をあげた。

「すげー！　いつ？」

「それがなんと、いまからなの。午後六時半だから、あと一時間ちょいってとこ」

「えー！　ちょっと。なんでもっと早く知らせてくれないの」

「悪いね。びっくりさせたかったんで」

沙織はぼんやりときいた。「それなに？」

「わかるでしょ。城ノ内光輝の血液型カウンセリング」琴美はハガキの文面を読みあげた。「以下の日時に日本血液型性格判断研究所本部にお越しください。このハガキ一枚にて三名様まで有効……。わたしたち全員いけるじゃん！」

「城ノ内って」沙織はまだぴんと来なかった。「誰だっけ」

「もう」真理子がじれったそうな声をあげた。「鈍いなー沙織は。血液型カウンセラーっていって、よくテレビでてるおじさんいるじゃん。きのうのダウンタウンの番組に出てたひと」

「ああ……。ゲストがみんなよく当たるって驚いてた……」

「そう。それ。まじですごいよね。城ノ内光輝が、理想のカップルって予言した芸能人どうしって、次々に結婚してんじゃん。血液型からよくあそこまでわかるよね」

「でも、それってよくある血液型占いの説明をしてくれるだけでしょ？　A型の女は消極的で、暗く考えがちだとか、そういう話ならもう知ってるし……。相性のいい血液型もBってことぐらい、聞くまでもないし……」

「B？」琴美は信じられないというように目を見張った。「沙織、それ情報古いって」

真理子が吐き捨てるようにいった。「B型男なんて最悪じゃん。現に、駿一君もBだったわけでしょ？」

「それはそうだけど……」

「だから―、この日本……血液型性格判断研究所ってところの会員になってると、抽選で城ノ内光輝と一対一のカウンセリングを受けられるの。ひとり十分ぐらいって言ってたかな。めったに当たらないんだけど、ネットの掲示板とか見ると、実際に会って話きいたらすごいんだってさ。もう目が覚めるっていうか、人生の道ひらけるっていうか……」

琴美が身を乗りだした。「生き方が根本的に変わるっていうでしょ？　ぜったい受けたいって思ってた。ふつうに知られている血液型別の性格より、もっと深いところまで見抜いてくれるんだって。ね、沙織。いこうよ。新しい彼氏見つけるのに、城ノ内光輝に相談にいかない手はないって」

「そう……かな」

「そうだって」琴美はハガキを沙織の前に叩《たた》きつけるように置くと、目を輝かせて真理子にいった。「ね、知ってる？　テレビでいってたことだけど、大企業の社長さんにも城ノ

「知ってる、知ってる」真理子も満面の笑みでうなずいた。「なんとかっていうアパレルの社長さんがさー、取り引き相手はぜったいにO型にしとけば損はしないって言われて、そのとおりにやったら、二年ぐらいですっげー大会社に成長して……」

嬉々《きき》として城ノ内光輝の武勇伝を語り合うふたりの狭間《はざま》で、沙織はいつものように頰杖《ほおづえ》をついて外を眺めた。

理想の彼氏。わたしは駿一とうまくいかない運命だったのだろうか。A型とB型。相性はいいはずだとわたしの母はいっていた。お父さんもB型だし、と母はいった。うまくいくにきまってるわよ、そうじゃなきゃ沙織は生まれなかったんだし。

けれども、友達が多くてよく喋る父と駿一は、まったく違うタイプにも見える。駿一は感情を表にださない。楽しいときも、怒っているときも、悲しんでいるときも、気持ちを抑えこんでしまい、無表情を貫いているようにみえる。あれは、彼が心を開いていない証《あかし》だったのだろうか。きのう病院にいた金髪のギャルと並んで歩いているとき、駿一の顔はかすかに穏やかにみえた。駿一はわたしを拒んでいたのだろうか。うまくいっていると思っていたのは、わたしの勘違いだったのか。彼は、わたしを必要としていなかったのだろうか。

また涙でなにも見えなくなる。沙織はうつむき、カウンターの上に目を落とした。ハガキが視界に入った。

本当の幸せを見つけてください。淡いピンクいろの活字で、大きくそう記されていた。

悲観視

入院から一週間以上が過ぎていた。嵯峨敏也はこの病院に来てから初めて、自分の足で病室をでた。

廊下の鏡に目をやる。げっそりと痩《や》せた全身をパジャマ姿に包み、裸足《はだし》にスリッパを履いた自分が映っていた。既視感がある。六年前もこうして鏡を見つめた。またこうなったというより、戻ってきた、そんな奇妙な感覚にとらわれる。

二度めの入院生活は戦慄《せんりつ》の幕開けだった。入院した翌日に精密検査、MRIの画像で胸椎《きょうつい》に腫瘍《しゅよう》ができていることがわかった。医師によれば、その腫瘍の肥大化によって神経が圧迫され、身体のあちこちに痛みが走っているのだという。そして、きわめて稀《まれ》なことだが、白血球が癌化して血管の外に腫瘤《しゅりゅう》をつくりだしている可能性が高い、医師はそういった。血液成分の数値が白血病の再発をしめしていることを考えると、まず間違いないということだった。

緊急に手術室に運ばれ、丸一日かけて腫瘍の摘出手術がおこなわれた。

外科手術は初めての経験だった。ストレッチャーに横たわり運ばれるあいだ、嵯峨はただ病院の天井を見つめていた。視界に手術室のまばゆいライトが入ってきて、手術台に移されたかと思うと、たちまちマスクで麻酔を吸わされ、意識を失った。

翌朝、痛みで目が覚めた。麻酔がきれたせいで背筋に激痛が走っていた。たまりかねて壁のボタンを押し、看護師を呼んだ。

医師から痛み止めの注射を受けてから、腫瘍の摘出手術が成功したことを告げられた。ただし、その腫瘍はやはり白血病細胞と化していた。まぎれもない再発。ふたたび悪夢が始まったことを意味していた。

またも抗がん剤で白血病細胞の数を減らす、憂鬱《ゆううつ》な日々を過ごさざるをえなかった。白血病細胞の数が充分に減少したら骨髄移植を受ける。適合する骨髄の提供者《ドナー》がいれば、の話だが。

手術で弱った身体に抗がん剤とは、まさに泣きっ面に蜂だった。しんどさは前回の入院の比ではなかったが、それでも術後の経過は良好で、いまはこうして点滴を運ぶこともなく病室をでて歩くことができる。パジャマの下には包帯が巻かれているが、不快感はなかった。というより、あの激痛の後なら少々のことぐらい、なんでも乗りきれる。そう思えた。

廊下を進んでいき、階段を下る。入院患者の見舞いとおぼしき人々とすれ違ったが、嵯峨の知り合いではなかった。

美由紀はずっと姿を見せていない。僕に迷惑をかけまいとしているのだろうと嵯峨は感じた。彼女の想いを知れば知るほど、いたたまれなくなる。

男の知人や友人は大勢いる、と美由紀はいっていた。だが、体育学校の極みのような防衛大に入って国家公務員になった彼女は、嵯峨のようなタイプとは出会ったことがなかったようだ。臨床心理士に転職して、初めて僕のような男がいると知ったのだろう。ひ弱で、運動音痴で、やたらと理屈っぽくて、仕事にしか生き甲斐《がい》をみいだせない男。美由紀がそんな男のどこに惹《ひ》かれているのかはわからない。ただ世話を焼きたいと思っていたところが、情が移ってしまったのかもしれない。

僕は彼女とは釣り合わない男だ、嵯峨はそう感じていた。いつも自信に満ち、才能に溢《あふ》れ、人々からの信頼も厚く、政治家にすら意見がいえるほどの立場にある彼女。この惨めな入院生活を送る痩せぎすの患者とは、住む世界が根本的に異なっている。

階段を下りるとロビーにつづいていた。この入院病棟は、重病もしくは緊急入院の患者に限られているらしい。嵯峨と同じくパジャマ姿の患者たちを眺めわたせば、それがわかる。ほとんどが高齢者の患者たちの表情は一様に暗く、覇気がなく、衰弱の面影を漂わせていた。

しかし、常に静けさが保たれているというわけでもなかった。中央のソファに座った、頭の禿《は》げた老人が、近くに立った松葉杖《づえ》の若者に小銭を差しだしてわめいている。「だから、坊主。早く買ってこいよ。ハイライトふた箱だ、さっさとそこの売店に行って買ってこい」

「やだよ」松葉杖の若者はそっぽを向いた。「なんで俺がパシリしなきゃならねえんだよ。この足見ろよ。じいさん、歩けるんだろが」

「けっ」老人ははき捨てた。「そんな足ぐらい、どうだってんだ。俺は末期癌だぞ。いたわらねえと、俺が死んだあと一生後悔するぞ」

「癌って、じいさん、どこの癌だっけ」

「肺だ。文句あんのか」

「あるにきまってんだろ。肺ガンの患者にタバコ買ってこれっかよ。俺を人殺しにしたいのかよ」

「いいんだよ、医者にもも好きにしていいって言われてんだから。ばあさんにも棺《ひつぎ》にゃ山ほどタバコ入れてくれって頼んであるんだからな」

「ならあの世でたらふく吸えよ。そのうち蒼《あお》い空に浮かぶ雲を見て、じいさんタバコ吸ってらあ、と感動の涙を流してやるぜ」

「ふざけやがってこのガキ。美談になんかされてたまるか。遺書におまえの悪口を書いてやるからな」

嵯峨は呆気《あっけ》にとられた。本気で罵《のの》り合っているかと思えば、そうでもないようだ。事実、周りの患者はにやにやしながらふたりの口論を眺めている。老人が喋《しゃべ》るたびに笑い声もあがる。午後のひとときの催し物、そんな様相すら呈している。

それでも、この喧騒《けんそう》をそのままにはしておけなかった。嵯峨は老人に歩み寄っていった。

「僕が買ってきますよ。ハイライトふたつですね」

「ああ……」老人はぽかんとした顔で嵯峨を見あげた。「誰だい？　見かけない顔だ」

「新入りなんです。嵯峨敏也といいます。よろしくお願いします」

「ふうん……。あんた、どこが悪いんだね？」

「ええと、その……白血病ですけど」

「白血病！」老人は目を剝《む》いた。「すると、このあいだ手術室に籠《こ》もりっきりになってたのは、あんたか」

「はあ、どうもすみません……。緊急手術ということで、ほかの人の予定を変えさせてしまったみたいで」

そりゃ大変だ、とつぶやきながら、老人は重そうな腰をあげた。「さあ、早くここに座んな」

嵯峨は面食らった。「いいですよ。僕はそんなに……」

「座んなよ。遠慮するな。ほら」老人は曲がった腰のまま、ふらふらとソファを離れた。

困ったな。誰かこの老人を制止してくれないだろうか。そう思って周りに目をやった嵯峨は、さらに驚くことになった。

松葉杖の若者は老人に軽蔑《けいべつ》のまなざしを向けることも、悪態をつくこともなかった。足もとがおぼつかない老人をかばうように寄り添っている。しかも、若者は必ずしも老人だけを気遣っているわけではなさそうだ。その視線は嵯峨に向けられている。早く座ってくれ、目がそう訴えかけていた。

「おい」老人は、自分の杖の役を買ってでた若者にいった。「なにしてる。この嵯峨さんって人に、お茶でも買ってこい」

するとあれだけ老人に抵抗の意志をしめしていた松葉杖の若者は、すんなりと金を受けとり、わかった、そううなずいた。

立ち去る若者の背に、老人が声をかけた。「ついでにハイライトもだぞ」

ほかの席に座っていた中年の患者が、対面の席にいる患者にいった。「あんたはC型肝炎だろ」

すると、その患者がそそくさと席を立った。老人は、うむ、と尊大に振る舞いながら、空いた席に腰を下ろす。

その一連のやりとりについては、以前に入院経験のある嵯峨にも理解できた。この種の病棟では、死に近いほうが優遇されるという、一風変わった身分制度が構築されている。お互いの病名を肩書きの代わりに告げて、その優劣を競い、どちらがどちらの命令を聞くかが自然に決定されるのだ。末期癌とC型肝炎では、あきらかに前者の勝ちだった。

けれども、と嵯峨はソファに腰をおろしながら思った。六年前の入院では、癌患者のほうが白血病患者より上位の扱いを受けていたはずだ。なぜ僕のような若造に席を譲ってくれたのだろう。癌も末期になると、年下にやさしい態度をとるようになるのだろうか。いや、それなら、あの松葉杖の若者を使い走りにする説明がつかない。

「嵯峨さん」老人は話しかけてきた。「あんたもいろいろたいへんだな」

「いえ」大変なのは老人のほうだろう、純粋にそう思いながら嵯峨はいった。「おじいさんは、長くこの病院にいらっしゃるんですか」

「もう二年になる」老人は遠い目をしていった。「ばあさんも昼はパートで忙しくて、夕方すぎでないと見舞いにも来てくれん。俺なんぞ、ぽっくり逝《い》ったところで看取《みと》る人間なぞ、誰もおらんよ」

「そんなことはありませんよ。でも、いかに末期といっても、タバコはいくらか控えたほうがいいと思いますよ」

老人はじろりと嵯峨を見た。「俺に禁煙しろってのか」

「いいえ。さっきの若者にふた箱買ってくるように言ったでしょう？　ひと箱ずつにしたほうがいいですよ」

「そんなもの」と老人は鼻で笑った。「俺は一日でひと箱以上吸っちまうんだ」

「それなら、なおさらのことですよ。買いに行くのがおっくうなら、吸う本数を減らす絶好の機会です。手もとに数本しか残っていないというのなら、だいじに吸うようになるでしょう。そのぶん強く吸いがちにはなりますが、本数が多いよりはましです。それと、次に買うのはハイライト・マイルドにしてください」

「マイルド？　おいおい、冗談じゃねえぞ。あんなまずいもん吸えっかよ」

「それは偏見ですよ。もしまずかったら、またふつうのハイライトに戻せばいいんです。

そしてマイルドを一週間つづけたら、次はウルトラマイルドにしてください」

「すると、あれか。その次はメンソールも吸えってか」

「いいえ。ハイライト・マイルドがニコチン〇・八ミリグラムでタール十一ミリグラムなのに対し、ハイライト・メンソールもニコチン〇・七、タール十でほとんど変わらず、意味がないんです。ウルトラマイルドなら味わいもスムーズに移行できるうえに、ニコチン〇・三、タール三で身体にもやさしいんです」

「こりゃ驚いた。あんた、JTの人かなんかか」

「いえ。タバコを売るのとは逆の立場です。禁煙を勧めるのも仕事のうちでしたから。で、ウルトラマイルドを一週間吸っていると、しだいに本数も減っていきます。そのうち、タバコを吸わなくてもだいじょうぶな身体になるでしょう。せっかくだから、なるべく健康に過ごしましょうよ」

「……いまさら少しばかり長く生きたって、なんの意味もない」

「そうでもないですよ。少なくとも僕にとっては、おじいさんのような人に教えてもらいたいことがいっぱいあります。入院患者の先輩として、そして人生の先輩としてね」

老人はしばらくじっと嵯峨を見つめていたが、やがて小さくうなずくと、黙って床に目を落とした。

そこに松葉杖の若者がかえってきた。若者はまず嵯峨に麦茶のペットボトルを差しだしてきた。ありがとう、嵯峨は礼をいって受けとった。

若者は、老人にハイライトふた箱を手渡そうとした。

老人は若者を見あげて怒鳴りつけた。「こんなものはいらん。俺を殺す気か」

「なんだって？」若者は眉間《みけん》に皺《しわ》を寄せた。「耄碌《もうろく》してんのか。さっさと受けとって吸えよ。吸えるうちに吸っとかないと、タバコじゃなく線香に火がつくことになるぜ」

「誰が吸わんといった。売店に戻って、ハイライト・マイルドに替えてこい」

「マイルド？　まずくてヘドが出るとか言ってたじゃねえか」

「ええい、ぐだぐだと文句ばかり言いおって」老人は立ちあがると、若者からハイライトをひったくった。「俺が自分で替えてくる」

老人が売店のほうに歩き去っていくと、周りの患者たちから笑い声があがった。ぱらぱらと拍手も起きる。

どうやらその拍手はこちらに向けられているらしい。嵯峨は妙に思ってつぶやいた。

「なんで拍手されてるんだろ？」

松葉杖《づえ》の若者が、空いたソファに腰をおろしていった。「あのじいさん、医者から何度も低タールのタバコに変えろって言われてたんだよ。禁煙は無理なようだから、せめてそれぐらいはしろって」

別の患者が嵯峨に笑顔を向けてきた。「でもじいさんは聞く耳持たなかった。それがあんたの説得で、あの変わりようだ。担当医の先生が知ったら驚くよ」

「嵯峨さんって」松葉杖の若者がきいた。「なんの仕事してたの？」

「……臨床心理士ってやってね。カウンセラーだよ」と嵯峨は答えた。

「へえ、カウンセラーさんか。こりゃいい知り合いができた。ここに入院しているみんなは、すげえ暇でね。治療が長引けば長引くほど、悩みだけが大きくなって、いらいらしちまうことが多い。嵯峨さんになら話を聞いてもらえるかな？」

「もちろん。お互いになんでも話し合おうよ。よろしく」

周囲が急速に和んでいく、そういう実感があった。誰の顔にも笑いがある。嵯峨との出会いを、心から歓迎してくれている。そんなふうに見えた。

嵯峨はほっとした。いつまでつづくかわからない入院生活、それは実質的な集団生活だ。いい人たちばかりで助かった。それに、ここでなら臨床心理士としての過去の経験も充分に生かせるだろう。

ところがそのとき、患者のひとりが低い声で告げた。「でも嵯峨さんって……白血病なんだよね？」

そのとたん、ロビーはまたしてもしんと静まりかえり、重苦しい空気に包まれた。誰もがうつむき、暗く沈みこんだ気配を漂わせている。

沈黙のなかで、嵯峨はただ呆然《ぼうぜん》とするしかなかった。

みな末期癌の患者とも明るく接しているというのに、なぜ白血病をそんなに深刻にとらえるのだろう。いつから白血病は、そこまで悲観視されるようになってしまったのだろうか。

命の恩人

夕闇がせまる渋谷区代々木《よよぎ》上原《うえはら》の住宅街で、恵梨香は一軒の家をたずねていた。玄関先に応対してくれた主婦は、恵梨香を見ていった。「沙織はまだ帰ってませんけど。……沙織のお友達？　初めてお会いするわね」

「ええ、そう……ですよね」恵梨香は戸惑いながらも笑顔を取り繕った。この安藤沙織の母親にも、わたしは十代に見なされてしまっているらしい。

恵梨香はいった。「このところ毎日、この時間に家の前で待ってるんですけど……。沙織さん、お帰りになるのが遅いんでしょうか。わたしがいるうちはいちども姿を見せなかったので……」

「そうね。沙織って、いつも学校からまっすぐ帰ってはこないのよ。同級生の三沢さんや清川さんと一緒に、道玄坂のマクドナルドに寄ってるみたい。だから晩ごはんはそれで済ませちゃってるから、うちでは夜食を用意してても食べないしね。帰りも遅くなりがちで」

「なるほど……。わかりました。どうもすみません」恵梨香は頭をさげて、庭を引きかえした。

門扉を開けて路上にでる。閑静な住宅街の生活道路に、銀いろに輝く美由紀のメルセデスCLS550が停車している。

恵梨香は助手席のドアを開けて乗りこんだ。思わずため息が漏れる。「やっぱり帰ってなかった」

「そう……」運転席の美由紀が心配そうにつぶやいた。「どこにいるか、沙織さんのお母さんは知ってるの？」

「いいえ。マックでそんなに長く食事してるとも思えないし、どこ吹く風って感じ」

「お母さんに伝言を頼んでおいたら？」

「駄目……。わたし、自分で沙織さんに説明したいし。あの子、ぜったい誤解したままだから、駿一君にも悪いし……」

「沙織さんと駿一君が話せばすぐ、誤解は解けると思うけど」

「もう。わかってないなぁ。美由紀さんは」

美由紀はぼんやりとした目を向けてきた。「なにが？」

「彼氏に別の女がいたなんて思っちゃったら、絶対にもう連絡しないよ。十代の恋愛ってそういうもんでしょ」

「そうなのかな」美由紀は気のない返事をして前に向き直り、エンジンをかけた。

スムーズに走りだすクルマの助手席で、恵梨香は電動シートをわずかに倒して身をあずけた。

駿一はきっと沙織の心の支えを必要としている。それを失ったいま、闘病も過酷なものになるだろう。仲を裂いてしまったのはわたしだ。事情を説明して誤解を晴らす責任はわたしにある。人のために尽くす臨床心理士という職業に就いている身なら、なおさらのことだ。

クルマは住宅街の細い路地から井ノ頭《いかしら》通りにでようとしていた。徐行し、美由紀が少しずつステアリングを切って左折にかかる。

だがそのとき、恵梨香は右手から突進してくるトラックに気づき、思わず声をあげた。

「危ない！」

びくっとしたようすの美由紀がブレーキを踏んだ。トラックはけたたましいクラクションを鳴らしながら、反対車線に大きく膨らんでやりすごしていった。

対向車が途切れていたことがさいわいした。恵梨香は一瞬に襲った鳥肌が立つほどの寒気が、すぐにおさまって身体に温かさが戻ってくるのを感じていた。

しかしそれでも、ほっとひと安心というわけにはいかなかった。事故になりかけた瞬間の美由紀の反応が、まったく予想できないものだったからだ。

いくらか落ち着きを取り戻したようすの美由紀は、クルマを井ノ頭通りに走らせたが、その運転もどこか心もとない。視線がしきりに泳ぐわりには、ミラーを注視しているようすもなく、まるで初心者だ。新型のベンツをここまでふらつかせるとは、並大抵のことではない。

「停めて」と恵梨香はいった。

「え？」

「いいから、脇に寄せて停めてよ。話したいことがあるの」

美由紀は黙ってハザードランプを点灯させ、クルマを路肩に寄せた。チェンジレバーをPにしてサイドブレーキをいれる。

恵梨香は美由紀に向き直った。「いったいどういうこと？　美由紀さんってヘリも操縦できるほどの人なのに、いまの運転はなに？　ありえないって感じ。なにをふぬけてんの？」

「ごめんなさい……。もっと慎重に運転しなきゃね……」

「ねえ。ここ数日ずっと、心ここにあらずって感じじゃん。そんなに嵯峨先輩が心配なら、病院にいけばいいと思うけど」

「誰も嵯峨君の心配なんて……」

「してないっての？　あーあ、無理しちゃって。いまの美由紀さんの心理状態って沙織さんって子とそっくりだよ。白血病の彼氏に心を痛める純な乙女ってとこ？」

「それ、本気でいってるの？」美由紀は表情を険しくした。「恵梨香の言葉でも許されないこともあるわよ」

「そう。それだよそれ。ぴりっとしてなきゃ。眼に力がなきゃ美由紀さんらしくないって」

「はぐらかさないで。わたしの気持ちを勝手にきめつけないでよ」

「なんで？　表情見てりゃわかるし」

「そんなわけないでしょ。外見から心理を正確に推し量ることなんてできないわよ」

「まじ？　美由紀さん、やっぱおかしいって。自衛官時代の動体視力のおかげで、臨床心理士のなかでも特に相手の表情の変化を読むのがうまくて、千里眼とまで言われた女が吐くセリフかねぇ」

「あんなの、一時期週刊誌が勝手につけたニックネームでしょ。わたし認めてないから」

「ふうん。じゃ、あくまで科学的な美由紀さんは、自己モニタリングも完璧《かんぺき》に機能してるっての？　自分のことがぜんぶわかってる人なんかいないってのも、心理学の基本原則だと思ったけど」

美由紀が黙りこんだため、車内に沈黙が降りてきた。

黄昏《たそがれ》どきを迎えた井ノ頭通りを、ヘッドライトの光が後方から前方へと流れていく。追い越していくクルマの走行音。きこえてくるのはそれだけだった。

うつむいた美由紀の横顔を眺めていると、恵梨香は落ち着かない気分になった。まさか、本気で腹を立ててしまったのだろうか。心が離れていく予感を覚え、恵梨香は不安になった。

対立したいなんて望んではいない。信頼しあえる仲だからこそ、遠慮のない物言いで励ましてあげたかった。

しかし美由紀は、恵梨香の気持ちを察したようすもなく、ただ手で顔を覆いステアリングにうつぶせた。泣くのを堪《こら》えるように肩を震わせている。

「あの、美由紀さん……」恵梨香は困惑を覚えながら、本心を伝えようと穏やかにいった。「わたし、そのう……美由紀さんを傷つけたいなんて思ってやしないし……。美由紀さんはわたしの恩人だし。あなたがいなかったら、わたしはもうこの世にはいなかったんだから……」

美由紀は静かに首を横に振った。「わたしがあなたを苦しめたのよ……。わたしの両親のせいで……」

「もう。その話は終わってるでしょ」恵梨香は笑ってみせた。「わたしたちはふたりとも親を亡くしちゃってる。ただそれだけのことじゃん。でもね、だからこそ、美由紀さんの気持ちがわかることもあるの。心理学的にみれば共感なんて思いこみにすぎないかもしれないけど、いまの美由紀さんが感じてることは、わかるよ。愛するひとはもう、失いたくないもの……」

静寂のなかで、美由紀はゆっくりと顔をあげた。シートの背に身体をもたせかけながら、指先で涙をぬぐっている。

「ありがとう」と美由紀はささやくようにいった。「恵梨香は……わたしのこと気遣ってくれてるのね」

「当然でしょ。尊敬する先輩のことを大事に思わない奴なんていないって」

ほんのわずかに微笑を浮かべた美由紀の顔に、また影がさした。

「でもね……。わたしが病院にいくと、嵯峨君は心配をかけまいとして病状を隠そうとするから、迷惑がかかるし……」

「それなら、早く心を開いてくれるように説得するのが、恋人の務めじゃない？」

「恋人って、わたしは……」

「いいから。明日の面会時間からでも、いってくれば？」

「無理よ……。いまのスケジュールじゃとても……」

「ああ、そっか……」恵梨香も戸惑いがちにつぶやくしかなかった。

この一週間で、臨床心理士ひとりあたりの仕事量は倍に増えた。通常の業務のほかに、血液型性格分類に関する諸問題への対処を余儀なくされているからだった。

臨床心理士会では血液型に関する悩みの相談を受けつける意向を発表したが、事務局に二十もある電話は一日じゅうひっきりなしに鳴り、回線が常時ふさがるありさまだった。

山梨ではAB型でないという理由で取締役を解雇された中小企業の社長が、自殺未遂を起こした。B型に対する風当たりの強さはあいかわらずで、さまざまな団体でチームワークを乱すとみなされ、差別的な人事がおこなわれているときく。防衛大臣が性格のよさをアピールしたO型も、計画性のなさや見通しの甘さが指摘されて、プロジェクトから爪弾《つまはじ》きにされたという相談が多い。几帳面《きちょうめん》とされるA型も、それゆえに秀でたところがないからと出世を見送られたと主張する人が後をたたなかった。

被害妄想もあれば、実際に職場や学校でそのような差別が存在する例もある。事実をたしかめるには、一件ずつ臨床心理士を現地に派遣して事情をきかねばならなかった。出向いた先では、差別をおこなっているとされる人間に対し、血液型性格分類は科学的根拠がないと説き伏せるよりほかに方法がない。それで本当に相手の心変わりが期待できるかといえば、どの臨床心理士も疑問に感じるところだった。

血液型性格分類の浸透度はあまりに深い。信仰と呼べるほどかもしれない。それをひっくりかえすのは困難の極みだった。いわば神を否定するに匹敵するほどの難行だ。

元国家公務員の美由紀はその肩書きの持つ威光からか、おもに行政がらみの組織や団体に派遣されることが多い。お堅い公務員のなかにも血液型差別が広まっている。次から次へと派遣先が決まっているという。恵梨香は駆けだしのせいかまだ声がかかることも少ないが、三年先輩の美由紀になると休日返上で働かねばならないようだった。

それでも恵梨香は美由紀にいった。「なによりまず、自分をたいせつにしなきゃ。美由紀さんの心が不安定なままだと、臨床心理士としても本来の力量が発揮できなくなるよ？ひとの悩みを聞くにはまず、自分の悩みを解決しなきゃ」

「だけど……嵯峨君に会っても、病気が完治するまでは不安がなくなるとは限らないし……」

そのとき、携帯電話の着信メロディが短く鳴った。恵梨香のものではない、美由紀へのメール着信だった。

美由紀が携帯を手にとって操作する。ふいに表情が緊張した。「嵯峨君からだわ」

「へえ。なんだって?」

「……話したいことがあります。病院に来られますか」

「それだけ?」

「ええ、それだけよ」美由紀は恵梨香に携帯の画面を見せながら、首を傾げた。「なんで敬語なのかしら」

「嵯峨先輩らしいじゃん。絵文字とかぜんぜん使ってないし。ほんとに血液型で性格が違うのなら、嵯峨先輩の場合は当てはまらないね。几帳面だし、Oっていうよりは Aだよね」

美由紀は無言で携帯電話をしまいこむと、しばし考えるそぶりをしてから、ステアリングに手をかけた。

恵梨香はきいた。「病院にいくの?」

「いいえ。いまからじゃ夜間の訪問になっちゃうでしょ。病院に許可が必要になるし」

「許可もらえばいいじゃん。向こうが呼んでるのに、どうしてためらうの?」

「それは……」

ほんの一瞬、美由紀が浮かべた当惑のいろに、恵梨香はすべてを察した。少なくとも、そう確信した。

素早くドアを開けて、恵梨香は車外に降り立った。

美由紀が驚いたように声をかけてきた。「どうしたの。なんで降りるの？」

「行ってあげなよ」恵梨香は車内を覗《のぞ》きこんで、笑いながらいった。「ふたりきりで会いたいんでしょ」

「そんなの……違うわよ」

「いいから。顔に書いてあるし。千里眼じゃなくてもわかるし」

「恵梨香……」

しばらくのあいだ、美由紀の顔には戸惑いのいろが残っていた。けれども、やがてその表情は和らいでいった。

「でも、恵梨香」美由紀がつぶやいた。「こんなところで降りるの？　マンションまで送っていくわよ」

「いいよ、駅近いし。この時間って環七《かんなな》混んでるし、クルマで遠まわりするとすごく遅くなっちゃうじゃん。早く行ってあげて。運転気をつけてね」

それだけいうと、恵梨香はドアを叩《たた》きつけた。

閉じたウィンドウの向こうで、美由紀がこちらを見つめた。口が動いて、なにかを告げているとわかる。声は聞こえないが、なにを言ったのかはわかった。ありがとう。美由紀はたしかにそう告げた。

前方に向き直った美由紀がクルマを発進させる。いつものように油断のない、真剣な横顔がそこにあった。

走り去るクルマを見送りながら、恵梨香は道端にたたずんでいた。思わずつぶやきが漏れる。初々しいね。

その言葉に、みずから吹きだした。ほんとに初々しい。美由紀の恋愛感情はまるで少女のようだ。人生のあらゆる面で尊敬に値すると思ってきた先輩も、こと恋愛に関しては初心者講習を必要とするらしい。

教えられることがあるのは、なんとなく嬉《うれ》しい。そう恵梨香は思った。互いに支えあっているという実感に結びつく。わたしも美由紀のために役立ちたい。ほかならぬ命の恩人のために。

紳士的面接

廊下の壁に沿って並べられた椅子に腰をおろし、順番を待つ。食事どきのレストランの前ではおなじみの光景だ。だがいま、安藤沙織は腹をすかせてはいなかった。並んでいるこの列も、夕食を待つためのものではない。

ホテルのロビーのように豪華できらびやかな内装、アーチ型の屋根を持ち、数々の調品に彩られた広い廊下。ここを部屋にして住んでもなんら不自由しない、そんな贅《ぜい》を尽くした空間で、沙織はただぼうっとしながら椅子に座っていた。順番は、あと二番目というところまできている。しかし沙織のあとにも、見るかぎり延々と列が伸び、玄関から椅子のない屋外までもつづいていた。全員消化するまで何時間かかるのだろう。

沙織の心はいっこうに躍らなかった。日本血液型性格判断研究所、どんな怪しげなところかと思ってきてみれば、洋館のようなたたずまいの豪勢な屋敷そのものだった。連れの琴美も真理子もうっとりとしたようすだったが、沙織は逆に気分が沈んでいくように感じた。

こんな屋敷、わたしの人生には無縁だ。大人になってからも住みたいとは思わない。掃除がたいへんだし、なにより、わたしが居心地よく暮らせるライフスタイルではない。もっと小さな家を、両親の住む実家の近くに持って、彼と同居できればいい……。そう、駿一が全快して、一緒になってくれるのなら、ほかにはなにもいらない。

「あー」だしぬけに、隣りで琴美が声をあげた。「だめだ。やっぱ、まだ心の準備ができてない」

妙に思って沙織は琴美に目を向けた。さんざん待たされて、ようやく次は琴美の番だというのに、どうしてためらうのだろう。

沙織はいった。「もうすぐ真理子が終わってでてくるよ」

「わかってるけどさ。でも……」ふいに琴美は椅子から腰を浮かせた。「お願い、順番代わって」

「なんで? あんなにカウンセリング受けたがってたじゃん」

「いいから。なんていうかこう、自分のなかを見透かされるのが怖いんだね」

「じゃあ、やめとく?」

「馬鹿いわないでよ。沙織が受けてるあいだに気持ちを落ち着かせとくからさ。ね。先に行ってよ」

そのとき、すぐ近くの扉が開いた。

真理子が満面の笑いを浮かべて、小躍りしながらでてきた。「いやー。すごかったぁ! めちゃくちゃ当たるよ。びっくりすることの連続って感じ」

扉の向こうから、ひとりの痩《や》せた若い男が姿を現した。ホストクラブの従業員のような印象を漂わせた男が、微笑を浮かべて告げた。「次のかた、どうぞ」

　琴美がうながしてきた。「ほら。沙織、先に行ってってば」

「わたしは……いいよ。やっぱり……」

「なにいってんの。いちばん幸せ見つけなきゃいけないのは沙織でしょ。早く」

「でもさ……。性格とか、言い当てられたらそりゃすごいとは思うけどさ。そもそも自分の性格なんて自分でよくわかってんじゃん。当たった当たったって驚くだけのことで、その先のアドバイスが正しいかどうかはわかんないんだし……」

「もう」真理子が沙織の手を引いた。「なにをぐだぐだ言ってんの。話をきけば考え方も変わるって。ほら、早く」

　沙織はなおも気が進まなかったが、廊下に連なる相談者たちの列を見て、これ以上踏みとどまるわけにはいかないと悟った。何人かがこちらに苛立《いらだ》ちの目線を向けている。嫌なら、どけばいいじゃない。誰もが無言でそう訴えかけているようだった。

　本気で相談しようと待っている身からすれば、わたしの言いぐさはただ難癖をつけているだけに思えて、不快きわまりないに違いない。本当は身を引きたいが、真理子も琴美も許してくれそうになかった。

　仕方なく扉へと進んでいった。

ホストのような男は一礼をして告げた。「血液型カウンセラー城ノ内光輝の第一秘書を務めております、津野田《つのだ》と申します。本日はようこそおいでくださいました。どうぞこちらへ」

「はあ……」沙織はあいまいに応じながら、津野田につづいて扉のなかに入った。

そこは書斎のような部屋で、デスクの向こう側にも誰もいなかった。

困惑しながら沙織はきいた。「あのう。城ノ内さんはどちらに……」

津野田は笑った。「そんなに慌てなくても、隣りの部屋にいますよ。ここは前室兼、秘書室です。カウンセリングの前にご案内しておきたいんですが、あなたは会員のかたではございませんよね？」

「ええ。友達に連れられてきたので……」

「ではこれを機に、正式に入会されてはいかがですか。このような一対一のカウンセリングは抽選になりますが、説明会や講習会には常に出席できますし、城ノ内への質問の自由もございます。ほかにもいくつも特典がありますよ」

「そうですか……でも……そのう」

「もちろん、無理強いするつもりはありません。先にカウンセリングをお受けになったあとでも、申し込みできますから。では、城ノ内に会われますか」

「はい……」

期待していると思われたのだろうか。わたしにしてみれば、後続の人たちに迷惑をかけないよう、早く会って早く済ませたいと思っただけなのだが。

津野田が隣りの部屋につづくドアを開ける。沙織はなかに入っていった。

そこは前室よりひとまわり広いだけの部屋だったが、やはり内装にたっぷりと金をかけているとわかる。家具も調度品も英国調に統一され、明かりも薄暗くしてあった。手前の壁ぎわに椅子とサイドテーブルが据え置かれているほか、奥にもうひとつ大きなデスクがある。

くだんの人物はそこに座っていた。

「ようこそ」ひょろりと痩せた四十代半ばぐらいの中年男が、スーツの前をかきあわせながら革張りの椅子から立ちあがった。「ほう。さっきの真理子さんと同じ学校の制服だね。お友達ですか」

「安藤沙織といいます」沙織は会釈をした。「よろしくお願いします」

たしかにテレビでよく見かける顔、自信に満ちた紳士風の素振りに、どこか攻撃的な鋭さを内包した態度。まちがいなく城ノ内光輝そのひとだった。

だが、沙織はさして感動もなかった。ただ顔の売れた有名人というだけなら、渋谷界隈《かいわい》を歩いていれば見かけることはしばしばある。お気に入りのアイドルタレントもいまはいない。我を忘れて見いってしまうような存在は、芸能人の類《たぐ》いには皆無だった。この世で会いたいと思う人はただひとり、駿一だけでしかない。けれども、その駿一はもう、わたしの彼氏ではない……。

しばらくその場に立ち尽くした。城ノ内にたずねたいことは特にない。アドバイスを受けたいとも思わない。なにをしたところで、駿一の気持ちは動かせないだろう。

そんな沙織を、緊張しているとでも思ったらしい、城ノ内は笑顔で椅子を指し示した。

「そう硬くならないで、さあ、どうぞおかけください」

沙織は椅子を見た。奇妙なことに、城ノ内のいるデスクからはかなりの距離がある。なぜ前室側の壁に寄せてあるのだろう。部屋の真ん中はがら空きなのに。

と、この部屋を訪ねた人がみな疑問に思うことなのか、城ノ内は沙織の心のなかを察したかのようにいった。「そこに椅子が置いてある理由は明白です。私も最近では世に知られた存在になりましたが、それでも女性が初対面の男性と部屋でふたりきりになる以上、多少の警戒心は抱くでしょう。私はあなたにリラックスしていただきたい。だから私は、このデスクからそちらへはいきません。たとえ私がここからあなたのほうに走ろうとも、あなたはとっさにその後ろの扉から、外に逃げられるはずです。もちろん、私はそんなことはしませんよ。しかし、安心が得られる場所にいるという、そのこと自体を確認していただきたいのです。あなたはここで充分にくつろいで、私と会話することができます。よろしいですね？」

「ええ……そうですね」

「では、遠慮せずにお座りください」城ノ内はそういって、デスクの向こうの肘《ひじ》掛け椅子に腰をおろした。

すでに秘書の津野田はひきさがり、前室につづく扉は閉じている。沙織がすすめられた椅子は、その扉のすぐ近くにあった。歩み寄って腰をおろしてみると、なるほど、危険を感じないだけの距離が保たれているとわかる。

壁にぴたりと寄せてあるサイドテーブルにはカードのようなものが数枚、重ねて置いてある。ほかにはなにもなかった。

「それでは、沙織さん」城ノ内はデスクの上で両手の指を組みあわせた。「初めてお目にかかったわけだから、いきなりあなたの身の上についておたずねするのも失礼と存じます。まずは私の仕事についてご説明申しあげましょう。血液型カウンセラーというのはいまのところ、世界で私ひとりです。類似した肩書きをたまに見かけますが、それらはみな根拠のないものです。私は生理学、心理学、そして統計学に基づいた、科学的分析によって信頼に足る血液型別性格判断のみをおこないます。それで多くの人々に支持されているのですよ。ところで、つかぬことをうかがいますが、沙織さんは血液型性格判断をどのていど信じていますか？」

城ノ内の言葉はいささかも淀《よど》みなく、まさに立て板に水という感じの弁舌だった。

沙織は困惑しながら答えた。「さあ……当たってるかなと思うときもあるし、そうじゃないときも……。できれば幸運だけを信じたいほうで……」

「まった」と城ノ内は片手をあげて制した。「沙織さん。あなたがそう思っているのは血液型性格判断ではなく、血液型占いについてですよね？　この両者は似て非なるものです。占いは、占いでしかありません。私が追求しているのは科学です。世間にありふれている偏見や誤解の類いでもないんです。広く一般に知られている血液型による性格の区分は、私にいわせればあまりに画一化されすぎです。B型はわがままだとか、A型はおとなしいとか、AとBは相性がいいとか……」

「ちがうんですか」沙織は思わず声をあげた。

一瞬のちに後悔がよぎる。城ノ内の言葉をさえぎってしまった。思いが表出してしまった気恥ずかしさに、沙織は身をちぢこませてうつむいた。

ふっと笑いを漏らしてから、城ノ内は穏やかにいった。「お気になさらないで。しかし、いまの反応を見るに、あなたはAかBのどちらかなんでしょうね。あなたの血液型をお尋ねする前に、これだけはいっておきます。私は科学的事実のみしか取り沙汰《ざた》しません。たとえば最近、血液型性格判断は日本とその旧植民地にしか存在しない独特の文化だという人たちがいます。欧米では認められていない、すなわち非科学的な理論だとね。けれども、思い違いをしているのは彼らのほうです。日本ではA、B、Oの血液型を持つ人はほぼ同じぐらいの割合で存在し、ABだけがちょっと少ないていどですが、たとえばヨーロッパのある国ではAとOだけで国民の九割に達し、BとABはほんのひと握りという分布です。ネイティヴ・アメリカンはほとんどがO型だといわれているし、動物でもゴリラはみなB型ですよ。だから、諸外国で普及しないから血液型別性格判断が非科学という論理は、乱暴もいいところなんです。日本のほか韓国や台湾でも血液型性格判断が認められているのは、アジアのそれらの国ではそれぞれの血液型の割合が均等にわかれているからなんです。ここまではよろしいですね？」

「はい……」沙織はうなずいた。

「では次に、心理学的観点から見てみましょう。血液型で性格が分かれるのは思いこみにすぎないという意見もあります。たとえば自分がB型だとすると、わがままで目立ちたがりというB型のイメージにみずから合わせて生きてしまうというのです。しかしこれもナンセンスです。われわれはいつも意識にしたがって生活しているのではありません。なにも考えずに無意識のうちに五感が情報をとらえ、脳に伝達し、行動をおこしている部分も多くあるのです。沙織さんは、血液伝達反応という生理医学用語を聞いたことがありますか?」

「……いいえ」

「なら、知っておくのも悪くないでしょう。そこにあるカードを手にとってください」

沙織はサイドテーブルに目を向けた。トランプ大のカードを手にとる。四枚が重なっていた。裏は同じ柄だが、表はA、B、O、ABと四種の血液型が印刷してある。

城ノ内がいった。「自分の血液型のカードを額にくっつけてごらんなさい」

奇妙な指図だが、城ノ内の流暢《りゅうちょう》なプレゼンテーションは抵抗する気をなくさせ、身をまかせやすいと感じさせる。それが意図的なことであったとしても、逆らう理由はなにもない。沙織はそう思った。

B、O、ABのカードをサイドテーブルに戻し、Aのカードを額に密着させてみた。すぐに城ノ内がいった。「もう離していいですよ。それで、ほかの三枚と混ぜ合わせてしまってください。自分でもどれがどれだかわからないぐらいに」

沙織はいわれたとおりにした。四枚を重ねて裏向きにシャッフルする。A型のカードはどれなのか、ほどなく判らなくなった。

城ノ内はデスクにおさまったまま告げた。「どれがあなたの血液型のカードかわからなくなったでしょう? しかし、意識の面ではそうでも、無意識の領域では異なるんです。いましがた、カードを額にくっつけたでしょう? あれだけでも、ほんのわずかながら汗が付着します。あなたの汗には、あなたの特有の血液型成分が含まれています。あなたの五感は、あなた自身の血液型と共鳴しあい、呼び合うんです。直感的に、さっき額に当てたと感じるカードを四枚のなかから取りだしてみてください。絶対に外すことはありません。それが血液伝達反応というものです」

沙織は指示に従おうとしたが、ふとためらいに手がとまった。

自信がない。というより、そんなことが起きるかどうか、疑問が湧く。城ノ内のいったことにはあるていどの科学的裏づけがあるかもしれないが、百パーセント完璧《かんぺき》というわけでもないだろう。ここで外れたら、それはわたしのせいになってしまうのだろうか。わたしに迷いが生じているとか、すなおに従っていないとか、その血液伝達反応という生体上の能力が弱いとか、責められたりはしないだろうか。

「あのう」沙織はおずおずときいた。「当たらなかったら、どうします……?」

城ノ内は気を悪くしたようすもなく、微笑を浮かべた。「そのときは私の理論の敗北だから、潔く引退ですね。いや、あなたにとっては特異に思えることかもしれないが、毎日のように血液型の研究をおこなっている私にしてみれば、これは数学でいうピタゴラスの定理のように動かしようのない事実でね。ま、とにかく無意識にまかせて、一枚のカードを取りだしてみなさい」

手にした四枚のカード。肌ざわりはどれも同じで、額の汗が付着したとは感じられない。これで正解のカードを選びだせるものなのだろうか。ただの当てずっぽうではないのか。迷っていても始まらなかった。沙織は直感にまかせて、四枚のなかから一枚を選んで表向きにした。

思わず、はっと息を呑《の》んだ。選んだカードには間違いなくAと記してあった。

沙織が驚きのいろを浮かべたのを見てとったらしい、城ノ内はにこりとした。「正しかったようですね」

「ええ……たしかにA型でした。びっくり……」

「もういちどやってごらん。偶然でないということがわかるよ」

言われるままに四枚をふたたび一緒にして、念入りに混ぜ合わせた。それからさっきと同じように一枚を選び、引き抜く。

沙織はため息をついた。今度もAを選んだ。偶然とは考えられない。

城ノ内は満足そうにうなずいた。「汗のなかの血液成分が薄らぐまで、四、五回は可能かな。このように血液伝達反応は無意識のうちに脳の生理的判断を左右し、意識レベルで五感が察知しえないことも知りうることが証明されています。だからこれで、血液がどうして脳の活動内容に影響を与えうるのだという、否定論者の非難も的外れとわかるわけです。血液型別に感覚の違いが生じるから、血液伝達反応を利用しこのような実験が可能になるのです。おわかりですか？」

「はい。たしかに……」沙織は驚きのさめやらない気分のまま、カードをサイドテーブルに戻して城ノ内に向き直った。「するとA型のわたしは、ずっと同じ性格のままなんですか。血液型が変わらない以上、性格も変わりようがないとか……」

「どうしてそう思うんですか。つまり、あなたは自分自身を変えたいと思っているわけですね？」

沙織は戸惑いがちにうなずいた。「彼との相性がよくないのなら、わたしが変わるしかないかなと思って……」

「すると、あなたがAで、あなたの意中の人はBというわけですか」

「そうです。駄目なんでしょうか。うちの両親もAとBなんですけど」

「お待ちなさい。あなたはいま物事を客観的に判断しようとしていますが、それでもA型特有の思考をしがちだということから、目を背けてはなりませんよ。A型の女性はとにかく心配性です。わたしなんか、というのが口癖じゃありませんか？　困難に突き当たると、自分を卑下し、悲観的になる。そんなことが多いはずですが」

「ああ……そのとおりです。いつもそんなふうに思ってます……」

「そう。しかし、それはあなたがA型女性であるがゆえに心配性だという、ただそれだけのことです。実際に失敗がほかの女性に比べて多いわけではない。だからまず、沙織さんの場合、あれこれ考えをめぐらす前に、まずは自分のよさを見つめなおすことが必要になるんです。マイナス思考が働いて悩みにつながった場合、それがA型の血によるものと、疑ってかかってみてください。それだけでずいぶん判断が正確になります」

「そうですね……そんな気がします」

「ほかにも気をつけるべきことがあります。A型はちょっとしたミスをしでかしたときにも、そのことを一生の恥のように感じてしまい、いつまでもくよくよと考えてしまうんです。いってみれば敏感で、精神的ショックを受けやすいという傾向があります」

沙織はもはや、城ノ内の言葉を否定しようとする意志を完全になくしていた。すべて言われたとおりだ。ただ漠然とそう感じるだけでなく、たしかな事実だ。いま指摘されたとおり、わたしは小さな失敗をいつまでもひきずっている。ジャケットの背にクリーニング店のタグがついたまま外出し、友達に指摘されるまで気づけなかったこと。学校で授業開始後に移動先の教室を間違えたと気づき、あわてて本来の教室に駆けつけたが遅刻してしまったこと。恥をかいたあらゆるシチュエーションが次々と想起される。しかもそれらは、常々思いだしては冷や汗をかいているものばかりだった。

精神的ショックを受けやすいという点も、まぎれもない事実だった。駿一にほかの女がいることを知って以降、食事も喉《のど》を通らず、夜ベッドに入っても眠りにつけない。

「わたしは……」沙織はつぶやいた。「どうすれば……B型の彼とうまくいきますか」

ふむ、と城ノ内は顎《あご》に手をやった。「B型男性ということは、つきあいやすくフレンドリーな性格の持ち主なんですね？」

琴美や真理子は否定するだろうが、わたしは彼のやさしく正直な性格を知っている。沙織はうなずいた。「ええ。一見暗そうにみえるんですけど、ほんとの性格はそうですね」

「B型男性は誰に対してもやさしいという傾向があります。恋人ひとりだけに対し、深い愛情をそそぐさまを見せないことが多いのです」

沙織は胸が高鳴るのを感じていた。駿一はほかの女と一緒にいた。その女とは親しそうにしていても、恋仲ではなかったということだろうか。それとも、浮気性で、ふた股《また》をかけても平気な性格の持ち主なのだろうか。

ところが、それについて問いかけようとしたとき、城ノ内のデスクの上で電子音が鳴った。

「ああ、残念」城ノ内は当惑の表情でいった。「十分経った。時間切れです。申しわけありません。本当はあなたの問題を解決したかったんだが、ほかにも待っている人たちがいるので……」

「あ、はい……そうですね……」心底がっかりした気分で、沙織はつぶやいた。

城ノ内はデスクから立ちあがり、愛想よくいった。「そんなに落胆しないでください。もしあなたが私の講演会などに出席されることがあるなら、その後にでも、きょうのつづきをいたしましょう」

驚きと喜びが沙織のなかにひろがった。「カウンセリングをしてもらえるんですか？　でも抽選とか……」

「いや、それとは別に、あなたの悩みをきく時間ぐらい設けますよ。あなたはまだ未成年だし、力になってあげたいですから」

未成年。その言葉だけがなぜかひっかかる。城ノ内がこちらを見る目も、一瞬だけいろを変えたような気がした。

だが、それがなにを意味するのかはわからなかった。ただの思いすごしかもしれない。沙織は思った。

「それではまた、ぜひ……」沙織は椅子から立ちあがった。

「ええ。いつでもお待ちしておりますよ」城ノ内はきわめて紳士的に会釈をした。

沙織はおじぎをかえし、扉に向かった。後ろ髪をひかれる思いでその部屋をあとにし、前室に戻る。

秘書の津野田は扉の脇に立って待っていた。沙織に微笑みかけながら、津野田はきいてきた。「いかがでしたか、城ノ内のカウンセリングは」

「はい」沙織は、思いがけず弾んだ自分の声をきいた。「すごいです。当たってました」

「よかったですね。さっき、カウンセリングを受ける前は廊下で、当たるとか当たらないとか意味がないというようにおっしゃってましたが……」

「え？　あ、そんなこと言いましたっけ。すみません」

「いえ、いいんですよ。で、悩みはすっかり解決しましたか？」

「それが、肝心なところを聞く前に時間切れで……。あ、講演会のあとに会ってくださると言ってました」

「それはよかった。ということは、沙織さんも入会されるわけですね」

沙織は口ごもった。

入会。そうだ、講演会に出席するのは会員の特典だといっていた。城ノ内に悩みを聞いてもらうためには、会員にならざるをえない。そういうことになる。

かまわない、と沙織は思った。入会金がいくらか知らないが、真理子が会員になっているのだ、それほど高くもないのだろう。なにより、噂どおり城ノ内の話は聞くに値するし、こちらを常に気遣い安心を与えてくれる。ためらう理由などどこにもない。

もう迷いなどなかった。沙織はいった。「入会します」

「わかりました。歓迎いたします、沙織さん」津野田はクリップボードを机の上からとった。「ではこちらに記入をお願いします。未成年のかたは保護者の印鑑が必要になりますが、それは後日でいいので……」

手渡されたクリップボードに目を落とす。ボールペンを握ったとき、その冷たさが妙に気になった。肌の温度になじまないボールペン。拒否するなら最後のチャンスだ、そう訴えたがっているようでもある。

沙織は頭を振り、その考えを払いのけた。A型女性は心配性、それだけのことだ。沙織はもう躊躇《ちゅうちょ》することもなく、ボールペンを書類の記入欄に走らせた。

存在の価値

美由紀は夜間出入り口から入院病棟へと向かった。看板に面会時間は夜八時までと記してある。ぎりぎりだった。間に合ったことが喜ばしいようで、また残念に思えるような気もする。複雑な心境だった。会えずに帰路につく、そのほうが幸いだったかもしれない。衰弱し、やつれはてた嵯峨の姿を見るのはしのびなかった。

ところが、病室に引き籠《こ》もって眠っているだろうと思っていた嵯峨との再会は、予想外にすんなりと果たされた。美由紀がロビーに足を踏みいれた時点で、嵯峨の声が聞こえてきたからだった。

パジャマ姿の入院患者らがくつろぐロビーのなかで、嵯峨は誰かと談笑していた。「そうすると、流行《はや》りの店に詳しいのはA型ってことかい?」

嵯峨はパジャマの上に入院患者用のガウンを羽織り、ソファに座っていた。その近くに立っている少年は、なんと北見駿一だった。駿一はレザーブルゾンにデニム姿で、嵯峨を見下ろしている。

「そう」駿一は穏やかな顔をしていたが、笑いまでは浮かべていなかった。「みんなが知っていることを自分だけ知らないって状況が嫌いみたいでね。雑誌とかすごくチェックしてる」

「それはきみの彼女のことかな？」

「うん……。まぁ、そうかもね」

「そうかもって、つきあってる彼女がいるんだろう？」

美由紀が歩み寄っていくと、嵯峨よりも先に駿一と目が合った。

駿一はばつの悪そうな顔をして視線を逸《そ》らした。後ずさるような仕草もみせたが、逃げるのはまずいと思ったのか、居心地悪そうにしながらもその場にとどまった。

嵯峨が顔をあげた。「ああ、美由紀さん」

安堵《あんど》が美由紀のなかにひろがった。たしかに痩《や》せこけてはいるが、手術を経験したわりには元気そうだ。

「嵯峨君。起きててだいじょうぶなの？」美由紀はきいた。

「もちろん。まだ就寝時間には間もあるしね。あ、駿一君もこの病院に入院してたんだよ。さっきばったり出くわして、驚いたよ」

美由紀は駿一に向き直った。「こんばんは」

駿一はうつむいたまま、ぼそりと告げた。「こんばんは……」

ガスガンを奪った相手の顔を、駿一ははっきりと記憶していたらしい。美由紀は戸惑いながらも、笑いかけていった。「あのとき、怪我しなかった？　ごめんなさい。身体を悪くしてたなんて、知らなかったの……」

返事はなかった。駿一は身を硬くしたまま、うつむくばかりだった。

嵯峨はすでに駿一の内気な性格を把握しているかのように、あっさりとした口調でうながした。「ほら、駿一君。いうべきことがあるだろ？」

「えっ、……あ、あのう」駿一はちらと上目づかいに美由紀を見てから、深く頭をさげた。「ごめんなさい」

美由紀は驚きを禁じえなかった。「どうして謝るの？」

「だって、その……」駿一は頭をあげたが、視線は床に落としたままだった。「ガスガンで威嚇したのは……罪だし」

すると、嵯峨はごく短い時間で、駿一に反省を促すまでに心を通わすことができたのだろうか。驚異的な成果だが、嵯峨なら不可能でもないだろうと美由紀は思った。以前から、駿一のように心を閉ざした相談者《クライアント》との対話において、嵯峨は才能を発揮していた。僕も子供のころは暗かったからね、嵯峨はいつもそういっていた。

「いいのよ」美由紀は駿一にいった。「撃つつもりなんてなかったでしょ？　わたしたちのほうこそ、カウンセリングルームにいたあなたに正しい気遣いができなくて、本当に申しわけなく思ってるの。ガスガンは臨床心理士会に置いてあるわ。そのうち返すから……」

駿一は首を横に振った。「いいよ。あれはもう……」

「いらないんだろ？」嵯峨が駿一に告げた。「護身用に使えるって友達に薦められて、しばらく持ち歩いてただけ、きみはさっきそういったよな。身を守るのに武器はいらないよ。頭と度胸で勝負だよ」

「うん……」駿一は無表情にうなずいた。

美由紀のなかでひっかかるものがあった。嵯峨は駿一の弁明を信じているようだが、どうも事実とは食い違っている気がする。けれども、それを取り沙汰《ざた》したらまた駿一は心を閉ざしてしまうかもしれない。

「駿一君」美由紀は話しかけた。「入院中なのに、普段着なの？」

「きょうは外泊日だから……」と駿一が告げた。

嵯峨が美由紀を見た。「週に一日ぐらい、家に帰ることが許されるんだって。僕はこのあいだ手術したから、無理だけどね」

「そう……」美由紀は駿一に微笑みかけた。「気をつけてね」

「うん」駿一は後ずさった。「じゃあ、もう行くから……。家は田舎だし、終電間に合わないし」

「わかった」嵯峨はうなずいた。「明日帰ってきてから、つづきの話をしよう。待ってるよ」

駿一は小さくうなずくと、美由紀にも軽く会釈した。ただし、視線はいちども合わせることがなかった。身を翻すようにして、駿一は足早に立ち去りだした。

「あ」美由紀はその背に話しかけた。「そうだ、もうひとつ……」

しかし、駿一は逃げるように歩調をあげてロビーから出ていった。

困惑を覚えて、美由紀は立ち尽くした。恵梨香の濡《ぬ》れ衣《ぎぬ》を晴らしたかったのに、駿一は聞く耳を持ってはくれなかった。

嵯峨はソファに座ったままつぶやいた。「いま、彼になにかを伝えようとしても無理さ。ガスガンのことで頭をさげた、その体裁の悪さや気恥ずかしさのせいで、早くこの場から立ち去りたがってる心境だ。十代ってのはそんなものだよ」

美由紀は嵯峨の隣りに座った。「わたしを呼んだのは、駿一君に謝らせるためだったの？」

「いや。それが理由じゃないよ。ただし、駿一君は自分のしたことを悔やんでたし、きみが来たからにはすなおに謝るだろうとは思ってた。きみが元幹部自衛官だってことを話したら、興味しんしんだったよ」

「興味しんしんって、あれで……？」

「ああいう子は、とにかく感情を表にださないものなんだ。でも僕からの問いかけには、抵抗をしめさずに答えてくれたよ。ふしぎなもんだね、同じ白血病患者として入院してると、奇妙な連帯感があるんだ。僕もこの病気じゃなかったら、彼とあんなに話せるなんて思えないから」

事実だろうと美由紀は思った。臨床心理士と相談者という関係は特殊なものだ。心を開かねば先へ進まないとわかっていながら、やはり他人同士という垣根の高さを感じずにはいられない。しかし嵯峨はここの入院患者となったことで、駿一の心にみずから近づくことができた。意図的には難しかった心の交流が、偶然の不幸によって可能になった。

嵯峨はそのことを喜んでいるようだ。あれだけ病に苦しんでいたのに、それをプラスに変えようとしている。美由紀はせつない気持ちになった。仕事以外には興味が持てない、嵯峨は常々そういっていた。彼は入院してもまだ臨床心理士でありつづけようとしている。

「でも」美由紀は、胸にひっかかることを嵯峨に告げた。「あの子はまだ、完全に心を開いていない気がするの」

「そう？　どうして？」

「改造ガスガンは友達からもらっただけって言ったんでしょ？　あれはメンテに手がかかるし、ガスも頻繁に注入しなきゃならない。所持者があるていどの専門知識を有していないかぎり、発射の威力は維持できないのよ」

「ずいぶん詳しいんだね」

「防衛大の校内では実銃を使えないから、エアガンで射撃訓練するの。駿一君の銃、バレルにもかなりの弾数を撃った痕《あと》がある。それと、なぜか内部に砂が入ってる」

「砂？　それって、どういう意味？」

「さあね。威力が高めてあるぶんだけ発砲音も大きいから、どこか人里離れたところで撃ちまくってるんじゃないかしら」

嵯峨は額に手をやって唸《うな》った。「まだ隠しごとをしてるってわけか。ま、そんなに簡単にこちらを信用してくれるわけもないよな。信頼を得られるまで何日も、何週間もかかるだろう。でもあきらめないよ。機会があるごとに、駿一君と話をしていこうと思う」

そのとき、入院患者らしき老婦がぶらりと近づいてきて、嵯峨にいった。「わたしの話も聞いてほしいんだけど、嵯峨先生」

「ここで先生はよしてよ」嵯峨は苦笑した。「なにか問題でもあったの?」

「いえ……」老婦は不安げにつぶやいた。「わたし、骨髄のドナーが見つかるかどうか心配で」

「だいじょうぶですよ。骨髄バンクのほうで探してくれてるんでしょう?」

「でも、ほら、隣りの部屋の人。ようやく見つかったドナーが骨髄、提供してくれなくて……二日前に裏口退院」

「あの人はかなりの高齢で、しかも合併症を患っていたそうじゃないですか。あなたは私と同じ、ただの白血病にすぎませんよ」

「ただのって……嵯峨先生、怖くないんですか。わたしはもう毎晩、寝るのが怖くて……」

嵯峨は笑顔を保っていた。「よければ、あとで病室に寄らせてください。話したいことがあるなら、なんでも僕に言ってくださいよ。同じ患者なんだし」

「そうしてくれると助かるわ。お医者さんたちは忙しくて、ちっともかまってくれないから」

「じゃあ、あとでうかがいます」嵯峨はいった。

老婦が立ち去ると、美由紀は意味のわからなかった言葉について嵯峨にきいた。「裏口退院？」

「ああ……。正面玄関じゃなく、ここの裏手にある通用口から出ていくこと……。ようするに、お亡くなりになるっていう隠語だね。僕もきょうここでほかの患者さんたちと喋《しゃべ》ってて、初めて知った」

「そう……」

「いまのおばあさん以外にも何人か、白血病患者と会ったんだけどね。誰もが一様に暗いんだ。ほとんど絶望的と言ってもいいぐらいで……。末期癌の人から励まされたりするほどだよ。駿一君が心を不安定にしていたのも、この風潮のせいかもしれないな」

「風潮って？」

「このところ、白血病という病名がずいぶん世間に広まっている。それも正しいかたちじゃなく、不治の病とか、薄幸の死といった、古色蒼然《そうぜん》としたイメージでだ」

美由紀はうなずいた。「流行みたいなものね。『夢があるなら』っていうドラマが放送中ってこともあるし」

「よく知らないが、愛する人を失う哀しさみたいなものが描かれているんだろ？　それはかまわないが、どうも白血病について正確な認識を広めてはいないようだ。患者とその家族に希望がないかのような印象を与えているみたいだし。おかしなことに、骨髄のドナーのキャンセルも相次いでいるって話だし」

「ええ……。恵梨香に薦められて観たけど、前回の『夢があるなら』は、ドナーの側にもリスクがあるってストーリーだったから。白血病のヒロインに適合する骨髄の提供者がやっとのことで見つかったのに、その骨髄の摘出中に手術ミスが起きて、死亡してしまうのよ……」

嵯峨はしばし目を閉じ、そうか、とつぶやいた。それから美由紀を見てきいた。「あれは実話に基づいたドラマなんだろ？　そういうことは起こりえても、きわめて稀《まれ》と伝えるべきじゃないのか？」

「報道番組でなくドラマだからね……。原作本があるわけだし、その本もブログの実話に基づいている。事実を伝えている以上は仕方ないのかも」

「でも極論すぎる」嵯峨が視線を床に落とした。「僕の骨髄に適合するドナーも、見つかるかどうか……」

「そんなこと……。あ、わたしも適合検査を受けてみるから。恵梨香もきっと受けてくれる。臨床心理士会の同僚も……」

「いや、いいんだ。そこまでは束縛できないよ。きみたちにも生活があるし、仕事がある。あくまで任意だよ。それに……考えてみたこともなかったけど、適合の可能性がかなり低いんだ。担当医は、同じ両親を持つ兄弟で四分の一ぐらいだと言ってた。赤の他人なら数万分の一」

「数万分の一……」美由紀は思わず絶句した。

わたしが骨髄を提供したいと心に決めたところで、適合する可能性の低さからみれば、嵯峨にとってはほとんど気休めにならないのだろう。大勢の適合希望者がいても、条件が一致するとはかぎらない。手術にともなうリスクや、人生のなかのたいせつな時間が奪われることを嫌って、ドナーが土壇場でキャンセルすることもありうる。そうなると、骨髄の提供を受けられる可能性はごくわずかということになる。

美由紀は思いをそのまま口にした。「血液型が同じだとか、そんな単純な話ならいいのに……」

「そうだね。きみも僕もO型だから、そのときこそ初めて血液型の一致に感謝できただろうにね。でも骨髄移植は輸血と違って、血液型は関係ない。白血球の型であるHLAの一致こそが重要なんだ。こりゃ、いよいよ血液型による区分の重要性が薄らいできたよ。A型とかB型ってのは赤血球の区分でしかない。それに血液型そのものも、Rhプラス・マイナスだとかMN型だとか複雑な分け方もある。HLAが八百種以上あって、それぞれの血液型が四種類ずつあると考えるだけでも、三千二百もの血液型の種類が存在することになるね。A型は几帳面《きちょうめん》とか、O型は一匹狼って言ってたころが妙になつかしいよ。白血病になったとたん、そんな話が現実味を欠いているとはっきりわかるようになった」

その認識だけが広まれば、血液型の差別問題も駆逐されるだろう。しかし、理解の代償が白血病にかかることだとすれば、それは人々にとってあまりに荷が重過ぎる話だった。

「嵯峨君」美由紀はいった。「骨髄移植のほかにも方法はあると思うけど……」

「うん。さい帯血移植、自家移植、ミニ移植なんてのもあるらしい。でも僕の場合は再発でもあるし、白血球の増加も著しいみたいだから……。骨髄移植しかないって言われた」

美由紀は重苦しい気分になった。嵯峨には結局、最も困難な選択肢しか与えられていなかったのだ。

骨髄は、胸や腰の骨のなかにある海綿状の組織だ。そのなかは、骨髄幹細胞を含む骨髄液で満たされている。骨髄幹細胞は赤血球や白血球、血小板などに分化して、血液がつくりだされる。

この骨髄幹細胞を、健康な人の身体から骨髄液ごと提供してもらい、患者の体内に移し替えるのが骨髄移植だった。液体の移植であるという前提から、臓器を移植するよりは危険が少ないと漠然と思いこんでいた。しかし問題は、その適合率の低さにあったのだ。

「それなら」美由紀は喉《のど》にからむ自分の声をきいた。「嵯峨君のお母さんに頼んでみるのが、いちばん可能性が……」

「駄目だよ。それは絶対に駄目だ。母には手術どころか検査も受けさせたくない」

「そんなこと言って、母子の間柄なら適合率もあるていど……」

嵯峨は語気を強めた。「母には知らせたくないんだよ」

美由紀は押し黙った。嵯峨の悲痛な表情をまのあたりにしたからだった。

周りの患者も驚いたようすで沈黙した。ロビーには静寂が流れていた。

「……ごめん」嵯峨は美由紀につぶやいた。「美由紀さんは好意で言ってくれてるのに……僕はわがままばかりだ」

「気にしないで。だけど……そんなに病気のことをお母さんに知られたくないの？」

「ああ……」嵯峨はうなずいた。「僕にはわかるんだよ。母は、そんな精神的重圧には耐えられない。ＨＬＡが適合するかどうかより、そのことがずっと気がかりだ。だから母の手は借りない」

悲しみがこみあげてきて、胸が詰まる。美由紀は震える声でささやいた。「……わたし、検査を受けてみるから……」

「いや。ありがたいけど、きみの助けも借りられない」

「どうしてよ」美由紀は怒りとともにいった。「検査だけでも受けてみる価値があるのに、なんで否定するの？」

「検査の結果、もし美由紀さんの骨髄が適合したら、僕は提供を受けるべきかどうか悩むことになる」

「悩む必要なんてないわ。わたしは提供する、それだけよ」

嵯峨は首を横に振った。「美由紀さんには、ほかにお願いしたいことがあるんだよ。だから一日だって手術台に横たわっていてほしくない」

「……どんなこと？」

「きょう呼んだのも、それを頼みたかったからなんだけど……。臨床心理士会の定例会議で、議案を提出してほしい。白血病に関する正しい認識を世間に広めることについて……」

「それは……臨床心理士の領域じゃないと思うけど」

「そうでもないんだよ。さっきも言ったように『夢があるなら』に端を発する白血病の……美しく確実な死というイメージがブームになったことで……患者たちはみな意気消沈している。実際、死亡率があがっているとも聞いたよ。病は気から、というけど、心と身体はたしかに密接な関係がある。患者の心理状態が大きくマイナス方向に傾いているのだとしたら、病の進行にも影響がでるだろう。だからその世間の誤解を払拭《ふっしょく》してほしいんだ」

美由紀の心のなかに、もやがひろがった。「嵯峨君の言うことはわかるけど……それって、血液型問題を解決するのと同じぐらい、難しいことかも……。ドラマによって描かれる悲劇の運命論は、視聴者をトランス状態に導くことで感動を成立させるから、暗示となって本能に刷りこまれる。ただ知識として得ただけのことなら否定しやすいけど、本能に刻みこまれたことは容易には消せない……」

「その通りだよ……。涙を流すという行為はそれだけ本能的になっている証《あかし》であって、本能的とはすなわち、子供の心に戻っているってことだ。理性の鎧《よろい》を脱ぎ捨て、純粋無垢《むく》な子供の心に浸ってる。そういうときに感動を覚えたという自分を、誰も否定されたくないんだ。自己を根底から否定されたように感じられるからね。でも本当は、理性が備わってこそ真の大人であって、トランス状態に浸ることで人の本質が浮き彫りになるわけじゃない。ドラマは美談を描いているだろうし、その物語も実話に基づいているかもしれない。しかしそれとは関係なく、人々はトランス状態に酔ってしまう。理性的に疑うことを知らず、与えられた暗示を受けいれてしまうんだ……。白血病は不治の病だという暗示をね」

嵯峨の言葉に、美由紀のなかでなにかが喚起された。そして次の瞬間、それは理性に違いない、そう思えた。

わたしも悲しみに流されすぎている、嵯峨はそう感じたのだろう。どんなに知識があっても、理性が鎮まってしまえば冷静な判断はできなくなる。そう、たしかにそうだ。嵯峨が最初に白血病になった時点で、治るか否かの確率は五分と五分だった。再発したいまはそれをいくらか下回るのだとしても、決して不治の病ではない。理性の面では理解していたつもりでも、本能の領域は絶望に支配されていたように思う。助かる可能性を信じる前に、悲しみがこみあげてきて、思考が働かなくなる。そんな自分がいた。

泣いている場合ではない。わたしは彼のために、全国の白血病患者のために力にならねば。そしてそれは、ほかならぬ臨床心理士としての務めをまっとうすることで果たされうるのだ。

「わかったわ」美由紀は決意とともにいった。「心配しないで、嵯峨君。誤った風潮はかならず正してみせるわ。どんな方法があるかわからないけど、かならず近いうちに実現してみせる」

嵯峨はじっと美由紀を見つめた。美由紀も、嵯峨を見つめかえしていた。

やがて、嵯峨の顔に微笑が浮かんだ。頼んだよ、嵯峨は静かにそういった。

そのとき、ロビーを駆けてくる足音がした。ひとりの看護師があわただしく近づいてくる。

「嵯峨さん」看護師がいった。「ちょっと手を貸してもらえないかしら」

「なにかあったんですか」と嵯峨が身を乗りだした。

「十二号室……わんわん泣きだしちゃって、手がつけられないんですよ。明日死ぬかもしれないとか、大声でわめくから、ほかの患者さんにも悪い影響を与えるし」

「ああ、さっきのおばあさんか。わかりました、僕が話をするよ」嵯峨は立ちあがると、美由紀を見た。「じゃあ、美由紀さん。さっきのこと、よろしくね」

「ええ。まかせておいて」美由紀は答えた。

嵯峨はうなずくと、看護師とともに歩き去っていった。階段を駆け上る嵯峨の足どりは、白血病の入院患者に似合わず力強いものだった。痩《や》せ細った身体にそぐわない身のこなし。気力のなせるわざに違いなかった。

美由紀もロビーをでようとしたが、ふと階上が気になった。嵯峨に負担がかかっていないかどうか、どうしても不安になる。

ゆっくりと階段を上っていき、入院患者の病室が連なるフロアの廊下を覗《のぞ》きこんだ。

嵯峨の姿は、いちばん近いドアの向こうに認められた。ガラスを通して、室内のようすははっきりとわかる。ベッドの上でうなだれ、子供のように泣きじゃくる老婦。その老婦に寄り添うように座り、笑顔で話しかけている嵯峨……。

看護師はただ、嵯峨の後ろに立ってようすを見守っているにすぎなかった。老婦の心を支えているのは嵯峨だった。その横顔は、臨床心理士会事務局のカウンセリングルームで相談者と面会しているときと、なんら変わるところがなかった。

腫瘍《しゅよう》の摘出手術を終えてから、まだ何日も経っていない。それでも嵯峨は、疲れ知らずに人と接しつづけ、悩みを聞き、励ますことを忘れずにいる。

目に焼きつけておこう、そう思った。彼は臨床心理士でありつづけている。わたしもそうありたい。わたしはカウンセラーとして人を支える道を選んだ。いま求めに応じることができなくて、わたしの存在価値などありはしない。

思わずまた目が潤みそうになるのを、美由紀はぐっと堪《こら》えた。階段を下りながら、きょうは泣かないと美由紀は心にきめた。わたしは理性を働かせねばならない。トランス状態に浸っている場合ではない。

スポーツバッグ

北見駿一が家に着いたのは、午後十一時すぎのことだった。

前に外泊が許されたとき、沙織は電話で、次の外泊には彼女の家で食事をしようと誘ってくれた。それもほんのいっときの夢でしかなかった。沙織は誤解を抱いたまま、病院に姿をみせなくなった。外泊日までには連絡があるだろう、そう期待していたが、願いはかなわなかった。

あいかわらず鍵《かぎ》のかかっていない引き戸を開ける。山奥とはいえ、もう少し用心すべきだろう。戸が開いても父は玄関先に現れる気配すらない。

いや。きょうはめずらしく、こんな時間に奥の和室の明かりが点《つ》いている。テレビの音も漏れ聞こえてくる。

まだ起きているのか。それはそれでわずらわしい。駿一はそう思いながら、和室へと入っていった。

父、重慶はこちらに背を向けて、ちゃぶ台を前に胡坐《あぐら》をかいていた。ビールをグラスに注ぎこんでいる。ちゃぶ台の上には、スーパーマーケットで買い揃えてきたとおぼしき惣《そう》菜《ざい》の数々が、不ぞろいな皿にそれぞれ盛りつけられて並んでいた。

それが父なりの歓迎であることに駿一は気づいたが、喜びはなかった。父は気分屋だ。これで息子のために尽くしたという実感をみずから欲している。以前にいちどだけ晩酌につきあったときには、おまえのために用意したんだぞ、と数か月にわたっていわれつづけた。恩着せがましい物言いを、今晩は聞きたくはない。

「おう」重慶はいま気づいたというように、赤ら顔で振りかえって駿一を見あげてきた。「遅かったな」

駿一はカバンを部屋の隅に投げこむと、重慶と目を合わせず、背を向けて戸口を出ようとした。

「おい、待てよ」重慶はぶらりと立ちあがった。「せっかく俺が乾杯しようって待ってたのに……」

ところが、おぼつかない足の重慶は、すぐに体勢を崩してしまった。グラスを手にしたまま、畳の上で尻餅《しりもち》をついた。グラスは重慶の手から飛んで、ビールを撒《ま》き散らしながら畳を転がった。

「あーあ！」重慶は駿一をにらみつけて怒鳴った。「おまえのせいだぞ、馬鹿が」

駿一は静止して振り向き、しばし畳にひろがるビールの染みを眺めた。被害状況を目でとらえると、身体は自然に台所へと向いた。

流しから雑巾《ぞうきん》をとり、畳にひざまずいてビールを吸い取るように拭《ふ》く。いつものことだ。

ほとんど無意識の反応だった。

重慶は少し離れたところに腰をおろし、瓶を手にとった。ぶつぶつとつぶやく声が響く。

「長いこと座ってたんで、足がしびれちまったじゃねえか」

無言で父の愚痴を聞き流しながら、駿一は畳を拭きつづけた。それが終わると、落下したグラスを拾って台所に向かう。雑巾を絞り、水道水で洗ってから、蛇口にかけて干した。グラスまでは洗う必要もないだろう。もう使いそうもない。

振りかえると、予想どおり重慶は瓶ごとあおっていた。

父との対話など望んでもいないが、聞いておかねばならないこともある。駿一は静かにたずねた。「親父。仕事は見つかった？」

ビールをラッパ飲みしていた重慶は、やがて軽いげっぷとともに目を泳がせながらいった。「仕事だと……。なにを偉そうに、小僧が。そんなもの……」

返事はそれだけで充分だった。駿一はさっさと歩きだした。父は再就職どころかそのあてもない。ならば、いまはやるべきことははっきりしている。

おい。待てよ小僧。駿一。重慶の呼ぶ声を背に聞きながら、駿一は自室へと入っていった。

床に散乱したガスガンのパーツと改造用工具を眺める。ため息とともに、ためらいが生じる。また憂鬱《ゆううつ》な気分で、朝まで作業か。

仕方がない。駿一はスポーツバッグのファスナーを開けて、それらを詰めこんでいった。

骨髄バンクを利用するには金がかかる。自分で稼いでいくしかない。

ありったけのガスのボンベをバッグに投げいれてから、忘れ物はないかと部屋を見渡したとき、パソコンの脇に置いてある携帯電話が目に入った。

手を伸ばすのがためらわれる。沙織からのメール、もしくは着信履歴だけでも残っていてほしいと願う自分がいる。しかし、それがなかったときのことを考えると、たしかめるのが怖い。

けれども、見ないわけにはいかなかった。駿一は携帯の液晶画面を見た。

落胆だけが襲う。トップ画面にはなにも表示されていない。それは、いちども電話がかかってきていないことを意味していた。沙織は連絡してこなかった。きょうが外泊日と知っていたにもかかわらず。

未練など、ひきずるほうが惨めというものだ。駿一は重いスポーツバッグを肩にかけ、部屋をでようとした。

そのとき、廊下からどすんという音が響いてきた。

馴染《なじ》みの音だった。駿一は驚きもせずに戸を開けて部屋をでた。案の定、廊下には重慶が突っ伏していた。

その身体をまたぐようにして玄関に向かいながら、駿一は踵《かかと》で、重慶の脇を蹴《け》った。

「うっ」重慶は呻《うめ》き声をあげ、身体をびくつかせたが、それ以上は動かなかった。

しかし、それで充分だった。泥酔して寝ているだけと確認されたからだった。

駿一は玄関でスニーカーを履くと、外にでた。戸は閉めたが、鍵はかけない。一本しかない鍵を駿一が持ちだしたら、重慶は鍵がなく外出できなくなってしまう。

それに、と駿一は思った。防犯についても心配ない。親父はかまってほしくて寝たふりをしているだけだ。ほどなく起きだして、ちゃんと戸締りするだろう。

家の前に停めてあるスクーターにスポーツバッグを載せた。かちゃんと玄関の戸の内側から鍵がかかる音を、駿一の耳はきいた。

引き金

家からスクーターで十五分ほど走ったところにある布良《めら》海岸は、駿一にとっての夜間射撃場だった。

山道につづく坂を下りていくと、ごつごつとした岩場の多い砂浜にでる。遊泳禁止のこの海岸は、たとえ昼間でも人出が少ない。まして季節はずれのいまはひっそりとしていて、雑草も生い茂っている。周りを囲むのは山ばかり、民宿もホテルも宿泊客がいないらしく、看板までも明かりが消えている。

夜も更けて、視界は真っ暗だった。静寂が保たれているかといえば、そうでもない。波の音がこだましている。ガスガンの発射音を掻《か》き消すにはちょうどいい。

駿一はスポーツバッグを砂の上に下ろし、ファスナーを開いた。懐中電灯でなかを照らしながら、先週組み立てたばかりのオートマチック式拳銃《けんじゅう》、タクティカルマスターと、マルゼン製ライフルのライブシェルガスブローバックを取りだした。

高いガス圧に耐えられるだけの強度に改造したタクティカルマスターを手にとった。バレル、スライド、チャンバー、あらゆるパーツが金属製に換えてあるせいで、かなりの重量がある。グリーンガスを直接流しこめるアダプターを取りつけて注入した。へたな改造だとたちまち破裂するほどの圧力。たまにグリップのカバーが吹き飛んだりして怖い思いをする。けれども、今回はだいじょうぶのようだ。

拳銃の銃口を地面の砂に差し向け、波の音を聞く。潮騒が最大になったところで、引き金を三回引いた。三度の反動、発射音もかなりのものだった。砂ぼこりが巻きあがり、闇のなかでもはっきりわかるほどの穴が地面に三つできた。

悪くないな。駿一は新たにBB弾を銃に詰めこみ、発射テストを繰りかえした。十発ほど撃ったところで、手に痺《しび》れを感じはじめる。反動がかなり大きい。それだけ弾が撃ちだされる威力も強いということだ。この銃の改造を依頼してきた依頼人の要求は、たしか雑誌を貫通するぐらいの威力だったはずだ。もう少々、射出力を弱めておいたほうが無難かもしれない。

そのとき、懐中電灯の光が走ったため、駿一はびくっとして凍りついた。

むろんそれは自分の照明ではなかった。誰かが近づいてきている。この時刻になって海岸に人の気配を感じたのは初めてだった。

闇のなかに浮かぶシルエットは、自分より背の高い男だとわかる。その男がきいてきた。

「ガスガンか?」

わりと若い声だった。警官だろうか。しかし、そう思えないふしもあった。音だけでガスガンと判断した。素人がエアガンとか空気銃とか呼びたがるところを、この男は正確にとらえた。

懐中電灯の光が差し向けられる。駿一は固まったまま動くことができなかった。

と、男はゆっくりと近づいてきた。光を下に向ける。男の顔は暗闇のなかでおぼろげに浮かんでみえた。

年齢は二十代ぐらい、黒の革ジャンを着ている。痩《や》せてはいても、あるていど鍛えた身体つきに思えた。角刈りの頭を赤毛に染めている。明るいところでみれば金髪かもしれない。

光は砂の上の穴を照らしだしている。男は白い歯をのぞかせていた。「かなりの威力だな。それ、マルイのタクティカルマスターだろ、ブローバックするやつだな。改造できるとは知らなかったよ」

駿一はなおも黙っていた。言葉を失っているというほうが正確かもしれない。改造ガスガンに詳しい男と、こんな辺鄙《へんぴ》なところでばったり出会うなんて。

いや、辺鄙な場所だからこそ出会ったのかもしれない、そうも思える。館山の山奥などでは、以前にもガスガンの発射音を聞いたことがある。自分と同じ改造ガスガンの試射か、サバイバルゲームのマニアだろうと思われた。人里離れた房総《ぼうそう》半島の先端部、首都圏からクルマで移動できる範囲。マニアックな趣味に興じるには最適の場所かもしれない。

男はいった。「あ、俺、茉莉木《まつりぎ》庸司《ようじ》。ガスガンやエアガンいじるのが趣味でね。ここなら音も気にならないから、しょっちゅうバイクに積んできてる」

やはり、その手合いか。駿一はほっとしたが、まだなにもいわなかった。そもそも、人との会話は苦手だった。見ず知らずの人間に話す言葉もみつからない。

茉莉木は気にしたようすもなく、ポケットから缶コーヒーを取りだして開けると、ひと口すすった。それから缶を駿一に差しだしていう。「飲むかい？」

それは、駿一にとってあまり経験のない距離感の縮まりだった。こちらが言葉を発しなくても、この男はマイペースでつきあってくれる。

「……どうも」駿一はつぶやいて、缶を受けとった。それをあおると、カフェオレの甘さが口のなかにひろがった。

「きみは学生か？」と茉莉木がきいた。

「うん」駿一はつぶやいた。「まだ高校生」

「俺は社会人二年目だよ。大学いってたころはしょっちゅう遊びに来れたんだが、いまはあまり暇がなくてな」茉莉木は駿一の手もとを指差した。「それ、見せてもらっていいか」

駿一は握っていたガスガンを差しだした。渡しても危険はないだろう、なぜかそう確信する自分がいた。

茉莉木はそれを手にとり、しげしげと眺めまわしていたが、やがて感心したように口笛を吹いた。「まるで実銃の仕上がりだな。たいしたもんだ。きみがやったのか？」

「まあ、ね……」

「天才的な器用さだな」茉莉木はそういってから、駿一に許可を求めることなく銃口を地面に向け、数発を発射した。

　また砂に穴があく。舞いあがる砂埃《すなぼこり》はあたかも硝煙のようだった。

「よくできてるな」茉莉木は感嘆の声をあげた。「これグリーンガスかい？　ハイプレッシャーガスを使うと、もっと威力がでるな」

「そうだけど、ブローバック機能を残したままだとメカを傷めやすくて。こっちのライブシェルガスブローバックには使ってるよ」

「お、ライフルだな。ちょっと見せてくれ」

　スポーツバッグに立てかけてあったライフルを、茉莉木は取りあげた。構えて照準を覗《のぞ》いたあと、駿一を見ていった。「その缶、五メートルほどの距離に置いてくれないか」

　戸惑いを覚えながら駿一は告げた。「弾は砂に撃ちこむだけにしておいたほうが……。水平方向に撃つのは危ないし」

「危ないって、誰がだ？　こんな夜中に誰も来やしないよ。さ、頼む。砂に半分ほど埋めてくれ」

　困惑は深まった。あまりエスカレートはしたくない。試射は常に、改造の成果をたしかめるていどに留《とど》めておきたかった。

　しかし、自分が手がけた作品の威力をたしかめたい、そんな衝動も湧き起こる。

　駿一は茉莉木から離れていき、およそ五メートルの位置に缶を突き立てた。

「よし」茉莉木は銃をかまえ、缶に狙いを定める素振りをした。「下がっててくれ」

しばし狙いすましたあと、茉莉木が引き金を引いた。鋭く弾《はじ》ける音とともに、缶は飛びあがり、回転しながら落下した。

茉莉木がライフルを携えたまま缶に駆け寄る。それを拾いあげたとき、このうえなく上機嫌な声を茉莉木は発した。「見ろよ、貫通してるじゃないか。こりゃ小口径の実銃に匹敵する威力だよ。バルブを叩《たた》くスプリングはどれくらい強化してる?」

「……二百パーセントぐらいだけど。通販で売ってたから……」

「なら、いいものがある。五百パーセントのスプリングってのを作ってる業者を知ってるよ。それ組みこんでみたら? 六ミリベアリングを使えばすごいことになるぞ」

「それは……もうほんとに、すごいね……」

駿一はつぶやくしかなかった。五百パーセントのスプリング。噂に聞いたことはあるが、高価で手に入らなかった。そこまでの強力な銃への改造は、いままで経験もない。

試してみたい気はする。しかし、時間がなかった。新たにパーツを揃える金もない。

と、茉莉木が駿一を見つめた。「五百パーセントのスプリングを提供するから、ふたつか三つ、仕上げてみてくれないかな。出来がよければ買い取るよ。きみは腕もいいから、相場以上の価格で。もちろん即金払いだ。どうだい?」

迷いは、その一瞬で吹っ切れた。

金になる。それもネットを通じて顔の見えない取り引きをおこなうリスクを避けて、この男から直接、報酬を受け取ることができる。

沙織の顔がちらついた。ガスガンの改造で金を得ていることなど、彼女が知るよしもない。しかし、骨髄バンクの患者負担金に充分な金を捻出《ねんしゅつ》できれば、余った金を彼女へのプレゼントに費やすこともできる。誤解を晴らすいい機会になりうる。

「……そういうことなら」駿一はいった。「やるよ」

茉莉木は満面の笑いを浮かべて、駿一の肩を叩いた。「ありがとよ。いやあ、俺はついてる。きみみたいな男と友達になれるなんてな。一緒に、最強の銃をつくろうじゃないか」

そうだね。駿一は笑いかえした。

心の奥底にわだかまりに似た複雑な感情が渦巻いている。なぜか嵯峨の顔が思い起こされた。自分と同じ白血病の臨床心理士。彼は、僕の言葉を信用してくれていた。ガスガンは知人から譲り受けただけであり、今後いっさい触れることはない、そういった僕の言葉を。

「きみも撃ってみろよ」茉莉木がライフルを手渡してきた。

気に病むことはない、駿一は自分にそう言い聞かせた。大人はどうせ、僕らに心を開かない。ただ世の中で都合よく立ちまわって生きるだけでしかない。なら、こちらも本心など見せる必要はない。そう、僕には僕の都合がある。他人になんかかまっていられない。

駿一は、茉莉木がふたたび砂の上に立てた缶に狙いをさだめた。引き金を引き、ひしゃげた缶が宙に舞う。駿一のなかで、なにかが吹っ切れた気がした。

順応性

安藤沙織は、ホールを埋め尽くす聴衆のなかのひとりにすぎなかった。しかしふしぎなことに、壇上の城ノ内光輝は自分ひとりだけに話しかけているかのように思えてくる。おそらくそれは彼のスピーチ力のなせるわざであり、ほかの出席者たちも同じように感じていることだろう。それでも、ふたりきりでいるかのような錯覚に身をまかせたくなる。城ノ内の講習会とは、そんな魔法のような空気に包まれた時間にほかならなかった。

「ですから」と城ノ内はマイクを片手に壇上に立ち、声を張りあげていた。「嫉妬《しっと》深さということでいえば、O型にかなう者はいません。独占欲が強くて、しかも独善的でもあるものだから、恋愛の相手に自分だけを見ることを要求します。彼氏が脇目を振る原因となるあらゆるもの、ほかの女はもちろん男友達も、仕事や趣味ですらも嫉妬の対象です」

聴衆に笑いが湧き起こる。笑っているのは主に、悪く言われているはずのO型女性らのようだった。実際、O型の真理子は沙織の隣りで笑い転げている。

「あー、おっかしぃー！」真理子は黄色い声をあげていた。「すげえ当たってるし！」

「おっと」城ノ内は人差し指を唇にあてて、静かになるよう促した。「いまO型の友達を呆《あき》れた気分で眺めたあなた。そう、あなた。A型が二番目に嫉妬深いんですよ」

場内がどよめいた。真理子と琴美が、沙織を指差して笑う。沙織も腹の底から笑っていた。

城ノ内はいった。「A型はね……、恨みを持ちやすいんです。彼氏ひとすじ、もう一途《いちず》な恋愛感情にどっぷりと浸《つ》かってきただけに、彼氏が浮気などしてようものなら、もう嫉妬の炎が一気に燃えさかってしまいます。でもね、A型というのは、さっきも言いましたが誠実で穏やか、順応性をたいせつにします。だから、ひとりで騒ぎたてたりはしません。相手に最初から怒りをぶつけたりもしません。自分を抑えて、じーっと堪《こら》えて、でも嫉妬の炎は燃えつづけて……ある日、痛烈な復讐《ふくしゅう》にでる可能性もあります。怖いですね。充分に注意したほうがいいですよ」

沙織は笑いが凍りつくのを感じていた。周囲は爆笑しているが、それに同調できない自分がいる。というより、洒落《しゃれ》では済まされない話だった。

そのA型の特徴は、まぎれもなく自分に当てはまる。駿一がほかの女と一緒にいた、それだけでも許せなかった。かといって、彼を問い詰めたり、関係を問いただしたりはしなかった。自制しなければいけない、なぜかその本能が真っ先に働いた。取り乱したらどうなるかわからない、そんな恐怖もあったように思う。

わたしは結局、憤りや苛立《いらだ》ちを内包したまま、駿一と連絡をとれない日々を送ってきた。これは嫉妬心なのだろうか。たぶんそうなのだろう。嫉妬の先にあるのは怒りの爆発だと城ノ内は示唆している。わたしはどうすればいいだろうか。

問いかけたい気分が、城ノ内との距離感を意識させるよりも前に、城ノ内は新たに沙織の興味を喚起するひとことを吐いた。「三番目に嫉妬深い血液型。それはまぎれもなく、B型です」

B型。駿一の血液型。わたしがあれだけ当たっているのだ、いまから城ノ内が告げることは駿一の内面そのもののはずだ。沙織は城ノ内の声に聞きいった。

「B型は」と城ノ内がいう。「よく言われるように、頭に血が上りやすい性格の持ち主です。交際相手が浮気していると知った日には、かっとなって怒りを爆発させます。ぶち切れるというやつですな。ところが、すぐにけろりとした態度に戻って、まるで怒っていたことを忘れたかのような振る舞いをし始めます。それで許してもらえたかと思うと、そうでもないんです。気持ちの切り替えが早いB型は、いままでの愛情もどこへやら、すっかり醒《さ》めきった気分になって、あっさりと別れてしまう。未練を残さない性格、それがB型です」

沙織の心拍はさらに速まった。今度もまた、周りが笑うなかで沙織はひとり落ち着かない気分に陥っていた。

駿一が怒りを爆発させる姿は、正直なところ想像がつかない。わたしが浮気をしたわけではないのだ、彼がそんな境地に置かれていない以上は、どうなるかはわからない。そもそも内気な駿一が、そこまでぶち切れる態度をしめすとは、到底思えない。

ただし、気持ちの切り替えが早いという点には思い当たるふしがある。駿一はいつも飄々《ひょうひょう》としていて、感情を後に残さない。ささいな口論はいままでにもあったが、どちらが謝るべきかをくよくよと考えてばかりいる沙織とは対照的に、駿一は次に会ったときにはさっぱりとした顔をして、以前と変わらない態度で接してくる。

あのこだわりのなさが、恋愛そのものを失うときにも機能してしまうのだろうか。病院で、逃げだした沙織を、駿一は追いかけてきた。しかし、階段を下りきって振りかえると、もう彼の姿はなかった。諦《あきら》めの早さ。あれが未練を残さないという性格の片鱗《へんりん》なのか。

「最後に」城ノ内はマイクに告げた。「最も嫉妬心が薄いのがAB型です。なにしろこのAB型、割り切りのよさでは天下一品です。物欲がなくて、執着心も薄い。駄目だと思ったらすっぱりと諦める。それに、ことなかれ主義者でもあるので、トラブルになったらさっさと退《ひ》いてしまいます。自己嫌悪に陥ることはあっても、相手への嫉妬は抱かない、それがAB型というものです」

AB型の琴美が勝ち誇ったような笑い声をあげたため、沙織もつられて苦笑してしまった。たしかに琴美はつきあう男を次から次へと替える。恨み節を口にすることも、まずもってない。得な性格だと沙織は琴美について思った。

「さてと」城ノ内は腕時計を見やった。「そろそろお時間ですな。きょうのところは、これまでにしましょう。手もとに配布された書類、きょうのまとめが載っています。最後の紙に、私への相談用留守番電話の番号が記載されていますから、悩みがあるかたは録音しておいてください。次回の講習会で、匿名のかたからのご質問として、回答させていただく場合もあります。……それと、以前に一対一でカウンセリングさせていただいた方のなかで、とりわけ私の個人指導が必要だろうという方にのみ、そこに特別な連絡先を記しておきました」

会場はざわついた。入場時に、会員証の提示と引き換えに手渡された書類に目を落とす。その一番下の紙を見たとき、沙織はどきっとした。印刷された留守電の番号以外に、手書きの番号がある。しかも、090で始まる携帯の番号だ。

あった、という嬌声《きょうせい》があちこちであがっている。わたしひとりではないらしい。しかし、その声はあきらかに少ない。残念そうなため息が場内を満たしていた。確率的にはごくわずかなのだろう。そのひとりに、わたしはなぜか選ばれた。

「あーあ」真理子が情けない声をあげた。「番号載ってない。駄目じゃん」

「わたしも」琴美も意気消沈ぎみにつぶやいてから、沙織の手もとを覗《のぞ》きこんできた。「沙織はどう?」

とっさに書類を束ねてから、沙織はいった。「わたしも……載ってなかった」

ふうん。琴美は疑うようすもなく、肩をすくめた。「今回はカウンセリングのチャンスなしか。残念だなぁ」

沙織はどきどきしながら、書類を胸に抱えていた。どうして本当のことをいわないのだろう。友達との関係に波風を立てたくないからか。やはりわたしはA型だ、なによりも順応性が大事。自分の感情を抑えて、真実を隠してまで気配りをしてしまう。沙織はそう思った。

ヴィトン

血液型カウンセラー城ノ内の講習会は、日曜のみに開催される。午後三時すぎには終了したものの、会場となったホールがある水道橋《すいどうばし》駅周辺は、渋谷の女子高に通う沙織たちにとってあまり馴染《なじ》みのある街ではなかった。

結局、真理子の提案で渋谷に戻り、いつも学校帰りに立ち寄る道玄坂のマクドナルドで、遅い昼食をとることになった。席もふだんと同じ、窓ぎわのカウンター。沙織はまたマックシェイクをすすりながら、窓の外の往来を眺めていた。

「すごかったね」琴美が興奮ぎみにいった。「AB型は頭脳明晰《めいせき》で、観察力があって、洗練されてて、潔くって、合理的。城ノ内先生ってわたしのこと知ってんの、っていうぐらいぴったりでさ」

真理子が意地の悪い笑いを浮かべて琴美を見た。「裏表があって、自己顕示欲もあって、人の悪口ばかり言うとも指摘されてたけど。ほんと、琴美って人を正確にとらえてる」

「ちょっと。真理子も考えたほうがいいよ。O型の友達がわがまま放題にあまえてくるからAB型はうんざり、とも言われてたじゃん」

陽気に笑いあうふたりのあいだで、沙織はひとり黙りこんでいた。

わたしは母と相談し、駿一を家に誘った。今度の外泊日にはうちに来てね。そう電話した。

けれども、その約束を果たすことはできず、もう一週間以上が過ぎた。駿一とこんなに長いこと連絡をとらないのは初めてのことだ。

というより、もうわたしと駿一は別れてしまったということだろうか。B型の彼は、城ノ内のいうように未練ひとつ残さず、新しい彼女の見舞いを受けながら、闘病生活をつづけているだろうか。

そう、彼は重病にかかっている。わざわざわたしなんかに気持ちを残している余裕などないかもしれない。新しい恋人が心の支えになっていると彼が感じるのなら、それを否定することはできない。彼は生きるために戦っている、そんな彼を支えられる素質なんて、一部の人間にしかないはずだからだ。

「沙織」真理子が顔をのぞきこんできた。「もう。また沙織ちゃんは、なにを暗くなってるのかな？」

「べつに……」沙織はつぶやいた。「ただ、そのう……。B型に執着心がないって話がショックで……」

琴美が眉《まゆ》をひそめた。「なんでB型？　沙織はA型なのに。まさか、また駿一君の話？」

「あきれた」と真理子が吐き捨てた。「よくそんなに同情心だけで人を好きになれるわね。

ひょっとして、白血病の彼っていうシチュエーションにだけ酔ってるんじゃないの?」

「そんなことないよ」沙織はいった。「駿一君には元気になってほしいし、ずっとつきあいたいとも思ってたし……」

「ったく」琴美は頭をかきむしった。「きょうの話、聞いてたでしょ? 駿一君、病気になったのはたしかに気の毒だけどさ、B型はホラ話が多くて恋人をがっかりさせることがよくあるって言ってたじゃん」

「ホラ話なんて……駿一君はいちども……」

「ないっていうの? だけどさ、たしか駿一君って沙織に、ヴィトンのサイフをプレゼントするって約束してなかったっけ」

「ああ……あのころは駿一君も健康だったし、バイトでよく儲《もう》かってたみたいだし」

「でもヴィトンのサイフにはそう手がでるとは思えないけどね。何日も働いたぶんのお金がいっぺんに吹き飛んじゃうじゃん。こんなこと言うと悪いけど、駿一君ってお父さんしかいなくて、それもあんまりいい暮らししてないんでしょ? 本気でヴィトンだなんて言えないって」

遠慮のない物言いに、沙織は辛《つら》い気分になった。否定しきれない自分に対する悔しさもあった。押し黙っているうちに、悲しみがこみあげてくる。堪《こら》えきれずに、涙があふれてきた。

真理子は琴美に小言っぽくいった。「ちょっと琴美、言いすぎじゃん。ほんっとにAB

型だよね。皮肉とか悪口言わせたら、右にでるものなしって感じ」

「そんなつもりじゃないよ……。思ったとおりのことを言っただけだし」それでも、反省すべきところはあると感じたらしい、琴美はおずおずと沙織に謝ってきた。「ごめんね、沙織。わたしが言いたかったのはさ、男はひとりだけじゃなくて……」

と、琴美が言葉を切ったので、沙織はふしぎに思って顔をあげた。

琴美は真理子とともに妙な顔をして、後ろを振り向いている。なぜか店員の声がした。お客様、入店される前にご注文を。それに応じたのは若く甲高い女の声だった。悪い、悪い。あとで注文するからさ。

沙織がその声の主を振りかえったとき、まさに心臓をひとつかみされたような衝撃を覚えた。

息を切らしながらこちらに近づいてくる、ギャル系の小柄な女。金髪に染めた髪に、高価なブランド物のバッグ。まぎれもなく駿一のつきあっている彼女だった。

なぜここに来たのだろうか。沙織は動揺を覚えた。駿一と別れてほしいの。そんな台詞《せりふ》を土産に携えてきた、修羅場の予感がする。

ところが、沙織の予想とは裏腹に、女は親しみのある満面の笑みを浮かべて足早に近寄ってきた。「いたいた。いつもここ覗いてたけど会えなくて。きょうは日曜だからまさかと思ったけど、いるのが外から見えたんで、あわてて駆けこんできたの」

「え?」沙織は思考がついていかず、ただ呆然《ぼうぜん》と女を見かえした。

ギミック

美由紀は成田《なりた》市の国道五一号線沿いにある、大規模なインターネットカフェ店を訪ねていた。

ネットカフェといっても、それらの専用ブースは漫画喫茶を兼ねていて、さらには卓球場やビリヤード場、ダーツバーまでが別々にかなりの床面積をもって設置されている。内装は南国風の洒落《しやれ》たもので、とりわけいま美由紀が眺め渡すダーツバーに関しては、リゾートホテル内の施設とみても差し支えがないほどの高級感が漂っている。カクテルを注文できるバーカウンターにはアロハシャツの従業員が控えていて、客はドリンクを片手にそれぞれのダーツマシンの前でゲームに興じる。休日にはカップルや家族連れで賑《にぎ》わうのだろう。

ただし、日曜日というのにきょうはそれら一般客の姿はなかった。閑散としているかといえば、そうでもない。

「次、寄りでインサートいきます」若いディレクターが台本片手に指示を送っている。ダーツバーを埋め尽くす機材のなかを、スタッフたちが右往左往しながら立ち働いている。ハイビジョンＤＶカメラを掲げた男がダーツマシンに近づき、斜め前方から的をとらえる。照明スタッフはその周囲に集まってセッティングに入り、マシンを間接照明風に青白く浮かびあがらせた。

アシスタント《Ａ》・ディレクター《Ｄ》らしい若者が、マシンの正面に距離をおいて立った。手にはダーツの矢がある。しかし、カメラはその若者ではなく、マシンの的をズームアップで撮りつづけている。

どうやら、ドラマのなかでダーツの矢が的にささるカットを撮るところらしい。俳優がダーツの矢を投げるカットと、編集でつなげるのだろう。

はいスタート。威勢のいいディレクターの声とともに、ＡＤが矢を投げる。しかし、矢は大きく逸《そ》れて壁に当たり、落下して床に転がった。

ＡＤはばつの悪そうな顔をしながら、次々に矢を放った。いくつかは的に刺さったが、ディレクターの撮りたい画ではないらしい。オーケーの声はなかった。

「おい」ディレクターは怒りだした。「ふざけてんのか。真ん中にどんぴしゃに入れろ」

「はい……」ＡＤは萎縮《いしゅく》しながら矢を投げつづけたが、緊張のせいか的の中心からはどんどん離れていった。

利き目がさだまっていない、美由紀はＡＤの投げ方についてそう思った。利き腕と同様に、目も左右いずれかを優先的に働かせているものだ。それがどちらであるかを認識しておかなければ、狙いは定められない。

と、美由紀の隣りに、でっぷりと太った猪首《いくび》の中年男が並んで立った。はちきれんばかりになったスーツ、丸く出っ張った腹。薄い髪に黒ぶち眼鏡のその男は、美由紀に聞こえる声で忌々しげにつぶやいた。「ダーツの場面があることはわかってたんだから、練習してくるのが筋ってもんだよな。ところがスタッフは誰もやったことがないっていうんだよ。こんな田舎でインサートカット撮るのに何時間かかってるんだ」

「はあ、そうですか……」美由紀はあいまいに応じた。

男はちらと美由紀を見たが、いちど正面に向き直ってから、また美由紀に目を戻した。衝撃を受けたような表情を浮かべてから、中年男は態度を豹変《ひょうへん》させた。

愛想笑いを浮かべながら男はいった。「あ、もしかして、来シーズンのドラマに出られる女優さん？　事務所の社長さんにはいつもお世話になってます。現場に見学に来られるとは聞いてましたけど、こんな辺鄙《へんぴ》なロケに来られるとは」

「え」美由紀は面食らった。「いえ……わたしは……」

しかし、男はなんらかの職業上の理由からか、額に脂汗を浮かべて焦りぎみに喋《しゃべ》った。

「私がプロデューサーの上条《かみじょう》です。お初にお目にかかります」

「ああ、あなたが上条さんでしたか」美由紀はいった。自分がアポイントをとっておいたのは、たしかにこの男だ。

しかし、上条のほうは美由紀の素性を誤解しているようだった。「マネージャーさんは、どちらにおいでですか」

美由紀は困惑し、窓からのぞく表の駐車場に目をやった。たしかに連れはいるが、彼はマネージャーではない。

上条は大仰にうなずいた。「おクルマですか。いや、せっかく見学に来られたんですから、マネージャーさんがお戻りになるまで私からご案内しますよ。しかし……それにしてもお綺麗《きれい》な方ですね。先日までやってたドラマも拝見してましたよ。弁護士役、板についてましたね」

どうも誰か女優と勘違いしているようだ。いま撮影中のドラマ『夢があるなら』の出演者ではなく、今後のキャスティング予定の俳優が現場にあいさつに来たと思っているのだろう。このプロデューサーのへりくだった態度をみると、よほど気を遣う女優らしい。

しかし、誤解を晴らすために無駄話をしている時間はなかった。美由紀はさっさと本題に入ろうと心にきめた。『夢があるなら』、好調ですね」

「ええ、まあね。ドラマ不調といわれてる昨今ですが、うちの番組だけは三十パーセント台をキープしてます。みんな、泣けるドラマを好みますからね」

「泣けるドラマ……ですか。でもこれは実話なんでしょう?」

上条は美由紀を一瞥《いちべつ》し、かすかに鼻で笑った。カウンターのほうに誘《いざな》いながら上条はいった。「もちろん、実話という説得力による強みもありますがね。視聴者を泣かせるドラマというものには、作り方の方程式があります。われわれの局はドラマ制作の歴史も長く、その方程式の使い方にも一日の長があるんです。人気の秘訣《ひけつ》はそれですよ」

「へえ……。それは具体的には、どんな方法ですか」

「ビールをくれ」上条は従業員にいったあと、美由紀に向き直った。「あなたもどうですか」

「いえ、わたしは……」

「そうでしょうな。女優さんは水分を摂るのにも気をお遣いになる。……このドラマのギミックは白血病です。白血病をギミックに据えたのが勝因のひとつです」

「仕掛け《ギミック》？」

「ええ。視聴者を泣かせて数字を稼ぐドラマには必須の原理です。ひところは記憶がなくなるっていうギミックが流行《はや》ったが、それも出尽くした感があってね。ヒロインが、徐々に記憶をなくしてしまう病にかかり、ヒーローがそれを支える。最後には女は男のことを完全に忘れてしまうんだけど、それでも男は女を愛しつづける。あのパターンはうちが最初にやったんだよね。それが当たったんで、他局も追随して、猫も杓子《しゃくし》も記憶をなくすってパターンだらけになった。ま、猫は三日経てば恩ですら忘れるっていうし、杓子はもともと記憶なんかないですけどな」

すらすらと言葉に詰まらずに言えたところをみると、お気に入りのギャグらしい。美由紀は笑顔が凍りつくのを感じた。

しかし上条は気にしたようすもなく、カウンターに差しだされたビールのピルスナーグラスをあおると、機嫌よさそうにつづけた。「けれどもやっぱり、不幸を描くにしちゃ記憶喪失ってのは生ぬるいとこがありましてね。また恋仲におちて、イチから恋愛が始まればいいってことになる。不幸は絶望的でなきゃね。やっぱり最強のギミックは不治の病ですよ。これに勝るドラマの材料はありません」

「でも……そのう、白血病はいまでは不治の病じゃないと思いますけど」

「まあ、そりゃ、医学は進歩してるわけですから、軽い症状だとか早期発見に至るなどすれば、治るそうですね。癌と同じで。私はよく知りませんが」

プロデューサーのわりにはひどくいい加減な認識だが、本気で不治の病と信じているよりはましかもしれなかった。美由紀はきいた。「それなら、どうしてドラマのなかでは医師が何度も、治る見込みがないと連呼するんでしょう？ 第一話か二話の早い段階で、白血病だとわかった時点で、本人も医師も絶望視したような表現がとられていますよね？ あれはどうしてですか？」

「それは……原作がそうだったからでしょう」

「原作は、実話のブログをまとめたものですよね」

「そうですよ」上条はうなずいた。「貧しい家庭の娘さんが、ある日、白血病にかかったとわかり、打ちひしがれてそれをネット上の日記《ブログ》に書きこんで告白した。ハンドルネームはユリコ。それを見ていた男は、カツヤという名前で、彼女を励ます言葉を書きこみつづける。やがてふたりは出会って顔を合わせ、何度かデートするうちに恋仲になる。カツヤは新居をきめ、婚姻届を役所に取りにいくが、それを持って病室を訪ねてみると、ちょうどユリコが息をひきとったときだった……。哀しい話ですよね」

「その一連の出来事は、ブログの書籍化に同意した実在の男性の証言に基づいているんでしょうか。本物のカツヤさんの証言に」

「そうです。ブログに書いていないところは、カツヤが当時を想起して話したことを元に、ライターが物語調に書き起こしたと聞いてます。それが原作本です。われわれは、その原作を映像化したにすぎません」

原作に沿った表現には責任がないと主張しているかのような言い草だった。美由紀はつぶやいた。「すべてが事実に基づいているかどうか、裏づけをとったわけではなさそうですね」

「いや。本にした出版社は、ちゃんと調べたでしょう。責任ある立場ですからな」

「そうじゃなく……テレビ局のほうでは……」

「われわれですか？　いや、われわれはさっきも言ったように、原作本を映像化するというのが基本的な仕事ですから」

「でも公共の電波に乗せる以上は、それなりの事実確認はおこなったんでしょう？　その実在のカツヤさんにも、お会いになったんですか？」

「ええ、まあね……。そう、たしか、出版社の人の紹介で一度だけ、顔を合わせたことがあるな。ドラマのことは、全部われわれにまかせてくれるとおっしゃってた。ある意味、事実をもとにしたフィクションだからね。ドキュメンタリーじゃない以上、作り手の表現の自由もあるわけですよ」

「白血病を不治の病と表現したのは……」

「それは原作にあったからです。われわれはそれに従ったまでです」

美由紀は言葉を切った。それ以上、口をきくことは不毛に感じられたからだった。

上条が喋《しゃべ》っているあいだ、美由紀は彼の目をじっと見つめていた。そして、言葉では語らずとも、目は明確な返事を寄越していた。それを受けとった以上、弁舌に耳を傾ける必要はない。

携帯電話の着メロが鳴った。『夢があるなら』のテーマ曲だった。上条はポケットから電話をとりだし、耳にあてた。「はい、上条です。……ああ、社長さん、どうも。……え？　来週とはどういうことですか？　いま社員の方が女優さんと一緒にお越しじゃないですか？」

戸惑いながらこちらを見やる上条に、美由紀は醒《さ》めた気分でいった。「臨床心理士の岬美由紀です。きょうこちらにおいでと聞いて、うかがいました。臨床心理士会から連絡もあったと思いますが」

上条は険しい表情になった。また電話します、すみません、いま撮影中で。頭をさげながらそういうと、電話を切って懐にしまいこんだ。

ばつの悪そうな顔をしながら、上条はいった。「臨床心理士さんですか……。ええ、話だけはうかがっております」

『夢があるなら』で、白血病が治らない病気であるかのような表現がなされているため、苦しんでいる患者やご家族がいます。表現を和らげてはいただけないでしょうか。セリフを変えるとか……」

「いや……それは難しいですな。脚本家の、いや、あのう、原作のほうもですが、著作権などの問題もありますし」

「けれども、ドラマのほうはおまかせしますと、当のカツヤさん本人に言われてるんでしょう？　せめて字幕《テロップ》でも出してもらえませんか。実際には白血病は不治の病ではない、と」

「それは駄目ですよ」

「どうして？」

「感動を削《そ》ぎますから。われわれはこのドラマで、薄幸の女性ユリコの死を通じ、そこに浮かびあがる純愛を表現しているんです。これは芸術としての表現方法であって、そこに水をさすというのは、絵画に勝手に筆を入れるのも同然です」

「他人の絵画ならまずいでしょうけど、あなたの作品でしょう？」

「ドラマづくりは複雑なもので、著作権者はテレビ局、出資はスポンサー、そして元はといえば原作があります。その原作は実話に基づいてますし、私の一存ではどうにもなりませんよ。私はこうして、ここで撮影を見守り、きちんとみんなが仕事を終えるかどうかについてのみ責任を持ちます。表現方法を私自身があみだしているわけではありません」

泣けるドラマだ、ギミックだと手の内を自慢していた先ほどとは、ずいぶんな変わりようだ。だが、美由紀は批判する気はなかった。この変わり身の早さも、プロデューサーという職業に求められる素質なのだろう。

「なるほど」美由紀はいった。「お忙しいところ、たいへんお手数をおかけしました」

「どういたしまして」上条はうやうやしく頭をさげると、まるで出番を終えた出演者のように、そそくさと立ち去っていった。

美由紀はため息をついた。無駄足だったか。そう思いながらダーツバーを横切り、出口に向かおうとした。

ところが、撮影に携わっているスタッフのひとりから声が飛んだ。「お待ちを」

さっきとは別のADがダーツに挑戦している。カメラマンは的の中心に矢がおさまるカットを撮ろうと待ち構えているが、いっこうに矢が命中する気配がない。

苛立《いらだ》ちがこみあげてきた。撮り終えるまでここを通れないというのか。開かずの踏み切りじゃあるまいし、日が暮れる。

思うが早いか、美由紀はテーブルから矢を一本手にとると、矢のバレルの感覚を指先に馴染《なじ》ませた。ティップがまっすぐに伸びていることを確認する。一瞬で的を狙いすまし、テイクバックして変則的なフォームで矢を放った。

矢は的のど真ん中に突き刺さり、ダーツマシンが賑《にぎ》やかにファンファーレを響かせた。

啞然《あぜん》とした表情で立ち尽くすスタッフたちのなかを、美由紀は軽く会釈をしながら抜けて、出口に向かった。

外にでる寸前、ディレクターとカメラマンの声を背に聞いた。撮ったか、とディレクターがたずねている。カメラマンが応じる。ああ、命中の瞬間はばっちりおさめた。ところが、ディレクターの声は不満げだった。馬鹿、あの女のほうだよ。

駐車場は昼の陽射しから夕闇へと移行しつつあった。美由紀がCLS550へと歩を進めていくと、同行した臨床心理士が助手席から降り立った。

グレーのスーツを着た同世代の男、鹿内明夫《しかないあきお》がきいてきた。「どうだった?」

「駄目ね」美由紀は後部座席のドアを開け、ハンドバッグをおさめながらいった。「本物のカツヤさんに会ったとは言ってたけど……」

「本当かい?」

「いいえ……。プロデューサーの上まぶたは上がり、下まぶたが緊張してた。口はわずかに開いて、唇の左右が水平に伸びてた」

「ポール・エクマン教授の表情と感情の因果関係に照らしあわせれば、平静を装ってはいるものの、内心はひどく怯《おび》えてるってことだな」

「嘘をついたってことね」美由紀は運転席のドアを開けて乗りこんだ。

鹿内も助手席に乗りながら告げた。「けさ会った原作の版元の編集者と同じ反応だな。関係者が誰ひとり、本人に会っていないなんて……」

「ネット時代の弊害ね。すべてメールでやりとりしてる」

「マスコミってそんなにいい加減な奴らばかりか？」

「いえ。ほとんどの人は責任ある仕事を心がけてるでしょう。でもごく一部にモラル感覚が低いというか、疎い人たちがいた。その人たちが作ったものが評判になったから、問題が起きてる」

「医師会も白血病の正しい知識を広めようとしてるのに、メディアの影響力のほうが強いからな」鹿内はしばし黙って、車内を眺め渡すと、いまさらのようにつぶやいた。「いいクルマだなぁ……。岬先生は儲《もう》かってるね。いいなぁ」

美由紀はキーをひねってエンジンをかけた。「鹿内君もBMW乗ってるじゃない」

「あれは中古のローンだよ……。岬先生は人気があるからなぁ」

「臨床心理士は人気商売じゃないわよ」

「そんなことといって……。俺、嵯峨の同僚で、最初から一緒に働いてたんだけどなぁ。どうして芽がでないかな」

「不満があるなら、誰かのカウンセリングを受けたら？」

鹿内はため息をついた。「おお、怖。O型の女は姉御肌ってのはほんとみたいだ」

美由紀は思わずむっとして鹿内を見た。鹿内はおどけたようにつぶやいた。冗談だよ。

プレゼント

日が暮れつつある。一ノ瀬恵梨香は千代田区赤十字病院の前にひろがるロータリーに、SLK350を乗りいれた。ルーフを開けてオープンカー状態でロータリーをゆっくりと回る。夕方のせいか歩道には人の往来も多い。夜勤組に交替する時刻なのだろう。

ロータリーを徐行していったとき、助手席に乗っている安藤沙織が声をあげた。「あ、いた。あそこ」

恵梨香は背筋を伸ばした。座高の低い恵梨香にとっては、大柄なドイツ人向きのクルマは身体が沈みこんでしまって、外が視認しづらい。尻《しり》に敷く座布団をもう一枚追加しておいたほうがいいようだ。

ほどなく、歩道を入院病棟のほうへと向かっている北見駿一の背が目に入った。普段着姿で、手提げ袋をさげている。外泊もしくは外出から帰ってきたところだろう。

スピードをあげて駿一を追い越し、すぐに歩道に寄せて停車した。ミラーに映る駿一は、まだこちらに気づかない。うつむいて歩くそのさまからすると、気づかないまま通り過ぎてしまいそうだ。恵梨香はクラクションを鳴らそうかと思ったが、病院の前なので思いとどまった。

沙織が声をかけた。「駿一君！」

駿一は足をとめ、こちらに目を向けた。まず恵梨香を、それから沙織を見る。呆然《ぼうぜん》とした目。薄いリアクションだったが、それは駿一があまり感情を表にださないからだった。彼の基準でいえば、かなりの衝撃を受けたという表情だろう。恵梨香はそう思った。

「沙織……」駿一はたたずんだまま、ぼそりとつぶやいた。

助手席のドアを開け放って、沙織は車外に降り立った。駿一に駆け寄ると、早くも涙声になりながら沙織はいった。「ごめんね……。わたし、勘違いしてて……恵梨香さんとつきあってたわけじゃなかったんだね」

「ああ……それは、そうだよ……」

あいかわらず、おとなしすぎる言動を返してくる。しかしそれは、なんの反発もなく沙織を受けいれたことの表れでもあった。

沙織も拍子抜けしたのか、苦笑に似た笑いを漏らした。駿一の手を握って、寄り添うように立つ。

抱きつかないあたりがウブだなと恵梨香は思った。あるいは人目を気にしているのだろうか。それはそうだろう。わたしがこの場に留《とど》まっていたら、ふたりはいま以上には距離を縮められない。

そのとき、駿一は手提げ袋をまさぐって、小さなベージュいろのケースを取りだした。

リボンがかかっている。それを黙って沙織に差しだした。

「え？」今度は沙織が面食らった顔をした。「これ、なに……？」

恵梨香の目はすぐにその箱がどのブランドかを見極めた。恵梨香は笑って沙織にいった。

「ヴィトンじゃん」

沙織は唖然としながらその箱を受けとった。「わたしに……？」

「そう」駿一はぼそぼそと告げた。「前に約束しただろ。サイフだよ」

「ほんとに……くれるの？」

「うん、まあね。そんなに高くないし」駿一はそれだけいうと、恵梨香を見て会釈した。照れを隠すように手提げ袋を肩に掛けて背を向け、さっさと立ち去りだす。

「あ、待って。駿一君」沙織は追いかけようとして、恵梨香を振り向いた。

いままで見せたことのない自然な笑みを浮かべて、沙織は恵梨香に軽く頭をさげた。それから、待ちきれないというように駆けだして、駿一の後を追っていった。

恵梨香はふたりの背を見送りながら苦笑した。沙織の感情の浮き沈みが、ひどく懐かしく感じられる。

ああいうころもあったな。恵梨香はひとりつぶやきを漏らした。

ドナー

耐えがたい気分の悪さに、嵯峨はベッドから跳ね起きた。

胸部にずしりとくる重い痛みが走る。鉛でも飲みこんだかのようだ。たちまち息苦しくなり、呼吸ができずに喘《あえ》ぎだした。吐き気もこみあげてきたせいで、よけいに息が吸えない。

まずいと嵯峨は思った。ナースコールのボタンは枕の脇にある。ここからでは手が届かない。しかし、身体をわずかでも動かすと窒息してしまいそうに思える。

抗がん剤の気分の悪さとはまた別ものに思えた。ベッドに座っていた嵯峨は、そのまま床につんのめるように崩れ落ちた。額を床に打ちつけ、うずくまった。

意識が朦朧《もうろう》としてくる。しばらくはこの姿勢で、突発的な症状がおさまるのを待つしかない。

原因などよくわからない。抗がん剤、抗生物質、放射線。いずれかの副作用だろう。白血病それ自体の症状であってほしくはない。身体がぼろぼろになってまで対抗手段を講じているのだ、それを上まわる威力をもって白血病が反撃してきたら、元も子もない。

やがて息が吸えるようになり、痛みや吐き気も和らいでいった。あとは軽いめまいを残すのみだ。

だが、身体は動かなかった。全身が痺《しび》れている。感覚が失われているのか、それとも度を超した激痛ゆえに麻痺《まひ》に感じられるのか、さだかではない。膝《ひざ》に力が入らず、上半身を起こすこともできなかった。手を床につくこともままならない。

そのとき、両肩をつかんだ者がいた。白血病患者の苦痛を知っているのか、可能な限り無理のない姿勢で身体を起こしてくれているとわかる。嵯峨はゆっくりと立ちあがり、よろめきながらベッドに仰向けに転がった。

目を閉じ、不足したぶんの酸素を吸入するためか呼吸が自然にあがった。動悸《どうき》が早鐘をうつ。落ち着くまでには数秒を要した。

「ありがとう」嵯峨はつぶやきながら目を開けた。

と、助けてくれたのは看護師でも医者でもなかった。病室に入ってきていたのは、普段着姿の北見駿一だった。床にひざまずく駿一の脇に、手提げ袋が投げだされている。よほど急いで部屋に飛びこんできたのだろう。

「だいじょうぶ?」と駿一はきいてきた。「通りがかったら、倒れてるのが見えたから……」

「うん。おかげで助かったよ」嵯峨はつぶやきながら、駿一の肩越しにもうひとりの訪問者がいるのに気づいた。

その少女は嵯峨と目が合うと、こわばった笑みで会釈をした。

ああ、安藤沙織さんか。初対面だが、駿一と連れ添って現れたのだ、話にきいた彼女に違いない。

「どうやら」と嵯峨はいった。「誤解がとけて、仲直りできたみたいだね」

駿一と沙織は顔を見合わせたが、すぐに照れたように視線を逸《そ》らしあった。

「ええと」駿一は頭をかきながら沙織に告げた。「看護師さん、呼んできてくれないかな。いちおう具合が悪くなったことは、知らせないと」

「わかった」沙織はうなずいて、廊下へとでていった。

ベッドに横たわった嵯峨の身体の上に、駿一がシーツを羽織ってくれた。「嵯峨先生、いま治療はどのあたり?」

「さてね……。担当医の望月《もちづき》先生によると、銀河鉄道999《スリーナイン》でいえば太陽系をでたあたりだ、ってことらしい」

「よくわかんないね。観たことないし」

「そうだね。僕もリアルタイム世代じゃないから。望月先生はちょうどその世代だから、自分でたとえ話に納得してるみたいだった。映画のほうの999じゃなくて、テレビシリーズのほうだって」

「ってことは、たぶんまだ先は長いってことか」

「おそらくね。でも、骨髄のドナーは見つかったって話だ」

「へえ……よかったじゃん」

「白血球を減らしつづけて寛解まで持っていけば、無菌室に入って移植手術だって。それまでが結構、長そうなんだけどね」

「ふうん。費用はもう、払ったの？」

「臨床心理士会が肩代わりしてくれるってさ。仕事の報酬から天引きってことらしい。早く職場に復帰しなきゃ、無収入どころかマイナスだよ」

嵯峨は苦笑しながら駿一を見たが、駿一の暗い表情を見て押し黙った。

「駿一君」嵯峨は心配になってきいた。「きみのほうは、骨髄バンクへの支払いのめどはついてるのかい？」

「ああ……まあ、ね」駿一は無表情に応じると、床に放りだしたままの手提げ袋に手を伸ばした。それを持ちあげるとき、がちゃんと金属の音が響いた。袋の口から黒い銃身のようなものがのぞく。駿一はすぐにそれを押しこんで隠した。

ガスガンを持ちこんだのか。それも一丁でなく、複数のようだった。どうしてだろう。

駿一は骨髄バンクの費用について話していたときに、思いついたように手提げ袋を引き寄せた。つまり、金の話からガスガンを連想し、大事そうに保持するに至った、そういうことになる。

とはいえ、それは憶測にすぎないことだった。取り越し苦労かもしれない。自分にとっての宝物を病室に置いておきたいと考えるのは、長期入院患者にとってはごく当たり前のことだった。嵯峨も母親の写真を本にはさんで、枕元に置いている。彼がなにを宝物にしようと、尊重してあげねばならない。

ただし、と嵯峨はひそかに思った。病院の人間に見つからなければいいが。

「駿一君」嵯峨はいった。「さい帯血バンクを利用すれば保険が利くよ。それなら移植にかかる患者負担金はゼロに近い」

だが、駿一は首を横に振った。「僕も骨髄移植じゃなきゃ駄目だってさ。保険利かないし、骨髄バンクには五十万円くらいかかるっていわれた」

「そうか……。高い入院費や医療費のほかに手術費。たいへんだね……」

「うん。ドナーが見つからないと、かかるお金もどんどん増えてくとかで……」

「……もしよかったら、僕が貯金から立て替えておこうか?」

「いいよ。そんなこと……。たまたま知り合いなだけなのに。それに、親父も収入あるからさ」

「お父さんは、どんな仕事をしてるの?」

「ガードマン、だったかな。細かいことはよくわからない。いつも帰りが遅いしね」

そう。嵯峨はつぶやいて、それ以上の詮索《せんさく》をやめた。

声の響きに、意思に反したことを口にしたような後ろめたさが感じられる。確実なことはわからないが、たぶん事実ではないのだろう。長年カウンセリングで培ってきた勘がそう告げていた。

だが、これ以上きけばプライバシーに立ち入ることになる。駿一が自発的に打ち明けてくれるのを待つしかない。

嵯峨はため息まじりにつぶやいた。「僕よりは症状が軽そうなのにね。骨髄バンクだなんて、神様も不公平だね」

「白血病にもいろいろあるって話だから……。僕のは慢性骨髄性白血病だっけ、9；21転座ってやつ」

「僕のほうは急性骨髄性白血病、15；17転座だよ。なぜか十五番目と十七番目の染色体が入れ替わってしまったって意味だね。そのせいで異常な細胞が増えて白血病になったってわけだ……。なんで遺伝子異常なんか起きるかな」

「どうせなら金髪が生えてくるとか、青い目になるとか、そういう異常なら喜ぶ人もいるだろうにね」

嵯峨は苦笑した。「それでも命が縮んじゃうなら意味ないよ」

そのとき、廊下から女の悲鳴に似た声がした。

駿一がびくっとして顔をひきつらせたのと、嵯峨が上半身を起こしたのはほぼ同時だった。いくらか回復したのか、それとも緊張が身体を突き動かしたのか、いずれにしても麻痺がおさまったのはさいわいだった。

駆けてくる足音がする。沙織が飛びこんできた。悲鳴はまだどこからか聞こえている。沙織が発していたわけではなかった。

息を切らしながら沙織が告げた。「嵯峨先生、看護師さんが来てくれって」

来てほしいのはこちらのほうなのに、呼びつけられるとは。嵯峨は身体の痛みをこらえながら起きあがろうとした。「人づかいが荒い病院だな」

「立てる？」と駿一が肩を貸してくれた。

「ああ、ありがとう」嵯峨は床に足をついてスリッパを履いた。駿一によってゆっくりと引き立たせられ、ようやく自分の脚で立つことができた。

よろめきながらも、あちこちにつかまりながら戸口に向かい、廊下にでた。

女の叫び声に、病室から顔をのぞかせている患者が多い。突き当たりまで進んで角を折れた。と、行く手の無菌室の扉の前に、その騒ぎはあった。

ストレッチャーの上に寝かせられた若い女の患者は、激しく暴れて抵抗の意志をしめしている。壁を蹴《け》り、その反動でストレッチャーは廊下を手前に滑ってきた。無菌室から遠ざかろうとしているらしい。看護師たちは駆けつけてストレッチャーを囲み、引き戻そうとする。患者はさらなる抵抗にでる。その繰りかえしだった。

嵯峨が近づいていくと、看護師のひとりが振りかえった。困惑のいろを浮かべながら看護師が嘆願してきた。「嵯峨先生。ほんとに、お呼びだてしてすみません。どうかお力を貸してください」

「ええ……」トラブルのたびに呼びだされたのでは、たまったものではない。内心そう思いながらも、嵯峨はきいた。「どうしたんですか」

「霧島亜希子《きりしまあきこ》さんといって、きょう別の病院から移ってきたんですけど……無菌室に入ってくれないんです。骨髄移植も輸血も嫌がってます」

入院しておきながら、治療を拒むとは不可解だ。またドラマの影響だろうか。嵯峨はストレッチャーに歩み寄った。

横たわりながら激しい抵抗をしめしていた、二十代半ばのその女は、嵯峨を見ると息を呑《の》んで凍りついた。

「怖がらないで」と嵯峨は声をかけた。「僕は医者じゃないよ。きみとおなじ白血病患者だ……。亜希子さん、心配しないで。ここの先生たちはみんな優秀な人ばかりだ、治療もきっとうまくいくよ」

ところが亜希子は、髪を振り乱さんばかりに首を横に振った。「ちがう……そんなの……」

「だいじょうぶ。初対面で恐縮だけど、僕を信用してくれないかな。手術は絶対に成功するよ、確約する。ドラマみたいに白血病は不治の病ってわけではないし、全国随一の医師が揃ってるから……」

「ちがうんだってば」亜希子は涙声になっていた。「手術がうまくいくかどうかなんて、そんなことはどうでもいいの」

「え？」嵯峨は驚いてたずねた。「どういう意味なんだい？」

亜希子は興奮ぎみにひきつった声をあげた。「輸血が……嫌なんだってば。血液型が変わっちゃう。Ｂ型になるくらいなら死んだほうがましよ！」

嵯峨は衝撃とともに立ちすくむしかなかった。

周りの看護師たちも息を呑んでいる。こんなことを言いだす患者など、かって会ったこともないのだろう。

沙織が背後で、戸惑いがちにつぶやいた。「血液型が変わるって……？　どういうこと？　同じ血液型の血を輸血するんじゃないの？」

駿一が静かにいった。「血液型よりも、ＨＬＡが一致することのほうが重要なんだよ」

「ああ……」嵯峨は呆然《ぼうぜん》とささやく自分の声をきいた。「染色体のなかにある抗原の組み合わせ、白血球の型……それがＨＬＡだったな。移植手術の直後には患者の赤血球と同じ血液型を輸血するけど、骨髄が生着したあとはドナーの型の赤血球を輸血する。……亜希子さん。あなたが骨髄の提供を受けたドナーは……」

「そう。Ｂ型だったのよ！」亜希子は泣きじゃくりながら悲痛な声で訴えた。「Ｂ型になるなんてわかってたら、手術なんか受けなかった。嫌よ。絶対に嫌。Ｂ型にはなりたくない。社会から爪弾《つまはじ》きにされちゃうじゃない。いままでどおりＯ型でいたい」

「亜希子さん」嵯峨は口ごもりながらいった。「血液型性格分類は……非科学的なもので、なんの根拠も……」

「Ｂにはなりたくないのよ！　わたしを病室に戻して。お願いよ。手術は受けたくない」

嵯峨は言葉を失った。

この女性はＢ型が不幸な人生を歩むと信じきっている。心を変えさせるには、血液型性格分類が科学的事実に反していると証明せねばならない。難題だった。しかも、たとえ証明が果たされても、それを彼女が聞きいれてくれるかどうかはわからない。ただだをこねる幼児のように騒ぎたてる亜希子を、誰もが無言で眺めていた。

強い無力感が嵯峨を襲った。これは心の問題だ。それも、命を危険に晒《さら》すほどの大問題だ。しかし、自分にはどうすることもできない。対処法はまだ、見つかってはいない。

チャット

午後七時五十六分。約束の八時まで、あと四分。

美由紀は恵梨香の部屋に来ていた。成城学園《せいじょうがくえん》前駅に近い瀟洒《しょうしゃ》なつくりの五階建てのマンション、その三階にある2DKの部屋。室内は恵梨香らしいアメリカンポップアート調に統一されていた。赤と白を中心に原色を多用した賑《にぎ》やかな部屋。壁は英語のブリキ看板で飾られ、レトロ調に曲線を帯びた家具類はいずれも米国製アニメ《カートゥーン》にでてくるような、可愛げのあるデザインばかりだった。

しかし美由紀は、その目を楽しませるインテリアの数々を眺めている余裕はなかった。デスクの前に座り、パソコンの画面をじっと見つめつづける。

こうして待つ一分は果てしなく長い。心理学的にいえば、知覚の予期的時間評価が齎《もたら》す錯覚、ということになるだろう。けれども、理論がわかっていても実際にそう感じるのだから、どうしようもない。さんざん勉強して心理学をあるていど理解しても、実感としての錯覚はなくなることがない。臨床心理士にしてこの体たらくなのだから、ごく一般の人々が血液型性格分類を錯覚にすぎないと納得するのは不可能に近い、そう思える。白血病問題にしても、誤解の元凶を絶たないかぎり正しい知識を広めるのは難しいだろう。

恵梨香は上機嫌なようすで、コーヒーカップをふたつ盆に載せて運んできた。それらをデスクに置いて、美由紀の隣りの椅子に腰をおろす。「あと少しだね。わくわくする」

美由紀はじれったさしか感じていなかった。「ねえ。本当に現れるかな」

「わかんないけど、メールの返事は来てるんだしさ」恵梨香はマウスを握った。メールボックスのアイコンをクリックして開き、くだんの着信メールを画面に表示した。

日本臨床心理士会　一ノ瀬恵梨香様

初めまして。『夢があるなら』の主人公、カツヤこと、飯田橋克哉《いいだばしかつや》です。

仕事が忙しいので、お会いするのは難しいのですが、こうしてメールでやり取りするぶんには、ご質問にお答えできると思います。

もしくは、チャットでなら会話ができます。専用のチャットページを作っておきますから、午後八時に以下のアドレスにおいで願えますか。

「んー」美由紀は唸《うな》った。「このひとが本物のカツヤだっていう証拠は？」

「証拠はないけど、Nちゃんねるっていう巨大掲示板で情報収集した結果だからさ。ネットの世界の住人の情報網って、けっこう頼りになるんだよ。恋人さがしのスレッドで質問したら、複数の人がカツヤ本人のホームページ教えてくれたの。で、メールしたってわけ」

「恋人さがしのスレッド……？　そんなの見てるの？」

「え……」恵梨香はばつの悪そうな顔をしたあと、へらへらと笑った。「まあ、そのう、ほらわたし、一回資格を失ってから再取得するまでのあいだ、ニートやってたじゃん。だからNちゃんねるによく馴染《なじ》んじゃったりなんかして……」

「それって、よくニュースで話題にでる掲示板よね？　利用者数は百万人を超えていると か……」

「美由紀さん、Nちゃんねる見たことないの？」

「アドレスも知らないし、見ず知らずの人とコミュニケーションを持つっていうのはちょっと……」

恵梨香がマウスを操作した。ブックマークから〝Nちゃんねる〟を選択しクリックする。

画面は細かい文字でびっしりと埋めつくされたカテゴリ一覧表に切り替わった。政治から文化、経済、娯楽まで、ありとあらゆるジャンルが網羅してあるらしい。

「へえ」美由紀は恵梨香から渡されたマウスを机の上に滑らせて、興味あるカテゴリを選択した。文化、医療のなかの〝心理カウンセリング板〟をクリックする。

今度はまた無数のスレッドの一覧が現れた。血液型問題に関する表題も多くみられる。

そのうちひとつをクリックして、スレッドの書きこみをスクロールさせた。真面目な意見もあれば、茶化したような横槍《よこやり》、ただの中傷、落書きもある。

血液型性格分類は非科学的という論調もあるが、大多数は肯定派のようだった。血液型ごとの性格の違いを大真面目に論じている。自分にも知人にも当てはまるという声が多い。これが世間の声だと美由紀は思った。どうやって覆せるというのだろう。実存の証明は簡単だが、否定の証明は難しい。いまほどそれを痛感したことは、かつてなかった。

ぼんやりとカウンセリング板のスレッドを眺めていると、驚いたことに自分の名前が目に入った。「臨床心理士・岬美由紀スレッド七本目……?」

「あ、それは」恵梨香がなぜかうわずった声をあげた。「まあ、美由紀さんは有名人じゃん。世間に名前が知られている人ってのは、たいていその話題を論じあうスレッドがあるわけよ」

美由紀がその項目をクリックしたとき、恵梨香が制止するような素振りを見せた。美由紀は妙に思って恵梨香を見たが、恵梨香は困惑顔で視線を逸《そ》らしていた。

どうしたというのだろう。疑問に思いながら美由紀は画面に目を戻した。わたしの論文はネットでも配信されている。それを読んだ人の感想でも載っているだろうか。

ところがそのスレッドは、まったく意味不明な書きこみで埋め尽くされていた。記号や文字《フォント》を巧みに組み合わせて、絵が描かれている。奇妙なネコがセリフを喋《しゃべ》っていた。

そのセリフを美由紀は読みあげた。「美由紀タン、ハアハア……」

恵梨香がマウスを奪いにかかった。「さ、もうそろそろ時間だし。チャットのページに……」

「ちょっと」美由紀は書き込みの内容に愕然《がくぜん》となった。「これって……」

「だからさー、掲示板なんて壁の落書きみたいなもんだからさー……」

読み進めるとともに頭に血が上るのを感じた。モニターに反射して映りこむ美由紀自身の顔も、赤いと判別できるほどに紅潮していた。

「こ、こんなのって！」美由紀は怒りにまかせて怒鳴った。「許せない！　じ、人権蹂躙《じゅうりん》だわ！」

「もう美由紀さん。堅すぎるって。Nちゃんねるってのはさー……」

「な、なんでこんなこと書かれなきゃいけないの。偏見と性差別的発言だらけ！」興奮するうちに、涙がにじんでくるのを美由紀は感じた。「人をなんだと思ってるの！」

「ほとんどはファンなんだって。美由紀さんをテレビとかで見かけてさー、気にかけてるから書き込みするわけでしょ？　多少はからかったりするって」

「……恵梨香もこういう書き込みするの？」

「えーと……まあね」恵梨香は笑いながら、そそくさとマウスを動かしてブラウザを閉じた。「あ、美由紀さんのとこには書き込みしてないよ。渋谷の109《マルキュー》関連のスレッドとかさ、そのへんだけ」

美由紀は憂鬱《ゆううつ》な気分でつぶやいた。「なんだかショック……」

「気にしないで。そのうち慣れるからさ。なんならカウンセリングしてあげるよ？」恵梨香が顔をあげて、壁の時計を見た。「あー、もう時間。やばいやばい」

恵梨香がふたたびブラウザを起動し、指定されたチャットのページを開いた。まだなんの表示も表れていない。恵梨香はキーを打って一行目に記入を開始した。


エリカさんが入室しました。

エリカ＞こんばんはー。


しばらく待ったが、返事はいっこうに表示されない。

そわそわしたようすの恵梨香がつぶやいた。「カツヤ、早く来ないかなー」

その嬉《うれ》しそうな横顔を見るうちに、美由紀は妙な気配を感じとった。「恵梨香。ひょっとして、おかしな期待してない？」

「え？　おかしなって……。べ、べつにないよ……」

「そうかな……。ねえ恵梨香。本物のカツヤって人と、ドラマでカツヤ役やってる織田裕一をごっちゃにしてるんじゃなくて？　心理学的には記銘の段階で、名前と顔を結びつけて記憶しちゃうから、カツヤ、イコール、織田裕一って印象になるのもわかるけど……」

「美由紀さん。わたしもそれなりに努力して臨床心理士になってるんだからさ。そこまで単純じゃないって」

そういいながらも、恵梨香は複雑な顔をして押し黙った。

たぶん図星だなと美由紀は思った。本物のカツヤとの恋愛でも夢見ているのだろうか。

恋人を白血病で失ったカツヤに同情心が働くのもわからないではないが、実際にはどんな人物なのか、まるであきらかになっていない。

　いわゆる出会い系サイトなども利用しているのだろうか。友人としては、深入りしないよう忠告せねばならない。美由紀は恵梨香についてそう思った。

　そのとき、画面に動きがあった。


エリカ＞こんばんはー。

カツヤさんが入室しました。

カツヤ＞こんばんは。お待たせしました。

「来た来た！」恵梨香は身を乗りだし、目を輝かせてキーを打った。

カツヤ＞こんばんは。お待たせしました。

エリカ＞キタ━━━━(ﾟ∀ﾟ)━━━━!!!!

「なにこれ」美由紀はふしぎに思ってきいた。「辞書に登録しておいたの？」

「まあね。ちょっと特殊なコミュニケーションなの」恵梨香はキーボードに指を走らせつづけた。

エリカ＞キタ━━━━━(゜∀゜)━━━━━!!!!

カツヤ＞ど、どうも……(笑)。カツヤですけど。

エリカ＞こんばんはー!! カツヤさんはじめましてー! もーわたしLOVELOVEなんですー! 先週もめっちゃせつなかった……。会えてうれC《シー》です!


「恵梨香……」美由紀は困惑してささやきかけた。「きょうの目的は……」

「いいから、まかせといてよ」恵梨香は片手をあげて美由紀を制すると、チャットへの書き込みのペースをあげた。


カツヤ＞恐れ入ります。でもそれはあくまでドラマの感想ですよね。

エリカ＞あ……ごめんなさい。すごく泣いちゃったんで……。ユリコさん、いいひとだったんですね。わたし、憧《あこが》れちゃいます。

カツヤ＞そうですね……。柴山コウほどじゃないけど、とても綺麗《きれい》で、純粋な心の持ち主だったと思います。

エリカ＞長野の野尻湖《のじりこ》で初デートしたんですね。最初、カツヤさんのほうもユリコさんが本当に白血病患者の女性かどうか、ネット上では確証は持てなかったから、直筆のお手紙を出したんですよね!? あれは、ドラマの通りなんですか?

カツヤ＞はい。そしたら向こうからも手書きの葉書が送られてきたんです。長谷川百合子《はせがわゆりこ》さんってのが本名でした。その丁寧な文体から、すべて本当だったんだと確信しましたね。

美由紀はきいた。「葉書？」

「そう」恵梨香はうなずいた。「二年前の夏にやりとりして、初めて顔を合わせたの。野尻湖で貸しボートにふたりで乗って……いい雰囲気だったらしいよ。少なくともドラマではすごくいい場面だったし」

ふうん、と美由紀はつぶやいた。「彼女の入院してる病院は長野にあるの？」

「さあ。ドラマじゃ場所はぼかしてあったし、入院先は都内じゃないかな……」

「デートのために野尻湖まで行ったの？　たとえカツヤさんが長野に住んでいたとしても、白血病とわかっているユリコさんを遠方まで呼びつけたりしないでしょう？」

「それは……そうね」恵梨香はキーを打った。「聞いてみよっと」

エリカ＞ユリコさんが入院してた病院って、どこですか？

しばらくの沈黙のあと、そっけない返事が表示された。

カツヤ＞それは申し上げられません。

恵梨香がため息を漏らす。美由紀も頰杖《ほおづえ》をついて唸《うな》った。

教えられない理由は聞くだけ野暮だ、プライバシーに関することだからと返事が来るにきまっている。

美由紀は考えた。病院に問い合わせができないとなると、事実に関して問いただすことのできる相手は限られてくる。

「ねえ恵梨香」美由紀はいった。「ユリコさんのご遺族の方々と、お話しさせてもらうことはできないかな」

「聞いてみるね」恵梨香はキーボードに両手をのせた。

エリカ＞ユリコさんのご両親とか、お兄さんはまだご健在ですよね？

カツヤ＞もちろんです。命日には顔を合わせますので、いまでも親しくおつきあいさせていただいています。

エリカ＞わたしもお会いしたいんですけど……無理ですか？

カツヤ＞申しわけありませんが、ご家族に迷惑をかけるわけにはいかないので。住所、名前など、すべて伏せさせてもらってます。

今度は美由紀がため息をつく番だった。

いちおう筋は通っているが、恋人との蜜月《みつげつ》と悲劇の別れというプライバシーをみずから公にしているわりには、情報公開に慎重な姿勢をとる。

「仕方ないわね」美由紀は恵梨香を見た。「この人にしか聞けないんだから、そうするしかない。病院での医師の言動について、本当にあだったか尋ねてみて」

恵梨香がうなずいてメッセージを打ちこんだ。

エリカ＞ドラマでは、ユリコさんの白血病について、お医者さんは最初から「まず助からない」とこぼしてますけど、あれって本当ですか？

カツヤ＞はい。少なくとも僕はそう伝えられました。ユリコが、ブログにもそう書いていたんです。

エリカ＞骨髄移植の日が迫ったとき、そのお医者さんは「イチかバチかの賭《か》けだ」とユリコさんに言いますよね。あれも事実ですか？

カツヤ＞はい。僕はその場にいなかったのですが、ユリコからそう聞きました。

エリカ＞骨髄のドナーが手術中にお亡くなりになったという話を、お医者さんはユリコさんにされたんですか？

カツヤ＞そうです。ユリコはとてもショックを受けていました。立ち直れないほど心に傷を負っていたので、僕は彼女を外に連れだし、一日じゅうデートして励ましたんです。

恵梨香は、すっかり醒《さ》めた目を美由紀に向けてきた。美由紀も恵梨香を黙って見かえした。

なんとも信憑性《しんぴょうせい》の薄い話だった。患者の前でそんなことを口にする医師がいるなんて、まずありえないことだ。イチかバチかの賭けというセリフについては、ドラマなら盛りあがるかもしれないが、現実ならそれを聞かされて身をまかせようとする患者は皆無だろう。ドナーが事故で死亡したことを患者に伝えるのも、医師としての守秘義務に反している。なにより、そのような事故が起きたという記録がない。血縁者間の移植手術でドナーが亡くなった例は国内に一件だけあるが、骨髄バンクを介した移植は常に慎重におこなわれ、死に至るケースなど考えられないし、事実として存在しない。このことは、すでに臨床心理士会から骨髄移植推進財団に問い合わせ、確認済みだった。

だが、真偽について相手を問い詰める姿勢をみせたのでは、通信を絶たれてしまう可能性がある。適度に泳がせながら真実を探らねばならない。

「恵梨香」美由紀はいった。「カツヤさんとユリコさん、おふたりの共通の知人だとか、デート先で知りあった人だとか、誰か紹介してもらえるかどうか聞いて」

すかさず恵梨香がキーボードを打つ。相手からの返事も、今度は素早かった。

エリカ∨おふたりのお友達か誰か、紹介してもらえませんか？　デートしてるところを見た人でもいいんですけど。

カツヤ＞すみませんが、ご要請には応じかねます。

エリカ＞でも、少なくとも野尻湖のデートを見てた人はいるんですよね？　貸しボート屋さんの人とか。

カツヤ＞それが、あれは盆休みの真っ最中で、湖畔は大混雑でした。ボートを借りるのにも記帳の手間を省かれてたし、たぶん店の人も覚えていないと思います。

エリカ＞ああ、そうなんですか……。ドラマでは、ひとけのない閑散とした湖畔でデートしてたように見えたもので。

カツヤ＞それはドラマの演出ですね。事実の通りに映像化したら、エキストラも大勢必要になっちゃうでしょうから、省いたんでしょう。


美由紀のなかに妙な感触が走った。

これが恋人を亡くし悲嘆に暮れた男の言葉だろうか。感情の起伏がなく、事実だけを淡々と伝えているが、まるで国会答弁のような印象があった。企業のクレーム処理担当係の言いまわしにも似ている。いちおうの誠意は尽くしているが、出せないものは出せない。その一線はあくまで譲らないつもりだ。

と、恵梨香がキーに指を走らせた。

エリカ＞ユリコさんからの直筆の葉書を見せてもらえますか？

今度の沈黙は長かった。いっこうに画面に変化が現れず、じりじり待つだけの時間が過ぎていった。

恵梨香が美由紀に告げてきた。「これで無視しやがったら、まずもって嘘つき確定だね」

いや。美由紀はそうは思わなかった。たしかに嘘である可能性は高くとも、証拠を握らないかぎり、事実無根と断定することはできない。いかに疑わしくても否定はしきれない。カツヤはその微妙なラインを死守しつづけている。向こうからボロを出さないかぎり、確証を得ることは不可能だろう。

と、そのときだった。画面にメッセージが走った。


カツヤ＞いいですよ。


「えー!?」恵梨香は大声をあげた。「びっくり……。まじ?」

美由紀は身を乗りだした。「恵梨香。こう聞いて。直接お会いさせていただき、葉書はそのとき見せてもらえますか」

「だけど……そんなの応じるかな」

「向こうは疑われてることに気づいてる。でも、無視を決めこむほどの度胸もない。いま押せば、折れる可能性もあると思うの」

「そうかな。うん、やってみよ」

エリカ＞お会いして、葉書を見せてもらうことなんてできますか？

また間があって、やや疑心暗鬼な言いまわしがかえってきた。

カツヤ＞失礼ですが、その場合はどなたとお会いすることになるのでしょうか？　エリカさんが臨床心理士会の方ということはメールで伺いましたが、おひとりで来られるんですか？

恵梨香がなぜか悪戯《いたずら》っぽい目で美由紀を一瞥《いちべつ》した。「美由紀さん。名前出していい？」

「え……。どうして？」

「カツヤさんに関する、わたしなりの見立てだけどね。権力性に対して弱腰になる傾向がある半面、自己顕示欲は強く賞賛されることを好む。女性との出会いに関し積極的。柴山コウの名前をだすなどドラマの視聴者を意識していることから、マスメディア至上主義者で有名人好き」

「たしかにね。まるで取材の受け答えのような文面を見ても、劇場型の社会的ムーブメントで中心的役割を演じたいという願望が秘められている気がする。テレビ画面の向こう側を別世界のように夢見るタイプかもね」

「だから、美由紀さんみたいな有名人には食いついてくるって」

「わたしはそんなに知られてはいないわよ」

「そんなわけないじゃん、しょっちゅうニュース番組の取材受けてんのにさ。じゃ、まかせてね」

「ちょっと、待ってよ……」美由紀は制止しようとした。

だが、恵梨香は素早くメッセージを打ちこみ、エンターキーを叩《たた》いた。

エリカ∨岬美由紀さんが同行します。臨床心理士の。知ってますよね？


返事は意外なほど早かった。

カツヤ∨それは是非。では、来週火曜、JR浜松《はままつ》駅前のゴアという喫茶店で午後三時にお会いしましょう。それ以外ですと、来月までスケジュールが調整できません。

浜松。美由紀は唸《うな》った。静岡か。野尻湖に行くのはけっして楽ではないはずだが……。

だが恵梨香は、顔を輝かせてキーを叩きつづけた。「こちらこそ是非。必ず行きますから。それでは、おやすみなさい。……と。やったー。カツヤに会えるぅー！」

そのはしゃぎぶりに、美由紀は当惑を覚えた。「ドラマの内容が真実でなかった可能性が高いのに、それでも会うのが嬉《うれ》しいの？」

「だってさー。興味あるじゃん。わたし思ったんだけど、ぜんぶ嘘とは限らないしさ。白血病じゃなく、別の理由で恋人亡くしたのかもしれないし。うん、そうかもね。きっと真実が明かせない事情があるんだよ。もし辛《つら》そうにしてたら、悩み聞いてあげなきゃ。それがカウンセラーとしての務めでしょ。なんてね」

それだけいうと、恵梨香は席を立ち、クローゼットに向かっていった。なに着てこっかなー。そういいながら扉を開けたとき、棚に積んであった雑誌がばさばさと崩れ落ちた。ほとんどの表紙に、織田裕一の写真が掲載されている。

呆《あき》れた。美由紀は苦笑ぎみにため息をついた。ついさっきまで、チャットの向こう側にいるカツヤの実像を冷静に分析していたと思ったら、会えるとわかったとたんにミーハーなファンに戻っている。しかも、美由紀の思ったとおり、恵梨香はカツヤと織田裕一を同一視しているようだった。会わずにはいられない、そんな有頂天ぶりがすべての動機に優先している。

けれども、と美由紀はパソコンの画面を見つめて思った。経緯はどうあれ、これで白血病を美しくも絶対的な死と位置づけたブームの中心人物と対面が果たされる。世の間違った風潮を正すには、事実を知る者の証言がいる。そして、それはカツヤ本人を除いてほかにない。

スローモーション

午後二時。駿一は、病室と同じフロアにある放射線科に向かって歩いた。CTやレントゲン検査のために遠出をせずに済むのはありがたいが、半面、できるかぎり自分の脚で歩けということらしい。連日、抗生物質を浴びるように飲んでいる身にしてみれば、わずか十数メートルの徒歩の旅でも過酷だった。さっさと終わらせて病室に戻り、ベッドに横になりたい。そうなったからといって、さして喜ぶべきことなどないが、とりあえずは休みたい。

放射線科の待合用の長椅子は、病室の前からまっすぐ延びた廊下の突き当たりにある。入院着姿の瘦《や》せ細った女の患者がひとり、座っているのが見えた。

近づいていくと、その女がこちらを見た。駿一は思わず歩を緩めた。

やつれた二十代半ばの女の顔。健康なころにはおそらく美人で通ったその顔は血の気を失って青ざめ、頰骨が浮きだしている。目はうつろだった。紫がかった唇はかすかに震えているが、そこはさほど驚くに値しない。この病棟ではごく平均的な口もとだった。

会うのは初めてではない。何日か前、この女性が無菌室前の廊下でストレッチャーの上に横たわり、激しく抵抗するさまを目にしたことがある。名前はたしか亜希子、そうだ、霧島亜希子だ。骨髄移植にともない、血液型がB型に変わるのを死ぬより嫌がっている女。いまはそれなりに落ち着いて、ただ静かに椅子に腰かけている。

駿一は軽く会釈して、長椅子の隣りに座った。

しばらくそのまま時間が過ぎた。看護師が奥のカーテンから顔をのぞかせるまで、このままじっと待たねばならない。先に検査している患者が長引いているのか、きょうはいっこうに声がかからなかった。

「あのう」亜希子がささやくような声で話しかけてきた。「おたずねしてもいいですか」

「……はい」駿一もぼそりと応じた。

「ここに呼ばれたのは初めてなんですけど、どんな検査を受けるんでしょうか」

「ええと……。X線とか、CTとか、レントゲンとか……。身体のなかを調べるってところですけど」

「輸血とかは……されないんですね」

「ええ。手術とかじゃないし……」

「よかった」亜希子はつぶやいた。心底安心したというように、深いため息を漏らしていた。

他人《ひと》ごとだ、かまわなくてもいい。そう思いながらも、どうしても気になる。駿一は亜希子を見つめた。

亜希子も視線を感じたらしく、ふたたび駿一に目を向けてきた。

「……霧島亜希子さんでしたよね？」と駿一はきいた。

「はい？」と亜希子は目を丸くして駿一を見た。「どこかで、お会いしましたっけ」

「いえ、通りがかったときにちょっと……。あのう、B型にはそんなになりたくないものですか？」

亜希子は当惑したように目を伏せた。

「あ、ごめんなさい」駿一はあわてていった。「余計なことを聞いて……」

「いいんです……。人には、わかってもらえそうもない話ですから……」

そう告げられても、駿一は完全な他人事には思えなかった。「僕もB型なんですけど……」

すると、亜希子は驚いたようすで、駿一をまじまじと見つめてきた。「嘘……。とてもBには見えないけど……」

「どこがBっぽくないですか？」

「なんていうか……誠実そうだし。自分勝手じゃなさそうだし……。それに、暴力を振るわなさそうだし」

駿一は苦笑した。「B型って、暴力振るう印象があるんですか」

「ええ。すぐかっとして、頭に血が上るところがあるでしょ。あなたはとても、そんなふうには見えない」

本当のところは、どうだろう。駿一は押し黙って考えた。僕は怒りっぽいだろうか。たしかに、怒るときは怒る。しかしそれは、人間として正常な証《あかし》ではないのか。

亜希子がきいてきた。「失礼ですけど、あなたのご病気は……」

「同じ白血病です。骨髄移植も必要だっていわれてます」

「そうすると……手術後は何型になる予定なんですか」

「さあ。まだわからないんです。ドナーが見つかってないから」

「そうなんですか……。身内のかたは、適合検査されたんですか」

「うん……。親父のＨＬＡが偶然、適合したんだけど……」

「拒否されたとか？」

「いや。健康診断を受けたら医者に駄目と言われたって。飲んだくれで肝臓もぼろぼろな人だからね。内臓の疾患もいくつか認められているとかで、ドナーにはなれなかった」

「そう……」

父のことを思いだすと、ひどく落ち着かない気分になる。苛立《いらだ》ちと、憤りと、どうにもならない虚無感が混ざりあって押し寄せてくる。

思考から追いはらおう、そう心にきめた。父のことなど、この病院にいるあいだは忘れてしまえばいい。

駿一は亜希子を見た。「霧島さんは骨髄バンクから適合者、見つかったわけでしょ？Ｂだからって、そんなに嫌がらなくても……」

「絶対に嫌なの」亜希子はきっぱりといった。「ABはともかく、Bになんかなりたくない」

「どうして……？」

「わたしね」亜希子は小声でつぶやいた。「B型の男の人と同棲してたの。三年ぐらいだったかな。彼は商社に勤めているって言ってた。いいクルマにも乗ってるって言ってたし、キーも見せてくれたの。たしかポルシェだったと思うけど……」

「すごい。お金持ちだな」

「だけど、わたし、別にお金なんかほしくなかった。贅沢《ぜいたく》するのは慣れてないし、最初のデートで彼が連れて行ってくれた高級レストランも恐縮しちゃって、味なんてわからなかったし……。彼にそう言ったら、質素に住もうって提案してくれて。町田のはずれにワンルームマンションを借りて、一緒に住み始めたのよ。あ、こんな話、あなたにしてもいいのかな……」

こちらが未成年者であることに気を遣ってくれるのだろうか。だが駿一は、年齢の差をさほど感じてはいなかった。ここでは白血病になった者は誰もが同等だった。

「だいじょうぶですよ」と駿一はいった。「それにしても、町田か……。ここからずいぶん遠いですね」

「家賃を安く抑えたかったから……。彼は昼間、商社に出勤するから、わたしもパートに出て働いてたの。なるべく節約して貯金を殖やして、家を買おうっていうのが目標でね。

朝から晩まで働いてたから、もう週末は疲れきってて、日曜は彼と部屋でだらだら過ごすばかりで……」

「ふうん。でも、ドライブとか出かけたんでしょ？」

「全然」亜希子の表情がかすかに険しくなった。「たまには息抜きしようよって提案したんだけど、外車は故障が多いとかで、ずっと修理工場に入っているとかで……。彼のほうが、今度の休みには箱根までクルマでいこうとか、温泉に一泊旅行に行こうとか持ちかけてくるくせに、なぜか後日、綺麗《きれい》さっぱり忘れたような態度をとるの。さんざん喜ばせるようなことを言っておいて、それきり」

「たぶんそのう……霧島さんの喜んでる顔が見たかったんじゃないかな」

「だけど、後でがっかりすることになるわけでしょ？　どうしてあんな嘘つくのって、いつも思ってた。そういうことが何度もつづいて、だんだん、この人はホラを吹くのが趣味じゃないかと思うようになったの。そういう目線で見てみると、その通りだってわかった。口を開けば旅行や、将来住む家のことを語りだして、もう目星がついているようなことを言いたがる。たぶん、それでわたしの機嫌がとれるって安易に考えてたのね。彼にとっては後先のことなんて関係なくて、その場しのぎの愛嬌《あいきょう》を振りまくことだけが重要だったのよ」

「嘘をつくのはよくないけど……霧島さんのことが好きだったから、いつも笑っててほしかったんじゃないの」

「違うのよ」亜希子は悲痛のいろを漂わせて首を振った。「彼がそれだけわたしの機嫌をうかがう必要があったのは、彼がいつもわたしに暴力を振るったから。ささいなことでもすぐに頭にきて、手をあげるし、ひどいときには物も投げる……。お腹を蹴《け》られたこともあったわ。痛いどころじゃなくて、うずくまって、嘔吐《おうと》して……。救急車を呼ぼうとしたら、警察沙汰《ざた》にするつもりかと言われて、携帯電話を取りあげられちゃった。結局、いつも小さな傷はバンドエイドを貼って済ませて、腫《は》れたりしたところはパート先の医務室で手当てしてた……」

「ひどいね……。そんなにしてまで、同棲《どうせい》をつづける必要があったの?」

「彼って……口がうまいから。怒りがおさまると近づいてきて、さっき言ったみたいにいろんな将来の希望を並べ立てて、こちらの不満を鎮めてしまう。でもそれは、わたしが今後のふたりの生活に夢を見てたから……。彼はそれを知ってて、うまく利用してたのね。そう、わたしは彼の自己満足のために弄《もてあそ》ばれてただけ」

「……そうなんですか?」

亜希子は目を潤ませて、震える声でいった。「白血病だとわかったとき、わたしは彼に聞いたの。こんなわたしと一緒にいてくれる、ってね。でも彼はとたんに怖《お》じ気づいて、とりわけ治療費のことばかり心配しはじめた。貯金があるんでしょうとたずねたら、彼はいきなり、すべてをぶちまけたの。彼には奥さんも子供もいた。商社なんかに勤めてなくて、町田の食料品加工業の工場でパッキングの仕事をしてた。貯めてたはずのお金もないし、自慢のクルマもね……。キーだけ、どこかで買ってきて見せびらかしてたわけ」

「それは……ひどすぎるな。文句は言ったの？」

「ええ。反対にぶたれただけ。で、彼はそれっきり、本当の自分の家に帰っていったわ……」

「でも、それらがぜんぶB型の血のせいなのかな」

「Bにもいろんな人がいると思うけど、でも、城ノ内光輝の本に書いてあるB型の特徴と、彼の実像はぴったり当てはまるの。自分勝手で気分屋なところが魅力的にみえるけど、それは見せかけだけで、自分を守ることしか考えていない。ホラ吹きで、自分を大きくみせるのが好きで、お喋《しゃべ》りがじょうずで、そのくせ責任感がない。金銭感覚もなけりゃ生活力もない。過去にもわたし、何人か似たような人とつきあったけど、全員がB型だったの。でも、この最後の彼氏がいちばんたちが悪かった。だから誓ったのよ。わたしはもうBとはつきあわないって」

「さんざんな言われようだな……。ちょっと落ちこみますよ」

「あ、ごめんなさい……。あなたがそうだなんて思わない。おとなしくて物静かだし、わたしのつきあってた人とは全然違うもの……。例外もあるのね。だけどあなたは、これから違う血液型になれるかもしれないでしょ？　それが羨《うらや》ましい……」

「そうかな。……霧島さんは、今後どうするの？　B型以外のドナーが現れるのを待つの？」

「そうしたいけど、お金もないし……。前の病院の検査で、白血病細胞の数が急増してるのに歯止めがかけられないって言われた。骨髄移植の時期を遅らせるべきじゃないって……。だけどわたし、Bにだけはなりたくないの。世間でもみんな言ってるし……」

駿一は戸惑いながらいった。「極論すぎる気もするけど……」

だが亜希子は、指先で涙をぬぐいながらささやくだけだった。「あなたもわたしと同じ立場になったら、きっとわかる……」

静寂が漂った。カーテンごしにCTスキャナーのモーターの作動音が静かに響いてくる。耳に届くのはそれだけだった。

駿一はぼんやりと廊下の先に見える病室のほうを眺めた。出歩く患者の数も少ない。『夢があるなら』の影響からか、白血病患者はこのところ目に見えて意気消沈している。希望を持てというほうが無理というものだ、そう嘆きたくなる風潮だった。

この時世にドナーからの骨髄の提供を拒むほど、B型の血を嫌悪する女性。理解できるわけではないが、思いを同じくするところがないわけでもなかった。B型に生まれたことはハンデにちがいない。沙織もB型を敬遠したがっていただろうし、こちらとしても彼女に迷惑をかけてしまうのではないかと、いつも自分の偏った性格が気になって仕方ない。

悩みはさまざまだが、Bが忌み嫌われているのだけはたしかなようだ。駿一がそう思ったとき、廊下の先で、なにかあわただしい動きがあった。

看護師がふたり、病室の扉を開けて駆けこんでいく。ほどなくそれが、駿一の病室だとわかった。

どうしたのだろう。僕がここにいる以上、個室は無人なのに。

無人。

嫌な予感を覚えて、駿一は立ちあがった。

「どうしたの？」亜希子が駿一を見あげてきいた。

駿一が廊下の先に見た光景は、予感を裏づけるものだった。看護師のひとりが駿一の病室から、手提げ袋を持ちだしている。もうひとりがその行為を周囲の目に触れさせまいとするように、付き添って壁の役割を果たそうとしていた。

「ちょっと」駿一は歩を踏みだした。「ちょっと、待ってくれよ」

しかし、看護師らはまだ気づいたようすはない。病室からナースステーションのほうへと、手提げ袋は運ばれていく。

駿一は駆けだした。「待ってくれよ。それは僕のだよ。返せよ！」

走る足音に気づいたらしく、看護師らが振りかえった。ふたりとも、怯《おび》えたような表情を浮かべている。

あともう少しで看護師らに追いつく、そう思ったとき、傍らの病室のドアから患者着の男が姿を現した。嵯峨だった。

駿一は息を呑《の》んで、あわてて立ちどまった。

嵯峨の表情はいつものように穏やかなものではなかった。険しさを漂わせた目が駿一をまっすぐに見据えていた。

「駿一君」嵯峨は静かにいった。「ガスガンと改造用のパーツ、発売中止になったボンベ。病室に持ちこんでどうするつもりだった？　改造の内職でもするのか」

苛立《いらだ》ちがこみあげる。手提げ袋の中身に気づいた嵯峨が、病院側に密告したのだろう。こういう事態になりたくはなかった。だが、明るみにでようとでまいと、患者仲間のひとりにすぎない嵯峨に責められる筋合いはない。

「嵯峨先生には関係ないだろ。ほっといてくれよ」駿一はそういって、嵯峨の脇をすり抜けようとした。

だが嵯峨はその前に立ちふさがった。「改造自体が違法だってことは知ってるだろ？　人を傷つけるようなものを作っちゃいけない」

「自分で使うわけじゃないんだよ」

「やっぱり……」嵯峨はため息まじりにいった。「金のためか。ネットのオークションで売ったりしてるのか。そうだろ？」

怒りは瞬時にこみあげた。自制心も迷いも、なにひとつ生じなかった。ただ憤りにまかせて、駿一は怒鳴った。「うるせえな！　なにをしようが自由だろ！」

声を張りあげながら、駿一は嵯峨を押しのけて看護師から手提げ袋を奪おうとした。しかし、嵯峨が制止しようと抱きついてくる。

かっとなった駿一は衝動的に嵯峨を突き飛ばした。

ふつうなら踏みとどまれるはずの状況でも、入院患者の場合は勝手が違ったらしい。嵯峨の足はよろめき、床の上に滑った。仰向《あおむ》けに転倒し、後頭部を病室の扉のガラスに激しく打ちつける。

ガラスの砕ける音とともに破片が飛び散った。嵯峨は背を扉にずるずるとこすりつけるようにして、崩れおちていった。扉には赤いものがペンキのようにひろがっている。

「嵯峨先生！」看護師は悲鳴に似た声をあげた。「駿一君、なんてことするの！」

自分でも情けないと思えるほどのつぶやきを、駿一は漏らした。「だって、その……」

「いま嵯峨先生は血小板が不足してて血が止まらないのよ！　あなたも白血病患者なんだから、わかってたでしょ！」

さらに数人の看護師と、医師が駆けつけて辺りは騒然となった。血相を変えながら動きまわる看護師らに、医師が大声で指示する。すぐに担架を。急いでくれ。

そのとき、嵯峨の怒鳴る声がした。「いい、だいじょうぶだ、ひとりで立てる！」

一瞬、辺りに静寂が戻った。

看護師らを押しのけるようにして、嵯峨がゆっくり立ちあがる。頭から流れる血が、嵯峨の顔の半分を真っ赤に染めていた。

嵯峨は意識が朦朧《もうろう》としているのか、うつろな目をしながらも駿一にゆっくりと近づいてきた。「駿一君……。人を傷つけるものを作ってはいけない。作った者も、その力を行使した者と同罪……」

嵯峨が顔をしかめて立ちどまった。ふいに激痛が走ったらしい。その頭頂部からわずかに鮮血が噴きだすのを、駿一は目にした。嵯峨はそのまま前のめりにつんのめり、うつ伏せに倒れこんできた。

医師が飛びこんできて、それを抱きとめた。ぐったりとした嵯峨の身体を、大勢の看護師が支える。担架が運ばれてきた。寝かせろ、医師の指示によって、看護師たちはてきぱきと立ち働く。

喧騒《けんそう》はスローモーションの映像のように、駿一には感じられた。血だらけになり、目を閉じたままぴくりともしない嵯峨の顔が、看護師たちの群れの向こうにちらと見えた。

やがて担架が持ちあげられると、一同は足早に遠ざかっていった。医師も歩調をあわせてついていく。誰ひとりとして、駿一を振りかえるものはなかった。

廊下はまた静かになった。騒々しさにベッドを起きだしていた入院患者たちも、それぞれの病室に戻っていく。

ぽつりと放置された手提げ袋が目に入った。

もとはといえば、これが持ちだされることに端を発した、ごくわずかな時間の出来事。看護師たちもそれどころではなくなり、ここに置き去りにしていった。

できることなら時間を巻き戻してしまいたい、そう思いながら、駿一は手提げ袋を持ちあげた。

と、振りかえると、亜希子が立っていた。

冷ややかな目の亜希子は、駿一をしばしにらみつけてから、踵《きびす》をかえして放射線科へと立ち去っていった。

やっぱりBね。そう言いたげな態度。彼女が発してもいない捨て台詞《ぜりふ》が、耳に届いてくるようにさえ思える。そんな素振りだった。

エスコート

安藤沙織は高校が終わると、ひとり電車に乗って水道橋駅へと向かった。いつものように真理子や琴美と連れあうことも、マクドナルドに立ち寄ることもなかった。もとより、きょう日本血液型性格判断研究所に行くことは、彼女たちにも告げていない。城ノ内光輝の携帯電話番号は、三人のなかでは沙織の書類にしか記していなかった。黙って行くのは気がひけるが、城ノ内のほうにも何らかの意志があってのことだろう、沙織はそう思った。意を決して、友達を出し抜こうなんて思ってやしない。

水道橋駅、ビルの狭間《はざま》に東京ドームの白い屋根が覗《のぞ》いてみえる住宅街に歩を進めて、その洋館風の建物へと入っていく。この時間、まだ警備員の姿もなければ、従業員や秘書が往来するようすもない。通路はひっそりとしていた。

と、以前に一対一のカウンセリングを受けた部屋につづく前室の扉から、城ノ内が姿を現した。城ノ内はスーツケースを小脇に抱え、こちらに向かって歩きだそうとしている。

視線が合うより先に、沙織は声をかけた。「城ノ内先生」

城ノ内は怪訝《けげん》な顔をしたが、すぐに笑顔になった。「ああ、沙織さん。早いね」

「待ちきれなくて」沙織は城ノ内に駆け寄った。「まさか個人的に相談に乗っていただけるなんて、夢にも思いませんでした」

「いや、なに。きみの問題を未解決のまま放置してもいけないと思ったのでね」

「ありがとうございます。あ、でも、わたしの話の前に聞いておきたいことが……」

「なにかな？」

「友達の真理子のことなんです。彼女も先日のカウンセリングで、恋愛の悩みについてまだ先生に尋ねたいことが残ってたと言ってました。先生がまたお会いくださるって話だったようなんですけど……携帯の番号、真理子の書類には載ってなくて……」

「ああ……そうかね。いや、彼女の場合は、それほど切羽詰まったようすもなかったのでね。きみの場合は早期に解決しなきゃならない、そう思ったもので」

「早期に？　どうしてですか」

すると、城ノ内は謎めかせたような上目づかいで沙織をじっと見つめてきた。「それはだね、……きみがいちばん知っていることのはずだ。きみの胸のうちをたしかめてごらん。納得がいくはずだよ」

わたしの胸のうち。そう思ったとき、すぐに答えは浮かんだ。

白血病だ。駿一の病気のことまで、城ノ内光輝は見透かしているのだ。早期に、というのは、そういう意味に違いなかった。

「すごいです、先生……」沙織は心底感心していった。「たしかに、納得がいきました。

早く結論を出さなきゃいけませんね」

ところが、恋愛相手の重い病状を看破していたわりには、妙にくだけた口調で城ノ内は言い放った。「結論なんて、もう出てるよ。新しい彼氏を探すべきだ」

「え……」沙織は絶句した。

「B型以外の男を見つけなきゃ、きみは幸せにはなれんさ。A型のきみは本質的には理想が高い。それに、人目を気にする傾向もある。これらを考えあわせると、きみは尊敬できる人と結ばれるべきなんだ」

城ノ内の下す判断の速さと、その内容も衝撃的だったが、沙織はそれ以上に気になることがあった。城ノ内の言葉づかいだ。先日会ったときには、常に敬語を使い、紳士的に振る舞っていた。しかしきょうは、一気に距離を縮めた物言いをしてくる。

ただし、それが不快感を生じさせるかというと、そうでもない。むしろ親近感があり、頼りにできる学校の先生という印象だった。

「あのう」沙織はきいた。「B型の彼は、絶対に駄目ということでしょうか……?」

「いまも言ったようにきみは尊敬できる人、つまり知性に溢《あふ》れ包容力を備えた大人の男と結ばれてこそ、きみに未来が開けてくるんだよ。そしてA型であるきみは、ひとたび条件を満たす彼と出会えたら、あとはとことん尽くすタイプになる。彼が最高と信じ、けなげで一途《いちず》な思いを彼にストレートにしめすようになる」

なるほど、そういうところはあるかもしれない。沙織は、城ノ内が口にした後半部分についてはそう思った。好きになった彼のこと以外、なにも考えられなくなる。自分から浮気をするなんて、とても思えない。恋愛というのは永遠であるべきと、純粋に信じている自分がいる。

しかし、やはり前半は納得がいかなかった。「城ノ内先生……。わたしと彼の関係は、このあいだ相談したときとは、ちょっと状況が変わったんです。以前は、ささいなことからわたしが彼を誤解してしまって、もう会えないなんて思いこんでました。でもその誤解がとけて、ふたたびつきあうようになったんです」

城ノ内はため息をついて首を横に振った。「よくないよ、それは……。きみのいちばん悪い面がでてきてしまってる」

「悪い面、ですか」

「そうとも。A型は総じて過去へのこだわりを捨てきれず、気持ちの切り替えがうまくいかない。きみの場合は特にそうだ。一時、別れてしまおうと決意したときにも、彼への想いを抱きつづけ、ひとり涙にくれるという日々を送らなかったかね？」

これについては図星だった。沙織は思わずうなずいた。「はい……」

「だからいけないんだよ。失恋は失恋と認めて、すべてを振り払うことだ。思い出の品物や写真は保存しちゃいけない。なにもかも捨てて新しい船出にのぞむ、その勇気を持つことだ」

沙織は言葉を失った。自然に視線が床におちた。

駿一のことを忘れるなんて、できるわけがない。たとえ恋仲でなくなっても、人として彼の闘病を支えてあげたい、そこまで心にきめていたのだ。いまさら気持ちが揺らぐどころか、彼への想いを失念することなど考えられない。

けれども、と沙織は思った。城ノ内は沙織が迷路のように感じる日々の迷いを、理路整然とゴールに導く、その達観ぶりを発揮しつつあるように思えてならない。血液型カウンセラーとして彼は、数多くの人々と接し、その行く末を見守ってきただろう。そのなかには、わたしに似たケースもあったはずだ。城ノ内が経験と知識から導きだす結論を、どうして否定できるだろう。現に彼は、何度となくわたしを驚かせてきたのに。

困惑が思考のなかに渦巻く。沙織はうなだれてつぶやいた。「どうしたらいいのか……。わたしにはわかりません」

「悩んでいるのは百も承知だよ。だからきみは、私と会っているんじゃないか」城ノ内はそういうと、視線を遠くに向けた。「きみ、夕食はまだだろうね？」

「え？　はい……」

「よかった。近所に馴染《なじ》みのフレンチ・レストランがある。一緒に食事しながら話そう」

沙織のなかに戸惑いがひろがった。「あ、あの……。まだ夕方ですし、こんな時刻にフレンチなんて……」

「いや。フルコースはたっぷり三時間ぐらいかかるし、飲み物でも味わいながらゆったりとスタートを切れば、ちょうどいいさ。ああ、もちろん会計の心配はしなくていいよ。高校生のきみに、割り勘を持ちかけるほど私は酷《ひど》くないさ」

返答に困るというのは、まさにこのことだ。そこまでの特別扱いなど、期待してはいなかった。望みもしていない。わたしは駿一との相性について、信頼できる話が聞きたいだけなのだ。

それでも城ノ内は、沙織をエスコートするように玄関方向を手で差ししめした。「A型とB型の恋愛について、きょうは私の知るかぎりすべてを教えよう。どうぞ」

城ノ内の言葉は、沙織の戸惑いにごくわずかながら安定をもたらした。

すべてを知ることができれば、自分なりに解釈して、その知識を使いこなせるかもしれない。駿一と別れるというのは論外だが、血液型のせいでうまくいかない部分を前もって分析して、今後に役立てることはできるかもしれない。

「……わかりました、ご馳走《ちそう》になります」沙織はつぶやいた。

「結構」城ノ内は上機嫌にそういうと、沙織をうながしながら歩きだした。

玄関に向かって歩を進めながら、沙織は息苦しさを感じていた。わたしはずっと年上の男性と食事をしようとしている。駿一が知ったらどう思うだろう。わたしは本当に、彼のためを思って行動しているといえるのだろうか。

浜松駅は初めてではないが、その駅前にゴアという喫茶店があることを、美由紀は初めて知った。こういうところで人と待ち合わせをするのは高校生のころ以来だが、当時の美由紀は神奈川県の藤沢《ふじさわ》にあった実家に住んでいて、せいぜい都内まで足を延ばすていどだった。静岡にひとりで行くようになったのは、社会人になってからだ。

その美由紀が難なくこの喫茶店に来ることができたのは、店探しが得意な恵梨香のおかげだったのだが、その恵梨香は店に足を踏みいれたとたん、表情を曇らせていた。いつにも増して派手なギャル系メイクとファッションでばっちりと着飾った恵梨香は、店の奥のテーブルでおずおずと男が手をあげるのを見て、凍りついたように立ちすくんでいた。

恵梨香は美由紀にささやきかけてきた。「なにあれ……。キモオタじゃん……」

美由紀が小声でかえした。「恵梨香。人を見た目で判断しちゃいけないわよ」

「だけどさ……。あ、ひょっとしたら、カツヤ本人じゃないかも。代理を寄越したのかな。きっとそうだね。謎めかせちゃって」

プラス思考と呼ぶべきかどうか、しかしとりあえずは前向きになるのはいいことだった。

美由紀は恵梨香をうながして、奥のテーブルへと歩を進めた。

四人掛けのテーブルで、並んだふたつの椅子をひとりで占拠するほどにでっぷりと太ったその男は、一見年齢不詳に思えるが、肌艶《はだつや》からするとまだ二十代かもしれなかった。七三に無造作にわけた髪には櫛《くし》をいれたようすもなく、黒縁の眼鏡は大きな丸い顔にサイズが合っておらず、ツルがハの字に広がってしまっている。厚い唇には、食後に拭《ふ》きとらなかったのか食べかすがこびりついていた。服装はチェックのシャツにデニム。サイズは4Lか5Lと思われた。

美由紀たちが近づいても、男は立ちあがるようすもなかった。視線をテーブルに落としたまま、美由紀と恵梨香が座るのを待っているようだった。

内気なタイプなのだろう。美由紀はそう感じたが、それ以上の詮索《せんさく》はやめた。第一印象と、本当の人格がまったく異なることは頻繁にある。この人も話してみなければわからない。

しかし、恵梨香のほうは待ちきれないようすで、表情を硬くしながらきいた。「カツヤさん……ですか？」

しばしの沈黙のあと、男はうつむいたままぼそりといった。「はい」

恵梨香はあからさまな失望のいろを漂わせて美由紀を見たが、美由紀は自制心を持つように恵梨香に目で訴えた。

「座ってもいいですか」と美由紀はカツヤにきいた。

「どうぞ」とカツヤが応じる。まだ視線はあがらない。

美由紀は恵梨香とともに椅子に腰かけながらいった。「飯田橋克哉さん……というのが本名なんですね。飯田橋さんとお呼びしたほうがいいですか」

「いえ……カツヤで……」そういってカツヤはやっと顔をあげた。美由紀を見たとたん、その顔がにやける。照れ笑いなのか、頭をかきながらカツヤはつぶやいた。「本物だ……。びっくりしました。てっきりだまされているのかと……」

それはこっちのセリフじゃん、と言いたげな恵梨香が頬杖《ほおづえ》をつき、いまにも小言を発しそうな気配を漂わせている。

恵梨香を制して、美由紀はカツヤに笑顔でいった。「こちらこそ、会っていただけるなんて本当に光栄です。わざわざご足労いただき、本当にありがとうございます」

と、カツヤはなにも答えず、傍らのリュックサックをまさぐると、ポラロイドカメラを取りだした。

「その……」カツヤはどこかびくついたような表情でいった。「写真撮らせてほしいんですけど」

恵梨香がすました顔できいた。「わたしたちの？」

「いえ……岬さんの……」

「ああ、そう」

どんどん不機嫌になっていく恵梨香に困惑しながら、美由紀はカツヤを見つめた。「べつに、いいですけど……なんのためにお撮りになるんですか」

「記念です」

「ああ、そうですか。そういうことでしたら……」

ウェイターが水を運んできた。恵梨香がぶっきらぼうに、アイスコーヒー、そう告げた。美由紀も、わたしも同じで、といった。

グローブのように太い指でカメラの調整をしていたカツヤは、レンズを美由紀に向け、なにも言わずにシャッターを切った。閃光《せんこう》が走ったが、美由紀は眩《まばゆ》さに目を細めないよう注意した。

カメラから写真が吐きだされてくる。カツヤはマジックインキを取りだし、まだ像の浮かびあがっていない写真とともに美由紀の前に差しだした。

「サインをください」とカツヤはつぶやいた。

美由紀は戸惑いながらマジックインキを手にとった。芸能人のようなサインの書き方など、研究したこともない。

仕方なく、中国書道で勉強したことのある小篆《しょうてん》の篆書の筆づかいで、岬美由紀としたためた。

「かっこいい」恵梨香がいった。「やっぱサイン、練習してんの？」

「してないわよ」美由紀は写真とマジックインキをカツヤに差しだした。「どうぞ」

どうも。カツヤはそれらを受けとると、素早くリュックに仕舞いこんだ。

感情表現が苦手なタイプであることは間違いないが、それ以上に、妙におどおどとして腰がひけた態度が気になる。美由紀はカツヤについてそう思った。

アイスコーヒーが運ばれてきた。そのあいだカツヤは、黙って手もとのコーヒーをすすっていた。

ウェイターがさがっていくと、美由紀はつとめて愛想よく話しかけた。「この辺りには疎くて。カツヤさんは、この近くにお住まいなんですか?」

「さあ……。プライバシーは、明かせないので」

「……でも出版社の人とか、テレビ局の人にはご説明したんでしょう?」

「いえ……いや、どうだったかな……」カツヤはしきりに頭をかいていた。「たぶん、してないんじゃないかと……」

美由紀は当惑を覚えて口ごもった。

カツヤ本人に会ったことがあるという出版社の編集者や、ドラマのプロデューサーの言葉が詭弁《きべん》だったとしても、少なくとも最低限の事実確認のためにカツヤの住所ぐらいは知っているだろう、美由紀はそう考えていたが、それすらも間違いだったようだ。カツヤとユリコのブログのやりとりは、ネット上でかなりの評判になったため、それほど細かく契約を詰めなくても出版に至る状況ではあったのかもしれない。しかし、カツヤの態度から察するに、出版の承諾はただメールで取り交わしたにすぎないのだろう。書面としての出版契約書への著作者による署名捺印《なついん》は、たいてい事後承諾であり出版後におこなわれるときく。まして『夢があるなら』はブログの掲載とライターの記事による特殊な形式の本だ、契約書が交わされたかどうかすら疑わしかった。

「カツヤさん」美由紀はきいた。「あの本には、ユリコさんとのブログでの対話のほかに、その前後の出来事を説明するライターの文章も載ってましたよね？　あのライターさんはあなたにインタビューして記事を書いたみたいですが、その人とは会ったんでしょうか？」

「……いや、メールで」

恵梨香がため息を漏らしたのが、美由紀の耳に届いた。美由紀も同じ気分だった。

事実を元にしていることを売りにした出版やドラマ制作のわりには、恐ろしくずさんな取材方法だったとしか言いようがない。それとも、それらの作り手たちは、信憑性《しんぴょうせい》の薄さなど端《はな》から承知していたのだろうか。一時のブームにあやかろうとして、手っ取り早く商業のラインに乗せること。彼らが心を配ったのはそこだけなのだろうか。

「あのう」美由紀は慎重に言葉を選びながらいった。「こんなことをいって、気を悪くされたのなら申しわけないんですが……いまのところ、あなたとユリコさんとのあいだに起きた出来事は、あなたひとりの証言に基づいているわけですね？」

カツヤは緊張したかのように、ぶるっと身震いをした。顔が紅潮しはじめている。

「……元々、ブログを読んだ編集者が、それを本にしたいと言ってきたので……オーケーしました。それだけのことです」

なるほど。ネット上にそういう対話があったという点に限ってみれば、それはれっきとした事実であり、文面の掲載を許可しただけという身からすれば、事実の証明をいちいち行わねばならない責任など負っていない。カツヤの主張はそのあたりなのだろう。

それでも、読者や視聴者の認識とはかなり開きのある理屈だと思わざるをえない。だいいち、ブログ上での対話の記録は、どんな人間が書きこんだのかすらもわからない。本当に男女による書き込みだったかどうかも疑わしければ、ひとり二役が演じられた可能性もある。まして、文面から推察されるふたりのキャラクターの背景が、事実と大きく食い違うこともありうるだろう。

ユリコ、本名は長谷川百合子というその女性は、本当に白血病だったのか。いや、それ以前に、ユリコなどという女性は実在したのだろうか。

沈黙のあいだに、美由紀の抱く疑問をカツヤは察したのか、またリュックをまさぐると一枚のハガキをとりだした。

「これ」カツヤはテーブルの上にハガキを滑らせ、美由紀に押しやってきた。「二年前の夏に受けとった、ユリコからのハガキです」

ユリコの実存の証明。美由紀は息を呑《の》みながらそれを手にとった。

受取人は飯田橋克哉、差出人は長谷川百合子となっている。筆跡は若い女性らしい丸い文字だった。ただし、それぞれの郵便番号も住所も黒く塗りつぶされてしまっている。

恵梨香がそれを覗《のぞ》きこんでいった。「思い出の手紙を塗りつぶすなんて……」

カツヤは無表情に告げた。「いろんな人に見せてと言われるので」

美由紀はハガキの表を眺めまわした。「これって……消印の一部まで黒く塗ってありますね。年号はたしかに二年前ですけど、月と日のほうは、どうして消す必要があったんですか」

「郵便局などに問い合わせるとか、取材攻勢を受けるのが嫌だったので。彼女との思い出は、そっとしておきたいんです」

そうですか。美由紀はつぶやきながらハガキを傾け、店内の照明に反射するインクの表面を観察した。きょうのために、知人の鑑定家から郵便物の真贋《しんがん》を調べるポイントを学んである。

錆桔梗色《さびききよう》のインクを用いた自動押印機用日付印、まず本物に間違いなかった。耐久性や撥水《はっすい》性も充分にあるシャチハタ製の印だが、それでも月日とともに劣化し薄くなっていく。たしかに二年ほど経っていることがうかがえる。文章を書くのに用いられたサインペンのインクも古いものだった。最近になって書いたものではないだろう。ハガキ自体が、空気中の湿気を吸い反りかえっている。

二年前に受けとったハガキであることは、まず疑いようがなかった。消印に記された郵便局は品川。するとユリコも都内住まいなのだろうか。

裏をかえしてみると、表と同じ筆跡の文字が並んでいる。

カツヤ君へ
突然のお手紙、びっくりしちゃいました。メールじゃなくて本物の手紙なんて、なんだか嬉《うれ》しい。入院生活は長びいてるけど、お盆と年末年始は入院患者も家に帰ることができるって先生も言ってるから、デートのお誘い、受けちゃおうかな。

だけど……この時季に野尻湖に行くの？ 二日前に、あのすぐ近くの山に落雷があったってニュースで言ってたよ。だいじょうぶかな……。だけどカツヤ君のことだから、きっとすてきなデートコース、考えてくれてるよね。

じゃ、お誘いいただいたとおり、来週の木曜にお会いできるのを楽しみにしてます。十八歳の誕生日、野尻湖でいい時間が過ごせることを期待してまーす。

ユリコ

「あ、これ」恵梨香が目を見張っていった。「ドラマに出てきたのと、まったく同じ文章！ へえ、本当にあったんだ！」

カツヤは微笑を浮かべた。「そりゃ、ありますよ……。本当のことですから」

美由紀もうなずいた。たしかにこのハガキはユリコという実在の女性からのものに違いない。裏の文面も二年ほど経ったインクの劣化がみとめられる。

しかし、ハガキが本物ならばやはりデートの内容に首をひねりたくなる。美由紀はカツヤにたずねた。「お盆休みを利用してデートするのはいいんですけど……どうして野尻湖まで？　本によるとこの時期、ユリコさんは骨髄移植を受けることができず、白血病細胞の数も増大していたんでしょう？　万が一のことがあった場合、町医者では対処できないんじゃないですか？」

「それは、そうなんですけど、ユリコが望んだんです。周りが緑に囲まれた湖畔でデートがしたいって」

「でも、品川にお住まいのユリコさんをあまり遠出させるのは、よくないと思うんですが」

「いえ……。彼女の家は、品川ではありませんよ。野尻湖に行くのは、それほど大変なことではなかったんです」

「この消印は……？」

「ユリコは都内の病院に入院してましたから。ハガキはそこから出したはずです」

美由紀は黙って考えた。品川郵便局の印は、白血病治療の権威である千代田区赤十字病院からの投函《とうかん》では、つくことがない。それでもどこか外出した先で投函したかもしれないし、知人に頼んだのかもしれない。つまり、千代田区赤十字病院に入院していた可能性を除外することもできなければ、そのほかに白血病患者を受けいれるすべての病院が対象となる。

　それらの病院に、長谷川百合子という患者が入院していたかどうかをたずねることは可能だろうか。まず無理だろうと美由紀は思った。入院記録にしろ、死亡の記録にしろ、患者のプライバシーに関わることをたやすく明かしてくれるはずもない。訴状に基づいた裁判所命令で情報開示が迫られれば別だが、第三者が訴えることのできるような状況ではない。そもそも、指名手配ではないのだから氏名だけでその素性を突きとめることはできないし、民間人の分際で警察の捜査の真似事をするのは倫理的にも好ましくない。法にも触れてくる可能性がある。

このハガキから調べられることがほとんど皆無と知って、美由紀のなかにまた苛立《いらだ》ちがこみあげてきた。ハガキは本物だ、しかしユリコについて何もわからないという状況には、まったく変わりがない。

真偽を問いただすのではなく、良心に訴えるべきだろうか。美由紀はいった。「カツヤさん。本やドラマで『夢があるなら』という作品に感動を覚えた人たちに、白血病が不治の病だという認識が広まってます。ブログでユリコさんは、医師に治らないと断言されたとか、あと一週間の命と宣告されたと書いてますよね。たぶんそれらは、事実とは違うと思うんです」

「違う……って、どうして？」

「一九七〇年代までは、白血病の治療は困難で、不治の病というイメージは当たらずとも遠からずだったかもしれません。けれどもその後、化学療法だとか骨髄やさい帯血移植の研究が進んで、治療成績は改善されています。少なくともいまは、不治の病という表現は適切ではないはずです」

だがカツヤは、しきりに頭をかきむしりながら、ぶつぶつとつぶやくばかりだった。

「いやあ……そんなふうに言われても……。ユリコが嘘ついてたなんて思いたくないし……」

「ユリコさんのブログへの書き込みだけじゃなく、あなたもお医者さんに会って直接、その見立てを聞いてるでしょう？　本によるとそのはずですけど」

「ああ……ええ……まあね。そう、僕も医者から、そう聞いたんですよ」

「治らない、って？」

「はい……。ただ、そのう、あれですよ。ほかの人より重い、って言ってました。白血病も治る人と治らない人がいて、ユリコの場合は後者だったんでしょう」

「医師がそういう言い方をしたんですか？　治る人と治らない人がいる、と」

「いいえ。いま岬さんが、治ることもある、みたいなことを言ったんで……いまにして思えば、そういう意味だったのかな、と思ったわけで」

と、そのとき、けたたましく携帯電話の着信メロディが鳴りだした。曲調からアニメのテーマソングとわかる。

カツヤが携帯電話を取りだし、耳にあてた。「はい。もしもし……。ああ、はい。ちょっと待って」

椅子をきしませながら、おっくうそうに巨体が立ちあがる。美由紀たちに断りもなく、カツヤは携帯電話に喋《しゃべ》りながら、テーブルを離れていった。

電話がかかってきたら席をはずす、そんなモラルが備わっている男には見えなかった。単に、こちらに聞かせたくない電話というだけなのだろう。美由紀は思った。まるで他人の気持ちを推し量ろうとしないマイペースさ。社会においては対人関係に苦労しているだろう。いや、そもそも誰かと会って話すことなど、すでに放棄した生活を送っているのかもしれない。

恵梨香は、もっと遠慮のない物言いをした。「ニートのにおいがぷんぷんするね」

美由紀はため息まじりにつぶやいた。「定職に就いていない時期だからって、無責任とは限らないわ。誰だって失業することはありうるんだし」

「どうせ『夢があるなら』の印税とか、権利料《ロイヤリティー》で儲《もう》かってるんでしょ。そりゃ働く気もなくすだろうね。天国のユリコさんが知ったら泣くね、きっと」

天国。

テーブルの上のハガキを、美由紀は見つめた。この手紙を書いたユリコが、じつは白血病を生き延びているという可能性はないだろうか。いや、まずありえないだろう。『夢があるなら』のドラマのなかで、このハガキのままの文面が使用されたと恵梨香がいった。生きているなら、カツヤに抗議するだろう。マスコミに訴えるかもしれない。なんの苦情もでていないところをみると、ユリコが死んだのは事実なのだろう。

彼女の死は人々に広く影響を遺《のこ》している。それもかつて恋仲にあった人間の手によって、捻《ね》じ曲げられたかたちで。

見過ごすことはできないと美由紀は思った。カツヤが嘘をついているのなら、それを明らかにせねばならない。もし彼が本当のことを喋っているのなら、その医師の存在をつきとめ、医学知識のなさについて公に謝罪させねばならない。もう一刻の猶予もなかった。いまも、白血病と戦っている人々が苦しんでいる。彼らに与えられた悪しき集団暗示を、一日でも早く取り除かねばならない。

また携帯が鳴った。今度は恵梨香の着メロだった。

恵梨香は椅子から腰を浮かせながら電話にでた。「はい、一ノ瀬ですが。……あ、はい。美由紀さんなら、一緒にいますけど」

なんだろう。美由紀が恵梨香に目を向けたとき、唐突に辺りの空気は張り詰めたものに変異した。

「え⁉」恵梨香は衝撃を受けたようすで、しばし絶句した。声を絞りだすようにして、恵梨香はつぶやいた。「わかりました、すぐうかがいます……」

電話を切った恵梨香に、美由紀は不安を覚えながらたずねた。「どうかしたの？」

「嵯峨先輩が」恵梨香は震える声で告げてきた。「危篤だって……」

ロータリー

安藤沙織はひどく落ち着かない気分で、セダンの助手席で身を硬くしていた。日没後の都心部。クルマの窓から眺めるのは、これが初めてかもしれない。両親はクルマの免許を持っていないし、ふだんバスに乗ることはあっても、タクシーはもったいなくて利用できない。意外に静かだと沙織は思った。東京は夜通し、どこもかしこも人出が絶えないかと思っていたが、そうでもないようだ。駅を離れれば静寂に包まれる。そのせいか、いま置かれている状況に不安を覚えずにはいられない自分がいる。

ステアリングを切りながら、城ノ内が微笑していった。「食事、まずまずだったね」

沙織は恐縮しながらうなずいた。「……わたしにとっては、食べたこともないくらい高級なディナーで……正直、味はわかりませんでした」

「そう」城ノ内は、どこか満足そうに見える横顔をしていた。「A型のきみは、やりくり上手だからね。将来、食費も無理なく無駄なく収入から割り振るだろう。いい奥さんになりそうだが、その半面、結婚相手が低所得者だと安いものしか食べられなくなる。ときどき衝動買いを抑えられなくなるのもA型の特徴だが、それが家計を圧迫したんじゃ楽しく暮らせない。人生のパートナーは、慎重に選ぶことだよ」

愛想笑いとともにうなずく。きょう何度も繰りかえしたことを、沙織はまたせざるをえなかった。

あれだけ楽しく聞けていたはずの城ノ内の弁舌も、いまはどこか疎ましく感じられる。それでも沙織は、そんな自分の感覚をわがままにすぎないと思い、自制せねばとみずからに言い聞かせていた。

駿一とのことで、いい話が聞けなかったからといって、城ノ内を嫌悪するのは筋違いというものだ。城ノ内はわたしのためを思って言ってくれている、そうに違いない。たとえ腑《ふ》に落ちなくても、受けいれざるをえないこともある。

だが、やはりあっさりと納得できることではなかった。沙織はいった。「あのう。城ノ内先生」

「ん？」

「駿……いえ、そのB型の彼なんですけど、一緒になった場合、そんなに将来は明るくないですか……？」

城ノ内は苛立ったようにため息をついた。「いまさら、またそこに戻るのかい。何度も説明しただろう」

「すみません……。でも、彼を忘れるなんて、とても……」

「戸惑っていることが、すでに苦しみの始まりなんだよ」城ノ内はカーナビに手を伸ばした。「行き先、変えたほうがいいと思うが」

沙織はとっさに、城ノ内の手をとって、その動作を制した。「いいんです。……病院に行ってください」

「……わかったよ。しかし、さっき私が与えた忠告を守るように心がけてくれ。重い病気の彼を思いやるきみの気持ちは純粋だが、愛情ではなく友情にとどめておくこと。彼への同情心から必要以上にかまったりすると、B型男の闇にひきずりこまれる。気づいたときには、無収入のダメ男《お》にせっせと貢ぐだけの毎日を送っていることになるぞ。気をつけてな」

「はい……」

悲しみに重苦しさが伴い、沙織は涙がこみあげそうになった。それを堪《こら》えながら、窓の外に流れる暗闇に包まれたビル群を眺める。

社会的地位や名声、高収入という条件の揃った、大人の男とつきあうべきだと城ノ内はいっていた。しかし沙織は、けっして駿一以外の男を好きにはなれない自分に気づいていた。豊かさなど欲してはいない。最低限の生活ができればいい。それでも、貧しさは人を変えると城ノ内は主張する。

きょう、城ノ内に相談に行ったのは間違いだったのだろうか。こんなに辛《つら》く、虚《むな》しい気分になるのなら、血液型の相性なんて気にかけなければよかった。

カーナビの音声が告げた。間もなく、目的地周辺です。

クルマが減速した。城ノ内は前かがみになって外を眺めながらいった。「この辺かな」

「あ、そうです。ここでいいですから」

「いいから。遠慮するな。その白いビルだろ？　ちゃんと玄関前まで送るよ」

沙織は制止したいと感じたが、思いとどまった。厚意を辞退するのはよくない。

クルマは左折し、千代田区赤十字病院のロータリーへと乗りいれた。夜八時すぎ、すでに静寂に包まれている。歩道にもひとけはなかった。

玄関のすぐ近くでクルマは脇に寄せられ、停車した。

城ノ内は素早くクルマを降りると、前方から迂回《うかい》してきて、助手席側のドアを開けた。

「ありがとうございます……」沙織は恐縮とともにつぶやきながら、車外に降り立った。

と、顔をあげて別れを告げようとした瞬間のことだった。間近に立っていた城ノ内が顔を近づけてきて、唇を重ねた。

その動作はあまりに自然で、予想外のことであり、沙織は抵抗することさえできなかった。しかし一瞬のちには後ずさり、口もとに軽い接触の感覚を残したまま、城ノ内と距離を置いた。

城ノ内は不満そうな顔をしたが、すぐに微笑を浮かべた。「そんなに驚くなよ。欧米ではごく当たり前のあいさつだよ」

事情さえ知らなければ、魅力的に思えなくもない笑顔。しかしその城ノ内の本心はいま、垣間《かいま》見えた気がした。もはやその表情は、憎悪の対象でしかなかった。

「失礼します」沙織は頭をさげると、背を向けて足早に立ち去りだした。

追ってきたらどうしよう。そう考えると気が気ではなかった。大声をあげたら、病院の職員が気づいてくれるだろうか。しかしその場合、彼の誘いに乗って一緒に食事をしたという、後ろめたい事実が明るみにでてしまうかもしれない。真理子や琴美に知られたら、わたしは孤立を余儀なくされてしまう。

息を切らし、もつれる脚をひきずるようにしながら玄関へと向かっていった。

と、ヘッドライトの光が流れ、エンジンの音程が変化した。

振りかえると、城ノ内のクルマが猛スピードでロータリーを回り、敷地の外へとでていくのが見えた。

静寂のなかで、ようやく安堵《あんど》を覚える。思わずため息が漏れた。玄関に向き直って歩を踏みだす。

そのとき、自然に足がすくんだ。

病院の玄関には、ひとりの男がたたずんでいた。ついいましがた外にでてきたのだろう、通用口の扉が半開きになっている。

普段着姿の駿一が、ぼんやりとした目でこちらを眺めていた。呆然《ぼうぜん》とした表情を浮かべている。

それは沙織にとって、殴られたような衝撃にほかならなかった。周囲の温度が何度か、さがったように思える。

こんなところで鉢合わせするなんて。きょうは外泊日じゃなかったはずなのに。駿一は沙織がクルマで送られてきて、ドライバーの男となにをしたかを、見ていたに違いなかった。

沙織は自分のつぶやきを聞いた。「駿一君……」

感情をあまり表にださない駿一は、ただ驚いたようすでこちらを見ていたが、やがてうつむきながら歩きだすと、沙織の脇を抜けて歩き去っていった。

「まって」沙織はその背に呼びかけた。

だが駿一は歩を速め、すぐに走りだした。現在の病状から、少し走っただけでも息があがってしまうはずの駿一が、かまわず走り去ろうとしている。それは、沙織から遠ざかりたいという彼の意思の表れにほかならなかった。

「駿一君!」沙織は駿一を追いかけた。出会いの衝撃が薄らいでいき、焦りと悲しみがとって代わっていく。「お願い、まってよ。駿一君!」

沙織は無我夢中で走った。それでも距離は開くいっぽうだった。沙織は歩を緩めざるをえなかった。駿一はけっして立ちどまってはくれない、そう悟ったからだった。あくまで追いかければ、駿一が身体を悪くしてしまう危険がある。

どうしようもなくなり、沙織はその場に両膝《ひざ》をついた。誰もいない病院前のロータリーの歩道で、沙織はうなだれてうずくまった。

涙をもう堪えることはできなかった。沙織は泣きだしていた。声をあげて泣きながら、遠のいていく彼の名を呼びつづけていた。駿一君。駿一君……。

グリップ

夜の闇を駆け抜ける内房線の電車に揺られながら、駿一は耐えきれなくなって、涙に視界が揺らいでいくのを見た。

さっきまでこの車両にはほかに乗客がいた。だから自制することもできていた。いまはもう無理だ。自分以外、誰も乗っていない。泣くことをためらう理由がなくなった。

頬をつたう涙をぬぐっても、また新たなしずくが流れおちる。白血病を宣告されたときにも、これほどには泣かなかった。過去に何度かあった哀しい出来事も、しばらく我慢していれば薄らいでいった。けれども、いまは無理だった。

ゆっくりと列車が速度をさげる。九重駅の無人ホームが暗闇に浮かんでみえた。駿一は立ちあがった。列車が静止するまでの時間も、なかなか開かない扉も、どちらもひどくもどかしかった。扉が開くと、駿一は駆けだした。

走ると病状が悪化する、医師はそう忠告していた。しかし、かまわなかった。走るだけで死ねるなら、こんな楽なことはない。たとえ想像を絶する苦痛が与えられるのだとしても、死を齎《もたら》してくれればいい。人生なんて、いつ終わったところで同じぐらいの重さしか持たないのだから。

息を切らしながら疾走しても、涙は涸れなかった。こみあげてくる悲しみとともに、涙はとめどなく頰をつたう。肺に痛みが走り、息苦しくなった。それでも駿一は、速度を落とさなかった。立ちどまったら、背後から追ってくる惨めさが全身に覆いかぶさり、心が潰《つぶ》れてしまいそうだった。自分の情けなさから逃げ惑う、それしかできない。

山道を抜けていき、家の前まできた。ぜいぜいという自分の呼吸が辺りに響く。家の窓には明かりがない。重い足をひきずって玄関に近づいた。

引き戸に手をかけたが、開かなかった。親父、めずらしく鍵《かぎ》をかけているのか。こんなことは、いままでなかった。

ふと、ひとつの可能性が頭をよぎった。親父は外泊日だけ、俺を迎えいれるために鍵を開けていたのか。だらしなくしているように見えて、俺が帰ってくる日は認識していたのか。

駿一は頭を振り、その考えを遠くに追いやった。親父がどう思っていようが関係ない。どうせ親子そろってろくでなしだ。いまさら親父がどんな人間か考えあぐねたところで、どんな意味があるというのだろう。

引き戸を叩《たた》いた。騒々しい音が静寂のなかに響きわたる。家の前に軽トラが停まっている以上、親父は外出していないはずだ。

ほどなく、奥の部屋の明かりが点《つ》いたのがすりガラスを通してわかった。アル中に足もとをふらつかせた親父のシルエットが近づいてくる。錠が外れる音がして、引き戸が開いた。

重慶は焦点のあわない目で駿一を見やると、酒臭い息とともにきいてきた。「なんだ、おめえ……。きょう帰ってくる日だったか？」

説明する気はなかった。駿一は重慶を押しのけて、家のなかに入った。

「おい何しやがる」重慶は吐き捨てた。「なんで帰ってきた。おい！」

駿一はかまわず靴を脱ぎ、廊下を足早に抜けていくと、自室に入って扉を閉めた。

床に散乱するガスガンの改造用部品をまたぎながら、ちゃぶ台に近づく。携帯電話を手にとると、液晶画面が目に入った。十一回の着信がありました。そう表示されている。

履歴をたしかめることもせず、駿一は携帯電話の電源を切り、部屋の隅に放った。

電気スタンドを点けてその前に座り、マルシン製のライフルを台の上に載せた。布良海岸で知り合った茉莉木庸司から提供してもらった強力なスプリングを、箱からだして並べる。

内職しようと病院に持ちこんだ銃とパーツは、結局、そのまま置いてきてしまった。嵯峨が手当てを受けているあいだに噂が広まり、入院患者たちはみな駿一に冷たい目を向けるようになっていた。嫌気がさして、家に帰ることにした。今夜は本来、改造を手がける予定などなかった。それでもいま、なにもせずにはいられない。

ドライバーでグリップ部分のネジを外し始めた。分解したパーツはなくさないよう、台の上に整然と並べていかねばならない。

作業中、瞬《まばた》きするのも惜しむ時間がたびたび訪れる。小さな部品を取り扱うときには、ほんの一瞬たりとも目を閉ざしたくはない。

だがいまは、それ以前の問題だった。涙がにじんでなにも見えなくなる。分解したネジが転がり、ちゃぶ台から落ちた。いつもなら、そうなる前にとっさに手を伸ばすのに、いまはそれができない自分がいる。

沙織と過ごした日々の思い出がよぎる。彼女の笑顔は、いまでも心に焼きついていた。おそらく永遠に忘れられないだろう。それでも終焉《しゅうえん》がいつか来ると予感はしていた。そしてそのときは、唐突に訪れた。沙織は男と一緒にクルマに乗り、キスをした。男の顔はよく見てはいないが、かなり年上の大人だった。金もたっぷりあるのだろう。B型でもないのだろう。むろん健康で、病気など患っていないにちがいない。

なにもかもが僕とはちがう。これが現実だろうと駿一は思った。そう、本来あるべきかたちに戻っただけだ。

嵯峨に大怪我を負わせて、病院ですら孤立する。そんな愚か者に、心を寄せる人間などいなくて当然だった。きょうはすべてのことが、元の鞘《さや》におさまった。それだけだ。

作業をつづけようとしたとき、嵯峨のことが頭に浮かんだ。止血がきかず、顔を流血で真っ赤に染めた嵯峨が告げた言葉が、脳裏に響く。人を傷つけるものを、作っちゃいけない。

駿一はしばし静止した。ためらいが指先に震えをもたらす。それでも、思いとどまることはできなかった。僕にはこれしかできない。これがすべてだ。生きるために金を稼ぐ、それが動機のはずだった。いまは生き延びたいとは思わない、なんのために改造をつづけようとするのか、自分でもよくわからない。でも、僕にはこれしかない。

涙をぬぐいながら、駿一はガスガンの分解をつづけた。仕上がるまで、横になる気はない。そして完成したら、また新たな銃の改造を始めるだけだ。終わらない永遠の作業への従事。この世も地獄も刑務所も、身を置けばその責務が課せられる。どこでも同じだ、駿一はひとり静かにそう思った。

いい人

美由紀はCLS550のステアリングを切って、夜の首都高速の一ッ橋出口に突進した。ETCレーンを駆け抜けて一般道に入る。信号が黄色に変わる寸前に交差点を抜けて、内堀通りを北上する。

助手席の恵梨香が声をあげた。「飛ばしすぎだって、美由紀さん。料金所は二十キロ制限だったでしょ。おじさんが横ぎる可能性もあるじゃん。いくら動体視力に自信があるからって……」

「いまの料金所の人なら、ブースのなかでレジのお金の計算をしてた。扉には背を向けてたし、通過するまでに外にでることは考えられなかった。前方のビルの窓に反射した料金所の向こう側に、人やクルマの姿もみとめられなかった」

「一瞬でそれ見極めたの？　さすが元パイロット……」

「こんなに時間がかかるなんて、思わなかったわ。もう十時半よ」

「夕方の東名《とうめい》は混んでたからね。新幹線のほうが早かったかな」

その通りだ。クルマを置きっぱなしにして、新幹線で都内に戻ればよかった。これほどじれったい時間を過ごしたことはない。よりによって東京を離れたときに、こんなことが起きるなんて。

「美由紀さん」恵梨香がささやきかけた。「落ち着いて」

「だいじょうぶよ」美由紀は交差点を左折して皇居の堀に沿ってクルマを走らせた。ほどなく、千代田区赤十字病院の白い建物が目に入ってくる。

ロータリーに乗りいれて、病院の玄関前にぴたりとつけた。サイドブレーキはいれたがエンジンはかけたまま、美由紀は車外に降り立った。駐車禁止の表示がひどく恨めしい。

恵梨香があわてたようすで声をかけてくる。「美由紀さん。キーは……」

「ごめん。クルマを駐車場にいれておいて」美由紀はそういうと、病院の玄関脇にある夜間通用口に駆けこんでいった。

停止しているエスカレーターを駆け上って二階に達する。そこからさらに階段をあがり、入院病棟へと向かった。

嵯峨の病室に直行し、扉を開ける。ところが、室内はひっそりとしていた。ベッドにも寝たようすがない。

美由紀の心拍は速まった。廊下にでたとき、動揺のせいで足もとがおぼつかなくなっているのに気づく。

どこかに運ばれたのだろうか。この病院のなかの別のセクションか。怪我をしたというからには、外科だろうか。ナースステーションに問い合わせるしかないが、夜勤の看護師は、嵯峨がどこに移されたかを聞き及んでいるだろうか。

気持ちばかりが焦って、行動が追いつかない。さまようように廊下を歩きだしたとき、病室の扉のひとつが半開きになっているのに気づいた。まだ起きている患者がいるのだろうか。美由紀はその扉に近づいた。患者仲間のほうが、情報には詳しいかもしれない。

ところが、室内を覗《のぞ》きこんだ美由紀は驚き、思わず声をあげた。「嵯峨君!?」

この病室の患者らしき女性が横たわるベッドの脇で、嵯峨は椅子に腰かけていた。頭には包帯が何重にも巻かれ、その上からネットを被《かぶ》っている。

嵯峨は美由紀を見てもさほど動じず、ただ人差し指を唇にあてて、静かにするようしめしてきた。

美由紀は室内に歩を進め、小声でささやきかけた。「だいじょうぶなの……？　危篤だって聞いてたけど……」

「おおげさだな」と嵯峨は静かに笑った。「たしかに一時的には意識不明になったみたいだけどね。輸血に止血、大騒ぎだったらしい。ちょうど抗がん剤の影響で髪の毛も減りつつあるころだったから、手当てはしやすかったと思うよ。傷口は縫ったし、もう平気だよ」

ほっとしたとたん、足もとから崩れ落ちそうになる。美由紀がふらついたとき、嵯峨が腰を浮かせて支えてくれた。

「きみこそだいじょうぶ？」と嵯峨がきいた。

「うん……」美由紀は涙がにじんでくるのを感じた。「慌てちゃって……。病院に電話しても、細かいことはなにもわからないの一点張りで……」

「いろんな医局を転々としてたからね。やっとのことで解放されてここに戻ったのが一時間前のことだよ」

「でも……どうして自分の病室で休まないの？」

嵯峨は無言でベッドの女性に目を向けた。二十代半ばのその女性の頬は痩《や》せこけ、血の気がひいて肌も真っ青だった。

「このひとは？」美由紀はたずねた。

「霧島亜希子さん。輸血を嫌がって骨髄移植を拒否してる。なかなか寝つかずに、看護師に大声をあげたりするんでね。眠りにつくまで、僕が話を聞いてあげてた」

「輸血を嫌がるって……なぜ？」

「Ｂ型になりたくないんだってさ」嵯峨は戸口に向かいながらいった。「出よう。ここで話してると、彼女が目を覚ましちゃうからね」

　入院病棟のロビーに隣接したバルコニーは広々としていて、さしずめ小さなビルの屋上ぐらいの面積を有している。人工芝が敷き詰められているほかには、なにも置かれていない。高さは低く、ビルの谷間に位置しているが、赤坂方面のネオンの光だけは垣間《かいま》見える。

てくる。

微風《そよかぜ》が吹きぬけて表通りの並木を揺らす。静けさのなか、枝葉がすりあう音だけがきこえ

　嵯峨はガウンをまとい、そのバルコニーにたたずんで遠くのネオンを眺めている。美由

紀はそんな嵯峨の背を見つめていた。

「美由紀さん」嵯峨がつぶやいた。「ほんとに申しわけないんだけど、病院にはもう、来

なくていいから……」

　衝撃を受け、息が詰まる思いだった。美由紀はたずねた。「どうして？」

「これからは真っ当な入院生活とは呼べないからさ」

「意味がわからない……。ドナーが見つかって、もうすぐ骨髄移植でしょ？」

「いいや」嵯峨はゆっくりと振りかえった。「担当医と話して、移植手術は延期してもら

ったんだよ」

「そんな……。なぜ？　延期って、いつまで？」

「期限はまだきまってない。骨髄移植をするには、いちど白血病細胞をゼロにしなきゃな

らない。その状態では、免疫力も完全に失われる。だから感染を防ぐために無菌室に入る。

何日も、何週間もそこに隔離される。それはちょっと困るからね」

「困る……？」

「さっきの霧島亜希子さんはB型になりたくないばかりに、手術を拒絶しつづけている。

医師や看護師の説得にはまるで耳を傾けないし、家族も忙しいらしくて滅多に姿をみせな

い。彼女の精神状態は少々、不安定のようすだけど、僕にはあるていど心を許して会話に応じてくれる。彼女を支えるには、僕がいてあげないと……」

「それならわたしが代わりを務めるわ。臨床心理士として、彼女の説得に全力を……」

嵯峨は片手をあげて制した。「ありがとう。でもきみには、外での業務を果たしてほしいんだ。僕はちょうどこの病院に入院している。だからここの患者仲間のことは、僕が引き受けたい。……依頼されたわけでもないのに引き受けるなんて、おこがましいかな。とにかく、悩みを抱えている患者たちをほうってはおけないよ。駿一君も無断外泊しているみたいだ。治療が必要だからまた戻ってくるとは思うけど、みんなの不安を少しでも和らげないと……」

「駄目よ。嵯峨君、あなたも治療を受けなかったら危険な身なのよ。骨髄移植を受けて。お願いだから、すぐにでも」

「いや……。あの問題のある患者たちが無事に移植を受けるまで、僕はこの入院病棟に留《とど》まる」

「なんで……」言葉を発することができない。泣きそうになるのを堪《こら》えているせいで、声は吐息になる。それでも、絞りだすようにして美由紀はいった。「どうしてそんなことをいうの。白血病が不治の病でないといっても、それは治療を受けての話であって……」

「僕はね、臨床心理士なんだよ……。いつでもそうありたいと思ってる。きみみたいに博学で多才な人には、いろんな道を歩む選択肢が与えられている。だけど僕は不器用でね。

これしかできないんだよ。必死で勉強して、せっかく東大に入ったのに、就職のあてもない資格なんか取って……と、生前の父はずいぶん愚痴をこぼしてた。だけど僕は心理カウンセラーの必要性を信じてたし、数年で需要が高まり、いまでは臨床心理士の認知度も上がってる。僕は学んだ知識を人に役立てたい。僕は生涯、現役のカウンセラーでいたいんだよ」

「だからって、命を危険に晒《さら》してたんじゃ、かえって相手を不安にするだけよ」

「それは違うんだ。ここでは生命の危機は、みんなの共有事項なんだよ。だから健康なカウンセラーよりも、僕のほうが対話しやすいと誰もが感じる。こんな境遇に置かれてしまったけど、それを逆手にとってでも、僕はカウンセリングをつづけたいんだ」

「あなた自身を苦しめるようなことを、わたしが容認できると思う？　患者さんたちのカウンセリングはここの医師と、臨床心理士会に頼んで最適な案を導きだしてもらうわ。優秀な臨床心理士なら、患者の複雑な心理ともきちんと向き合うことが……」

「そうじゃないんだよ。あの患者たちは世間の誤解の犠牲になってる。わかるだろ？　きみに頼んだように、白血病が不治の病と信じる風潮がまず患者たちにマイナス思考を与え、治療への意欲を削《そ》いでいる。それから霧島亜希子さんに関していえば、B型は最低の性格という根拠のない思い込みに支配されてるんだ。いずれも患者が心を蝕《むしば》むことになった理由は、社会という外的要因なんだよ」

　美由紀は嵯峨が伝えようとしている真意に気づいた。それは、受けいれることを拒みたくなる主張にほかならなかった。

「……わたしたちがそれら世間の誤解を正さないかぎり、患者さんたちは救われないってこと……？」

「そう」嵯峨は小さくうなずいた。「ようやくわかってくれたね……。臨床心理士は全員が力をあわせて、血液型問題や白血病問題を理論によって解決し、世間の人々を納得させなきゃいけないんだ。美由紀さん。それはきみたちの仕事なんだよ。北見駿一君や霧島亜希子さんに対しては、どんなにカウンセリングを施しても、せいぜい日々の心の安定を保つぐらいの効果しか期待できないだろう。原因は元から絶たなきゃ……。だからここは僕にまかせて、きみらはその難題に立ち向かってほしいんだよ」

焦りが募る。美由紀は胸をしめつけられるような辛《つら》さを覚えながら、嵯峨を見つめた。

「……でもそうすると……わたしたちが解決できなかったら、嵯峨君はずっと治療を受けられないことに……」

そうだね、と嵯峨はため息まじりにいった。「骨髄移植は、これ以上遅らせるべきではないと担当医は言ってる。取りかえしのつかない事態になるかもしれないとね。でもそれは、ほかの患者さんたちと同じだよ……。だから、頑張って。美由紀さん。応援してるよ」

その言葉は美由紀にとって励みになるどころか、せつなさと悲しみをもたらすものでしかなかった。白血病が不治の病であるという認識、血液型性格分類、いずれも否定し証明することはきわめて困難だった。ここしばらくの行動で、世間の誤解を晴らすことがいかに難しいかを痛感していた。

その無理難題を解決しないかぎり、嵯峨が生き延びることはないなんて……。そんなこと、とても受けいれられない。耐えられない。

美由紀は嵯峨に抱きついた。その胸のなかで泣いた。こんな時間ですら、彼の命を犠牲にしている。そんな自分が許せなかった。

嵯峨はなにもいわず、そっと美由紀の頭をなでた。そのやさしさが、辛さを助長する。美由紀は胸が張り裂けそうな気持ちを覚えながら、ひたすら泣きつづけるしかなかった。わたしはどうして、こんな人を好きになってしまったのだろう。なぜ嵯峨は、こんなにい人なのだろう。

臨床心理士になって日が浅いうえに、いちど資格を失った経験もある一ノ瀬恵梨香は、日本臨床心理士会のお偉方の顔などほとんど知らなかった。円卓を囲むスーツ姿の中年から初老の男たちのなかで、名前と顔が一致しているのは桑名浩樹会長ただひとりだった。年齢は六十すぎ、白髪に染まった髪をていねいに七三にわけ、浅黒い丸顔には幾重にも年輪が刻まれているが、目もとだけは鋭い。あの目で見つめられると脳のなかを見透かされているようで居心地が悪くなる。

その隣りにいる額の禿《は》げあがった痩せた男が、資格認定協会の専務理事とは聞いていたが、恵梨香は面識がなかった。以前、初めて資格試験を受けたときに面接したのは前任の専務理事だった。資格の再取得のときには、一段低い扱いだったのか若い職員たちしか姿をみせなかった。よって、この専務理事の名前もわからない。

あとの七人は理事会を構成するベテランの臨床心理士たちだそうだが、自己紹介もなくいきなり会議に入ったせいで名前も不明のままだった。全員がこの臨時の会議を快く思っていないのは、その固く結ばれた口もとを見るだけでもあきらかだ。桑名会長が岬美由紀の呼びかけに応じて招集したから仕方なく出席したものの、さっさと切りあげて退散したい、そんな本音が見え隠れしている。

岬美由紀はそんな列席者たちの冷ややかな態度にもめげたようすはなく、ひとり立ちあがって熱心に説明をつづけていた。「以上、ご説明申しあげましたように、B型になることを嫌がって骨髄移植を受けようとしない白血病患者の女性が存在することは、血液型性格分類がいかに深刻な社会問題と化しているかを裏づけるものです。しかも東京都医師会から臨床心理士会に伝えられるところでは、同じケースがほかの病院でもみとめられるということです。練馬《ねりま》区のある中小企業の社長の長男が白血病となり、骨髄移植を必要としているのですが、父と同じAB型からA型へと変わるのを拒んで、手術を受けられずにいます。理由は父が幼少のころから、AB型こそが社長業に向いていると教育し、長男はそれを信じているせいでもあります。父の代で借金がかさみ、大きく傾いた会社を立て直すというプレッシャーに苦しむ長男は、父の若いころの性格こそが会社を救うと考えています。A型になることで、自分が弱気になり、強い統率力を発揮できなくなるのではと感じているのです。ほかにも目黒区では……」

と、列席者のひとりが口をはさんだ。「もう報告はいい」

別の男がすました顔で告げる。「岬美由紀さん。血液型問題がのっぴきならない状況まできていることは、充分に承知している。私たちは、袋小路《こうじ》から脱する新しい提言があるのではと思ってここに集まったんだよ」

美由紀は戸惑いを覚えたらしく、口ごもりながらいった。「提言は……、つまり、すぐにでも全国民に向けて、血液型性格分類の科学的根拠のなさを訴えねばならないということです。テレビドラマによる集団暗示の効果が蔓延《まんえん》し、白血病患者の闘病意欲が削がれ、実際に死亡率もわずかずつ上昇しているというデータもあります。また、同種のドラマは手っ取り早い感動が得られるという趣旨で、他局も追随して数を増やしつつあります」

「ようするに、テレビ各局やドラマの制作サイド、あるいはBPOに対して、誤解を与える表現をつつしむように申しいれるということかね」

「いえ……。わたしは番組プロデューサーとも会って話しましたが、現時点でそのあたりの理解を得ることがいかに難しいかを悟りました。状況を打開するには政府や公共機関からの公示しかないと思います。臨床心理士会から文部科学省に危機的状況を伝え、血液型および白血病に関する世間の誤解を解くための大々的なキャンペーンを、一日も早く計画するべきなんです」

円卓を囲む面々が総じて表情を曇らせたのを、恵梨香は見てとった。

専務理事が後頭部に手をあててうつむいた。「わかってないな」

「え？」美由紀は立ち尽くして列席者たちを眺めた。

「岬」会長の桑名が硬い顔をしてつぶやいた。「臨床心理士会がなんらかの提案をしたとしても、その議題は文部科学大臣どまりになるのは目に見えている。閣議では話題になることすら見送られるだろう」

「ええ」専務理事がうなずいた。「政治家は面倒を避けようとしますからね」

「そんな」美由紀はあわてたようにいった。「これだけの危機的状況だというのに、耳を貸さない政治家なんて……」

「いるだろう。というより、それが政治家さ。きみも日高防衛大臣に会いにいったのだろう？　そのときの大臣の態度はどうだったかね？」

美由紀はまた当惑したように、視線を落とした。

桑名が美由紀を見つめた。「仮に白血病患者の死亡率に上昇がみとめられたとしても、それをテレビドラマの表現のせいと証明することは不可能だ」

「いいえ。不可能ではありません。統計を見れば、その緩やかな上昇傾向は『夢があるなら』のブームの到来とほぼ同時に始まり……」

「それでは誰も納得しないと言ってるんだよ。いいかね、ドラマによる白血病の誤解が社会の害悪となっている可能性はあるかもしれないし、ないかもしれない。つまるところ、ふたしかな話だ。それで政府は動かせん。ドラマの作り手は表現の自由を盾に反論してくるだろう。仮に裁判沙汰《ざた》になったとして、勝つ見込みがあると思うか？」

「会長。いま命を危険に晒《さら》している患者の姿をみれば、危機感を覚えない人などいるはずがありません。このままでは移植手術が遅れ、死亡に至るケースも続出するはずです。文部科学大臣でなくとも、衆院議員の誰かに現状を訴えて、国会で議題として提出してもらえば……」

専務理事がじれったそうに声を荒らげた。「医療心理師がもう提言した」

ふいに室内はしんと静まりかえった。

美由紀は意味がわからないようすで、呆然《ぼうぜん》とたたずんでいる。恵梨香もただひたすら戸惑いを覚えるしかなかった。

しばらくして、桑名が言いにくそうに口をきいた。「医療心理師国家資格制度推進協議会の沢渡理事が、野党議員を巻きこんで国会への議題の提出を試みた。それから一週間、ほとんど動きはない」

「……なぜですか」と美由紀がささやくようにいった。

「国家資格として認定されている資格者協会からの提言なら、専門家の意見というだけでひとつの裏づけになると認められ、議会でも話し合われるだろう。医師会や弁護士会なら国会議員を動かせる。だが、議員も人の子だ、事実誤認に基づいた提言をして恥をかき、集中砲火を浴びて議席を失うことは避けたいと願っている。とりわけ、いつぞやのメール捏造《ねつぞう》問題以降、議員たちは慎重だ。万が一間違いがあった場合にも、責任転嫁できる権威ある専門家からの提言でないかぎり、議会での発言内容に取りあげようとしない」

ふうっとため息をついて専務理事が告げた。「つまりだな。国は、民間資格団体のあやふやな理論に耳を傾けてはくれないということだよ。われわれと同じく国家資格を目指し、厚生労働省と深いかかわりを持つ医療心理師らにして、あの体たらくだ。同じようにわれわれも門前払いを食うのは目に見えている」

結局、その話かと恵梨香は思った。上層部は国家資格に昇格することばかりにこだわっている。事実、専務理事のいったように、それで国家などを相手に通る話もあるのだろう。まずは権限の拡大、それしかない。団体の長たちは、権力の強化こそが万難を排する最高の手段と考えているらしかった。

美由紀は激しく首を振った。「そんなことはありません。困難であっても、一歩ずつ進むことはできるはずです。しかし、臨床心理士の国家資格化を待つほど悠長にかまえてはいられません。議員をひとりずつ片っ端からあたって、話を聞いてくれる人を探していけば、かならずわかってくれる人が……」

また列席者が話の腰を折った。「話すって、なにをだ？」

「なにをって……」

「岬」専務理事が冷たい目つきで美由紀を見やった。「百歩譲って、民間資格団体の提案を国会で取りあげてやろうという、物好きな議員がいたとしてだ。どんな説明をするんだね」

「ですから、何度も申しあげたとおり、血液型問題は……」

「証明できるのかと聞いているんだ。議員、議会、そして国民。誰もがその学説を聞けばたちまち血液型性格分類を一笑に付すようになる、そんな万人に納得のいく証明があるのか。あればこの場で聞かせてもらおう」

美由紀は悲痛のいろを漂わせながら、視線を落とした。「それは……」

沈黙が降りてきた。美由紀はなにもいえないようすで押し黙ってしまっている。列席者たちも美由紀の発言に期待を抱いていないらしく、視線を逸《そ》らしていた。

桑名が咳《せき》ばらいをしてから、静かにきいた。「岬。きみはむろんのこと、月の錯視というのを知ってるな？」

「はい……」

「地上に近ければ近いほど、月はやたらと大きく見える。空に昇っていくほど小さくなる。昔の水墨画をみると、低い位置の月は大きく描いてある。画家の目も騙《だま》されていた証拠だな。実際には、月と地球の距離は常に一定だから、大きさは違わない。小学校で習う知識だ。しかし、そのことを承知していても、私には月の大きさが変わってみえる。きみもそうじゃないかね？」

「ええ、おっしゃるとおりです……」

「理屈では月のサイズが変化しないとわかっていても、たしかにそのように見えてしまう。血液型性格分類は、これとまったく同じなんだ。理論を詰めていけば、四種の血液型が四つの性格の違いを生む科学的作用など存在せず、性格判断が当たっているように感じるのはただの錯覚と理解できる。ところが、頭でいくら理解しても、実感とは食い違うんだ。誰もが自分の性格について、血液型に基づいていると感じてしまう。自分の血液型の性格分類を当たっていると思い、そのほかの血液型の性格タイプとは異なると思ってしまう。血液型性格分類には、そんな強烈な錯覚を生む力があるんだよ。いうなれば血液型問題は、社会心理学における月の錯視そのものなんだ」

会議は沈黙に包まれていた。恵梨香もただ黙りこむしかなかった。

月の錯視。たしかにそうだ。わたしは臨床心理学を勉強しながらも、A型の自分の性格についてあれこれ考えてしまう。B型やO型のタイプとは異なっていると感じる。次元を学問から一般生活に移せば、専門家であってもその錯覚に身を委《ゆだ》ね、実感してしまう。心理学のプロにして逃れられない強力な錯覚。まして、それが錯覚であるとすら認識しない人々が、血液型性格分類を否定できるはずもない。

美由紀は黙ってうつむいていた。目がかすかに潤んでいる。

桑名がいった。「ようやくわかったようだな……。知っていても騙される、そんな錯覚を人々に与えるからこそ、血液型性格分類は過去に何度も科学的に否定されながら、この国の大衆文化に生きつづけてきた。否定するためにあらゆる証明がおこなわれた。しかし、どこまでいっても人々の実感には勝てん」

「……だけど」美由紀は涙声になりながらつぶやいた。「だけど、わたしたちは……月の大きさが変わらないということを、ちゃんと事実として受けいれてます。目は騙されるけど、教育として受けたその知識は、二度と疑うことなく真実として頭に刻みこんでいます。世間にはもう、本当に月の大きさが変わると信じている人なんていないじゃないですか」

「岬。それは、人類が宇宙に飛び、月に降り立ち、公転と自転が証明されたからだ。人々は映像や写真、図解を通じて天体の仕組みを知り、人類の普遍的な知識のひとつとして学習した。宇宙旅行という奇跡を成し遂げて、ようやく、月の大きさが変わるのは錯覚だと証明できた。……きみに、宇宙旅行ほどの奇跡が起こせるのか？」

美由紀は、なにかをいおうと必死で考えをめぐらせているようだった。しかし、どうにもならないことに気づきはじめたのか、失意のいろを漂わせるようになった。ほどなく、その目に大きな涙の粒が膨れあがった。美由紀は涙をこぼすまいとするように身を硬くしていたが、やがて表面張力の限界を超え、しずくは頰をつたった。

顔を手で覆い、身を震わせながら美由紀はその場にたたずんでいた。それから背を向け、失礼します、小声でそう告げて、小走りに戸口へと向かっていった。

美由紀が退室したあと、円卓の一同に重苦しい雰囲気が漂ってみえた。専務理事ひとりだけが、事情を呑みこめないようすできょとんとしている。

専務理事は当惑したようすでつぶやいた。「なにも泣かなくても……」

会長の桑名は、美由紀の涙の理由について聞き及んでいるらしかった。低い声でぼそぼそと告げた。「B型になりたがらない白血病患者を救うまで、嵯峨も骨髄移植を受けるのを拒否している」

衝撃を受けたようすで専務理事はいった。「嵯峨が……？」

恵梨香はもう、じっとしてはいられなかった。列席者たちに会釈しながら立ちあがると、美由紀を追って戸口に駆けていった。

廊下にでた恵梨香は、エレベーターホールにつづく廊下を足早に進んでいく美由紀の背に目をとめた。

急いで追いかけながら、恵梨香は声をかけた。「美由紀さん。待ってよ」

だが美由紀は歩を緩めなかった。袖《そで》でしきりに涙をぬぐいながら歩きつづけている。

「待ってってば」恵梨香はやっとのことで追いつき、美由紀に歩調を合わせた。

突き進んでいく美由紀の横顔には、悲しみと怒りのいろが同時に浮かびあがっていた。目を真っ赤に泣き腫《は》らしながら、美由紀はひとりごとのようにいった。「奇跡を起こすよりほかに、道はないってことね……」

「無茶はしないで。なにか手はあるはずじゃん。考えてみようよ」

「いえ。考えるまでもないわ。可能なかぎりすべての科学的実証を携えて、国民に影響を与えうる人物のもとを訪れるだけ。政治家が動けばマスコミも同調してくれる。正しい知識を広めることができる」

恵梨香は奇妙に思った。主張が逆戻りしている。いましがた桑名会長に与えられた忠告を無視するつもりだろうか。

「美由紀さん」恵梨香は、速度をあげつづける美由紀に並ぼうと必死で歩いた。「冷静になってよ。むやみにごり押ししたっていい結果はだせないって」

「元国家公務員からの申し入れだと聞けば、とりあえず会わないわけにはいかないと感じる人間が、政治家には多いはずだし……」

「でも美由紀さんって、公務員っていうより自衛官だったわけじゃん。ちょっと特殊な立場だし、防衛省以外の省庁に働きかけなんてできるの？　防衛大臣でさえ話を聞いてくれなかったのに……」

美由紀はふいに立ちどまった。

恵梨香も驚きながら静止した。

しばし恵梨香を見つめたあと、美由紀は震える声で告げてきた。「無理だとわかっていても、なんとかしたいのよ。そうじゃなきゃ嵯峨君が……」

言葉に詰まった美由紀が、嗚咽《おえつ》を漏らしながら手で口もとを押さえた。大粒の涙がとめどなく流れおちていく。

胸を圧迫されるような痛みを恵梨香は感じていた。あんなに強いはずの美由紀が、こうまで弱さを露呈するなんて。

「ひとりで悩まないで」と恵梨香はいった。「それに……そんなに感情的にならないで。強引に人を説き伏せようとしたって、うまくいかないじゃん。人の心は強制されて動くものじゃないから……。嵯峨先輩だってきっとそう言うよ」

美由紀は泣きながら、戸惑いを覚えたように視線を逸《そ》らした。少し考える素振りをしたが、自制心を働かせるには至らなかったらしい。

ふたたび歩きだしながら、美由紀はいった。「わたしに指図しないで」

恵梨香は頰を張られたような衝撃を受けた。

歩き去る美由紀を、恵梨香はもう追うことはできなかった。歩を踏みだせない。美由紀はわたしを突き放した。どんなときでも、わたしの気持ちを推し量るやさしさをしめしてくれたはずの美由紀が変わってしまった。思いやりを放棄してしまった。

ふいに心が通いあわなくなり、友情は急速に遠ざかる。恵梨香は呆然《ぼうぜん》と立ちすくんだ。また孤独になる。それも、心の底から信頼していた人との別れによって。

喜び

深夜零時過ぎ、美由紀はマンションの自室にある書斎でパソコンと向き合い、各方面に提出するための書類づくりに追われていた。

ふと手をとめて、いままで書いた文面にざっと目を通す。思わずため息が漏れた。血液型性格分類の非科学性を証明する論文というより、政府関係者への嘆願書でしかない冗長な文書がそこにあった。政府の宣伝力を行使して、国民全体にひとつの認識が浸透するようにしてください、つまるところそう頼みこむための手紙でしかない。

もっと材料を揃えなきゃ。美由紀はつぶやいて、書棚からいくつもの本を引き抜いた。社会心理学、パーソナリティと知覚の関係、人間の主体性、自己感の形成、自発性の喪失、社会的不適応。思いつくかぎり、あらゆる視点からの論理を引き合いにして、体系的な証明を築くことができるかどうか。やってみるしかない。血液型問題を解決する奇跡の手がかりがなにも存在しない以上、真っ当な理論を積み重ねていくしかなかった。

美由紀はしかし、参考文献が偏りすぎていると感じた。これらはすべて心理学の範疇《はんちゅう》だ。臨床心理士である自分の部屋の書棚だから仕方がないのだが、脳医学など物理的見地の資料も必要になる。そしてなにより、血液型性格分類の本がない。否定論を展開するのなら、その対象を明確にしておかないと主張があやふやになる。

こんな時刻に開いている書店があるだろうか。置時計を眺めてそう考えたとき、チャイムが鳴った。

マンションのエントランスでなく、この部屋の玄関の呼び鈴を鳴らした人がいる。美由紀は妙に思いながら立ちあがった。来客がオートロックを解除することはできない。このマンション内の住人に知り合いはいないはずだが、誰がなんの用だろう。

書斎をでて、リビングルームから玄関へと向かった。電子錠を開錠したとき、その何者かがあわただしく扉を開けてきた。

びくっとして後ずさった直後に、安堵《あんど》のため息が漏れる。美由紀はつぶやいた。「恵梨香……」

「こんばんはー」恵梨香は両手にいくつもの買い物袋を提げて、身体をねじこむようにして入室してきた。「いやー遅くなっちゃって。昼の会議のあと、スクールカウンセリングで横浜まで行かされてたからさー」

美由紀は呆気《あっけ》にとられた。遅くなるもなにも、恵梨香が来る約束になどなっていない。「どうしたっていうの、こんな時間に」美由紀はきいた。「下のオートロック、どうやって入ったの？」

「ああ、あれ？　簡単じゃん。テンキーのなかで真ん中の縦の列の数字だけ、四つとも磨《す》り減ってんじゃん。2と5と8と0。押しやすさを考慮してるのなら、突起があって位置がわかりやすい5から始まって、上の2、下の8、最後に一番下の0が王道っしょ。認知行動心理学がらみで学んだ、ニケルズの鍵盤《けんばん》配列の最適化手法って理論を応用すれば、この手の暗証番号は推察できる……って美由紀さんが教えてくれたんじゃん」

「それは……たしかにそういう話はしたけど……。インターホンで呼んでくれれば……」

「開けてくれた？」恵梨香はいたずらっぽい目で美由紀を見つめてきた。「きょうはもう遅いから、とかいって断るだけじゃん？」

返答に困り、美由紀は口ごもるしかなかった。たしかに恵梨香の突然の訪問を、受けいれられる心境ではなかった。昼間、恵梨香との関係が気まずいものになった。原因はわたしだ。恵梨香に会う心の準備はまだ出来ていない、そう美由紀は感じていた。

だが恵梨香は、押し黙った美由紀に微笑みかけた。「ほら、やっぱそうじゃん。いいから、遠慮しないでよ。差しいれとかもあるんだからさ」

「差しいれって？」美由紀は面食らいながらきいた。

と、恵梨香は靴を脱ぐと、買い物袋を抱えたままリビングルームに歩を進めた。「うわー、広くて豪華で綺麗《きれい》。うちとは雲泥の差だね。前に来たときより、さらに広く思えるよ。4LDKだっけ？　わたしもここに住ませてもらおうかな」

「恵梨香……」

「冗談だって、冗談。けど、きょうは泊まってくからね」恵梨香はテーブルに置いた袋から、がさがさと音を立てて中身をとりだした。「お弁当にサンドウィッチ。缶コーヒーとスポーツドリンク。あと、夕方に本屋にも寄ってきたんだよね。血液学、大脳生理学の本に脳神経外科に関する専門書。それとこれ、忘れちゃいけない城ノ内光輝の『ずばり的中！　血液型性格判断』。論文づくりには欠かせないでしょ」

美由紀は啞然《あぜん》とした。恵梨香は、いま美由紀が必要とするものをすべて取り揃えてきている。

「恵梨香。どうして……」

「美由紀さんのことはなんでもお見通し。忙しくて資料揃える時間もなかったってことも予測ついてたし。さあ、ふたりで手分けしてやろうよ。なんか、大学の卒論とか思いだして、わくわくするね」

複雑な思いが美由紀のなかに渦巻いた。「あの……恵梨香。とてもありがたいんだけど……これは、わたしひとりでやるから……」

「はぁ？」恵梨香は、冗談とも本気ともつかない目で美由紀を見つめた。「なにいってんの？　手伝うかどうかはわたしの自由じゃん」

「だけど……。こんなの、うまくいくとは思えないし……」

「自分でそんなこと言っててどうすんの」

「違うのよ。低い確率であっても、政府関係者が聞く耳を持ってくれる可能性には賭《か》けたいの。けれど、たぶん無理だし……」

恵梨香はため息をついた。「それでも、なにもせずにはいられない。そういう心境なんでしょ？　嵯峨先輩が苦しんでいるのに、じっとしてなんかいられない、そう思ってるんじゃなくて？」

美由紀はなにもいえず、無言で床に目を落とした。本心は、恵梨香の指摘したとおりだ。わたしは徒労になるとわかっていながら、悩みから逃れるためだけに困難に挑もうとしている。虚《むな》しい努力だった。無謀な試みだ。それだけに、恵梨香を巻きこみたくはなかった。恥をかき、責めを負うのはわたしひとりでいい。

「恵梨香」美由紀はつぶやいた。「わたしはあなたに……いままで以上に迷惑をかけたくない」

「いままでって？」恵梨香は真顔になり、つかつかと美由紀に歩み寄ってきた。「それに迷惑って何？」

「……恵梨香を苦しめてしまったのは、わたしの……」

そのとき、いきなり恵梨香の手が美由紀の頬を張った。

突然のことに、なにが起きたかわからなかった。気づいたときには、頬に痺《しび》れるような痛みがあった。

「……何度いえばわかるの」恵梨香は憤りとともに、かすかに目を潤ませていた。「五年前、美由紀さんは自動車事故で両親を亡くした。けどそのとき、クルマはわたしのアパートに飛びこんで……。わたしは助けだされたけど、心的外傷後ストレス障害《PTSD》を再発した。

わたしの両親は……ずっと前に火事で死んでる。最初のPTSDは、そのときに発症した。治りかけてたところだった……」

美由紀はまた涙がこみあげるのを堪《こら》えられなくなった。「ごめんなさい、恵梨香……」

「だから、違うって。たしかにあのとき、わたしはさんざん美由紀さんを恨んだ。美由紀さんはわたしに会ってくれようとしてたのに、わたしは拒否してばかりいた。でもあなたは……いまみたいに裕福じゃなかったのに、家をくれて、しかも治療費まで工面してくれたじゃん……。わたし、あのとき初めて、臨床心理士って職業を知って……その人に世話になるうちに、進む道がきまったの。わたしも臨床心理士になりたいって。けれども、わたしが立ち直ることができたのは、あなたがいたから……。わたし、美由紀さんのおかげで未来を失わずに済んだ。感謝してるの。本当に、感謝の気持ちしかないの。わたし、美由紀さんを恨んでなんかいない。美由紀さんのご両親も……。親を亡くした者どうし、支えあいたいの。わたし、まだ未熟で、そんなに知識もないけど……美由紀さんの役に立ちたいのよ」

恵梨香の声が震え、大きな瞳《ひとみ》から涙の粒がこぼれおちた。

美由紀は絶句していた。恵梨香がそこまで思ってくれていたなんて。

「お願い」恵梨香は泣きながらいった。「お願いだから、わたしがまだ恨みを残しているなんて思わないで。美由紀さんのことが好きなの。大好きなの。尊敬してるし、力になりたいの……。心からそう思っているのに、どうしてわかってくれないの。見抜いてよ。千里眼なら、わたしの気持ちを見抜いて……」

身を切るようなせつなさに、美由紀は泣きながら首を振った。「疑ってなんか……もう疑ってなんかいないのよ。ごめんなさい……。あなたの気持ちには気づいているから、だからあなたが不憫《ふびん》で……。こんなわたしのために、ひたむきになるあなたが、なんだかやるせなくて……」

恵梨香は泣きながら、美由紀に抱きついてきた。美由紀も恵梨香を抱きしめて泣いた。涙がとまらない。身体が震え、悲しみの感情は果てしなく湧き起こる。いつ果てるとも知らず、美由紀は泣きつづけた。それしかできなかった。

「美由紀さん」恵梨香がささやいた。「美由紀さんは、独りじゃないから……。わたしが支えるから。心配しないで……」

もう恵梨香に対しては、ひとかけらの不安も与えたくはなかった。美由紀はうなずいた。

「うん……。ありがとう、恵梨香。本当にありがとう……」

しばらく時間が過ぎた。感情のすべてを表出させたあと、急速に落ち着きを取り戻していくのを感じる。恵梨香も同様のようだった。すすり泣く声はしだいにおさまり、静寂に包まれつつある。

「さあ」恵梨香が顔をあげた。指先で涙をぬぐってから、恵梨香は微笑していった。「仕事にかかろうよ。ふたりで協力すれば、きっと政府筋の人を納得させられるだけのものができるって」

美由紀は恵梨香を見つめかえし、うなずいた。「そうね。恵梨香のおかげで、そう信じられる気がする」

「じゃ、まずは腹ごしらえだね」恵梨香はテーブルにとってかえし、いま泣いていたことなどすっかり忘れたかのように、いつものような明るい声でいった。「美由紀さん、ミックスサンドと野菜ハムサンドとどっちが好き？」

まるで勝手知ったる我が家のように振る舞う恵梨香をみながら、美由紀は胸の奥にふしぎな温かさを感じていた。

いつも、独り暮らしには不相応に広く、寒々とした部屋。その部屋にいるのは、わたしひとりではない。恵梨香がここにいることが、たまらなく嬉《うれ》しかった。そう、きっとわたしと恵梨香の両親らも、喜びを感じていてくれるだろう。

ステロイド

目が覚めたとき、病室のなかが真っ暗だと、ひどく落胆する。いまもそうだと嵯峨は思った。

眠りについたら、朝まで起きずにいたい。深夜に目が覚めても、なにもすることがない。明かりを点《つ》けることも禁じられているし、ロビーも売店も閉まっている。廊下をさまよったところで、ただ疲れが増すだけだった。

嵯峨はベッドの上で上半身を起こした。嘔吐《おうと》感にはもう慣れた。これぐらいの感覚なら、吐くことはないだろう。そんなふうに推し量ることさえできる。

気分の悪さがさほどではないのは、きのう抗がん剤の投与がなかったからだろう。それまで無数の抗がん剤を浴びるように受けて、さすがに白血病細胞の数が減少しつつあり、このところは投与されない日も増えてきた。ただし、楽になったかというとそうでもない。むしろ体調は別の面で最悪の兆候をしめしはじめていた。

寒気がする。発熱している証拠だった。白血球が減っていくと抵抗力がなくなり感染の危険が増す。対処するために血小板と赤血球の輸血を受け、抗生剤を投与されるようになっていた。それでも熱がでるのだけは抑えられないらしい。昼には四十度近い熱があった。解熱剤を飲んだせいで早い時間から眠りに入ったのが、この時刻に目覚めた理由だろう。薬の効力が切れ、また熱があがりだしたようだ。

身体を起こしただけだというのにめまいが起きる。両手で頭を抱えると、てのひらが包帯に触れた。縫合した傷の治りも遅いのか、痛みが走る。

白血病細胞が減ったはいいが、身体はぼろぼろだな。嵯峨は唸《うな》った。耳鳴りもしている。幻聴めいた声や物音もわずかに聴こえてくるように感じた。

いや、これは幻聴ではない。実際に、くぐもった声が低く響いてくる。

嵯峨はベッドから起きだした。抗がん剤の副作用のように身体が重い感じはしないが、激しい立ちくらみが襲う。看護師がいる時間帯なら、けっして病室を出ることを許されないだろう。

扉を開けると、音声はさらにはっきりしたものになった。テレビかラジオのようだった。廊下にでて歩を進める。ほどなく、病室のひとつから音声が漏れ聞こえているとわかった。

嵯峨はため息をついた。ノックをしてささやきかける。「亜希子さん。嵯峨だけど」

返事がない。眠ってしまっているのだろうか。

ノブをひねり、そろそろと扉を開ける。

消灯し、暗くなった部屋に、テレビだけが点いていた。画面の放つ光によって、室内が赤や青にいろを変える。

いる。

霧島亜希子はベッドに寝たまま、ぼうっとした表情でテレビを眺めていた。目は開いている。瞬《まばた》きをした。起きているのはあきらかだった。

嵯峨が静かに入室したとき、テレビの音声が告げた。「では、大ブームの『夢があるなら』、放送された第七回までのエピソードをここで、ダイジェストで振りかえってみましょう」

画面に目を向けると、スタジオから切り替わった画像はドラマのワンシーンを映しだしていた。入院中の女性に医師が告げている。脊椎《せきつい》の腫瘍《しゅよう》が脳に転移しています。脳に放射線を投射しますが……、記憶はなくなってしまうかもしれません。

衝撃を受けたようすの女性。がーんという効果音に、ピアノの調べがかぶる。そ、そんな……カツヤさんのことも忘れてしまうんですか。

嵯峨はしばし迷ったが、なにも言わずにテレビに手を伸ばし、電源を切った。

画面が消えると、室内は暗闇に包まれた。それでも、亜希子の顔はうっすらと見えている。

「嵯峨先生……」亜希子がささやいた。

ここでは誰もが僕のことを先生と呼ぶ。新入りの亜希子もその習慣に馴染《なじ》んでしまったようだ。なにもできずにいる患者のひとりだというのに、先生と呼ばれるなんておこがましく、気恥ずかしい思いがした。

ゆっくりとベッドの傍らに近づきながら、嵯峨は小声でいった。「夜中にテレビは禁止のはずだよ。どうしたの。眠れない？」

「……怖い。いまの話……」

「ドラマの話かい？　心配しなくていいよ。あんなに次から次へと不幸にみまわれる患者は、いやしないさ」

「そうかな……。だけど、うちの両親とか……いつも見舞いに来ては、あのドラマの話をして泣くの。わたしのこと、どうせ助からないと思ってるみたい。骨髄移植なんてお金がかかる手術、試すだけ無駄だとも思ってる」

「そんなわけないよ。ご両親も担当医の先生から的確な説明を受けてるはずだし。白血病が不治の病でないことぐらい、ちゃんと承知してるよ」

嵯峨はごく当たり前のことを口にしていると印象づけるために、わざとさらりと言ってのけた。

だが亜希子は、つぶやくようにいった。「白血病は治らない……」

「どうしてそんなふうに思うの？」

「べつに。ただ、そう感じるの。だって、斜め向かいの部屋の人も……」

「ああ……。あの人はお気の毒だったね」

「廊下ではあんなに元気そうにしてたのに……突然、昏睡《こんすい》状態になって、それっきり。わたしもいつそうなるのかって考えると、すごく怖い……」

亜希子は本気で恐怖を覚えているらしく、いまにも泣きだしそうな顔で天井を仰ぎながら、身を震わせていた。

亜希子の額をそっと撫《な》でて、嵯峨は穏やかにいった。

「だいじょうぶだよ。亜希子さんの病状はそんなに悪くないから……」

斜め向かいの病室にいたのは五十歳すぎの男性患者だった。おとなしく寡黙な人で、嵯峨もあまり面識がなかった。二年前から入院生活を送り、病床で妻との離婚に同意しサインをした、そのことだけは別の患者仲間に聞かされて知っていた。なにがあったかはわからないが、孤独な晩年だったようだ。ある夜、人知れず別の部屋に移され、それきり姿を消した。裏口退院したということだった。

彼は火曜日の夜九時にロビーにでてこない数少ない白血病患者のうちのひとりだった。その時間帯は『夢があるなら』の放送があるせいで、テレビを観ることを忌み嫌う患者たちはロビーに繰りだす。しかし、その男性患者は病室に引き籠《こ》もっていた。看護師の話では、彼は『夢があるなら』を毎週観ていたという。視聴をやめるように何度かすすめたが、聞きいれてはくれなかったらしい。

ドラマが暗示となって余命を縮めたか否かはさだかでないし、そのような科学的実証は難しい。それでも嵯峨は、実感としてはありうる話だと思った。とりわけ抗がん剤の投与期間中、そのことを痛感する。身体の重さ、だるさ、そして食欲不振に見舞われ、吐き気に至ったころに、気力が大きく減退する。朦朧《もうろう》とする意識のなかで、少しでも気を抜くと闇にひきずりこまれてしまうのでは、そんな不安ばかりが膨れあがる。冷静さは微塵《みじん》もない。あの段階で、生きる希望が持てないという趣旨の暗示を受けると、きわめて危険なことになりうる。嵯峨はそう思っていた。

人は心が緊張していれば、全身の筋肉も緊張する。心が弛緩《しかん》すれば筋も緩む。心身には密接な関係があり、どちらか一方に変化があればもう一方も同調する。したがって闘病においては、心の萎縮《いしゅく》が身体の抵抗力すらも弱める。患者をとりまく人々が一様に暗い顔で絶望を訴える『夢があるなら』を観たなら、なおさらだった。

嵯峨は亜希子に告げた。「ねえ。あのドラマについては、もう観ないでほしいんだよ。さっきみたいに、番組の紹介やＣＭもできるかぎり、観ないように努めてほしい」

「なぜ……？　あのドラマのおかげで、いま自分が受けている治療の意味がわかることもあるのに……」

「そりゃ、闘病を描くドラマすべてが悪いといってるわけじゃないんだ。でも『夢があるなら』はおかしなところが多すぎる……。実話と謳《うた》っておきながら、でてくる医師の会話が不自然すぎるんだ。まるで登場人物をひたすら絶望のふちに追いこんで、視聴者に可哀そうだと思わせ、涙を流させる。そこだけを意図しているように思えるんだよ」

「よくわからないけど……。嵯峨先生がそういうのなら、観ない」

「……僕の忠告を受けいれてくれるの？」

「うん。嵯峨先生はいい人だから……」

「それなら……」

「いえ」亜希子は察したように首を振った。「無理なの、骨髄移植だけは……。B型にはなりたくない」

沈黙とともに、嵯峨はため息をついた。

「そうか……」嵯峨はつぶやいた。言葉にできるのはそれだけだった。

「ごめんなさい……」亜希子は涙声でいった。「嵯峨先生が、せっかく励ましてくれてるのに……。自分に自信が持てないの。B型の血のせいで、ひどい人間になりそうで……。みんなに嫌われちゃいそうで……」

「うん。亜希子さんの考えはよくわかるよ……。いつも言ってることだけど、結論をだすのはいつでもいいんだ。好きなだけ迷っても、悩んでもいい。それが生きるってことだからね……」

「嵯峨先生……。嵯峨先生の移植手術はまだなの？」

言葉に詰まり、嵯峨はしばし黙りこんだ。

しかし、すぐに言うべきことが見つかった。「まだだよ。ドナーは見つかってるけど、症状が回復しはじめているからね。急いではいないんだ」

「回復？　……本当に？」

「ああ、本当だよ。亜希子さんは、血小板輸血の副作用を抑えるためのステロイドの点滴、まだ打ってるんだろ？　僕はもう、先週で卒業したから……」

「そうなの……」亜希子はかすかに安心を覚えたように、小声でつぶやいた。「手術、受けなくても治るかもしれないのなら……そのほうがいいよね……」

嵯峨は返答に困った。亜希子が手術を受けてくれるまで、嵯峨も手術を受けるつもりはない。そう打ち明ければ、亜希子を精神的に追い詰めてしまうかもしれない。それを回避するためについた嘘が、亜希子の意志をよからぬ方向に導いてしまっている。

充分な思考が働いていないせいかもしれない。熱のせいで意識も朦朧としている。

手術の必要性は訴えたいが、いまはこれ以上、対話を持つのは厳しい。また失言に至らないとも限らない。

「ゆっくり休むことだけ考えて」と嵯峨はささやきかけた。「夜は、眠るためにあるんだよ。みんながそうしているようにね。また明日話そうね」

「はい……。嵯峨先生、ありがとう……」

嵯峨は立ちあがり、戸口に向かった。「おやすみ」

おやすみなさい。亜希子の小さな声がかえってきた。

廊下にでて、後ろ手に扉を閉める。とたんに、嵯峨は強烈な立ちくらみを覚えた。

ふらつきながら自分の病室に向かって歩を進める。我慢していたぶんだけ、熱がさらにあがってしまったのだろうか。

病室の扉を開けたとたん、嵯峨は前のめりに倒れこんだ。全身に痛みと、床の冷たさを感じる。ベッドはすぐ近くだというのに、身体を起こすことができない。

どんなに冷静を装っても、白血病患者への説得はドラマのようにはいかなかった。嵯峨はステロイドの点滴を、卒業したわけではなかった。あまりに打ちすぎて抵抗力が落ち、やめざるをえなかったのだ。

病状の進行ぐあいは、亜希子より嵯峨のほうが深刻だった。そんなことはわかっている。わかりきったことだ。それでも彼女の心を支えてあげたい。悩み、苦しむ人を救うのが臨床心理士の務めだ。しかしいま、その知識と能力さえも発揮できなくなりつつある。

情けなさと悔しさが渦巻く。目に涙がにじみだしたとき、意識が遠のいていった。嵯峨は床にうつぶせたまま、深く暗い闇のなかへと落ちていった。

愚劣な大人

月がでていた。深夜の布良海岸の砂浜も白く照らしだされている。ふだんなら闇に包まれている海原も、今夜ははっきりと見える。波打ち際が月明かりを反射して鏡のように光っていた。

しかしそんな幻想的な風景も、北見駿一は喜ばしいことには感じていなかった。視認がきく夜は、きまって茉莉木の連れたちが遠方の標的を撃とうとする。砂に埋めたアルミ缶を狙い撃っては、派手に着弾の音を響かせる。遠くにまで聞こえるだろうし、流れ弾は砂浜のあちこちに落ちたままになる。警官に張りこまれてはいないかと、びくびくしながらこの海辺に来ることになる。

いまも茉莉木の知人という三人の男たちは、駿一から受けとった改造ガスガンを手に、子供のようにはしゃぎまわっていた。三人はいずれも、茉莉木とは質の異なる大人たちだった。年齢は二十代後半だろうが、革ジャンに細いデニム、ロンドンブーツといういでたちで、頭をリーゼントに固めている。時代錯誤的な趣味に、友人にはなれない男たちだと駿一は初対面の段階ですでに感じていた。

駿一が彼らと関わりたくないと思う理由は、服装のためだけではなかった。黒いシャコタンのワゴンでこの海岸に乗りつける彼らは、車外に降り立つ前からビールを飲み、酒臭い臭いを漂わせ、大声で喋《しゃべ》る。威力を高めたガスガンを仲間うちで狙いあい、砂浜を駆けまわりながら撃ちあったりする。

茉莉木はその馬鹿騒ぎには加わろうとしなかったが、それでも彼らとの親交を温めることにためらいはないようだった。駿一が改造したガスガンの威力をひととおり確かめると、茉莉木は三人と一緒にビールを乾杯し、タバコを吹かした。これで女を連れ去ることができるとか、館山のもっと山奥まで連れていけば悲鳴をあげても誰も気づかないとか、物騒なことを話の肴《さかな》にしている。茉莉木はそうした話題を嫌悪するようすもなく、くわえタバコで談笑にふけっていた。

僕はこの男の性格を見誤ったのだろうか。駿一は、四人から離れた場所にたたずみながら思った。茉莉木に顔をあわせた最初の晩、彼は一風変わっているが、趣味を同じくする年上の男という印象にすぎなかった。改造ガスガンのマニアは総じて、ガスガンの威力を行使するよりも、改造そのものに興味がある。茉莉木もその類《たぐ》いの男に見えた。いまにして思えば、あれは芝居だったのかもしれない。いまの茉莉木は、あの三人の連れと同じように、武器を手にして強くなることのみに関心をしめしている。いちど威力を高めた銃を渡すと、次はそれ以上の威力を求めてくる。

茉莉木が支払ってくれる金の額も、駿一の不安を募らせる要因だった。少ないのではない、多すぎるのだ。彼らは、改造前のガスガンとパーツ類の値段を足し合わせたよりも、五万から十万も高く買い取ってくれる。しかも威力は強ければ強いほど、銃の数は多ければ多いほどいいという態度だ。ただのガンマニアのコレクションとは思えなかった。

そのとき、ルガー・カービンをいじっていた男が声をあげた。「おい。弾倉《マガジン》が抜けなくなってるぞ」

ストックを乱暴に地面に叩《たた》きつけ、衝撃で直そうとしている。駿一は困惑して近づいていった。

「貸して」と駿一はいった。

顔をしかめた男から銃を受けとり、マガジンを引き抜こうとする。外れなかった。銃を振ってみると、カラカラと音がする。

「スプリングが外れて、おかしなところを圧迫してるみたいだ」駿一はつぶやいた。「いくつか部品が外れてる」

そのとき、男が怒鳴った。「ったく、しっかりしろよおめえ」

男の態度に、駿一は面食らった。なぜ怒られねばならないのだ。この男は僕を下に見ている。いつの間にか、僕はこの四人のチームに仕える立場と見なされているらしい。

駿一が不満を覚えたことを、茉莉木は敏感に察したようだった。怒る男をなだめるようにして遠ざけてから、駿一に近寄ってきて肩を組んだ。「次に会うときまでに直してくれりゃいいさ。できるんだろ？」

「うん……。まあね……」

茉莉木は満足そうにタバコの煙を巻きあげると、つまんだそのタバコを差しだしてきた。「吸えよ」

困惑を覚えて、駿一は固まった。

三人の男たちの視線が突き刺さるように痛い。リーダー格の茉莉木の好意を受けとるか否か、たしかめたがっているかのようだ。

彼らは、未成年のころから喫煙をしていたのだろう。タバコを吸うことが不良仲間である証《あかし》になる、そんな稚拙《ちせつ》な約束事をひきずって大人になっている。馬鹿げている。

それでも、と駿一は思った。いまの僕には、彼らしかいない。

タバコを受け取り、ひと息を思いきり吸いこんだ。白血球が減少し、あらゆる菌から守らねばならないはずの肺に、濁った煙を注ぎいれた。

とたんに苦しくなって駿一はむせた。激しく咳《せ》きこみ、制止できなくなる。嘔吐《おうと》感さえも襲ってきた。息を吸うことができない。

男たちはしかし、そんな駿一をみて笑い転げていた。

茉莉木も、駿一の身体に異常があることにはいっさい気づかないようすで、にやつきながらいった。「おいおい、だいじょうぶかよ。いまどきひ弱もいいとこだぜ。ゆっくり吸え」

やっとのことで咳《せき》がおさまってきた。胸に刺すような痛みを感じる。それでも駿一はうなずき、ふたたびタバコをくわえて、静かに煙を吸いこんだ。

それを見守る茉莉木たちとのあいだに、連帯感が生まれたように感じる。勝手な思いこみかもしれないが、その気分に浸りたかった。孤独は嫌だ。独りでいることにともなう侘《わび》しさにさいなまれるぐらいなら、いくらか寿命が縮まってでも賑《にぎ》やかな場所にいたい。たとえそれが、どんなに愚劣な大人たちとの交流だとわかっていても。

男女の役割

「できた」と恵梨香が、椅子から立ちあがって伸びをした。「あとはプリントアウトだね」

美由紀は深く長いため息をついた。目に疲労感がある。まぶたを閉じても、文字の残像がちらついてみえた。落ち着かない。なにより、ブラインドを通して差しこむ朝陽がまばゆいばかりに室内を照らしている。目を閉じたくらいでは、その明るさは閉めだせない。

「枚数、どれくらいになった？」と美由紀はきいた。

「ええと。さっきの大脳生理学と統計の章とあわせると、百五十ページちょっとだね」

百五十ページ。熱意は伝わるかもしれないが、役人にしてみればずいぶん重い荷物を背負わされたと感じることだろう。

「読んでくれるかな……」美由紀はつぶやいた。

「心配ないって」恵梨香はパソコンを操作しながら微笑した。「そうだ、せっかくだからサイトを作って全文をアップデートしておこうか。少しでも興味を感じた人が、いつでも読めるようにしておけば、きっと役に立つよ」

「そうね」美由紀は窓に目を向けた。「でももう時間が……」

「レンタルサーバ借りてファイルをアップするぐらい、十五分もあればできるよ。美由紀さん、先にシャワー浴びてきて。わたし、これやってるから」

「わかった」美由紀は椅子から立ちあがり、書斎をでかけたが、ふと立ちどまった。「ありがとう。恵梨香……」

恵梨香は、うっすらと赤い目で美由紀を見たが、すぐに笑っていった。「どういたしまして」

美由紀も笑みをかえすと、恵梨香はパソコンに向き直った。美由紀は戸口をでた。時間は無駄に浪費できない。

リビングルームに戻ると、テレビがつけっぱなしになっていた。音声はない。早朝以降、上方の隅に時刻が表示されることから、時計がわりにつけていたものだった。

朝のワイドショー番組が放送されている。スタジオで熱心になにかを喋《しゃべ》っているのは、血液型カウンセラーの城ノ内光輝だった。フリップに記された四つの血液型の性格分類表を指し示しながら、司会者らと楽しげに談笑している。

本に書いてあった彼の自説はひと通り読みこなしたが、実際に彼の口から語られる解説を聞いておくのも参考になるかもしれない。音声を聴こえるようにしてみるか。

そう思って美由紀がテーブルの上のリモコンに手を伸ばしかけたとき、番組はＣＭに切り替わってしまった。

美由紀の手はとまった。新番組のＣＭ、それもドラマだった。病床にいるのは男性、べッドの脇で見守っているのは女性。ふたりとも悲痛そうな顔を浮かべている。字幕スーパーが画面を覆った。『夢があるなら』につづく、愛と感動の人間ドラマ。三年間に及ぶ闘病の日々と、その先に待つ悲劇の運命……。

一瞬、頭に血が上り、美由紀はリモコンをすくいあげて電源ボタンを押した。画面は消えた。

ほんの少しドラマのCMを見かけただけだというのに、すでに後味の悪さを感じていた。映像の雰囲気は『夢があるなら』にそっくり、ただ男女の役割が入れ替わっただけ。しかも、ベッドに横たわる痩《や》せ細った男の姿が、現実に病と闘っている身近な人間を連想させる。

嵯峨はどうしているだろう。容態が悪化したりしていないだろうか。

美由紀は頭を搔《か》きむしって、せつない気分に浸ろうとする自分自身を責務へと引き戻した。わたしには、なすべきことがある。ただ泣いているだけでは、人を思いやったことにはならない。戦いもせずに、癒《いや》しを求めるものではない。

スタンドプレー

早朝こそ太陽がのぞいていたものの、ほどなく、都内はどんよりと厚い雲に覆われた。こういう日は時間の感覚を喪失しがちだ。一日じゅう、日没直前のような薄暗さのせいで陰鬱《いんうつ》な気分に浸ることも多い。

美由紀はそうした気分に負けまいと精力的に動きまわったが、状況は天気同様、朝っぱらから暗雲の立ちこめる幕開けになった。

まず真っ先に足を運んだのは霞《かすみ》が関《せき》の厚生労働省だった。ここは医療心理師の関係者がすでに血液型問題に関する提言をおこない、芳しくない返事を受けとっていると聞いていたが、臨床心理士会としてもハローワークにおける就職者支援などで密接な関係を持っている。それに血液型問題は、厚生科学審議会で議題にしてもらうのが最も適切かつ問題解決への近道に思えた。

ところが、事務局の技術担当審議官という役職の人間は、接見したとたんに困惑のいろをしめしてきた。なぜ日本臨床心理士会の桑名会長名義ではなく、一介の臨床心理士にすぎない岬美由紀が会を通さずに、直接官庁を訪れたのか。個人からの書類は受け取りにくい。一般用の窓口から申しこんでくれないか。審議官はそのようにいって、書類を開くことさえなかった。

紹介を受けて出向いていったノーアクションレター制度担当課室、健康局の血液対策課というセクションでも、さんざん待たされたあげく、ただ戸惑いの返事があっただけだった。ここは採血と供血の斡旋《あっせん》業についての取締法が専門でして、血液型問題といっても、そういう趣旨のことはちょっと……。対応できそうな部署といえばまあ、社会・援護局の地域福祉課あたりですかね。

それから医政局の総務課や指導課、また健康局に戻って生活衛生課とたらいまわしにされたあと、厚生労働省ではご提言を受け付けかねますという厚生科学課からの最終的な回答があった。おおまかな話をうかがった限りでは、なにやら国民への啓蒙《けいもう》とか教育のニュアンスが強いようですから、文部科学省のほうに行かれてはどうでしょう。

しかし、臨床心理士会が古くから関係を持つ文部科学省の応対も似たようなものだった。丸の内にあるその建物内に無数に存在する部署を転々とさせられながら、美由紀は同じ説明を繰りかえし、頭をさげ、書類を受けとってくれるように懇願した。だが、ここでも美由紀の提言にしっくりくる受付窓口がないという理由から、誰も聞く耳を持とうとしなかった。部署から部署へと内線電話で先に情報が伝わり、出向いたとたんに門前払いを食わされたこともあった。

美由紀の古巣である防衛省の人脈については、この問題に関してはまるで頼りにする意味を持たなかった。もともと日高防衛大臣の発言が血液型性格分類のブームに火をつけるきっかけとなったことを、組織としては一刻も早くなかったことにしてしまいたいらしい。大臣への接見など許されないことはもちろん、ほかの省庁への問題提起の橋渡しもできないと言われた。防衛省とはそういう性格の省庁ではない、元幹部自衛官ならそれくらいご存じでしょう。応対した職員はそう断じた。

マスコミ関係各社にも連絡を入れておいたが、反応は鈍かった。肯定も否定も出来ない理論については、どちらかの肩を持つような報道は倫理に反する、というのがほとんどの意見だった。そう思われるなら、こちらで用意した論文に目を通してください、美由紀は食いさがったが、いくつかの会社が郵送してくれと返事を寄越しただけで、あとは言葉を濁すばかりという反応だった。

噂を聞きつけた政府機関の人間が会いたがっていると聞き、官庁街の喫茶店で面会すると、それは公務員ではなく医療心理師国家資格制度推進協議会の職員だった。うちの沢渡理事もあなたのことを聞いて、戸惑いを覚えております。ここまで性急なことをなさるのはどうしてですか。しかも、臨床心理士会の総意に基づく公式見解ではないんでしょう？あまり勝手なことをされると、同じ問題を突き詰めようとしているわれわれとしても迷惑を感じずにはいられないのですが。

たとえライバルの団体であっても協力しあえるものならそうしたいが、美由紀が動いている理由について明かすのは不可能だった。B型になりたがらない白血病患者の命が危険にさらされているという事実は、患者のプライバシーに属するものであるし、嵯峨を救いたいというのは美由紀の個人的な動機でしかなかった。身内の臨床心理士会では明かせても、外部に打ち明けることはできない。

その臨床心理士会からは夕方になって呼びだしがかかり、会長以下、理事職にある面々から厳しい叱咤《しった》を受けることになった。各方面から電話を受けた、それも問い合わせでなく苦情ばかりだったという。

新聞の夕刊では、六紙のうち一紙だけがごく小さな記事を社会面に載せていた。臨床心理士の岬美由紀さん(28)が厚生労働省、文部科学省などを訪れ、血液型性格分類を過信することに対する危険性を訴えた。ただそれだけの事実を伝えるものだった。別の新聞には、美由紀の件とは無関係に街頭アンケートの調査結果が載っていた。血液型性格判断は当たっていると思うか否か。どの世代でも六割以上が当たっていると回答している。差別などの社会問題が浮き彫りになっても、大多数が否定論に聞く耳を持たないことが、これであきらかになった。

不在の会長に代わり、資格認定協会の専務理事は遠慮なくものを言った。月の錯視を覆すことはできないということだ。人類が月面まで飛んだような奇跡は起こせようはずがない。

これ以上のスタンドプレーは容認できない、それが臨床心理士会の上層部の一致した見解だった。岬美由紀、一ノ瀬恵梨香の両名が今後、一度でも血液型問題について会の承認なしに見解を発表するようなことがあれば、ただちに資格停止処分を下す。それでも指導に逆らうことがあれば除名に至ることも避けられない、美由紀はそう申し渡された。

恵梨香が作ったサイトに掲載された論文は、ただちに削除を命じられた。否定論を述べることも、賛同者を募ることもできない。八方ふさがり。美由紀が恵梨香とともに徹夜で努力した結果は、それだけだった。

顔に降りかかる雨

その夜、低気圧のせいで天気が大荒れになったせいか、渋谷の洋風居酒屋〝チェンバーズ〟の店内はがらがらだった。客が少ないせいで、頼んだ酒もすぐ運ばれてくる。また注文したばかりの中ジョッキが即座にテーブルに持ちこまれた。

一ノ瀬恵梨香は頬杖《ほおづえ》をつきながら、その店側の素早い対応を忌まわしく感じていた。もう少しインターバルを置いてほしい。このペースでは美由紀は酔っ払うばかりだ。

最初に頼んだノンアルコールカクテルをまだ飲み干してもいない恵梨香の前で、美由紀はきょう七杯目になるジョッキをあおっていた。そのさまに恵梨香は当惑するしかなかった。そもそも清楚《せいそ》で知的な印象のある美由紀にジョッキ自体が似合わないが、顔を真っ赤にしてまで酔いつぶれていくさまを見るのはしのびない。

「美由紀さん……。あんまり無理しないでよ。っていうか、お酒飲めないんじゃなかったっけ」

早くも空《から》になったジョッキをテーブルに叩《たた》きつけると、美由紀は突っ伏したままになった。

「ちょっと……。美由紀さん。だいじょうぶ？　もう帰る？」

「いいえ」美由紀は顔をあげた。焦点の定まらない目を恵梨香に向けながら、ろれつのまわらない声を発した。「まだまだ……」

「そんなに頑張ったって意味ないって。ここはもうお役所じゃないんだからさ」

「意味ないって？」美由紀は投げやりにいった。「意味ないってどういうことよ」

「だから、仕事についてのことじゃなくてさ、いまビール飲んでることがだよ」

「適度なアルコールの摂取により理性を鎮めることはね、ストレス解消の観点からも否定すべきではなくて……」

「どこが適度？　わんこそばの早食いみたいに次々にジョッキをあけてさ。急性アルコール中毒になっちゃうよ」

「……恵梨香って内科医だっけ？」

「いや……違うけどさ」

「じゃあなんでそんなこと言えるの。本人がだいじょうぶだって言ってるから、だいじょうぶなんだって」

　店員がやってきて、あいてるジョッキをおさげします、そういった。

　美由紀はジョッキを押しやりながら告げた。「もう一杯」

「やめときなって」恵梨香は美由紀に代わって店員にいった。「もう結構ですから。お水を……」

「ジョッキだって」美由紀は恵梨香を据わった目で見た。「あなた、階級はなんだっけ」

「階級？」

「幹部……じゃなくて一般航空学生でしょ」

うわ、最低。恵梨香は内心そうつぶやいてから、美由紀にいった。「前の職場とごっちゃになってるの？　ってか、美由紀さんってそういうキャラだっけ。わたしはね、臨床心理士。で美由紀さんも、いまはそのはずでしょ。それとも違うの？　わたしの勘違い？」

「……ああ」と美由紀は頬杖をついたまま、とろんとした目つきでささやいた。「……そうだったね。ごめんごめん……」

店員はまだテーブルの近くにいた。少しばかりじれったそうに店員がたずねてくる。

「ご注文、どうしますか」

恵梨香はいった。「だから水……」

しかし、美由紀が恵梨香を制して告げる。「中ジョッキ」

その注文を取り消させようと恵梨香が口を開いたとき、携帯電話の着メロが鳴った。

恵梨香はハンドバッグから電話を取りだした。「はい。一ノ瀬ですが」

と、電話にでているあいだに、店員は美由紀の注文を受けつけて立ち去ってしまった。

あわてて恵梨香が店員を呼びとめようとしたとき、電話の相手の声が話しかけてきた。

男の声だった。「千代田区赤十字病院の望月といいます。嵯峨敏也さんの担当医です」

もう店員どころではなかった。恵梨香は思わず居ずまいを正した。「あ、はい」

「嵯峨さんのご実家には連絡しないでくれと言われてますので、岬先生の電話番号をお教えいただいているんですが、さきほどから何度かけてもつながらないので」

「ああ、申しわけありません……。きょう昼間いっぱい電話使ったので、美由紀さんの携帯のバッテリーがあがっちゃってるのかも……」

美由紀が気分悪そうにうずくまりながらつぶやく。「誰……?」

答えたところで、いまの美由紀が適正に対処できるとは思えない。恵梨香は戸惑いながらも、黙って先方の声に耳を傾けた。

望月医師の声がした。「じつは嵯峨さんの病状なんですが……もう楽観視はできない状態です」

「……そうなんですか」

「ええ。いちどは白血病細胞がゼロに近い状態、つまり寛解に近づいたんですが、嵯峨さんが無菌室に入って骨髄移植手術を受けるのを延期したために、また白血病細胞が増えだして……。抗生剤の投与で白血病細胞を抑えても、今度はその副作用を抑制するのが大変なんです。すでにあらゆる手を尽くしたのですが、熱がさがらなくなってます。いまは意識が戻ってますが、一時は昏睡《こんすい》状態でした」

「昏睡状態……。そのう、どうすれば……」

「とにかくもう、一刻の猶予もなりません。骨髄移植をすぐにでも受けるように、ご友人であられる一ノ瀬先生や岬先生から説得してください」

ことはあきらかですから、これは臨床心理士の領域ですし、お力をお借りできないかと

ることを嫌悪しているだけだろうと、そう言うんです。……病でなくとも心の問題である

さんは特に精神疾患がみとめられるようすもなく、ただ思いこみによってB型の人間にな

がなく、どう説得すべきかわからないんです。精神科の医師にも聞いてみましたが、霧島

しかし、B型になりたくないばかりに手術を拒否する患者なんて、私も過去に会った経験

「ですから、とにかくまずは霧島亜希子さんに骨髄移植を承諾してもらわねばなりません。

「そんな……」恵梨香は絶句した。

どありません」

は霧島さんの病状も思わしくないんです。このままだと、ふたりとも助かる確率はほとん

で、自分も手術を受けないと心にきめているとか……。その点もご相談なんですが、じつ

「ええ……聞いてます。霧島亜希子さんや北見駿一君らが無事に骨髄移植を受けられるま

を延期しているのには、嵯峨先輩なりの理由が……」

やはりいまは相談できない。恵梨香は電話の向こうの望月にいった。「無菌室に入るの

を流しこもうとしている。

ることはできないらしい。苦しそうな顔をしながら、身体が受けつけようとしないビール

か、運ばれてきたジョッキにまたも口をつけている。美由紀は、今度ばかりはさすがに、一気にあお

恵梨香は言葉に詰まり、美由紀をちらと見た。美由紀は、恵梨香の声も耳に入らないの

「そうは言っても……」

亜希子の説得を頼みたい、そういうことらしい。しかし、嵯峨が全身全霊を捧《ささ》げてそれに努めてきたというのに、亜希子はまだ心を開いていない。ほかの臨床心理士の言葉に耳を傾けてくれる可能性は、きわめて低そうだった。

「あのう」恵梨香は当惑とともにいった。「こんなことを申しあげるのはどうかと思うんですが……。これだけの危機的状況なのですし、輸血によってB型になったからといって性格が変わるという科学的根拠もないんですから……生命を救う観点からも、本人の意思にかかわらず手術は強行されるべきでは……」

「いや。患者の認知力が充分にある以上、それには問題があります。……それに、B型の血を毛嫌いしている患者に無理に輸血を強いれば、心理面での反発が身体にも影響を及ぼしてくるでしょう。一ノ瀬先生も臨床心理士ですからお判りと思いますが」

「ええ……そうですね……」

「患者の前向きな意志がなければ、治療も成果を挙げません。できるだけ早く霧島亜希子さんの意識を変えさせねば、道は拓《ひら》けないということです。説得の手段を見つけてください。霧島さんと嵯峨さんの担当医として、是非ともお願いしたいと思っております」

「わかりました……。できるかぎりのことはやってみます。それでは……」

電話を切り、恵梨香は美由紀に向き直った。

美由紀はジョッキのなかに半分以上もビールを残したまま、ぐったりとうつぶせている。

……」

「ねえ、美由紀さん……」恵梨香はささやきかけた。「嵯峨先輩の病状……よくないって」

一瞬の間を置いて、ふいに美由紀は顔をあげた。泥酔者が酔っ払っていることを隠そうとするときのように、真顔をつとめているようだ。

ゆっくりと立ちあがりながら美由紀はいった。「病院にいく」

「え？」恵梨香も席を立ちながらきいた。「いまから行くの？」

「ええ」美由紀はふらつきながらテーブルを離れ、通路を歩いていった。

高価なエルメスのハンドバッグも伝票も、席に残したままだ。恵梨香はそれらをあわてて掻《か》き集め、美由紀の後を追った。

店をでたとき、外は激しい雨に見舞われていた。風も強い。歩道に植えられた並木の梢《こずえ》が、風に大きく揺れている。

恵梨香が折りたたみ傘を開こうとしていると、美由紀がぶらりと雨のなかに歩を進めていった。

「ちょっと待って」恵梨香は大急ぎで傘を開き、美由紀を追いかけた。「待ってよ。ほら。傘」

「いらない」美由紀は雨に打たれながらも、歩を緩めなかった。「恵梨香が使って」

「駄目だって……。あ、病院いくなら、タクシーつかまえなきゃね」

「いい。マンションに戻ってクルマとってくるから」

「クルマって？　……じゃ、キー貸してよ。わたしとってきてあげるから、美由紀さんは雨がしのげるところで待っててくれれば……」

「ひとりで平気よ」

恵梨香は面食らって、歩を速めて美由紀の前にまわりこんだ。「美由紀さん。そんなに酔ってて運転できるわけないでしょ」

ずぶ濡《ぬ》れになった美由紀は、恵梨香の脇をすり抜けて歩きだそうとした。「雨のおかげで頭も冷えたわ」

「馬鹿いわないで」恵梨香は美由紀を押しとどめた。「頭働いてるんならわかるでしょ。アルコールの血中濃度が高くなってる。自然発生的なトランス状態と違って物理的作用で理性の働きを鈍らせている以上、意識的な努力で理性を取り戻すことはできない。それぐらいわからない人が臨床心理士やってるわけないでしょ。冷静になってよ」

しかし美由紀は、視線を逸《そ》らしてたたずみながら、ぼそりとつぶやいただけだった。

「わからない。わかりたくもない」

ふたたび美由紀が、恵梨香を押しのけるようにして歩きだそうとしたため、恵梨香はかっとなった。瞬発的にこみあげた憤りとともに、恵梨香は傘を手放し、美由紀を全力で突き飛ばした。

と、並外れた運動神経の持ち主であるはずの美由紀が、よろよろと後退し、尻餅《しりもち》をついてしまった。アスファルトの上の水たまりが周囲に飛沫《しぶき》をあげる。

恵梨香の腕力にあっけなく体勢を崩した美由紀を見て、恵梨香のなかにさらなる怒りが生じた。だらしなさすぎる。とても岬美由紀とは思えない。

「いい加減にしてよ！」恵梨香は怒鳴った。叩《たた》きつけるように降る雨のなかで、大声を張りあげた。「いったいどうしたっていうの？　国が頼りにならなかったからって、なんでそこまで落ちこむ必要があるの⁉　美由紀さんって、いろんな苦難を乗り越えてきたひとじゃん。どんなときにも負けないひとじゃん。なのにきょうのざまは何⁉　一緒にいるわたしの身にもなってよ。あなたを尊敬してきたわたしの身にもなってよ！」

ところが、美由紀は雨のなか、だらしなく座りこんだまま泣きだした。顔をくしゃくしゃにして、子供のように泣きじゃくった。

「嵯峨君が……」美由紀は泣きながら、悲痛な声でいった。「嵯峨君が死んじゃう……。助けられない……。全力を尽くしたのに、なにもできない……情けないよう……」

その美由紀の反応に、恵梨香は驚きを通り越して、ただ呆然《ぼうぜん》としていた。

通行人も歩を速め、そそくさと通りすぎる。泥酔者のトラブルは、繁華街では日常茶飯事だ。いまのわたしたちもそう見えているのだろうと恵梨香は思った。

激しさを増す降雨のなか、まだ泣きつづける美由紀を恵梨香は眺めていた。

美由紀が間違っているのではない。問題が大きすぎたのだ。これまで彼女は男まさりの勇気をしめし、力ずくで突破口を切り開いてきた。溢《あふ》れるばかりの知性もしめしてきた。けれども今回は、種類の異なる障壁に行く手を阻まれている。なんとしても理詰めで解決せねばならないのに、その糸口さえも見つからない。

まして、想いを寄せている人を失うかどうかの瀬戸際だ。美由紀にとっては、自分の手でどうにもできない現状に、耐えがたい苦痛を味わっているにちがいなかった。

冷たい雨が、心をも寒くしていく。そんな状況でも、失いたくない温かさを胸に抱いていたかった。

恵梨香はゆっくりと美由紀に歩み寄った。しゃがみこんで手を差し伸べる。「起きれる？」

美由紀は、恵梨香に抱きつくようにして身をあずけてきた。たんに意識が朦朧《もうろう》とし、脱力しただけかもしれなかった。恵梨香はその美由紀の身体を抱きあげて、肩に手をまわさせた。美由紀の支えになりながら、恵梨香は一歩ずつ歩きだした。

ひっきりなしに顔に降りかかる雨のせいで、涙を流しているのかどうか、自分でもさだかではなかった。さいわいだと恵梨香は思った。めそめそと泣いている自分を意識したくはない。美由紀が弱っているときには、わたしが支える。美由紀は、きっとまた力を発揮してくれる。奇跡だってきっと起こせる、美由紀ならかならず。

酸素

嵯峨は、廊下を運ばれるストレッチャーの上に仰向《あおむ》けに寝ていた。看護師らがストレッチャーを押している。キャスターは床の凹凸を敏感に拾い、ときおり突きあげるような振動が走る。それだけでも背筋にかなりの痛みが走った。

視界に映っているのは縦方向に流れる天井の模様、それだけだった。耳障りな呼吸音が響く。すぐにそれが自分の息の音だと気づいた。吸入マスクをつけられているのだ。

三十代後半の男の顔がのぞいた。白衣を着て、縁なしの眼鏡をかけたその男の顔を思いだすだけでも、骨が折れる。そう、担当医の望月先生だ。このところ、つい最近の記憶が飛ぶことがしばしばある。子供のころのことはよく想起できるというのに。

「嵯峨さん」望月はストレッチャーの動きに歩調をあわせながら、顔をのぞきこんで話しかけてきた。「二度と夜中にベッドを抜けださないでくださいよ。いざというときベッドの上にいないから、ナースコールのボタンを押せないんです」

「……すみませんでした」嵯峨は、くぐもった自分の声をきいた。「どれくらい寝てましたか?」

「丸一日です。もう夜ですよ。血液検査の結果はでました。白血病細胞の数は百までさがってます。ただし、抵抗力の低下のせいで熱がさがりません。すぐにでも無菌室に入ってもらわないと」

「それは……。もうちょっと先に……」

「まだわからないんですか」望月はじれったそうにいった。「霧島亜希子さんたちを説得したいというお考えは立派ですが、もしあなたが亡くなってしまったらどうします。彼女たちは絶望のどん底に叩きこまれます。あなたの回復は、ほかの患者の励みにもなります。彼女たちへの説得は、無菌室から病室に戻ってからやればいい」

嵯峨はそうは思わなかった。亜希子は手術の失敗を恐れているのではない。B型の血になるのを嫌っているのだ。嵯峨が手術の結果、回復しても、新しい血液型に問題がなかったから、そう思うだけだろう。というより、無菌室をでるまでの数週間、彼女が無事でいられるとは限らない。

現に僕のほうも限界に近づいているというのに。嵯峨はそう思った。

廊下を進みつづけ、エレベーターがあるT字路にさしかかったときだった。嵯峨は、自分のほかにもあわただしい動きがあるのに気づいた。別のストレッチャーが床を滑る音が近づいてくる。

望月の顔があがり、進行方向になにかを見つめて立ちすくんだ。嵯峨のストレッチャーは進みつづけ、望月の姿は嵯峨の視界から消えた。

「なんてことだ」望月の声がした。「きみたち、こっちが先だ。手を貸せ」

嵯峨のストレッチャーが静止した。周りから看護師たちが離れていく。すれ違うかたちで、もうひとつのストレッチャーが運ばれてきた。

わずかに首をひねって、そのストレッチャーの上に横たわった患者の姿を視界の端にとらえたとき、嵯峨は衝撃を受けた。

北見駿一だった。それも、嵯峨と同じく吸入マスクを装着されている。外から緊急に運びこまれたらしく、普段着の肩がシーツの下にのぞいていた。

駿一のストレッチャーが通過していき、望月らの足音も遠ざかっていく。嵯峨の視界には、代わりにとぼとぼと歩く男の姿が入った。駿一を見送るように、ゆっくりと歩をとめたその男は、アンダーシャツの上に不ぞろいな柄のジャンパーを羽織り、裾《すそ》からは腹巻がのぞいているというだらしない格好をした、角刈り頭に無精ひげの中年男だった。

たしかいちどだけ、この病院で見かけたことがある。駿一の見舞いに来ていた。彼の父親、北見重慶だ。

重慶はふと、こちらを見下ろした。別の患者と目が合い、恐縮したような面持ちで頭をさげる。

嵯峨は自分の口もとに手を伸ばし、吸入マスクをずらしながらいった。「駿一君のお父さんですよね」

視線を逸《そ》らしかけていた重慶が、驚いた顔をこちらに向けた。「知り合いですか、うち

「ええ……。患者仲間の嵯峨といいます。駿一君はいったい……」

の息子の」

「あの馬鹿」重慶は眉間《みけん》に皺《しわ》を寄せ、赤い目にうっすらと涙を浮かべながらいった。「勝手に家に戻ってやがったうえに……タバコ吸って、卒倒しやがったんですよ」

「タバコを？　おうちでですか」

「いえ、とんでもない。家の近くの布良海岸ってところで……。毎晩でかけて、誰か連れと会ってたらしいんですが、気失って倒れちまいやがった。で、救急車で地元の病院に運ばれてから、ここに搬送されて……。俺は電話かかってきて、飛んできたわけで……まったく、あの馬鹿野郎が……」

看護師の声が飛んだ。お父さん。こちらへどうぞ。

重慶はびくついた顔をあげ、看護師のほうにうなずいた。それから嵯峨を見て、またぎこちない動作で会釈をし、歩き去っていった。

別の近づいてくる足音がしたため、嵯峨はあわてて吸入マスクを戻した。

ふたりの看護師が嵯峨のストレッチャーを押して、移動を再開させた。医師の望月は、姿をみせなかった。

嵯峨はマスクにこもる声でたずねた。「駿一君は……」

看護師の顔が見下ろした。「心配いりません。嵯峨さんは、ご自身のことだけ考えていてください」

質疑がもう意味をなさないとわかって、嵯峨はため息をついて目を閉じた。心配いりません、か。入院患者としては、これほど空虚な言葉はほかにない。

ブレーキ

ぼんやりと目が開いた。そこが自分の寝室であると悟ったとき、美由紀にはなんの違和感もなかった。いつものように目覚めた、ただそれだけのことだった。

東に面した窓のブラインドから陽の光が差しこんでいる。早朝のようだ。いつものように朝を迎えた。きょうは何曜日だったろう。休日ではなかったように思うが、なぜか就寝前に頭にいれておくはずのスケジュールを想起できない。

頭をわずかに浮かせたとき、妙に思った。寝るときに着るパジャマではない、大きめのTシャツを着ている。しかも、ずっとクローゼットに仕舞いっぱなしになっているはずの服だ。取りだして着た覚えはない。

鈍い痛みを頭に感じて、美由紀は唸《うな》った。頭頂部がずきずきと痛む。きのう、何があったのだろう。

そのとき、瞬間的に思いだすことがあった。

これに着替えて。てつだってあげるから。風邪ひくから、そのまま寝ちゃだめよ。恵梨香がTシャツを取りだしてきて、そう告げた。

はっとして身体を起こした。頭痛がさらにひどくなる。それが二日酔いの症状であることに、美由紀は気づいていた。そうだ、昨晩は酒を飲んでいた。それも際限なく飲んで泥酔してしまったのだ。

美由紀はベッドの脇に座りこんだ恵梨香の姿を見たとき、息が詰まりそうになった。跳ね起きて声をかけた。「恵梨香……」

恵梨香は眠っていた。雨に濡《ぬ》れた髪を洗いもせず、ドライヤーをあてることさえしなかったらしい。自然乾燥のせいで乱れた髪が頭皮から顔にかけてべっとりと貼りついている。毛布を羽織ってはいるが、衣服も昨晩のままだった。

昨晩……。美由紀のなかで、また断片的な記憶が浮かびあがった。恵梨香は雨のなかで怒鳴っていた。わたしは歩道に座りこんでしまっていた……。

ここまで運んでくれたのは恵梨香だ。彼女がわたしを助けてくれたのだ。ようやく、そのことが認識できるようになった。

まだ目を開けず眠りつづけている恵梨香を、美由紀はじっと眺めた。心のなかで、そっとささやきかける。ありがとう、恵梨香。

しかし、恵梨香の手に触れたとき、美由紀は異変に気づいた。

やけに温かい。そういえば顔も赤くなっている。額に手をやったとき、理由ははっきりした。熱がある。それもかなり高い。

「美由紀さん……」うっすらと目を開けて、恵梨香がささやいた。

愕然《がくぜん》としながら美由紀はいった。「恵梨香……。ごめんね……」

「美由紀さん……？」恵梨香は力なく告げた。「いったでしょ。服着替えないと風邪ひくって。正解だったね……」

あわてて恵梨香を抱き起こしながら、ベッドの上に寝かせる。もう衣服は乾いてしまっている。発汗が必要だ。何着も着替えが必要だろう。すぐ用意しなければならない。

横たわった恵梨香の上にフトンをかけて、美由紀はいった。「すぐ頭を冷やすものをとってくるから。待ってて」

そのとき、恵梨香がくすりと笑った。「……きのうの夜、美由紀さんって……雨で頭は冷やせるとか言っちゃって……」

「……わたし、そんなこと言った？」

「うん」恵梨香はしんどそうに目を閉じて、小声でいった。「美由紀さん。ひとつだけ、お願いがあるの」

「何？　なんでも言って」

「……ぜったいに諦《あきら》めないでね。それだけ約束して」

胸が詰まる思いだった。美由紀は震える自分の声をきいた。「わかった。……わかったから、きょうはゆっくり休んで。ずっとここにいていいから……。いま、着替えとってきてあげる。部屋にあるものは、なんでも使っていいからね」

恵梨香は目を閉じたまま、小さくうなずいた。疲労が極限まで達したかのように、すぐに浅い眠りについたらしく、静かに呼吸を繰りかえした。

せつない思いを胸に抱きながら、美由紀は恵梨香の寝顔を眺めていた。

わたしは馬鹿だ。なんて愚かだったのだろう。恵梨香があんなにわたしを気遣い、力になってくれていたのに、わたしは自分のことしか考えていなかった。自分のなすべきことが人のためになる、その信念にとらわれすぎたせいで、あるべき自分の姿を見失っていた。

身近な場所にいて、いつもわたしを支えてくれる人を、わたしは傷つけてしまった。友情に応《こた》えられないような人間が、世間に通ずるなにを発揮できるというのだろう。

約束はきっと守る。守り抜くから。美由紀は、恵梨香の寝顔にそう誓った。

寝室をでて、リビングルームに向かった。用意すべきものを頭のなかでリストアップする。救急箱のなかには風邪薬も解熱薬もある。アイスバッグも冷凍庫に入っているはずだ。それからミネラルウォーターと、消化のいい食べ物も要る。

出勤前に揃えてしまわねば。美由紀はリモコンを手にとってテレビを点《つ》けた。音声は消しておく。時刻表示が時計がわり、朝の習慣だった。

と、画面に目がとまった。きのう観たのと同じワイドショー、城ノ内光輝がまたでている。得意げになにかを喋《しゃべ》っている。

気になって音声をあげた。城ノ内の声が告げている。「……というわけで、O型女性はひとつのことをやり始めたら、絶対に脇目もふらず、ブレーキもかけません。徹底的にこだわって、目的を果たすまでは何度挫《くじ》けても、立ち直るのです」

苛立《いらだ》ちがこみあげて、美由紀はテレビの電源を切った。

静寂とともに、冷静さを取り戻してくる。美由紀はひとつの覚悟をきめた。血液型性格分類に引導を渡すためには、まやかしめいた似非《えせ》科学を吹聴《ふいちょう》する元凶を絶たねばならない。

やるべきことは見つかった、美由紀はそう思った。O型の女は猛進型で、ブレーキをかけない、か。彼もそう公言している以上、そんなO型女に出会っても受けいれてくれることだろう。

駆けてくる足音

ようやく朝になったか。

嵯峨はベッドから起きだし、自分の足で病室をでた。あいかわらずめまいが襲い、足もともおぼつかないが、歩く許可がでたのはさいわいだった。解熱剤が効いているわずかな時間でも、自由が与えられるのはいい。

廊下を歩いていったとき、背後から呼びとめる声があった。「嵯峨先生」

驚いて振りかえると、病室の扉のひとつが開いていて、駿一が顔をのぞかせていた。

「駿一君……」嵯峨は思わずつぶやいた。

入院着にガウンを羽織った駿一は、以前に姿を消したときよりも目に見えて痩《や》せ細っていた。顔面も血の気がひいて、蒼白《そうはく》という表現がふさわしい。

それでも、抗生剤か抗がん剤の投与後の小康状態なのか、嵯峨と同様にベッドから出ることができたらしい。ふらつきながらも、ゆっくりと近づいてきた。

嵯峨はきいた。「もう起きてもいいの?」

「うん……」駿一は小さくうなずいた。

あいかわらず感情をあまり表さない駿一は、視線を落としたまま歩み寄ってくると、一枚の封筒を差しだしてきた。

封筒は薄い茶封筒で、うっすらと紙幣が透けて見えている。

「これは？」嵯峨は駿一を見た。

「そのう……迷惑かけたから……。治療費とかに、って思って……」駿一は上目づかいに、嵯峨の額を見つめた。

「ああ」嵯峨は自分の頭に手を伸ばし、巻きつけられた包帯に触れた。「これか。いいよ、そんなの。気にしてないし」

「駄目だよ。……受けとってよ。僕の……お詫《わ》びだと思って」

嵯峨は笑った。自然に笑いがでた。

差しだされた茶封筒を、駿一の手にしっかりと握らせ、彼の胸もとに戻させる。嵯峨は駿一にいった。「骨髄バンクのお金を積み立てるつもりなら、無駄遣いはやめておくことだよ」

「いいんだよ……。必要なぶんは工面できたし……」

複雑な思いが嵯峨のなかに渦巻く。あの改造ガスガンの販売によって得た利益が、骨髄移植にともなう患者負担金をおぎなうほどの金額に達したのだろうか。

いや、あるいは、あの父親がどうにかして金を調達したのかもしれない。おそらくそうだと嵯峨は思った。そう信じたい。

嵯峨はなおも金の受けとりを拒否してみせた。「彼女とのデート代に必要だろ」

しかし、駿一は浮かない顔でささやいた。「それもいいって……。彼女なんて、もういないし……」

「え？……そうなのかい？」

「……っていうか、その話はいいんだけどさ。嵯峨先生……。これ、なんの金か聞かないの？」

しばし沈黙があった。嵯峨は呆気《あっけ》にとられていた。そんな質問を、駿一のほうがしてくるとは。

「さてね」嵯峨はまた苦笑してみせた。「聞かないよ。きみが悪いことをする子でないことは、よくわかってるから」

駿一はかすかに驚きのいろを浮かべた。意外な返事だったのだろう。それでも、表情はわずかに和らいだように嵯峨には思えた。

これでいい、と嵯峨は考えた。人は常に、責められるようなことをせずに生きていられるわけではない。後ろめたさを感じながらも、まだ完全に不正から足を洗っていないこともあるだろう。深く追及せずとも、彼には善悪の区別がついている。いま嵯峨の言葉に安らぎを感じたのが、なによりの証《あかし》ではないか。

憶測の混じった判断ではあったが、嵯峨はそれ以上、駿一を疑うまいと心にきめた。彼は精神的にも立ち直ることができる。そしてそれは、身体が回復してからでも遅くはない。

駿一がきいてきた。「どこにいくの」

「ちょっとロビーに顔をだしに、と思ってね。姿をみせないと心配する人もいるだろうから」

「そうか……。じゃ、僕も一緒に……」

駿一が歩を踏みだそうとした、そのときだった。

ふいに駿一の目が虚《うつ》ろになり、虹彩《こうさい》が上まぶたに隠れて白目をむいた。口もとから唾液《だえき》をしたたらせながら、駿一は脱力して前のめりに倒れこんできた。

嵯峨はあわてながらそれを抱きとめたが、自分の足腰も弱っているせいで、充分に支えきれない。片膝《かたひざ》をついたが、それでも重みに耐えるのがやっとだ。

「駿一君」嵯峨は必死で呼びかけた。「駿一君、しっかりしろ!」

朝の静寂のなか、看護師が緊迫した声を聞きつけるのも早い。それが入院病棟という場所だった。駆けてくる足音がする。看護師の声が飛んできた。どうしたんです、だいじょうぶですか。

看護師の手にあずけるまで、嵯峨はその腕の力を緩めまいと歯を食いしばった。患者の身体は重い、そう実感した。しかし、命はもっと重い。それに比べれば、いま感じる全身の筋肉の痛みなど、辛《つら》いうちには入らない。

クリアファイル

恵梨香は目を覚ました。

美由紀の部屋にいることはすぐにわかった。いつベッドの上に寝たんだっけ、ぼんやりと考える。そうだ、美由紀が起きて、代わりにわたしをここに寝かせてくれたのだ。あれは今朝早くのことだった。いまもまばゆいばかりの陽射しが室内に差しこんでいる。思ったほど、時間は経っていないらしかった。

額にアイスバッグが載せてあるのがわかった。おかげで頭もすっきりとしている。ベッドの脇に目を向けると、サイドテーブルが寄せてあった。ミネラルウォーターと風邪薬、栄養補助食品などが並べてある。

寝室のなかに美由紀の姿はなかった。リビングにいるのだろうか。そう思って身体を起こしたとき、床に置いてあるものが目に入った。

ヴィトンの旅行用トランクがふたつ開けてあり、そのなかには、きちんと折りたたまれた衣類がおさまっている。美由紀のシックな部屋には少々不似合いな、原色を多用した派手な服。見覚えのあるブラウスやTシャツ、デニム。アルバローザやティアラのアクセサリーもある。

「え」恵梨香は思わず声をあげた。「わたしのじゃん」

どうしてここに、わたしの服があるのだろう。恵梨香はベッドから抜けだした。かすかに耳鳴りがする。まだ熱があるのだろう。あとで薬を飲んでおかねばならない。

寝室をでてリビングルームに向かった。美由紀さん。声をかけたが、返事はない。ほかの部屋にもひとけはないようだった。

リビングに足を踏みいれると、テーブルに置かれた紙に気づいた。恵梨香は歩み寄ってその紙を手にとった。

それは美由紀の置き手紙だった。

恵梨香へ
本当にありがとう。そして、迷惑かけてごめんなさい。

きょう恵梨香に割り当てられてた仕事は、わたしと鹿内君で分担してこなしていくから、心配しないで休んでね。

あと、申しわけなかったけど、勝手にバッグのなかのキー使わせてもらって、恵梨香の部屋から服を運んできました。クローゼットのなかの物を見繕ってきたけど、足りないものがあったら、遠慮なく携帯に電話してね。

きょうは自分の家だと思って、充分に静養してください。じゃあ、またあとで。

岬美由紀

手紙を読み終えたとき、恵梨香は泣きそうになっていた。胸にこみあげてくるものがある。昨晩、目にした光景がまた浮かんだ。

豪雨のなか、わたしに突き飛ばされた美由紀は、水たまりのなかに座りこんで、泣きじゃくっていた。あの痛々しい表情の奥で、彼女はわたしに抵抗さえせず、無力をさらけだしていた。それはわたしにとっても、あまりにも受けいれがたいことだった。

しかし、いま美由紀は元の姿に戻りつつある。静かに自信を育てながら、いちどは挫折《ざせつ》した奇跡の実現にふたたび挑もうとしている。国民全体に蔓延《まんえん》する強烈な錯覚と迷信を打ち破る奇跡に。

手紙に涙がこぼれおちた。インクが水滴のなかに滲《にじ》んでいく。

わたしも力になりたい。美由紀の好意に甘んじて、ただ眠りこけているわけにはいかない。わたしなりにできることもあるはずだ。

足が自然に書斎に向いた。きのうの朝、徹夜で論文づくりに追われた書斎には、参考用の文献や資料が散らばったままになっていた。

それらを眺めているうちに、ふと机上のクリアファイルが目にとまった。一枚のハガキがはさんである。『夢があるなら』が実話であることを裏づける唯一の証。本物のカツヤこと飯田橋克哉がユリコから受けとった直筆の便りだった。

人間像

明治《めいじ》神宮外苑《じんぐうがいえん》と青山通りを結ぶ並木道に、正午近くの陽射しが降りそそいでいる。美由紀はCLS550のステアリングを切り、銀杏《いちょう》の巨木が立ち並ぶ路肩に寄せて停車した。

児童相談所とハローワークをまわる仕事は午前中に終わらせることができた。午後の仕事に入るまで、いくらか間がある。いまのうちに、できるかぎり調べておこう。

美由紀は助手席のノートパソコンを手にとり、膝の上にのせて開いた。ここ青山一丁目交差点付近は無線LANの有効圏内だ。ケーブルを接続しなくてもインターネットにつなげる。

ヤフーで〝日本血液型性格判断研究所〟のサイトを見つけたが、トップページには本部の外観と住所、入会案内が記載されているにすぎず、どうすればこの団体にアポイントをとることができるのか、まったく記載されていなかった。

団体にメールして返事を待つこともできるが、それでは時間がかかりすぎる。所長である城ノ内光輝に直接会うことのできる機会はあるのだろうか。

城ノ内の名と、いくつかのキーワードを組みあわせてグーグルで検索してみたが、実態はいまひとつ判然としなかった。会員は城ノ内とふたりきりでカウンセリングを受けることができるようだが、どうやら詳細をネット上に公開しないよう、全員が釘《くぎ》を刺されているようだ。

即時性のある調査方法がネットにあるだろうか。しばし考えて、あまり気乗りしないやり方が頭に浮かんだ。〝Nちゃんねる〟と検索窓に打ちこんで、匿名巨大掲示板の入り口ページを表示する。

無数にあるカテゴリのなかから〝心理カウンセリング〟を選ぶと、城ノ内光輝の名が含まれたスレッドが複数見つかった。そのうちひとつを開いて、投稿欄にメッセージを打ちこみ、送信した。

美由紀の投稿内容は表示された。
486　名無しさん@私は誰ここはどこ？
突然の投稿すみません。

日本血液型性格判断研究所主宰の城ノ内光輝さんに接見していただくには、どのようにすればよろしいでしょうか。会員の方ですとカウンセリングが受けられるそうですが、一般の相談は受けつけていますか？

これでよし。この書きこみは全国から閲覧できる状態になっている。城ノ内に会う方法があるなら、きっと返事が寄越されるだろう。

しかし、いつ入ってくるかわからないレスを待つのは、かなりの忍耐を要求されること だった。暇つぶしにスレッドの一覧を眺めていると、また自分の名前が目に入った。岬美由紀スレッド。

読むと精神衛生上よくないと知りながら、それでも気になる。見てみるか。いや、やっぱりやめておこう。しばらくのあいだ車内でひとり葛藤《かっとう》したあと、結局、そのスレッドのタイトルをクリックした。

表示された投稿記事はあいも変わらず、どうしようもない低俗な表現が連なっていたが、よく見ると時々は真摯《しんし》な意見が述べられていることもあった。専門家でなければほとんどわからない学術的な記事と、落書き同然の記事の極端なまでの二極化が生じている。ふしぎなコミュニティだった。立場が異なる、顔の見えない者どうし、ある意味で公平な同居が成立している。

と、ひとつの記事が目に入った。

791 名無しさん@私は誰ここはどこ？
岬美由紀ちゃんのサイン入りフォト出品中
http://page11.auctions.yahoo.co.jp/jp/auction/n3d07e21

792　名無しさん@私は誰ここはどこ？
偽物じゃねえの
793　名無しさん@私は誰ここはどこ？
正真正銘の本物
ポラで撮ってその場でサインしてもらったやつ

嫌な予感がした。美由紀は791の記事に記載されたアドレスをクリックした。表示されたのはヤフーオークションの出品画面だった。商品の写真はまぎれもなく、飯田橋克哉が浜松の喫茶店でわたしを撮ったときのものだった。よほど物好きな人がいるのか、二十件以上もの入札があった。

こんなことで小銭を稼ごうなんて。美由紀は憤りを覚えたが、抗議のメールを送るまでは至らなかった。無断で商品にされたのは不快だが、相手がどんな人間なのかわからないというリスクを背負う覚悟で出向いたのだ。こういう状況を嫌うのなら、あのとき写真を撮らせるべきではなかった。結果はどうあれ、これはわたしの責任でもある。

複雑な思いを頭から閉めだして、Nちゃんねるに戻った。さっき書きこんだスレッドを開いてみると、レスがついていた。

487 名無しさん@私は誰ここはどこ？
会員用カウンセリングは毎日午後二時から
でも会員からの抽選で選ばれるから、なかなか当たらない
一般の人は相手にしてもらえない

美由紀は深いため息をついた。ここでもまた門前払いか。

だが、さすがに二日つづけて冷遇されると慣れてくる。それに、官庁街で面会を断られるよりはまだ、ごり押しが通じる可能性もある。

ノートパソコンを畳んで助手席に置き、美由紀はクルマを発進させた。

城ノ内の研究所はここから近い。午後二時以降、そこに彼がいるのなら、会わない手はない。カウンセラーはふつう、相談者を選《え》り好みすることはない。研究所側の対応をみるだけでも、その所長の人間像が浮き彫りになる。

湖畔のデート

昼どきだというのに食欲がない。一ノ瀬恵梨香は、JR信越《しんえつ》本線の列車内のシートに座り、こみあげてくる気分の悪さと戦っていた。すきっ腹で二時間も新幹線に乗り、長野駅でこのレトロな列車に乗り換えれば、さすがに乗り物酔いが発生してもおかしくはない。しかも熱が三十八度以上ある。解熱剤のおかげで落ち着かせてはいるが、ひどく身体が重い。

それでも、と恵梨香は思った。これぐらいの苦しみ、白血病に比べればなんでもない。だいたい、目的地まで運んでくれる列車という乗り物を利用していて、疲労を感じるなどおこがましい。わたしはこのていどのことで、へこたれたりしない。

山間部を駆け抜ける列車は減速し、ホームに入っていく。車掌の声が告げた。三才《さんさい》、三才駅です。

手にした路線図に目を落とす。このあと豊野《とよの》駅、牟礼《むれ》駅、古間《ふるま》駅ときて、やっと目的地の黒姫《くろひめ》駅だ。時間的には案外、早く着いた。しかし感覚的には、その倍以上もかかったように思える。

と、停車した列車に、ホームから乗りこんできた若者たちの集団がいた。高校生から大学生ぐらい、男が三人に、女がふたり。楽しげに喋《しゃべ》りあいながら、恵梨香のすぐ近くの席に座った。

列車が動きだしたとき、その集団の男のひとりの声が恵梨香の耳に入った。「カツヤとユリコが乗ったボート、そのままのがあるかな」

ほかの男が応じる。「ドラマのロケで使われたやつなら、貸しボート屋にいけば見つかるだろうね。たしか側面に二十八って書いてあるボートだ」

女の声も加わった。「でもさ、本物のカツヤとユリコがどれに乗ったかはわからないんだよね」

「そうそう」ともうひとりの女の声が同調する。「わたし、記念撮影するなら本当のユリコが告白したボートがいいなぁ。ボート屋の人に聞けばわかるかな？」

談笑しあっている男女らの話題は、まぎれもなく『夢があるなら』だった。すると、彼らの目的地も同じか。野尻湖にいこうとしているのだ。

恵梨香は立ちあがった。めまいを堪《こら》えながら、男女の席に歩み寄っていく。

「こんにちは」と恵梨香は彼らに声をかけた。「みなさんも『夢があるなら』目的ですか」

男女らは顔を見合わせた。ひとりの男が首を傾げる。「今回のオフ会って五人じゃなかった？」

別の男が恵梨香にきいてきた。「きみのハンドルネームは？」

掲示板の集まりか。『夢があるなら』のファンの集いというわけだ。恵梨香はてきとうに話をあわせることにした。「いえ、あのう、ずっとROM《ロム》ってて……」

「ああ、そうなんだ」男は笑った。「座ったら？　これからは気軽にカキコしなよ」

「どうもありがとう」恵梨香は軽く頭をさげて、近くの席に腰をおろした。

女のひとりがさも嬉《うれ》しそうに、フォトアルバムを差しだしてくる。「これまでのオフの写真、見る」

「わあ、見せて」純粋に喜びながら、恵梨香はアルバムを受けとった。

開いたとたんに、ドラマの情景そのままの写真が目に飛びこんでくる。レインボーブリッジがみえるお台場の海岸、夜の東京タワー、渋谷駅のハチ公口、原宿の竹下通り……。いずれも『夢があるなら』の舞台としてロケがおこなわれた場所での、ファンらの集合写真だった。都内の場合は人数が多く、二十人前後もいる。さすがに野尻湖まで遠出するとなると、参加者も減るようだった。

五人はまた話に花を咲かせていた。

「でもさ」と男が告げる。「最近、掲示板荒れてない？　なんか、重箱の隅を突《つつ》くような書きこみするやつがいてさ」

「ああ、あれか。骨髄バンクのドナーの事故なんて一件も報告されてないとか、ブログに書かれた移動時間ではお台場から原宿までいけないとか、ユリコの喋り方が女にしちゃ不自然とか、いちいち書いてる連中がいるな。だからこれは実話ではないとか言ってる」

女のひとりが顔をしかめた。「なんでも疑う人っているよね。骨髄バンクもさ、事故が起きても隠蔽《いんぺい》してるにきまってるじゃない」

そんなわけはないだろうと恵梨香は内心思った。彼女はドラマの内容を信じたいばかりに、客観性を欠いたものの見方をしている。心を奪われたものについては、人は理性を失ってしまう。いわゆるトランス状態なのだろう。

もうひとりの女はやや冷静だった。「こんなことというと、怒られるかもしれないけどさ。わたしはあれがぜんぶ実話じゃなくてもいいと思う。もとがブログなんだから、カツヤとユリコの恋愛は真実だったとしても、場所とか時間については特定されたくないから事実を曲げるってことも、ありうるでしょ。もちろん、ふたりの純愛とユリコが死んだことは本当だと思うけどね。あれが作り話だなんて考えられない」

「けどさ」男が深刻そうにいった。「そうだとすると、カツヤとユリコが湖畔でデートしたのは本当でも、野尻湖じゃなかった可能性もあるってことか」

五人は賑《にぎ》やかに喋りあった。いや、あれはきっと野尻湖に間違いないよ。そうかな。ブログにも写真載ってたし。けど、風景だけだったたし、別の機会に撮ったものかもしれないよ。カツヤってどんな顔してるの。わかんない、ブログに顔写真は載ったことがないから。

恵梨香は黙って聞き流していた。まさに筋金入りのファンたちだ。彼らに対し、わたしは本物のカツヤに会ったと告げたらどうなるだろう。ユリコの直筆のハガキを持っていると言ったら、どんな反応をしめすだろう。おそらく、パニック同然の騒ぎになるにちがいない。

本物のカツヤとユリコも、野尻湖でデートしたのは間違いない。本人の手紙にそう書いてあるからだ。恵梨香は思った。もし手紙に記載されたことと、現場での事実のあいだに食い違いがあれば、少なくともカツヤのブログには嘘がまじっていたことが立証できる。

それがすべての突破口になるかもしれない。

エントランス

ちょっと早く来すぎたかな。安藤沙織は、洋館風の建物の玄関前に並ぶ十人ていどの列の、前から三人目にたたずみながら、ぼんやりと思った。

カウンセリングは午後二時から始まるのだが、沙織は当選者が持つ整理番号入りのハガキを手にしていなかった。城ノ内が、きみはいつでも予約なしで入れる、そういっていたからだ。

ただし沙織は、前にここに来たときのように胸をときめかせてはいなかった。むしろきょうは、焦りと苛立《いらだ》ち、怒りばかりを募らせている。城ノ内に会ったら、きっぱりと言ってやらねばならない。あなたのおかげで、わたしと駿一君との関係にひびが入りました。責任をとって修復に力を貸してください。もう血液型による相性診断は必要ありません。ただ、彼に説明をしてほしいんです。わたしとあなたはつきあっているわけではない、と。

心のなかで啖呵《たんか》をきった直後に、陰鬱《いんうつ》な気分になる。わたしにそんなことが言えるだろうか。とても無理だと沙織は思った。大人の男性相手に歯向かうような真似は、過去にもしたことがない。しかも城ノ内はきわめて口が巧《うま》い。また彼のペースに丸めこまれてしまうのは必然のように思えた。

手紙に書いて渡したほうがよかっただろうか。しかしそれでは彼に無視をきめこまれれば終わりだ。城ノ内と会って食事したことは周りには内緒にしたいし、友達にも家族にも打ち明けられない。

困惑を覚える沙織とは対照的に、列の先頭にいるふたりの女高生ははしゃいでいた。こってりとギャル系をしたその顔は一ノ瀬恵梨香とは違って下品で、どことなく不潔にみえる。いわゆる汚ギャルに近いふたりは城ノ内の本をひろげながら、知り合いの血液型についてその短所を読みあげてはげらげらと笑い転げている。

ひとの欠点を笑うなんて。沙織は不快に思ったが、列を離れて後まわしになるのは嫌だった。学校にもこういう子は少なくない。決して友達にはなれないタイプだ。彼女たち自身の血液型は何だろうか。沙織は軽蔑《けいべつ》ぎみにそう思った。

そのとき、洋館の前に、銀いろに輝く流線型のセダンが滑りこんできた。セダンは中庭に乗りいれて停車した。

クルマから降り立ったのは、すらりとしたプロポーションをスーツに包んだ女だった。思わず目を奪われる。綺麗《きれい》なひとだと沙織は思った。年齢はどれくらいだろう。二十歳前後にも見えるし、落ち着きぐあいからすれば二十代後半とも思える。こちらに歩を進めるその動作もしなやかだった。

あんな人でも血液型性格判断のカウンセリングを受けるのだろうか。沙織がそう思っていると、女はなぜか列の後ろにはまわらず、先頭のギャルたちに歩み寄ってきた。

「こんにちは」と女がいった。「ここ、カウンセリング待ちの列？」

ギャルのひとりが怪訝《けげん》な顔をした。「そうだけど……」

「悪いけど、かわってもらえませんか。当選券も譲ってほしいんだけど」

「はあ⁉ 冗談言ってんの？ 超ウケるんですけど」

もうひとりのギャルがカバンからハガキを取りだして、ひらひら振った。「ほら、ここ見てよ。売買禁止って大きく書いてあんじゃん」

女はしかし、無表情にいった。「そう……。金銭による譲渡は禁止ってことですね。じゃ、物々交換には応じてくれませんか」

「なにそれ。本気で言ってんの？」

動じるようすもなく、女は手首から細い鎖状のブレスレットを外した。陽射しを受けて異様なほど輝くそのブレスレットを、女はギャルに差しだした。

眉《まゆ》をひそめながらそれを受けとったギャルが、ふいに目を丸くした。「ちょっと、これ……ダイヤじゃん⁉ それもめちゃくちゃたくさん並んでる……」

もうひとりが身を乗りだした。「馬鹿。あんた、これカルティエのテニスブレスだって。百万とか、それくらいするやつ」

女は平然と告げた。「もうちょっとするけどね」

ふたりのギャルは顔を見合わせたまま静止していたが、すぐに表彰状のようにハガキを掲げて差しだした。「是非どうぞ」とギャルのひとりがいった。「なんなら、この城ノ内さんの本もお付けします」

「いえ、それは持ってるから……。どうもありがとう。無理をいってごめんね」女は頭をさげながら、ハガキを受けとった。

ギャルたちは黄色い声をあげながら列を離れ、走り去っていった。

女がそれにかわって、列の先頭におさまる。おかげで沙織は、二番目になった。

呆気《あっけ》にとられながら沙織が眺めていると、女はハガキの表をじっと見つめた。そしてハンドバッグからボールペンを取りだし、当選券の元の持ち主の名に線をひいて、岬美由紀と書きこんだ。

どこかで聞いた名前だ。モデルか女優だろうか。あんな高価なアクセサリーと引き換えに当選券を手にするなんて、世の中には変わったお金持ちもいるものだ。

「あのう」沙織は気になって声をかけた。「よほどの相談ごとがあるんでしょうか?」

岬美由紀という女が沙織を見た。微笑を浮かべながら美由紀は首を振った。「いえ……。悩みを打ち明けにきたんじゃないんです。ちょっと城ノ内光輝さんに確認……っていうか、つたえておきたいことがあって」

同じだと沙織は思った。「わたしもそうなんですよ。きょうの目的はカウンセリングじゃないんです」

「ふうん……」美由紀はうなずいたが、それ以上はなにも聞かなかった。

お互いにプライバシーに関することだ、打ち明けられないのは当然だ。だが沙織は、美由紀のほうの事情が知りたくて仕方なくなった。このひとも城ノ内先生に迫られたのだろうか。そのことに対して抗議しに来たのか。

しばらく大人の男女の会話に想像をめぐらせていると、玄関の扉が開いた。

前にも顔を合わせたことのある、ホストのようなスーツ姿の男が頭をさげた。「血液型カウンセラー城ノ内光輝の第一秘書を務めております、津野田と申します。本日はお越しいただき、誠にありがとうございます。それでは研究所のなかへとご案内します」

案内に従って、岬美由紀が玄関のなかに歩を進めていく。沙織もそれにつづいた。

いよいよだ、と沙織は思った。心拍があがるのを感じながら、何度も自分に言い聞かせる。わたしが好きなのは駿一君、ただひとりだ。駿一君と仲直りしたい。それが果たされれば、ほかにはもうなにもいらない。

実態

美由紀は、これみよがしの内装に彩られた通路を歩いていきながら、不快な気分になりつつあった。研究所というにはあまりに金をかけすぎている。飾られた調度品はどれも本物のようだし、建物の資材そのものが純正の英国製だ。訪問者を圧倒することばかりに重きが置かれ、カウンセリングの前段階に必要な安らぎと親しみやすさとは相反している。相談者をひたすら恐縮させるカウンセラー。城ノ内が何に重きを置いているか、うかがい知れるような眺めだった。

通路の壁沿いにずらりと椅子が並んでいる場所にきた。先導していた津野田が立ちどまり、振りかえった。傍らの扉を指差して、愛想よくいう。「こちらの扉のなかで、城ノ内光輝がみなさまに会うのを待っております。しばしこちらで、順番が来るのをお待ちください」

美由紀の後ろをついてきた女性たちはみな、椅子に腰掛けた。

津野田は美由紀に告げてきた。「一番目のあなたは、どうぞ中にお入りください」

「どうも」美由紀は軽く頭をさげながら、手にしていたハガキを渡した。

「岬美由紀さん、ですか」津野田はハガキを眺めながら、ふと表情を曇らせた。「おや？名前が書き換えてあるようですが……」

「当選券一枚で三名までと書いてあったので……。わたしはそのうちのひとりです。きょう同行するはずだったふたりが来られなくなりまして」

あのギャル系の女高生ふたりに混ぜてもらう方法もあったのだが、そうはしたくなかった。わたしはおそらくこれから、この研究所なる場所をちょっとした修羅場に変えるだろう。彼女たちの連れということになれば、迷惑をかける可能性が高い。

津野田は気にしたようすもなく、さらりといった。「ああ、そうですか。お名前を書き換える必要はなかったのに、わざわざご丁寧に。ではこちらへ」

観音開きの扉を入ると、そこは狭いがやはり内装に凝った秘書室だった。レイアウトだけは、妙に気になる。秘書のデスクは右の壁に寄せられていた。中央に置いたほうが機能的だろうに、なぜだろうか。

その壁にはもうひとつ扉があって、津野田はそれを開けてうやうやしく頭をさげた。

美由紀がなかに入っていくと、そこはいっそうの贅《ぜい》を尽くしたカウンセリングルーム、しかもかなりの広さを誇っていた。ずいぶん奥行きがある。遠くに見えるデスクにおさまっているのは、テレビで何度も見かけた城ノ内光輝その人だった。

「ようこそ」城ノ内は立ちあがった。尊大な振る舞いを心がけているのか、その動作は古典劇でも観ているかのようだった。「初めまして。城ノ内です」

「岬美由紀です」と、美由紀は会釈した。

「……岬美由紀さん？　どこかで聞いたような名前ですな」

「よくある名です」

「そうですか」城ノ内は上機嫌そうだった。「ま、とにかく、よくいらっしゃいました。あなたのようなお綺麗《きれい》なかたの力になれるのは光栄なことです。さあ、そこにお掛けください」

　美由紀は、左の壁にぴたりと這《は》わせたサイドテーブルと椅子を見て、内心また首を傾げざるをえなかった。このインテリアデザインにはなんの意味があるのだろう。部屋の広さと内装を余すところなく見せびらかしたい、そう思ってのことだろうか。

　城ノ内がいった。「そこに椅子が置いてある理由は明白です。私も最近では世に知られた存在になりましたが、それでも女性が初対面の男性と部屋でふたりきりになる以上、多少の警戒心は抱くでしょう。私はあなたにリラックスしていただきたい。だから私は、このデスクからそちらへはいきません。たとえ私がここからあなたのほうに走ろうとも、あなたはとっさにその後ろの扉から、外に逃げられるはずです。もちろん、私はそんなことはしませんよ。しかし、安心が得られる場所にいるという、そのこと自体を確認していただきたいのです。あなたはここで充分にくつろいで、私と会話することができます。よろしいですね？」

「はい……」美由紀は答えたが、腑《ふ》に落ちなかった。

面接療法はふつう、なるべく両者の距離を接近させる。そのほうが相談者が安堵《あんど》するからだ。ふたりきりになることを恐れる心理があるなら、そもそもカウンセリングを受けには来ないだろう。おかしな理屈だった。そんなに接近する意志がないことを強調したいのなら、鉄網でも張っておけばいいのに。

しかし噂によれば、城ノ内のカウンセリングを受けた人はほぼ間違いなく、彼を奇跡の人と感じるようになるという。会員の当選券一枚でふたりの友人を誘えるシステムは、カウンセリングがその噂どおりに機能して初めて功を奏する。奇跡に魅せられた友人らが入会に応ずれば、会員は毎日、雪だるま式に増えていくからだ。

いまからその彼の起こす奇跡に直面することになるのだろう。美由紀は椅子に座った。サイドテーブルにはトランプ大のカードが数枚置いてある。

「では、美由紀さん。始めましょう。さっそくですが、あなたはいま早急に解決したい問題がある。そうですね？」

「早急……ですか？　どんな？」

「それは、あなた自身の胸のうちに聞いてみてください。あなたが一番よく、わかっているはずのことですよ」

占い師得意の誘導話術だなと美由紀は思った。心配ごとのない人間などいないし、自分の胸に聞いてみろと言うことで、こちらの心を見透かしたかのような印象を与えようとしている。

実際、城ノ内の言っていることは間違っていない。わたしはいま嵯峨のことが心配でたまらないし、恵梨香も熱をだして寝こんでしまった。皆のために、わたしは活路をみいださねばならない。

嘘ではないだけに、はっきりといえる。美由紀は告げた。「おっしゃるとおりです」

城ノ内は満足そうにうなずいた。「では次に、誤解を解いておきましょうか。血液型で性格が分かれるのは思いこみにすぎないという意見もあります。たとえば自分がB型だとすると、わがままで目立ちたがりというB型のイメージにみずから合わせて生きてしまうというのです。しかしこれもナンセンスです。われわれはいつも意識にしたがって生活しているのではありません。なにも考えずに無意識のうちに五感が情報をとらえ、脳に伝達し、行動をおこしている部分も多くあるのです。美由紀さんは、血液伝達反応という生理医学用語を聞いたことがありますか？」

来た。似非《えせ》科学は奇妙な専門用語をでっちあげる。後にも先にも、血液伝達反応などという用語は耳にしたことがない。

「……いいえ」と美由紀は答えた。

ふむ、と城ノ内はうなずいた。「実験してみましょう。そこにあるカードを手にとってください」

サイドテーブルのカードに手を伸ばした。四枚が重なっている。裏は同じ柄だが、表はA、B、O、ABと四種の血液型が印刷してある。

城ノ内がつづける。「人はその四つのタイプのいずれかに当てはまるということです。四という数字は、東西南北の四方世界を表します。つまりこの世に生きる人々は、かならず四という数字のなかにおさまっているのです」

いよいよおかしな話になってきた。が、美由紀はカードを眺めながら、別のところに感心していた。シルクスクリーン印刷で作ってある。わざわざ金をかけて印刷所で作ったのか。カードそのものに仕掛けはないようだ。

「では美由紀さん。自分の血液型のカードを額にくっつけてごらんなさい」

A、B、ABのカードをサイドテーブルに戻し、Oのカードを額に密着させた。

城ノ内がいった。「これで、ほんのわずかながら額の汗が付着します。あなたの汗には、あなたの特有の血液型成分が含まれています。あなたの五感は、あなた自身の血液型と共鳴しあい、呼び合うことで……」

だが、その瞬間だった。美由紀は視界の端にかすかな動きをとらえた。素早く繰りだしたこぶしを、サイドテーブルの上に叩《たた》きつけた。

男の悲鳴がきこえた。美由紀は、固めた自分のこぶしとテーブルのあいだに、異物がはさみこまれていることを知った。それが男の手であることも、目を向けずとも察知できていた。

すかさず美由紀は男の手首をにぎり、思いきり引いた。

壁に開いた十五センチ四方の穴から、勢いよく男の片腕が引きこまれる。壁の向こうで、ずどんと頭がぶつかる音がした。呻《うめ》き声もきこえる。痛《いて》ぇ。

城ノ内はまだ遠方のデスクにいたが、表情は一変していた。愕然《がくぜん》とし、息を呑《の》んで城ノ内はつぶやいた。「なんてことを……」

美由紀はつかんでいる男の腕を一瞥《いちべつ》した。スーッ、そしてワイシャツの袖《そで》。隣りの秘書室にいる津野田の腕に違いなかった。手首を上方からつかみなおし、合気道の要領で関節を極《き》める。

「痛たた！」壁の向こうから叫びがきこえ、津野田の手がひらいた。カードが三枚ほどこぼれ、いずれも表を上にしてテーブルに落ちた。

三枚とも『O《オー》』だった。テーブルの上には、津野田がその三枚と入れ替わりに持ち去ろうとしていたA、B、ABの三枚が、裏向きに残っていた。

美由紀は城ノ内をにらみつけ、静かにきいた。「質問していいですか。この腕は何？」

「その腕は……さあ」

「前室の秘書の人みたいですけど」

そのとき、背後の扉が開いた。振りかえると、さっき美由紀の次に順番を待っていた制服姿の女の子が、びくつきながら顔をのぞかせていた。

物音に驚いて前室に入り、津野田が壁の穴に腕を突っこみ、もがいているのを見て、さらにびっくりしてここに入ってきたのだろう。

城ノ内は気まずそうに身をちぢこませた。目撃者が多ければ多いほど、立場が悪くなる。彼の心臓はいま激しく脈打っているに違いなかった。

美由紀はいった。「このチェック柄の壁紙にうまくカモフラージュされた小窓を開けて、秘書の人が手を伸ばせば届くところに、テーブルが寄せてあったわけですか。額に一枚のカードを当てて、あなたの話を聞いてると、そっちは見ないですからね。そこまではわかりました。でもその先、なにをなさるつもりだったんですか？」

「それは……あのう……」城ノ内は口ごもり、ひきつった笑いを浮かべた。「べつに、なにも……」

「ああ……。そっか。四枚のカードを裏向きに混ぜて、何度引いても0《オー》がでる、そういう手品で驚かせたかったわけですね。城ノ内さんがしつこいぐらい、離れた場所にいるから手が届かないと強調してた理由が、これでわかりました。わたしが0以外のカードとして選《よ》り分けた三枚は、当然、そのまま0以外のカードでありつづけると信じる。まさかすりかえられるなんて思わない。わたしにとって重要なのは0のカードだと思っているせいで、自分と関係のない三枚は、さほど重視しない。だから、いちいち表はたしかめずとも、0以外だと思いこんでしまう。心理的な補完作用というやつですね。心理学的見地からも、よくできたトリックです」

動揺しているのか、城ノ内は笑いを凍りつかせながらつぶやいた。「それは、どうも……」

美由紀はつかんでいた津野田の腕を放した。腕は引っこみ、壁ごしに転げまわる音が聞こえる。

「おたずねしたいのは」美由紀はゆっくりと立ちあがった。「なんのための手品だったか、ということです」

「それは……だね……」城ノ内は額から滝のように汗を流しながらいった。「余興ですよ、そう、余興。芸を楽しんでいただいてから、本題に入ろうと……」

「さっき血液伝達反応とかいう生理医学用語についてご説明があったばかりですが、関係なかったんですか」

「ないない！　そんなもの、ないよ……。余興は余興だからね、ははは」

ところがそのとき、制服の少女がつぶやいた。「嘘……」

美由紀は振りかえった。少女は呆然《ぼうぜん》とした面持ちでたたずんでいた。

「そんなの」少女は目を潤ませながらささやくようにいった。「わたしのときには、余興だなんて言ってなかった……。本当にすごいことがあるって、信じてたのに……」

「いや」城ノ内はたじたじになっていた。「だからさ、それは……」

「城ノ内さん」美由紀はつかつかと歩み寄っていった。「実在しない医学用語と手品によるまやかし、研究所の名が泣くと思いますけど。いったい血液型カウンセラーというのは何を生業《なりわい》にしている職業なんですか。まさか芸人じゃないんでしょう？」

「まあ、そのう……あれだよ。血液型というのは、占いみたいなものだから……」

「占い？　城ノ内さんは、占い師なんですか」

「そう！　そうだよ。言ってみれば占い師なんだ。それを現代風にアレンジしたというだけのものでね。占い師は資格も必要ないし、科学的証明が必要なわけじゃないだろ？」

万が一、窮地に追い詰められたときの逃げ口上も、すでに練《ね》りあげてあったようだ。科学的権威の衣に火がついたとたんに脱ぎ捨て、占い師に身を窶《やつ》すことですべての批判を回避しようとする。まったく自分のことしか頭にない男だったことが、これであきらかになった。

城ノ内はうわずった声ながらも、居直りをきめこんだようすでいった。「認めよう。私は占い師だ。星占いや四柱推命と同じ、占いだよ。神社や寺にもおみくじがある。反社会的なことはなにもしていない。責められることなんて、これっぽっちも……」

「いいえ、あるのよ！」美由紀は憤りとともに怒鳴った。「あなたは世の血液型性格分類のブームを助長し、現に会員を中心とする信奉者を増やしてきた。ニュースを見れば、いま日本にどれだけ血液型による差別が蔓延《まんえん》して、社会的な不利益や混乱につながっているかわかるでしょう。B型になりたくないばかりに輸血を拒否し、命を落としかけている人もいるのよ。あなたは何とも思わないの。自分の利益しか顧みず、すべての責任を放棄しようっていうの⁉」

「責任だなんて」城ノ内は情けない声をあげた。「占いに科学的な根拠がないことぐらい、誰でも知ってることじゃないか。血液型ってのは、そのう、タロットや星占いよりはリアリティがあるかもしれんが、本当のところはわからないよ」

「だまされたほうが悪いとか、そういう話？」

「そうとも。私はただ占いのひとつとしてこれを営んできただけなのに、過剰に信じた婦女子が大勢詰め掛けたんで……」

と、制服の少女が怒りのいろを表していった。「まってよ。過剰に信じたって？　それ、わたしのせいだってこと？」


城ノ内は戸惑いながら視線を逸《そ》らし、デスクに両手をついた。


顔をそむけたその態度が気にいらなかったらしい、制服の少女は顔を真っ赤にして怒りだした。「ふざけないでよ！　この詐欺男！」

びくついた城ノ内は、情けないことに美由紀の背後に隠れだした。激怒する少女よりはまだ、危害を加えない美由紀のほうに身を寄せたいと思ったようだ。


少女は目に涙をためながら、憤りをあらわにして駆け寄ってきた。「あなたのせいで、わたしは彼と会えなくなったんじゃん！　どうしてくれるの！」


その剣幕に城ノ内はたじろぎながら震えている。美由紀は、この子をトラブルに巻きこむべきでないと悟った。城ノ内に挑みかかろうとする少女を、美由紀は抱きとめた。

「放してよ！」少女は暴れながら怒鳴った。「こんな……こんなインチキな奴のせいで、駿一君に会えないなんて！　白血病で苦しんでる駿一君のことを、B型だからってさんざん悪く言っといて。馬鹿にしないでよ！」

美由紀ははっとして、少女の顔を見つめた。「駿一君って？　それも白血病って……。もしかして、北見駿一君のこと？　すると、あなたが安藤沙織さんね？」

少女は静止した。驚きのいろを浮かべて目を見張った。

美由紀をじっと見つめ、沙織は呆然とたずねてきた。「なんでそれを……」

ボート小屋

恵梨香は湖畔にたたずみ、身を震わせていた。すがすがしい午後の陽射しも、熱があるわたしにとってはもっと照りつけてほしいと感じる。とにかく寒かった。しかも大小の岩がごろごろしている湖畔の一帯は、厚底ブーツの恵梨香にとって歩きにくいことこのうえない。へたをすると転倒してしまいそうだ。

列車で知り合ったオフ会の男女五人らは、嬉々《きき》としてそこかしこを駆けめぐり、写真を撮りあっている。次はボートね、と女のひとりが声をあげる。ああ、と男が応じた。ドラマにでてきた二十八番のボートを借りようよ。

わたしにはとてもつきあえないと恵梨香は思った。体調のせいもあるが、彼らのテンションの高さはドラマの内容とそぐっていない印象がある。『夢があるなら』に描かれているのは男女の純愛と悲劇の死であるはずなのに、五人はまるでディズニーランドを訪れたかのようなはしゃぎっぷりだ。ここでカツヤやユリコはどう心を通い合わせていたのか、静けさのなかで思いをめぐらす、それが本当のファンのあるべき姿に思えてならなかった。

けれども、それも物語が本当に実話だった場合に限られる。だからいまは、とても感慨に浸る気分にはなれなかった。ブログの文面との食い違いが、しだいに明らかになってきているからだ。湖の真ん中までボートを漕《こ》ぎだして、そこでカツヤはユリコから愛の告白を受けたとブログにはある。しかし、実際にこの場に来てみると、野尻湖は広大だった。真ん中という表現が正確でないとしても、そのようなニュアンスを感じられるところまでボートを漕ぐとなると、かなりの体力を要するだろう。飯田橋克哉はスポーツマンタイプにはほど遠かった。彼に可能だったとは思えない。

それでも、と恵梨香は感じた。こんな疑問はまさしく、重箱の隅を突《つつ》くだけに等しい。決定的な証拠がなければブログの記載が嘘だったことは立証できない。裁判を起こすわけでなくとも、カツヤの本心を問いただすためには、れっきとした物証が必要だ。

近づいてくる足音がある。振り向くと、さっき話をした貸しボート店の主人が近づいてくるところだった。

「悪いね」店主は苦笑いを浮かべながらいった。「やっぱり思ったとおりだったよ。二年前の夏の帳簿は見つからないね。例年、夏のあいだはお客も多すぎて、いちいち帳簿に名前を書いてもらうこともないからねぇ」

「そうですか……。ここで落雷があった日の、次の週ってことなんですけど……。誰もカツヤとユリコのデートを覚えている人はいないんでしょうか」

「このあいだのロケに来た俳優さんたちならまだしも、本物のふたりはただの一般人だろうからね。カップルなら夏休みのあいだ、大勢きてるしねぇ。ああ、そうだ、落雷の日なら覚えてるよ。八月の、お盆よりちょっと前だったかな。ほら、あそこに見える黒姫山のほうに、どーんと落ちた」

「へえ……。怪我した人とか、いなかったですか」

「朝から雨が降ってたからね。ボートを借りる客もいなかった」

恵梨香はため息をついた。二年前の八月、落雷はたしかにあった。その翌週となると、ブログの記述どおり盆休みのころだろう。あまりの混雑のせいで、カツヤとユリコらしきカップルがいたことを残す記録はどこにもないらしかった。

それでも、ここまできて諦《あきら》められない。恵梨香は店主にきいた。「帳簿以外に、貸しボートを利用した客のデータが残るものはないんですか。ビデオカメラとか」

「ないねえ……。それに、どちらかといえば夏より冬のほうが帳簿に名前書いてもらうのが重要でね。夏の客はちょっと借りて湖で涼むぐらいだから、すぐ返してくれるけど、冬の客は一日じゅう借りっぱなしだから。ちゃんと管理しとかないとね」

「冬？ ……冬も貸しボートは営業してるんですか」

「ああ」と店主はうなずいた。「以前は閉めてたんだけどね。ワカサギ釣りの客が増えて需要があるもんだから、四、五年前からやることにした」

「ふうん。氷が張ったりはしないんですか」

「もちろん張るけど、モーターボートですぐに砕いちゃうんだよ。まあこのあたりは、すっぽり雪に包まれて真っ白になっちゃうけどな」

「へえ。寒そう……」恵梨香はぶるっと身を震わせた。熱のせいでよけいに寒く感じられる。

　と、そのとき、ふと頭に浮かぶものがあった。真っ白に染まる湖畔……。

　ひょっとして、と恵梨香は息を呑《の》んでハガキを取りだした。

　その文面を見つめたとき、いままで見えていなかったものが見えた気がした。いや、おそらくそうだ。それで消印の一部が塗りつぶされていたことの説明がつく。

「おじさん」恵梨香は急《せ》きこみながらいった。「帳簿、あるだけ見せてもらっていい？」

　店主は眉《まゆ》をひそめた。「そりゃいいけど、さっきも言ったように盆休みのは……」

「いいんです。わたしが見たいのはそれ以外の時期だから」

　恵梨香は歩を踏みだした。心拍が速まる。かならずしも熱のせいだけではないと恵梨香は感じた。誰も知りえなかった事実が、いまあきらかになるかもしれない。それをたしかめるまで、わたしは倒れるわけにはいかない。おそらく真実はもう、すぐそこにある。

スクープ

美由紀は病院の廊下を歩きながら、腕時計をちらと見た。午後三時すぎ。本来なら入院患者の面会が許される時間帯だが、例外もある。北見駿一はいま、その例外のひとりだった。

一緒に歩く安藤沙織は、いまにも泣きだしそうな顔をしていた。城ノ内光輝のもとで真実を知り、その衝撃をひきずったままここに足を運んでいる。駿一に会うことができないとわかった時点で、彼女には帰宅を促すべきだったろうか。

いや、これでいいと美由紀は思った。沙織は駿一を愛している。たとえ相手と心を通いあわさなくても、みずからの胸中にたしかめることで存在を意識できる愛もある。いまの沙織に必要なのは、むしろその愛が揺るぎないものかどうかを、自己確認することだろう。

長い廊下の突き当たりにある、金庫室のように厚い金属製のドア。無菌フロアへの入り口は固く閉ざされている。その手前にある待合室の長椅子に、入院着を身につけた男女が、こちらに背をむけるかたちで座っている。

沙織が小走りに駆けだした。痩《や》せたその男が駿一に見えたのだろう。美由紀はそれが別人だと気づいていた。頭に包帯を巻いている、すなわち駿一ではない。

嵯峨が振りかえると、沙織の歩は緩んだ。落胆したように肩を落として、とぼとぼと歩く。

意外なことに、嵯峨と一緒にいる女は霧島亜希子だった。顔には血の気がなく、ひどく痩せ細っているが、ベッドから起きだすことは可能なぐらいに病状は抑えられているらしい。

「嵯峨君」美由紀は話しかけた。「なにがあったの……?」

戸惑いがちに口をつぐむ嵯峨の代わりに、壁ぎわにたたずんでいた男が歩み寄ってくる。駿一の父、北見重慶は情けない声をあげた。「駿一のやつ、意識を失っちまいやがって……。無菌室に入らねえと、どうにもならねえっていわれて……」

沙織があわてたようすで、扉に近づこうとした。「駿一君、このなかにいるんですか」

「まって」嵯峨が立ちあがった。「見舞い客は入れないんだよ」

「え……?」

美由紀はうなずいた。「お医者さんも看護師さんも、着替えてエアーシャワーを浴びて、手を消毒してからじゃないと入れないの。内部は無菌状態に保たれてるから」

「そんな……。駿一君の姿を見ることさえできないんですか」

嵯峨は深刻な表情で沙織を見かえしてから、待合室の奥へと歩いていった。壁を覆うカーテンを開けると、その向こうに頑丈そうな窓ガラスがあった。

ガラスの向こうには小さな病室が見えている。ベッドがひとつあるほかには、いくつかの白い棚が置いてあるだけの、無機的な部屋だった。一方の壁は網状に無数の穴があいていて、そこから除菌されたクリーンな空気が噴きだしているらしい。天井のレールから点滴が吊《つ》りさがっている。その管は、ベッドの上に横たわる駿一の胸部に伸びていた。

「駿一君……」沙織が悲痛な声をあげて、ガラスにすがりついた。

嵯峨は静かにいった。「昏睡《こんすい》状態だよ……。ガラスは密閉されてて、声も聞こえないって担当医が言ってた。起きていればインターホンで話せるけど……」

沙織は嵯峨を振りかえった。目を潤ませながら沙織がきいた。「どうなるんですか?」

「さあ……。駿一君のドナーは、まだ見つかってない。でも白血病細胞を極限まで減らさないと危険な状態だったらしくて、それと同時にあらゆる菌から守るため、ここに入らざるをえなかった。この先どうなるかは、まったく予想がつかないって……」

ガラスの向こうに見える駿一は目を閉じたまま、ぴくりとも動かなかった。点滴の管のなかに水の流れがみえる。それ以外は、時間がとまっているかのような空間にみえた。

沙織が嗚咽《おえつ》を漏らした。泣きながら震える声で、沙織はつぶやいた。「駿一君。……別れたままなんてやだ……。わたしを嫌いになったままだなんて……」

そのとき、重慶が沙織に近づいていった。「いや。駿一は、おまえさんのことを好きだったと思うよ。あれをごらんよ」

重慶はガラスの向こうを指差した。駿一の枕もとに一枚の写真が貼ってある。色あせているが、沙織の写真だった。

「うちにあったんだが」と重慶は力なくささやいた。「けさ駿一から電話があって、どうしても持ってきてくれって言われてな。うちはろくに掃除もしてねえし、埃《ほこり》っぽくって汚ねえから、写真は無菌室に入れられねえって言われた。そこをなんとかって頼みこんで、医者があしてコピーのプリントを作ってくれて、無事に中にいれてくれたよ。あいつが目覚めたら、まっさきに目に飛びこんでくる場所に貼っておいてくれって言っておいた」

沙織はガラスに顔を近づけ、しばし室内を眺めた。そして両手で顔を覆い、肩を震わせて泣いた。

「駿一君」沙織は震える声で繰りかえし、その名を呼んだ。「駿一君……」

重慶も赤い目に涙をためていた。それを指先でぬぐいながら重慶はいった。「俺は……自分が情けねえよ。妻に出ていかれてから、たいして仕事もせずに飲んだくれて……。駿一のやつ、手術費は自分で工面するとかいって、物騒なもんこしらえて、売りさばいて……。俺は見て見ぬふりばかりしてた。でも、こんなんじゃいけねえってんで、パートを始めたよ。職場の先輩が、金貸してくれた。やっとこさ患者負担金が用意できたってのに……」

嵯峨がつぶやいた。「そうだったんですか……」

と、亜希子が立ちあがり、ゆっくりと沙織に近づいた。

亜希子はガラスの向こうを眺めながら、小さな声でいった。「きっと治るわよ。だいじょうぶ……。あなたみたいな人に支えられてるんだもの」

美由紀は話しかけた。「亜希子さん。……あなたも、骨髄移植を受けるべきよ……。ドナーが見つかっているのに、手術を拒否するなんて……」

「わたしは……」亜希子は暗い顔をしてうつむいた。「わたしは、B型にはなりたくない……。それだけなの」

胸が詰まるほどの悲しみが美由紀のなかにこみあげてきた。落胆のいろを漂わせた嵯峨の横顔を、まともに見ることができないほどの辛《つら》さが美由紀を襲っていた。

どうして正しいことを受けいれられないのだろう。なにが正しくてなにが間違っているかを、なぜ知ろうとしないのだろう。

沙織が亜希子に告げた。「血液型なんて関係ない……。駿一君はB型だったけど、すごくいい人なんだよ」

亜希子は目を伏せたままだった。「……彼は……B型以外のドナーが見つかる可能性があるんだし……。そうすれば、Bじゃなくなる……。羨《うらや》ましい、そう思うの」

嵯峨が低い声で告げた。「亜希子さん。駿一君はこれまでも、決して悪い子ではなかったよ。彼が僕に怪我を負わせたのは、事故にすぎないんだ」

しばらくのあいだ亜希子はその場にたたずんでいたが、やがてなにも言わず頭をさげると、ゆっくりと待合室をでていった。

美由紀は嵯峨を見つめた。嵯峨も、美由紀を見つめかえした。戸惑いと憂いの混ざったいろが、嵯峨の顔に浮かんでいる。

同感だと美由紀は思った。あまりに辛く、せつない状況だった。助かるはずの命が助けられず、誰もが死に急ごうとしている。どうやったら制止できるというのだろう。みな悲しみたくないと思っているのに。誰も悲しませたくないと思っているはずなのに。

美由紀が沙織とともに病院の玄関をでたとき、すでに陽は傾きかけていた。オレンジいろに染まる石畳に歩を進めながら、美由紀は沙織に告げた。「家まで送るから……」

沙織は泣きながらうなずいた。しきりにハンカチで涙をぬぐいながら、沙織は震える声でささやいた。「駿一君。もう会えないかもしれない……」

「そんなことはないわ。白血病は不治の病じゃないのよ」

「だけど……。きのうニュースでも言ってた。白血病の死亡率があがってるって……」

言葉が見つからない。美由紀は黙りこむしかなかった。

死亡率の上昇は、とうとう公的なデータでも認められる段階になりつつある。『夢があるなら』とそれにつづく白血病ドラマのブームと比例するように、病に敗北する患者数が増えている。

歯止めをかけねば。しかし、どうすればいいというのだろう。何週間も努力してきて、いまだ問題解決の糸口さえつかめずにいる。人々の誤解や偏見は助長されるいっぽうだ。

美由紀は心のなかでつぶやいた。このままでは嵯峨君が……。

胸が張り裂けそうになる。美由紀は悲しみを堪《こら》えて歩きだした。手は尽くしているのに。その思いにまた涙がこぼれそうになった。

そのとき、ロータリーにタクシーが滑りこんできた。なぜかタクシー乗り場から離れた、美由紀たちの目の前に停車している。

後部座席のドアが開き、降り立った小柄な女を見たとき、美由紀は驚いてその名を呼んだ。「恵梨香⁉」

一ノ瀬恵梨香は熱のせいか、赤い顔をしてふらつきながら近づいてきた。美由紀の前まできて、倒れこむように抱きついてくる。

「美由紀さん」恵梨香は荒い息づかいのなかでつぶやいた。「ちょうどよかった。ここで会えて……」

「どうしたっていうの。寝てなきゃ駄目なのに」

「いいの。でもね……収穫あったよ、野尻湖で」

「野尻湖? そんなところまで行ってきたの?」

「そう。あ、クルマ運転したわけじゃないから、念のため。……スクープだよ。カツヤの嘘が裏づけられました」

「え……」美由紀は思わず絶句した。「……ほんとに?」

うん、と恵梨香は小さくうなずいた。力なく微笑を浮かべて、恵梨香はいった。「わたし、いまなら胸を張って言えるよ。今度こそ、美由紀さんの役に立てたって……。みんなのために、結果をだせたって……」

美由紀はこみあげるものを抑えきれなくなった。目に涙が溢《あふ》れ、なにも見えなくなる。

恵梨香が得てきた情報がどんなものであるにせよ、恵梨香の純真さが愛《いと》おしくて仕方なかった。たまらなくせつなかった。

生きざま

一週間が過ぎていた。美由紀は恵梨香とともに、朝焼けに包まれた富士山のみえる住宅街の一角に立った。

木造二階建ての古びたアパート。その一階の七号室。戸は外に面していて、表札はかかっていない。

戸に歩み寄ると、美由紀は恵梨香を見た。すっかり元気になった恵梨香が、美由紀を見つめかえしてくる。

美由紀はうなずいた。いよいよだね、目がそう訴えていた。

この数日間は長かった。遂《つい》に、というか、ようやくこの住所にまで行き着くことができた。

チャイムを鳴らす。戸がよほど薄いのか、それとも周りが静かなせいか、ごそごそと起きだしてきた音がきこえる。

錠が外れる音がし、戸が開いた。寝癖のついた頭、ぼんやりした顔に眼鏡をかけた巨漢、飯田橋克哉こと本物のカツヤが姿を現した。

カツヤは薄汚れたTシャツにジーパンという服装で、そのまま寝ていたらしくまだ眠そうな目をしていた。だが、美由紀を見たとたん、その顔に殴られたような衝撃のいろがひろがった。

先んじて美由紀はいった。「おはようございます、カツヤさん」

数秒ほど、愕然《がくぜん》とした面持ちで静止したカツヤが次にとった行動は、戸を閉めて室内に逃れようとすることだった。

しかし、美由紀は足を戸にかけてそれを防いだ。たいして腕力もないらしく、カツヤはたちまち諦《あきら》めの表情に変わった。

恵梨香がカツヤをにらんでいった。「ここ見つけるの苦労したよ。前は浜松の喫茶店で待ち合わせたのに、じつは富士宮《ふじのみや》に住んでたなんてね。ちょっとばかし遠出してかく乱しようとでもした？」

「いや……」カツヤは口ごもった。「それは……あの……」

美由紀はカツヤに告げた。「もっとも、長谷川百合子さんに会ってからは、この住所を教えてくれるまでそう時間もかからなかったけどね」

カツヤはまた、はっと息を呑《の》んだ。「会ったんですか……ユリコに？」

「ええ。白血病どころか、ジムでスポーツインストラクターをしてる健康そのもののユリコさんにね。ブログで出会ったってのも大嘘。本当はあなたが入会した恋人紹介システムで、お見合いの相手としていちどデートする約束になっただけ」

「あ、あの……」カツヤは顔面を蒼白《そうはく》にして、口をぱくぱくとさせた。「入院してたってのは、本当だし……白血病じゃなかったけど、そのう……」

「いいえ。それも違うの。二年前、最初のデートの約束で待ちあわせ場所に赴いたユリコさんが、あなたを見かけたとたん、つきあいたくないと思って声をかけずに帰ってしまった。翌日、あなたから連絡があったので、身体を悪くして入院したって嘘をついた」

「……そうだったんですか？　……あの女が嘘を……」

「あなたもね。じつは免許もないのにスポーツカー持ってるとか、フィッシングが趣味とか虚言ばかり並べたてて、必死で彼女の興味を惹《ひ》こうとした。ユリコさんはそれで折れて、いちどぐらいドライブにつきあってみようかと考えなおした。あなたの野尻湖行きの提案に、彼女はやっと賛成してくれた」

恵梨香がハガキを取りだした。「これがその返事だね。冬だったのに夏と思わせたのは、野尻湖にデートをした半年後に自作自演で恋愛ブログをでっちあげたんで、そのなかの設定に溶けこませるためだよね。消印の月日のところだけ消してあるなんて、おかしいと思ったよ……」

カツヤはいまにも泡をふいて倒れそうな顔をしながらつぶやいた。「……なんのことか、さっぱり……」

「わからない？」恵梨香がじれったそうにハガキを読みあげた。「デートのお誘い、受けちゃおうかな。だけど、この時季に野尻湖に行くの？　二日前に、あのすぐ近くの山に落雷があったってニュースで言ってたよ。だいじょうぶかな。だけどカツヤ君のことだから、きっとすてきなデートコース、考えてくれてるよね。じゃ、お誘いいただいたとおり、来週の木曜にお会いできるのを楽しみにしてます。十八歳の誕生日、野尻湖でいい時間が過ごせることを期待してまーす。ユリコ」

美由紀はあとをひきとってカツヤにいった。「あなたは後にも先にも一度だけデートの約束を取り結べたこのハガキに、手を加えてブログの架空恋愛物語の物証にできると思いついた。これ、落雷じゃなくて落雪よね？　縦に二本書きこんだだけで、季節が冬から夏へとがらりと変わった」

恵梨香がうなずいた。「二年前の冬の野尻湖周辺で落雪のニュースを検索したら、すぐに見つかった。国道一八号が雪に埋まっちゃって通行止めになったっていうニュース。で、そこから割りだして翌週の木曜にあたる日、貸しボート店の帳簿にしっかり名前残ってた。長谷川百合子さんって名前と電話番号がね。彼女、貸しボート代まで払わされたって怒ってたよ。デートに誘っておいて、女心がわかんない人だね」

「あの……」カツヤはぼそぼそといった。「彼女は、ほかに……なにか……」

ため息をついて美由紀はカツヤを見た。「予想つくと思うけど、真実を知ってかんかんに怒ってたわ。彼女、『夢があるなら』は知ってたけど、白血病でもないしあなたにもいちど会っただけだから、ドラマにでてきたハガキの文面が自分の書いたものだなんて気づきもしなかった。ユリコという名前が彼女を指しているなんて思いもしなかったし、カツヤもあなただなんて思わなかった。完全に忘れてたってわけね。当然ドライブデートだと思ってたら、電車で現地まで連れて行かれて、氷の浮かぶ寒々とした湖でボートに乗せられたって恨んでたわよ」

「……そこは違う。ボートは、彼女が乗ろうって……」

「ええ。あなたがフィッシングが趣味だとか言ってたから、ボートと釣竿《つりざお》を借りてワカサギ釣りをするよう、彼女が頼んできたのよね。はっきりいって彼女はあなたの虚言癖に気づいてたから、釣りをさせることでそれを見極めようとしたのね。で、あなたは断ることもできなかった。たじたじになりながらボートに乗ったあなたは、ワカサギを釣るには〇・二以下の細い糸を使うことも、軽いオモリを使うべきってことも、餌にサシを使うってことも知らなかった。近くのボートに乗ってた釣り人にからかわれたでしょ？　ユリコさんはもう呆《あき》れてものが言えなくなり、黒姫駅であなたと別れて、ひとりで帰った。それっきり彼女からは音沙汰《おとさた》なし。ブログで彼女を白血病患者に仕立てて、ひとり二役で妄想の物語を展開したのは、その腹いせ？　わざわざ二台のパソコンを使ってIPアドレスを変えるなんて、偽装も手がこんでたのね」

「あれは……言ってみればその、物語だよ。物語の連載。ブログを読んでた人たちが、リアルタイムで感動したのは間違いないんだし……そういう意味では実話だし……。誰も傷つけちゃいないし」

恵梨香が怒りをあらわにした。「なに言ってんの？　死んだことにされた長谷川百合子さんがどれだけショックを受けたか、わからないの？」

「ユリコは……名前がたまたま一致してたってだけで、ブログの登場人物にすぎないし……」

美由紀は首を横に振った。「このハガキの文面をほぼそのまま引用している以上、あなたは彼女の著作人格権を侵害してることになる。彼女が無関係という言い訳は通用しないわ」

と、カツヤは緊張の果てに、ふいに笑いを浮かべた。「そんなの……たいしたことじゃない」

「いいえ。あなたはこれを実話と主張し、書籍化、ドラマ化で多額の印税を受け取ってる」

「詐欺だと言いたいのかい？」カツヤは居直ったようにひきつった声でいった。「なら、出版社とか、局が訴えてくればいいことだよ。あなたたちは第三者だろ。関係ないよ」

やはりこういう物言いになったか。美由紀は冷ややかな気分でカツヤを見据えた。出版社もテレビ局もひと儲《もう》けしている以上、わざわざ面倒を掘り起こして評判をさげることはないと高をくくっているのだろう。

「それなら」と美由紀はいった。「わたしが被害に遭った件について訴えることにするわ」

美由紀が取りだした写真を見たとき、カツヤの目はさっきよりも大きく見開かれた。眼球が飛びだしそうなほどの丸い目で、カツヤは写真を呆然《ぼうぜん》と眺めた。

自分のサイン入り写真を手にして、美由紀は告げた。「これ、ヤフーオークションに出品されてたものを、職場の同僚に落札してもらったんだけど。この写真撮ったのはあなたでしょ。しかもこれ、ポラじゃないしね。元のポラロイド写真をスキャナーで取りこんで、プリンターでコピーしてから、サインをマジックインキでなぞって直筆に見せかけてある。複数生産してさばくつもり？　肖像権の侵害でしょ？」

恵梨香がカツヤにいった。「ほかにも、あやしい物をたくさん出品してるんだね。月の石だとか、甲子園の土だとか。で、落札代金の振り込み先の口座名も飯田橋克哉。もう言い逃れできないじゃん」

カツヤは目を白黒させながら美由紀と恵梨香をかわるがわる見たが、もう駄目だと観念したのか、いきなり戸口で両膝《ひざ》をつき、ひれ伏した。

「申しわけない」カツヤは震える声でいった。「もうしないと約束する。見逃してくれ」

美由紀はため息まじりにきいた。「どうしてこんなに嘘ばかりついたの？」

「そのう……いけないとわかってても、どうしても大きなことをしてみたくて……。B型だから、目立ちたがりで……」

「なんですって」美由紀は苛立《いらだ》ちを覚えて詰め寄った。「最後は血液型のせいにするつもりなの。潔く反省したら？」

怯《おび》えた熊のようにうずくまったカツヤは、土下座したまま震えてつぶやいた。申しわけない、本当に申しわけない。

美由紀はあきれ果てた気分で恵梨香に目を向けた。恵梨香も、同じ気持ちらしい。うんざりした表情を浮かべている。

「夢があるなら、か」恵梨香はつぶやいた。「まさに、この人の生きざまってことだね」

あきれ顔

「以上が真実です」と美由紀は告げた。

向かいのソファにおさまった番組プロデューサーの上条は、ただ唖然《あぜん》としたようすで口をぽっかりと開けていた。

上条は、テレビ局の制作部にやってきた三人の訪問者、美由紀、恵梨香、そしてうなだれて座っている飯田橋克哉をかわるがわる見て、なおも呆然としつづけた。言葉は発せられることがなかった。

無理もないと美由紀は思った。このプロデューサーは真実をひとかけらも知りえていなかった。カツヤと顔を合わせるのも、これが初めてのはずだ。実話にしてはあやしいところが多いブログの映像化だけに、問題が持ちあがっても知らぬ存ぜぬで通すためには、むしろ本人と会わずにおいたほうがいいという計算もあったのかもしれない。

何分も時間が経って、ようやく上条がぼそぼそと告げた。「このひとが……本物のカツヤ……？　根拠は？」

恵梨香がカツヤに目を向けていった。「いま美由紀さんが説明したこと、ぜんぶあなたの話だよね？」

カツヤはためらいがちにうなずいた。「……おっしゃるとおりです……」

「なんてことだ！」上条は両手で頭を抱えた。「もうすぐ最終回だってのに、こんなことが発覚するなんて……」

「上条さん」美由紀はいった。「視聴率も大事とは思いますけど、テレビというのは真実を伝えるメディアであるべきと思います。この事実は、御社がみずから明かされるべきと考えますが」

しばし固まっていた上条は、激しく首を横に振った。「それはできない。私はドラマ制作部の人間だよ。報道部じゃないんだ」

「だからといって見過ごせますか？　本物の長谷川百合子さんは、名誉を傷つけられたとおおいに立腹してます。周囲の知人にも話すでしょうし、いずれ他局の報道や新聞社が噂を聞きつけることでしょう。インターネット上に話題がでれば、もう手がつけられなくなるはずです。糾弾を受け、あなたの権威も失墜します。そうなる前に、番組の作り手として真実を明かすべきでしょう」

「いや、しかしやっぱり、そんなことは……。出演者の事務所やスポンサー、それに編成の上司にどう言いわけすればいい？　私にとってはこんな話、きょうあなたたちがお見えになるまで、まるで知りもしなかったことだし……」

保身ばかり気にする男だと美由紀は苦い気分で思った。管理職の悪い面が表出している。

美由紀はちらと部屋のガラス扉の向こうに見える、制作部のオフィスを眺めた。城ノ内光輝のポスターが貼ってある。彼をメインに据えた新番組が始まるらしい。真実が暴かれても、それが公にされないかぎり嘘はまかりとおる。城ノ内がなおも活動中であることが、その風潮の証《あかし》に思えた。

恵梨香が上条にいった。「あのう、わたし『夢があるなら』観てたんですけど、いいドラマだったと思うんですよ。だから、実話じゃなかったって明らかになっても、作品として素晴らしいことに変わりはないとか、そんなふうに受けとられると思うんですけど」

その言葉は、上条にとって光明が投じられたに等しかったらしい。はっとした顔になった上条は、恵梨香をじっと見つめてつぶやいた。「そうかな。……そうだな、たぶん、そうだ」

「あくまでカツヤさんのブログを元にしたフィクションだと説明すれば、世間は納得しますよ」

「ただし」美由紀は上条を見据えた。「フィクションであっても、ドラマで描かれる倫理には気を配らねばならないでしょう。白血病についての描写も、単に原作のブログがそうだったからというだけでは済まされません。ドラマのプロデューサーとして、きちんと世間への説明責任を果たしてください」

「……やっぱりそこは、言わなきゃいけないかね……」

「はい。追及されるより前に、みずからおこなってください。それが最善の方法です」

上条は苛立ったようすで立ちあがった。

せわしなく室内を歩きまわりながら、上条は頭をかきむしっていた。とるべき方法はひとつしかない。ただ、気持ちに整理がつくまで時間がかかるだろう。美由紀はそう思った。

ところが、上条は案外早く、納得したような顔になった。真顔で美由紀をじっと見つめ、上条は告げた。「わかりました。最善の方法をとろうと思う」

「……すぐにでもお願いします。白血病に苦しんでいる人は、きょうのうちにも真実を知る権利があるはずです」

腕時計に目をやって、上条は渋々といったようすながらうなずいた。「夕方の報道には間にあうかもしれん。手を打ってみよう」

願ってもないことだった。思わず顔をほころばせながら、美由紀は恵梨香を見た。恵梨香も笑みを浮かべて見かえした。

「ところで」と上条はカツヤを見て、揉《も》み手をしながらいった。「せっかくお会いしたんだから、早めに相談しておきたいんだが……。もう最終回の撮影は終わってるんで、今後の企画も考えなきゃならん。『夢があるなら・真相』という二時間ドラマを制作したいんだが、了承してくれるかね？　この一部始終を元にドラマをつくるわけだが」

カツヤは困惑したようすで、しどろもどろにいった。「いや……それは……そのう、そんなの、困ります……」

「いいじゃないか。どうせ認めてしまうんだし、どうせなら著作権料が入る仕事にしてしまったほうがいい。こちらの臨床心理士のお二方も、登場人物として描いてだな……」

美由紀はまた恵梨香と顔を見合わせた。今度はふたりともあきれ顔だった。思わずため息が漏れる。上条が早々に納得してくれたのは、その思いつきのせいか。なんでも節操なく商売にしたがるなんて。

もし彼自身が不治の病にかかっても、けっして反省などしまい。みずからの闘病をネタにすれば、今度は著作権料も自分で受け取れる、そうほくそ笑むことだろう。

夕方のロビー

嵯峨は看護師に支えられながら、一歩ずつ階段をゆっくりと下りていった。

とうとうひとりで歩けなくなったか。足が痺《しび》れて感覚が薄れている。CTスキャンの検査によると、また脳の一部に腫瘍《しゅよう》らしきものが見受けられるという。白血病細胞がつくりだす腫瘍が神経を圧迫している。少しずつ放射線治療をおこなっているが、脳だけにあまり多量の放射線をあてるわけにもいかず、回復するまで時間がかかるという。

もう身体はぼろぼろだった。血管が死に絶えつつあることを感じていたし、抗がん剤と解熱剤を交互に投与される日々も過酷の極みだった。さすがにゆとりはもうほとんど存在しない。点滴の打ちすぎで薬も効きづらくなっていた。いまは足に点滴注射している。そこからでないと、流れにくくなった血管を迂回《うかい》できないからだと担当医の望月はいっていた。

ロビーまで下りきる前に、足を滑らせて転倒しそうになった。看護師がとっさに支え、つんのめるのを食いとめてくれた。

「だいじょうぶですか」看護師がきいた。

「ええ」嵯峨は身体をまっすぐにしようと必死だった。「本当にごめんね。無理に起きだしてきて……」

看護師は笑った。「夕方のロビーは患者さんたちの交流の場ですから。嵯峨先生がいないと、ほかの患者さんたちも楽しくないって言いますしね」

「まだ先生と呼ばれるのか……。こんなぶざまな先生がいるべきかな」

「いいえ。嵯峨先生は頑張ってらっしゃるから。ほかの患者さんたちの誇りですよ」

重くだるい身体をひきずるようにしながら、階段を下りていく。自分が役に立っているかどうかわからないが、患者仲間の相談を受けるのは重要な使命だ、嵯峨はそう思っていた。このところ悲観的な状況ばかりが相次いでいる。少しでも励みになる行動をとりたい。

と、ロビーに足を踏みいれたとき、奇妙な光景がそこにあった。

入院患者たち十数人ほどがテレビの前に群がっている。それも見たところ顔見知りの、白血病患者たちばかりだ。霧島亜希子もいる。誰もが真顔でテレビに見いっているようだった。

看護師に助けられながら、嵯峨はそこに近づいていった。

患者のひとりが振りかえり、嵯峨を見つめたとたんに笑顔を浮かべていった。「あ、嵯峨先生！　すごいことになってますよ」

ほかの患者たちも振り向いて、嵯峨に歓迎の意志をしめしてきた。どうぞ、もうちょっと前へ。嵯峨先生、だいじょうぶですか、手を貸しますよ。このニュース観てくださいよ。

「どうも……」恐縮しながら嵯峨は患者たちの輪に入り、一緒にテレビを見つめた。

とたんに衝撃が走った。キャスターの顔のアップが映った画面の下端に、ニュースの見出しが表示されている。〝『夢があるなら』は作り話〟、そうあった。

キャスターの声が告げた。「お伝えしていますように、当テレビ局ドラマ制作部の公式発表によりますと、『夢があるなら』の元になったブログはじつは静岡県在住の男性ひとりが書いたもので、登場する女性は実在しますが、白血病患者ではなく、死亡もしていないということです。これに絡みまして、同ブログに記載されていた治療の経緯はすべてが男性による創作とわかり、ブログとその書籍版の愛読者、およびドラマの視聴者は大きなショックを受けています。と同時に、ブログに書かれていた医師の対応は非現実的という声があがり、専門家もこう答えています」

画面が切り替わった。都内の大手病院の医師がインタビューに応じている。

以前から『夢があるなら』の白血病の描き方に疑問はあったのだろうが、作品を支持する社会的風潮で声をあげられなかったか、もしくは黙殺されていたに違いない。医師はやや紅潮した顔でまくしたてた。

「あのブログおよび『夢があるなら』というドラマに出てくる医学は、まったくナンセンスです。白血病は現在、不治の病ではありません。化学療法、骨髄移植、さい帯血療法など研究が進み、治療実績はどんどんあがっています。手術や抗がん剤の投与など、大掛かりな治療を必要とする面もありますが、治せる病気なのです。『夢があるなら』の元になったブログが完全にフィクションだったわけですから、そのドラマ版などに登場する医師の言葉、治療法、そして患者の症状などは、一片たりとも参考にしてはなりません。『夢があるなら』に追随した世の白血病ドラマには共通の誤解が描かれています。それらを通じて得た白血病に関する見識は間違っています。真実の白血病は、治る可能性があるのです」

嵯峨はその画面に見いっていた。

胸の奥から熱いものがこみあげてくる。夢にまで見た瞬間がきた。世間に強大な影響力を持つ商業主義が与える暗示が、いま否定され消滅しようとしている。きょう、この報道を通じて国民は変わる。反応は鈍いかもしれないが、しかし確実に真実の楔《くさび》は打ちこまれた。白血病について、きょうが日本のターニングポイントになる。

テレビのなかの医師はつづけた。「みなさまに強く訴えたいのは、骨髄バンクへのドナー登録です。骨髄移植によって救える命がたくさんあるのです。骨髄の採取は四、五日ほどの入院で済み、手術そのものも、うつ伏せの状態で腰の骨に注射針を刺して五百ミリリットルから千ミリリットルの骨髄液を抜きとるというだけです。原則として全身麻酔がおこなわれますし、退院後はすぐに職場や学校に復帰できます。『夢があるなら』でドナーが事故死する話がでてきますが、現実ではありません。骨髄バンクを通じた骨髄の提供で、ドナーが亡くなった例は一件もありません。だから積極的におこなっていただきたいのです。健康なあなたのおかげで救われる命があるのです。そして、全国の患者および、そのご家族のみなさまに申し伝えたい。あなたたちが生きる日常は『夢があるなら』の世界ではありません。白血病にかかり悲哀を感じることは間違っています。誰でも病気になれば入院し、治療には大なり小なりリスクもあります。それと同じだと思ってください。白血病は死の宣告などではない。治せるのです」

患者のひとりが拍手したとき、それはたちまち周囲に広まった。ロビーには爆発的な勢いで拍手が湧き起こり、歓声があがった。

「治る！」男性の患者が、目にうっすらと涙を浮かべながら叫んだ。「俺たちゃ治るんだ！」

拍手はいっそう大きくなった。抱きあっている人々もいる。亜希子も涙を流していた。悲しみの涙ではない。もっと熱いものが辺りに満ち溢《あふ》れている。

嵯峨はその光景を眺めるうちに、視界が揺らいできたのを見た。自分の目にも涙が溢れている。

きょう、この瞬間を胸に刻もう。嵯峨は思った。真実は伝えられる。正しい行いは、必ずすべての障壁を突破し、あるべき場所に到達する。身を以《もっ》て証明してくれた。そう、これは彼女たちが成し遂げたにちがいない。奇跡への扉は、いま開かれようとしている。

安藤沙織は自宅のリビングルームでテレビを見つめていた。

その報道に受けた衝撃は一瞬のことだった。次の瞬間には、画面が放つ光はまさに希望そのものに感じられた。涙が目を満たしているせいか、その光は虹《にじ》色にきらきらと輝いてみえる。

駿一の入院先の病院では、何度となく聞かされた。白血病は不治の病ではない、と。望月医師も、入院仲間の嵯峨もそういっていた。それでもわたしの心は悲観に傾いていた。なぜそんなに悲しみに暮れていたか、いまになってようやくわかる。あのドラマの印象がすべてだったのだ。わたしたちはあのレールを走り、悲劇の運命の待つ終着駅に誘《いざな》われている、いつしかそう信じきってしまっていたのだ。

目を閉じ、駿一のことを思った。無菌室で、昏睡《こんすい》状態がつづいている駿一。彼にこのニュースを聞かせてあげたい。いままでと違う世界に生きていることを、希望溢れる世界に暮らしていることを、彼に知らせてあげたい。

北見重慶は、館山にある自宅の居間で、日本酒の瓶を傾けていた。

猪口《ちょこ》を満たした酒を一気にあおる。アル中だ、何杯飲もうが気分など変わらない。いままではそのはずだった。

だが、きょうは違う。胸から腹の底へと沈んでいく温かい酒が、全身に活力をもたらす。血が浄化されていくかのようだ。

テレビは繰りかえし、同じニュースを報じている。リモコンでチャンネルを替えてみた。どの局も報道の内容は共通している。『夢があるなら』は創作。白血病は不治の病ではない。運命の悲哀に浸るべきではない。

聞いてるか、駿一。重慶はつぶやいた。白血病は治るんだ。頑張ってくれ。おまえは、俺とちがってろくでなしなんかじゃない。

地続きの世界

駿一が意識を取り戻したとき、真っ先に目に入ったのは、看護師の顔だった。

看護師は笑みを浮かべていた。おかえり、駿一君。いい知らせがあるのよ。

この期に及んで、いい知らせとはどういう了見だろう。駿一はただ戸惑うだけだった。白血球の数を急激に減少させたため、外にはでられない身体になっているという。無菌室だと看護師はいった。

見れば、ずいぶんと殺風景な部屋に移されている。外にはでられない身体になっていると
かなりの日数、眠りこんでいたらしかった。外の世界がどうなっているか、まるでわからない。テレビも冷蔵庫も、ベッドの近くの棚に収納されている。シャワーも室内にあった。部屋の隅をカーテンで仕切って、シャワールームがわりにする。すべての生活がここで可能になる。そしてそれはつまり、ここから当分でられないことを示しているようだった。

起きあがろうとしても、身体の反応は鈍く、まるで動けなかった。天井にぶらさがっている点滴を見たとき、深いため息が漏れた。中途半端なところで目が覚めたものだ。死にもせず、かといって治療はさらに苛烈《かれつ》をきわめているらしい。

しかし、看護師はなおも笑顔でいった。適合するドナーが見つかったのよ。それまで起きがけのように判然としなかった駿一の頭も、たちまち覚醒《かくせい》する、そんな実感があった。ドナーが見つかった。骨髄移植が受けられるのか。

看護師はテレビを点《つ》けて、ニュースを見せてくれた。いまテレビは連日こればかりよ、と看護師はいった。この報道のおかげで、ドナーのキャンセルが減少して、新しい登録者も増えたの。

矢継ぎ早にニュースの表題が耳に飛びこんでくる。驚愕《きょうがく》の真実。『夢があるなら』はフィクションだった。独り暮らしニートの妄想。本物のユリコさん、記者会見へ。

医療関係者のコメンテイターは連呼していた。白血病は治せる。不治の病ではない。

駿一はただ呆然《ぼうぜん》と天井を眺めた。視界の隅に一枚の写真が入った。枕もとに、沙織の笑顔があった。

違う世界に目覚めた、一瞬そう思った。前とは似て非なる世界。光もささない谷底から、希望の光がひとすじ走る別次元へと移った。

これは夢なのか。もしそうなら覚めないでほしい。こんなにいい夢は、いままで一度も見たことがなかったのだから。

しかし、薬の副作用にともなうだるさや身体の重さ、痺《しび》れ、気分の悪さを感じるようになって、ここはやはり現実の世界だと認識するようになった。いまではそれらの症状すらも、受けいれられるようになった自分に気づく。この苦しみは永遠ではない。いつかは終わるときがくる。それも、ふたたび健康な身体を取り戻すことで、闘病の日々に別れを告げられる。

そう思っただけでも、活力が戻ってくる気がした。骨髄移植に入るか否かをたずねてきた看護師に、お願いします、駿一はそう答えた。

手術に入る前段階、治療は以前よりも過酷なものとなった。腰から穴をあけ、抗がん剤を流しこむという髄注なる方法がとられ、ベッドの上で身動きもできなくなる。食事は菌のない真空パックを、さらに無菌室内の電子レンジで数分間温めてからでないと、摂取する許可が下りない。

来る日も来る日も検査ばかりだった。レントゲンからMRI、胃カメラまであらゆる方法を駆使して、体内のすべてに菌が残らないよう監視された。虫歯、もしくはそうなる可能性のある歯は抜かれることになった。駿一はさいわい、奥歯の二本だけで済んだ。

それ以降は、抗がん剤が粉薬に切り替えられた。しかも粉ミルクにして二十杯以上にあたる分量を一日で飲まねばならない。それと並行して放射線照射がおこなわれ、白血病細胞を完全にゼロにしていく。

あらゆる治療が前よりずっときついものだというのに、駿一はなんでも乗りきれる自分に気づいていた。闘う病が、前とは異なって感じられた。白血病には違いない。しかし白血病の概念自体が変わった。勝ち負けが実際のところイーブンなら、僕は勝つ。そう信じられた。負けるはずがない。打ち勝ってこの部屋をでてみせる。

外の世界が気になった。沙織はあの年上の男とつきあっているのだろうか。だが沙織は僕が見ていることに気づいていたはずだ。ここに彼女の写真があるのは、何を意味しているのだろう。たんに親父が家から持ってきただけか。それとも、彼女の同意のうえか。知りたい。自分の足で外にでて、それをたしかめる日が来ると信じたい。

情熱は不可能と思えることも可能にする。三センチ弱もの長さをもつカプセル薬を一日三十粒以上も飲みつづける。全身が機能を失いそうに思える放射線照射も乗りきっていった。発熱とリンパ腺《せん》の腫《は》れなどの障害は発生したものの、それくらいはなんともなかった。まだこれから本物の苦労が待っているにちがいない、そう自分に言い聞かせることで、現状で音をあげることを防ぎつづけた。

さらに数日。移植日がやってきた。駿一にとって移植手術とは、切開でもして内臓を移し替えるという大掛かりなものを想像していたのだが、実際には点滴で骨髄液を流しこむだけのことだった。

この骨髄を、自分と同じように全身麻酔を受けて手術台にうつぶせ、抜かれるのに同意してくれたドナーがいる。名も知れない、国内のどこにいるかもわからないドナー。彼、あるいは彼女が提供する相手が僕であることも、何歳のどんな人間であるかも知らされていない。どんな心境だったのだろう。なにを思って提供に同意してくれたのだろう。

泣きたくなるほどの感謝の気持ちを胸に抱きながら、二時間にわたり五百ｃｃの骨髄液を注入した。手術そのものはとても楽だったが、その翌日からが大変だった。頭痛に足の痺れに吐き気にだるさ、いままで味わったことのある症状すべてが十倍になって返ってきた、そんな実感だった。

新しい骨髄が、以前から身体に残っていたリンパ球などと喧嘩《けんか》せず溶け合うことができるか否か。急性GVHDなる副作用が発生しないかどうか。予断を許さないとは聞いていた。まさに恐怖とともに生きる毎日だった。

けれども、それも真の意味での苦痛とは思わなかった。人は生きていれば恐れる。生きているから恐怖を感じる。すなわちいま、僕は生きている。そう思うだけで、感覚のすべてを和らげることができた。これを悟りの境地とでも呼ぶのだろうか。ふしぎだった。いまはもう死ぬのは怖くない。それよりも生を信じられた自分を誇りに思う、その気分のほうが勝っていた。

意識が朦朧《もうろう》としたまま、寝たり覚めたりを繰りかえす。何日が経過したのか、記憶もさだかではなくなった。

そんな折、担当医の望月がいった。白血球が増え始めたよ。

駿一は愕然とし、涙を浮かべてしまった。また増えてきたのか。いつも減らすために努力してきたのに、白血病の馬鹿どもめ。

しかし、望月はあわてたように告げてきた。違う、違う。もう骨髄移植は済んでるんだよ。新しい骨髄が、健全な白血球をつくってるんだ。これからは、白血球は増えたほうがいいんだよ。

手術後、二週間以上が過ぎているらしかった。混乱する思考では、医師の説明のすべてを理解することは難しい。前に聞いていたことも意味がわからなくなる。いまはただ、なるようになればいい、そんな気持ちであらゆる出来事を受けいれていくしかなかった。

やがて、やっと起きだせる日がきた。看護師は念のために車椅子やストレッチャーを用意してくれたが、自分で歩いてみる、駿一はそう告げた。

看護師に支えられながら無菌エリアの通路にでたとき、鏡のなかに、ひどく痩《や》せ細った自分の姿があった。まさに骨と皮のみだった。

それでも僕は生きている。生きて、自分の足で歩いている。

通路を進み、無菌エリアと外界を隔てる分厚い扉の前に立つ。宇宙旅行から帰ってきたようなものだと駿一は思った。かなりの日数が経っているだろうに、自分のなかでは、最初に気を失った日からずっと時間が静止しているようにさえ思える。

扉が開いたとき、駿一は思わず目を見張った。

待合室には、大勢の患者仲間たちが待っていた。見覚えのある顔ばかり、それも、すべての顔に笑いがあった。

「おかえり」患者たちが口々にいった。「手術成功おめでとう！」

駿一は呆然《ぼうぜん》としながら思った。みんな、無事だったか。なぜかその思いが、真っ先に浮かんだ。

誰もが入院着のままだ。まだ闘病がつづいているのだろう。しかし、みな以前よりも生き生きとして、活力に満ちている印象がある。最も高齢のおばあさんですら、自分の足で立ち、満面の笑みとともに駿一の手を握ってきた。

やっぱり別の世界だと駿一は思った。前と地続きの世界であることは疑いの余地はない、けれども以前とは変わったのだ。ここにいる全員に光が射した。希望が患者たちを変えた。だからこそ、何週間も経過していても誰もが変わらずにいるのだろう。いや、あきらかに健康になりつつあるのだろう。

覚えているかぎり全員の患者が揃っているかどうか、確認してまわりたかった。が、それは中断せざるをえなかった。

駿一にとって、もっとたいせつなものがそこにあったからだった。

花束を手にしてたたずんでいたのは、ほかならぬ沙織だった。沙織は、信じられないというような顔で駿一を見つめていた。

やがて、その大きく見開かれた瞳《ひとみ》に、涙が浮かんでいった。「駿一君……」

ゆっくりと歩み寄ってくる沙織を、駿一はじっと見つめていた。

沙織は、あの大人の男とつきあっているのだろうか。そうだとしても、関係ない。彼女はここに来てくれた。いや、いつも一緒にいてくれた。だから病に負けずにいられた。白血病を打ち負かすことができた。

気づいたときには、駿一も泣いていた。沙織と抱きあい、ふたりで泣きあった。

患者たちから拍手が起きる。駿一はとめどなく流れ落ちる涙とともに、いままでの苦労のすべても体内から洗い流されていく気がした。

僕は生まれ変わった、そう思った。

ひとしきり湧いた拍手がやんでいき、また静けさと落ち着きが戻ってくる。駿一は沙織を見つめた。沙織も見つめかえしてきた。沙織の顔に微笑が浮かんだとき、駿一もつられて笑った。

幸せをひとつずつたしかめたい、そんな気になる。ついさっきまで忘れていた感覚だった。

ところが、その思いに至ったとき、すぐに駿一のなかに気になることが生じた。

辺りを眺めまわしたが、探している顔は見つからなかった。駿一は沙織にきいた。「嵯峨先生は?」

沙織の顔から笑みが消えていった。暗い顔でうつむき、沙織は沈黙した。

駿一はあわててたずねた。「まさか……」

「いえ」沙織はそれを制してつぶやいた。「嵯峨先生は無事。だけど……」

最後の支え

嵯峨は、霧島亜希子の病室でベッドの脇に座っていた。

ずっとこうして彼女の眠っている顔を眺めている。そんな日々が、瞬く間に過ぎ去っていった。何週間も経った。でもまだ僕はここにいる。

ふたつの意味があった。げっそりと痩せたその姿はまだ見慣れることがない。自分とはとても思えない。もともと身体は細いほうだったが、ここまで痩せるとは尋常ではなかった。

壁の鏡を眺めた。まだ生きている。そして、まだ亜希子のそばを離れられない。

「嵯峨先生……」亜希子が、つぶやきを漏らした。

起きたようだ。嵯峨はその顔をのぞきこんだ。「こんにちは、亜希子さん。悪いと思ったけど、また遊びにきたよ」

「……いつでもどうぞ。っていうか、いつでも来てほしい……」

亜希子の衰弱は激しかった。嵯峨以上に痩せこけた頬には血色もなく、ときおり手足に痙攣《けいれん》が起きるほかは、身じろぎひとつしなかった。もうずっと起きあがってはいない。本来なら、白血病細胞を減少させ寛解に近づけるために無菌室に入るべきなのだが、本人が拒絶しつづけているせいで、抗がん剤の投与以外にとられる手段がない。

ほかの患者たちが、総じて『夢があるなら』の創作発覚後は前向きな意識を持ちなおし、実際に回復力を増しているのに対して、亜希子ひとりだけは症状を悪化させつつある。彼女の場合、白血病が不治の病と信じたことによる弊害が問題だったわけではない。B型にB型になりたくないという強い気持ち。血液型性格分類を信じたがゆえの帰結だった。

「ねえ……」亜希子は小声でささやいた。「わたし、馬鹿ですよね……」

嵯峨は亜希子を見つめた。「そんなことないよ」

「馬鹿ですよ……。こんなに大事にされてるのに、ぜんぶ無駄にしちゃってる。ドナーの人、待っててくれてるのにね……。馬鹿だよね。本当に馬鹿……」

「……そこまで思うのなら、いっそのこと……」

「駄目。……B型にはなりたくないの。それだけは絶対に……」

思わずため息が漏れる。日々、まったく同じ堂々めぐり。いや、完全に同一ではない。亜希子の声は、日を増すごとに力を弱めている。

「亜希子さん……。何度でもいうよ。血液型と性格は関係ない。そう思えるだけなんだ。きみがたまたま、そう思いこむ状況があった。それだけのことなんだよ」

しばし沈黙があった。

いつものように亜希子は目に涙をためていった。「違うもん……。嵯峨先生が信じられなくても、わたし、絶対にそうだって……。B型だけは嫌なの」

「わかった」嵯峨は穏やかにいった。「わかったよ。落ち着いて。泣いちゃ駄目だよ、身体に悪い」

亜希子は目を閉じ、なおもすすり泣いた。「だけどね……嵯峨先生」

「何？」

「わたし……死にたくない」

そのひとことに嵯峨は驚きを感じた。B型になるくらいなら死んだほうがまし、亜希子はいつもその物言いを貫いていたはずだ。

「生きたいんだね？」嵯峨はきいた。

亜希子は小さくうなずいた。「だから……B以外のドナーの人がいれば……。けど、そんなの無理だよね……。わがままだよね。どうしようもない……」

また泣きだした亜希子の額を、嵯峨はそっと撫《な》でた。いまはとにかく、落ち着かせるしかない。

生への執着はある。しかし、B型になることは執拗《しつよう》に拒む。彼女は、そう信じるに足る充分な論拠があるのだろう。もともと、血液型で性格がきまるのなら、この世の性格は大きく分けて四つしかないことになる。四人にひとりが偶然でもその性格判断に当てはまる。二十五パーセントの確率。亜希子の場合は、その確率の男とつづけて出会ってしまったのかもしれない。

血液型性格判断の錯覚がいかに強烈なものか、思い知らされる。望月医師は、亜希子があと一か月もたないかもしれないといっていた。そんな状況に陥ってまでなお、B型の血を拒絶する。彼女の信念は本物だった。けれども問題は、血液型で性格が異なる理論自体が本物でないということだ。偽りを真実とする錯覚。それが人命をも蝕《むしば》もうとしている。

亜希子がつぶやいた。「駿一君……きょう無菌室から出るんだってね」

「そうだね……。もう出てるころかもしれないな」

「いいなぁ……」亜希子は目を閉じた。瞳にためていた涙が頬を流れおちる。震える声で亜希子は告げた。「BからOに変わるなんて……。うらやましい……」

またため息が漏れた。亜希子の顔を見守るのが辛《つら》くなる。嵯峨は顔をあげ、辺りに視線を逸《そ》らした。

そのとき、戸のガラスの向こうから覗《のぞ》いている顔に気づいた。安藤沙織だった。

彼女がここに来ているということは、駿一は無事に無菌室から戻ったのだろう。嵯峨はそう思って、沙織に軽く頭をさげた。

しかし沙織は、憂いのいろを漂わせながら嵯峨を見ていた。その目が亜希子に流れ、それからまた嵯峨に戻る。

不安げな沙織の表情。まだ駄目なの、と目がたずねていた。

嵯峨はうなずくしかなかった。亜希子の意志は変わらない。依然として、命は危険に晒《さら》されている。彼女の命だけではなく、僕の命さえも。それでも、あくまでつきあうしかない。亜希子は、両親にすら愛想を尽かされている。見舞い客もなく、孤独の身だ。僕が離れられるはずがない。僕がいなくなったら、彼女は最後の支えを失ってしまう。

パフォーマンス

城ノ内光輝は晴れた日の午後の目白通りを、意気揚々と歩いていた。ひとりではない。大勢の女に囲まれている。ほとんどは若い女性ばかりだった。当然のことだと城ノ内は思った。優先的に相談に乗るのは十六歳から二十五歳までの女ときめてある。プライベートでも相談を受ける機会を作ってある以上、率先して城ノ内を囲んでくるのはその女たちになる。

美人ばかりを引き連れて歩く城ノ内は、周囲の注目を浴びていた。歩行者、クルマのドライバー、いずれも男に関してはみな羨望《せんぼう》のまなざしを向けてくる。女については憧《あこが》れのまなざしとでもいおうか。まいったなと城ノ内は頭をかいた。近くのホールで講演をしてから研究所まで歩いて戻るあいだ、いつもこんな大名行列ができる。それも大奥を従えた大名。男の夢だな。内心せせら笑いながら、城ノ内は歩きつづけた。

「城ノ内先生」女のひとりが強烈な香水のにおいとともにいった。「A型は押しかけ妻になりやすいって話ですけど、ほんとですか?」

「ああ、本当だよ」城ノ内は歩きながらいった。「A型女性はとにかく彼氏のために世話を焼きたがるからね。とりわけ料理や洗濯など、生活に密着したことがやりたくて仕方なくなる。だからひとり暮らしの男性のところに自然に長居して、同棲生活に入り、やがて押しかけ妻となる」

　別の女がすかさず聞いてくる。「O型はリーダーになる素質があるってお話でしたけど、でもわたし、O型なのに友達に媚《こ》びたりしちゃうんですけど……」

「O型ってのは強気な半面、孤独に弱いからね。自分を支えたり慕ってくれる人が周りにいるときにはいいけど、孤立してしまったら急に弱腰になる。突然、みんなに媚びてみたり、あるいは逆に威張ってみせたりして、周りから寒い人だと思われる。そういうところ、きみにあるんじゃないのかね」

「はい……。ええ、友達にそんなメールばかり打ってます……」

　女たちから笑いが湧き起こる。楽しい時間だと城ノ内は思った。これなら、もうすぐ始まるテレビの新番組もうまくいくだろう。血液型性格判断をメインに据えたゴールデンタイムの一時間番組。O型が強気か弱気かについて、一回目でとりあげるのも悪くないかもしれない。

　と、目白通りを折れて住宅街の路地へと入ろうとしたときだった。城ノ内の歩は、自然に緩んだ。

　研究所の前に、ひとりの制服姿の女の子が立っていた。いつもなら制服というだけで目が離せなくなる。が、いまは別の意味で視線を逸らせずにいた。

安藤沙織はつかつかと城ノ内の前にやってきた。その冷ややかな目は、かつての彼女とはまるで異なっている。敵愾心《てきがいしん》に満ちた野性の目。幼少のころネコにひっかかれ頰に深い傷をつくったことがある城ノ内にとっては、そのネコの目にも似ているように感じられた。城ノ内が固まったからだろう、周囲の女も足をとめ、怪訝《けげん》な面持ちで沙織を眺めている。行く手に沙織が立ちふさがったとき、城ノ内は自分の窮地を悟った。

まずい。この小娘が、例の出来事についてぶちまけたら、女どもは冷水を浴びせられた気分になるだろう。何割かは、たちまち俺への信仰心を失ってしまうかもしれない。

あの四枚のカードを使った手品は、テレビなど一般では演じてはいないが、会員の勧誘には欠かさず行ってきたものだ。いま引き連れている女たち全員がいちどは目にし、その驚きから理性を鎮めたところに畳み掛けるように性格判断をつたえられることで、入会への意志を固めてしまう。そんなプロセスの重要な第一歩だった。いわば、城ノ内が神がかり的な地位を維持するための必須かつ極秘のパフォーマンスだったのだ。

しかし、沙織は意外にも、ひとこと告げただけだった。「話があるんですけど」

取り巻きの女のひとりが、険しい目つきでにらみかえしながらきいた。「誰あんた?」

「まあまあ」城ノ内はあわてぎみに女を制した。「そうだった。この娘《こ》の相談に乗る時間だったよ。済まないがみんな、きょうはこれで解散だ。また後日。それでは」

えー。女たちから不満の声があがるなか、城ノ内はそわそわしながら沙織をうながして歩きだした。さ、いこう。

沙織は黙ってついてきた。たったひとりで来たのだろうか。それにしては堂々としている。あの恐ろしいほどの腕っぷしを誇る岬美由紀という女が物陰に潜んでいないとも限らない。

研究所の玄関先まで来た。辺りにはもう誰もいない。城ノ内は立ちどまり、沙織を振りかえった。意識せずともぞんざいな口調で城ノ内はきいた。「なにか用かね」

「ええ」沙織はにこりともしなかった。「駿一君が退院まぎわなの。骨髄移植にも成功して、術後の経過も良好で」

「へえ。そりゃよかったな。末永くお幸せに」

沙織は表情を硬くし、歩み寄ってきた。「本気でそう思ってるんなら、ぜひ協力してもらいたいんですけど」

「協力って？　なにをだね」

「駿一君、わたしと城ノ内先生がつきあってるんじゃないかと思ってる。気にしてない素振りをしてるけど、絶対にそう」

そんなことか。城ノ内は苛立《いらだ》ちながらいった。「実際はつきあってない。それでいいじゃないか」

「あなたの口から直接つたえてほしいんです。城ノ内先生はわたしとつきあってない。悪かった、って」

「悪かったまで言わなきゃいかんのか？　どうしてそんな……」

「わかるでしょ！」沙織は顔を赤くし、目に涙をためてきた。「先生は勝手にわたしに……キスしたじゃないの」

通行人がこちらを見ているのに気づき、城ノ内はあわてて声をひそめた。「よしてくれ。そんなに大声をあげるな。誤解されるじゃないか」

「認めてくれないのなら、いくらでも大声をあげます」

「わかった、わかった」城ノ内は頭をかきむしった。いくらなんでも制服姿の女高生が相手では、社会的に不利だ。ゴシップが駆けめぐったら仕事を失う恐れもある。

沙織は城ノ内をじっと見つめた。「いまから一緒に病院に行っていただけますか」

「なにも直接行かなくても、電話で充分だろ」

「駄目。駿一君はあなたの姿は見たけど、声聞いてないから」

「そりゃどういうことだね。私のことぐらい、彼も知ってるだろ」

「いえ、知らないって」

城ノ内にとって、そのひとことは何にもましてショックだった。まだこの国に自分のことを知らない人間がいるとは。ほとんど一日じゅうテレビに出まくっているのに、まだ認知度は十割に達しないのか。

それにしても、男のために出向くとは気が重い。会員は女ばかりときめてあるのに、男の説得という義務を課せられるとはついていない。

と、沙織がまるで城ノ内の気持ちを見透かしたようにいった。「女の人が相手じゃないとやる気がでない？」

「いや……。そんなことはない。きみのためだしな」

沙織は冷ややかな目つきで見かえしてきた。「心配しなくても、女の人にも会ってほしいんです。いまは、それがいちばん重要かも」

転機

嵯峨は松葉杖《づえ》をつきながら、駿一の病室をたずねた。ベッドの上で半身を起こした駿一に、嵯峨は告げた。「やあ駿一君。元気そうだね」

「あ、嵯峨先生」駿一は無表情で見かえした、そうみえる。しかしそれは彼にとって微笑を浮かべているに等しいことを、嵯峨は知っていた。

それでも駿一の表情はすぐに不安のいろに変わった。嵯峨の足もとを見て、駿一はたずねてきた。「その脚……」

「ああ、これか」嵯峨は松葉杖を壁に立てかけると、ベッドの傍らの椅子に腰かけた。

「足の痺《しび》れがとれなくてね。こうしないと歩けなくて」

「そうなの……？　嵯峨先生、骨髄移植は……」

「まだだよ。亜希子さんが受けたがっていないからね」

「……そんなに無理しなくても……」

「いいんだよ。自分で選んだ道だから。それに、きっと亜希子さんの気持ちを変えることはできるよ」

「そう？」

「うん。駿一君が変わったように、彼女もきっと変わってくれる」

駿一は複雑な表情をした。どういう意味か考えているのだろう。その答えは駿一自身が導きださねばならない、嵯峨はそう思っていた。人生を前に進めるのは駿一だ。他人には、その手助けしかできない。

戸が開いた。駿一君。沙織の呼びかける声がした。

顔をあげた駿一が、ふいに表情を曇らせた。

嵯峨はその視線を追って振りかえった。驚いたことに、戸口に立っていたのは沙織だけではなかった。

皺《しわ》ひとつないスーツ姿の血液型カウンセラー、城ノ内光輝がきどったしぐさで、掲げていた見舞い品らしき箱を差しだしてくる。「クッキーだよ。口にあうかな」

だが駿一は黙って城ノ内を見かえすだけだった。

城ノ内はしばし戸惑ったように口をつぐんでから、嵯峨をちらと見ていった。「申しわけないですが、彼とふたりきりにさせてくれませんか」

「いいですよ」と嵯峨は腰を浮かせかけた。

ところが、沙織が城ノ内の背後から厳しくいった。「駄目。嵯峨先生もいる前で喋《しゃべ》ってください」

一瞬、情けない表情をした城ノ内だったが、眉間に皺を寄せると咳《せき》ばらいをして告げた。

「そのう、前にきみが見た、私と沙織さんの関係だが……。きみは誤解していることと思う。しかし、本当のところ彼女は日本血液型性格判断研究所の会員で……私のところに相談に来ただけなんだ」

駿一は無言のまま視線を落としていた。それから沙織をちらと見て、また目を逸《そ》らす。沙織が戸惑いがちに口を開いた。「あのね、駿一君……」

と、駿一がぼそぼそという。「相談だけなら……なんであんなことを……」

城ノ内がいっそう当惑したようすで目を泳がせる。沙織が横目でにらみながら、城ノ内になにかをうながした。

仕方がない、そんな面持ちで城ノ内がいった。「駿一君。沙織さんを食事に誘い、帰りにクルマで送って、そのう、なんというか、西洋式の別れをしたというのはまあ事実なんだが、それには他意はない。沙織さんはその、きみとの相性を気にして私のところに相談にきたんだよ……」

駿一は沙織を見た。沙織はずっと駿一を見つめている。

「それでだな」城ノ内はまた咳ばらいした。「私はB型のきみはA型の彼女と合わないんじゃないか、そう言ったんだが……いや、待ってくれ。決してきみを貶《おとし》めようとしてそういったわけじゃないんだ。あくまで血液型性格分類に基づく判断で……。しかし、いまのきみはもうO型だそうじゃないか。晴れてここに断言しよう。A型女性とO型男性。最高のカップルだとね」

まだ駿一はすました顔をしていた。しばらくして、小声でつぶやく。「僕、性格変わったのかな」

「変わったとも」城ノ内は少しばかり調子がでてきたのか、やや饒舌《じょうぜつ》になりながらいった。「O型男性は野性的でたくましく、地位や名誉を手に入れる可能性も高い。それでいて将来はマイホームパパになる。かよわいA型女性を守る立場として最適なんだよ。……とにかく、きみがB型だったころから、沙織さんはきみのことばかり気にしていた。脇目も振らずきみに惚《ほ》れてるんだよ。それだけはわかってほしい」

駿一は困惑したように嵯峨に目を向けてきた。どう収拾したらいいかわからない、そう言いたげな表情だった。

嵯峨は駿一に顔を近づけて、小声でつたえた。「信用していいよ。この城ノ内さんって人はおおげさな物言いをするけど、少なくともいまは嘘はついてない。両手を前に組んでいるからね。気まずいことがあると人間、肌の露出部分を隠そうとするらしい。だから手をポケットに入れたり後ろに組んだりするけど、彼はちがう」

「それって」駿一はささやきかえしてきた。「ほんと？」

「本当だよ。っていうより、きみは信じてあげられるだろ？　沙織さんのためにも」

駿一は上目づかいに沙織を見た。沙織は祈るような目をしながら駿一を見つめていた。

しばらく時間が過ぎた。

沈黙を割って、駿一がぼそりといった。「もういいよ……」

意思表示としては、駿一の表情も言葉もひどくわかりづらい。だが、嵯峨は確信していた。彼は沙織を許した。そして沙織も、そのことを理解している。

沙織は目を潤ませながらも微笑していった。「ありがとう。心配かけてごめんね、駿一君……」

と、駿一は照れたようにうつむいてつぶやいた。「だから、もういいって」

急速に室内の空気が和んでいくのを感じる。緊張が解け、穏やかな時間が戻りつつあった。

城ノ内がやれやれという顔をしていった。「さて、一件落着のようだな。私はこれで失礼するよ。じゃ、駿一君。お大事に」

ところが、沙織は城ノ内の前に立ちふさがった。「ちょっとまった。さっきの人が起きるまで待ってて」

「さっきの人？」城ノ内は眉《まゆ》をひそめた。「あのふたつ隣りの病室の女性か？」

「そう。霧島亜希子さん」

「寝てたじゃないか」

「だから、目が覚めてから話をしてほしいの。あの人に告白して。血液型性格判断に根拠はないって」

「おいおい！　なんでそんなことを言わなきゃならんのだね。私は血液型カウンセラーとして、誇りある仕事をしているんだぞ。どうしてみずからの業績を、見知らぬ女性の前で全否定しなきゃならんのだね」

沙織は苛立《いらだ》ったようすで語気を強めた。「亜希子さんは……B型になりたくないばっかりに骨髄移植を拒否してる。このままだと死んじゃうのよ」

城ノ内は愕然《がくぜん》とした顔になった。

「それは」城ノ内はつぶやくようにきいた。「事実か？」

泣きそうになっている沙織に代わって、嵯峨がいった。「ええ、本当のことです」

城ノ内は嵯峨を振りかえった。すでに問題から逃れたがっている意思が表情にあらわれている。びくついたようすで城ノ内はいった。「そんなことまでは知らないよ。個人の意志だ」

「でも、あなたも亜希子さんの寝顔をご覧になったんでしょう？　衰弱が激しいのは一見してわかると思います。実際、眠っているというよりは、たびたび昏睡《こんすい》状態に陥っているとみるべきです」

しばらく戸惑う素振りは見せたものの、城ノ内は投げやりにいった。「いやいや。私には無関係のことだ。だいいち、会員でもないのだしね。これにて失礼するよ」

城ノ内はそれだけいうと、さっさと戸口をでていった。

沙織があわてたようすで呼びとめようとする。「城ノ内先生」

「まって」嵯峨は沙織を制し、松葉杖を手にとって身体を起こした。「僕が話をしてくるよ」

もう歩けなくなってずいぶんたつせいか、松葉杖《づえ》の使い方も板についてきた。早足で進もうとすれば、ちゃんとそのように身体を動かせる。

廊下にでると、嵯峨は遠ざかりつつある城ノ内の背に声をかけた。「城ノ内さん」

と、城ノ内は立ちどまって振り向いただけでなく、つかつかと嵯峨のもとに戻ってきた。しかし積極性が顔をのぞかせたわけではない。うんざりした表情で城ノ内がいった。「すまないが……先生と呼ばれていたようだが、あなたは医者かなにかかね？」

「見てのとおり患者です」

「じゃ、自分の治療に専念するといい。あの子たちにもそう伝えてくれ。責任をひとつずつ問いただされても、期待に応《こた》えるわけにはいかない」

「……亜希子さんはもう何か月も白血病で苦しんでます。いま危険な状態です」

「白血病は治せるんだろ？　テレビでそういってるじゃないか」

「適正な治療がおこなわれればの話です。骨髄移植を拒否していたのでは、事情は四十年前と変わらなくなります」

「まいったな。彼女の家族はなにをしてる。なぜ説き伏せないんだ？」

「ご家族も理解しがたいらしく……険悪な仲になったみたいで」

城ノ内はため息をついた。「それなら、私にもできることは何もない」

「でもあなたはカウンセラーなんでしょう？」

「それは役割だよ。この世の仕事ってのは、役割でしかない」

嵯峨はあえてしらけた表情を浮かべてみせた。「役割ね……」

城ノ内という男は責められるのが苦手らしい。これでは帰れないと思ったのだろう、嵯峨に顔を近づけてきて、声をひそめて告げてきた。「テレビにでている芸能人とか文化人というものは、たいていそれぞれの役割を演じているだけだ。俳優でなくても、キャラクターというものが決まっていて、それに合わせた演技をする。私の場合は、それがたまたま血液型性格判断の専門家だったというだけだ」

「けれど、それはあなた自身がそのように名乗って、売りこんだ結果なんでしょう?」

「それはそうだが……。ちなみに、あなたのほうこそ先生って、なんの先生なんだね?」

「臨床心理士です。カウンセラー」

「カウンセラー⁉」城ノ内は目を丸くした。「本職かい」

「だからお願いしてるんです。亜希子さんを説得できるのは、あなたしかいません」

城ノ内は困り果てた顔をして首を振った。「無理だよ。そんな重い責任には耐えられない。なあ、あなたも本職なら、なんていうか、守秘義務みたいなもんはあるんだろ。ここで聞いたことを、口外しないと誓えるかね」

本来はクライアント以外との話を秘密にする義務などないが、嵯峨はうなずいた。「はい」

「私はな……昔はマジシャンだった。飯倉義信《いいくらよしのぶ》っていうプロに弟子入りして、ドサまわりの営業をしたが、鳴かず飛ばずだった。で、そういう輩《やから》は次にどんな手を使うと思う?

なにかの専門家とか、ハウツーを売り物にするのが一番手っ取り早くマスコミに使ってもらえる。売れないマジシャンどもは超能力者になってみたり、気功師だと言い張ってみたり、それこそ節操なくこけおどしの看板を掲げたもんだ。私の場合は血液型だった。ちょうど流行《はや》ってきたときだったから、乗っかるのも楽だった。番組は常に専門のコメンテイターを求めてる。しかし血液型性格判断にはそれまで、専門家らしい専門家はいなかった」

聞いているうちに心が冷えていく。嵯峨は醒《さ》めた気分でいった。「それは当然ですね。科学的根拠もないのに、真の専門家などいるはずもない」

「だから、楽になれたんだよ。私はマジシャンのころから、指より口を動かすほうが性に合ってた。血液型カウンセラーと名乗るようになってから、一気に仕事は増えた。マスコミというのもおかしなものでね、ひとたびそういう肩書きで認知されると、それ以前の職業についてはまるで不問に付すんだ」

「でも正確には違うわけですよね？　あなたは自分がカウンセラーだと公言している。人の相談に乗るのがカウンセラーでしょう。ところが、あなたはマスコミの気をひくためだけにその肩書きを使い、実際には人の悩みに耳を傾けようともしない」

「そんなことはないぞ。私の研究所では大勢の会員たちの相談を受けて……」

「沙織さんにしたように、食事に誘ってクルマで送って、ですか。未成年にそういうことをなさること自体、かなりの問題ですよ」

城ノ内はじれったそうにネクタイの結び目に触れていたが、やがて顔をしかめたまま退散しようとした。「私の仕事に口をだされる筋合いはない」

「まってください」嵯峨は松葉杖をつきながら城ノ内の前にまわりこんだ。「城ノ内さん。あなた、血液型性格分類は信じてるんですか?」

「……なにをいまさら。私は……」

「肩書きが名目上のものにすぎないといまおっしゃったでしょう。であるなら、あなたはどんな責任において、A型がおとなしいとか、B型は目立ちたがりと公言しているのかということです」

「そんなのは……だな、一般的に言われてるじゃないか。私が血液型について説明してきたことも、よく本に載っているようなことばかりだし……」

「なんの根拠もないんですね。研究所といいながら、科学的に研究していたわけでもない」

城ノ内はまた立ち去りかけた。「仕事があるんだ、これで……」

嵯峨はなおも踏みとどまり、城ノ内に立ちふさがった。「話はまだ終わってません」

「私にどうしろというんだ。私はただのしがない占い師みたいなもんだぞ」

「あなたも仕事でおやりになっていたことだし、いろんな事情はあるでしょう。でもね、現にああやって命を危険に晒《さら》している人がいる」

「ぜんぶ私のせいだというのか？　血液型性格判断はずっと前からあったじゃないか。私の成功をねたんで、真似している連中も大勢いる。そいつらに罪はないのか」

「ずっと前からある、つまりきわめて強い錯覚をもたらす迷信であるがゆえに、それを助長するのは危険なんです」

城ノ内は黙りこくった。さっきまでの頑《かたく》なな表情は鳴りを潜め、あきらめに似た穏やかさが漂いつつある。

嵯峨は静かに告げた。「仕事で目的が見えなくなったら、人としての原点に戻ることです。あなたも私も、その社会的役割よりもまずひとりの人間なんですから。命を落としかけている人がいる。その人のために、できることはないですか？　自分にこそできる何かがあるんじゃないですか？　よく考えてみてほしいんです」

ふたりに沈黙が下りてきた。嵯峨は城ノ内を見つめていた。城ノ内は、視線を合わせまいとするかのように、しきりに身体の向きを変えていた。

その城ノ内の目が床に落ちた。うなずいたようにも、会釈しただけにもみえる。失礼する、そうつぶやいて、城ノ内は立ち去りだした。

嵯峨はその場にたたずんで、城ノ内の背を見送った。

強制はできない。しかし、彼の心にもわずかながら変化があったはずだ。人間、事実に目を向ける機会があれば、己れを見直すきっかけになる。彼にとってきょうがそうだったはずだ。嵯峨はそう思った。いまこの瞬間が城ノ内にとっての転機だった、そう信じたい。

デザートイーグル

病室のベッドの上で、駿一は近くに立った沙織にきいた。「僕、変わったと思う?」

「え?」沙織は戸惑った顔をした。「いえ……なんで?」

駿一は首をかしげてみせた。「O型になって、そんなに強気になったかなと思って」

沙織はにこりと笑った。「変わらないって。駿一君はいつも駿一君だし……。わたしもそのほうがいい」

「そう」駿一はつぶやいてうつむいた。

なにをいうべきかわからず、また途方に暮れる。わざわざ疑いを晴らすために来てくれた彼女に、礼をいうべきなのだろう。しかし、うまく言葉にできそうになかった。沙織のほうからそれについてもういちど話題にしてくれれば、こちらもなんとか感謝の念をつたえられそうなのに。

と、沙織は駿一に告げてきた。「じゃあ……琴美たちと待ち合わせしてるから、もう行くね」

「ああ、うん……。あのさ、沙織……」

戸口に向かいかけていた沙織は足をとめ、振り向いた。

いま言っておかなければ、よけいに言いづらくなる。そう思って駿一はいった。「その、ありがとう。いろいろ、気を遣わせちゃって」

また微笑を浮かべた沙織が静かにいった。「いいの。駿一君のためなら……。じゃ、また来るね」

うん。またね。駿一はつぶやいた。

沙織が去ったあとも、室内にほのかな温かさが残っているように思える。

駿一はベッドに仰向《あおむ》けになった。身体の痛みもごくわずかなものになり、気分の悪さもない。目に見えて回復している。そんな自分を実感していた。

たくさんの経験をした。大勢の人に支えられた。この経験を無駄にはできない。これから自分も、変わっていかなければならないだろう。成長は牛の歩みのように遅いかもしれない。少なくとも、同世代よりはずっと覚えが悪い。それでも少しずつでも変わっていきたい。そして、変わってみせる。

そのとき、電話のベルが鳴った。

ひどくけたたましい音にきこえる。無菌室には外線電話がなかった。それ以前にいた病室でも、電話の音が鳴り響いたことはない。見舞いは父か沙織ぐらいしか来ないし、それ以外の知人に病院の番号など教えていない。

受話器をとった。「はい……？」

するると、聞き覚えのある男の声が低く告げてきた。「駿一か？」

駿一は息が詰まるのを感じた。発作とはちがう。心が受けた衝撃だった。

茉莉木庸司の声は、かつて布良海岸で耳にしたものとは違い、非友好的な響きを帯びていた。「おまえ、長いこと連絡も寄越さないで何してた？」

「……あの」呆然《ぼうぜん》としながら、駿一は自分のつぶやきを聞いた。「入院して……ずっと無菌室に入ってたから」

「無菌室？　なんだそりゃ。どんな病気なんだ？」

「いや……。もう治ってるから……」

「なら、約束の仕事には戻ってもらえるよな？」

「仕事って……」

「おいおい、ぼけてんのか。デザートイーグルのスプリング取り替えて、アルミ缶を打ち抜くぐらいの威力に改造するってことになってただろ。五丁つくってくれる約束だったよな」

「……あれはまだ……」

「全然手をつけてないってか。ちぇっ、どうしようもねえ奴だな」茉莉木の声はため息まじりにいった。「まあいい。次はいつ来れる？」

「次……」駿一はしばし黙りこくった。「……いや。次はもう……」

茉莉木は駿一の言葉を無視するように、声高に告げてくる。「病室でも内職できるんだろ？　三丁でいいからこしらえてきてくれ」

「……無理だよ」と駿一はいった。「もう、やりたくないんだ」

「あ？　なにいってんだ。誰に向かってものを言ってるんだ！」

思わず目を閉じた。やはりこうなったか。つきあう相手を間違っていた。勝手に孤独だと感じ、どん底の状態で友達を求めてあがいていた。それが真の友であるとはまるで考えられないのに、友情があるかのように自分を偽った。それが、独りでいることの寂しさを凌《しの》ぐ唯一の方法だった。

だがいまはもう、そんな架空の友情関係など必要としていない。過去のあやまちのひとつとして、切り捨ててしまいたい。

「すみません。でも、もう会えませんから……。さよなら」

「ちょっとまて。駿一。おい！」

呼びかける声が響くなか、駿一は受話器を戻して電話を切った。

茉莉木の怒声が耳に残る。静寂のなかに響いてくるようだった。

また電話が鳴りそうな気配がする。駿一はフトンのなかにもぐった。僕は変わりたい。

もう二度と、あのころの自分に引き戻されたくない。

尾行

病院前のロータリーに停めたインプレッサの運転席で、茉莉木は携帯を切った。苛立《いらだ》ちのあまり、思わず携帯をダッシュボードに叩《たた》きつける。「くそ。何様のつもりだ、あいつ」

助手席に座る連れは、その髪のいろから〝茶髪〟と仲間うちで呼ばれている。茶髪は伸びをしながらいった。「どうした？　病室にいたんだろ？」

「ああ、いたとも」

「海岸でぶっ倒れてから、救急車で運ばれていった先を聞きだしたからな。この病院に間違いなかった。で、あいつは何だって？」

「もうやらねえとさ。改造マニアがそろそろ腰の退《ひ》けてくるころあいだとは思ってたが、奴の場合、入院のせいで余計にびびりが入っちまったらしい。約束の五丁も揃えられねえと」

茶髪は頭をかきむしった。「そりゃまずいじゃねえか。こっちはもう発注受けてるし、代金も受け取っちまってるし」

「わかってるよ」茉莉木はうんざりしてシートを倒して寝そべった。「だからまずいんじやねえか」

茉莉木は状況の打開案に考えをめぐらせた。もともと改造ガスガンのマニアだった茉莉木が、ネットオークションを通じて知り合った大口の客に商品の提供を始めたのが二年前。最初のうちは顧客も満足しかなりの金を儲《もう》けたが、しだいに連中はもっと威力の強い銃を欲するようになり、さらに最近になって改造が法律で規制されたため、路頭に迷った。

そんな折、人里離れた館山の山奥にいけば、深夜に試し撃ちをする改造マニアに出会えることに気づいた。わりと遠くからも発射音はきこえる。そこに向かってクルマを飛ばしていけばいい。何人かを拾ったが改造の腕はまずまず、かつての茉莉木とそれほど変わりばえのしないていどだった。

だがあの駿一は逸材にちがいなかった。仕事が丁寧で速く、故障もないため客からのクレームもない。なにより、こちらが要求したことにすべて応《こた》えられるほどの技術力を持った改造屋は、あの小僧をおいてほかになかった。

大口の客と直接顔を合わせたことはないが、おそらくヤクザに違いない。本物の拳銃《けんじゅう》の密輸が難しくなり、改造ガスガンに期待を寄せているらしい。しかも、今回は駿一と長く連絡がつかなかったせいで、彼らを待たせるかたちになってしまった。このうえ納品が遅れようものなら、こちらの身が危うくなる。

なんとかせねば。受注済みの五丁については無理矢理にでも仕上げさせせねば。

「おい」茶髪が声をかけてきた。「茉莉木。みろ」

「あん？」茉莉木は身体を起こした。

茶髪が指差した病院の玄関口から、制服姿の女高生がでてきた。歩道を駅のほうへと歩いていく。

茉莉木はきいた。「誰だありゃ」

「たぶん駿一の妹か、女ってとこだ」

「まじかよ？　どうしてわかる」

「駿一が倒れたとき、俺たちゃ救急車だけ呼んで近くに身を潜めたろ。そんとき、奴の親父が軽トラで飛んできたのを見た。その親父と一緒に出入りしてたのがあの娘だよ」

「たしかか？」

「ああ。間違いはねえ」

迷いなどなかった。無口な駿一はプライベートについてほとんど明かさなかったが、それを知りえたいま、利用しない手はない。

茉莉木はそろそろとクルマを発進させた。ロータリーの歩道から表通りへと歩を進めていく女高生を、静かに尾けまわしていった。

協力

恵梨香はノートパソコンを携え、国立国会図書館の新館の階段を駆け上った。午前中だけにまだ来館者は少ない。それも三階は議会官庁資料室がほとんどの面積を占めているために、利用する人間はごく限られていた。多少、あわただしくスニーカーの靴音を響かせても、文句をいわれることはないだろう、恵梨香はそう思った。

官庁の統計資料類がおさまった棚の奥にある、専門室に入った。ここは有料で借りることのできる個室で、館内の書籍や資料を自由に持ちこんで参照できる。おもに弁護士や建築士などの専門家が仕事で利用することが多い。

小規模な会議室の様相を呈した室内、テーブルの上は新聞や専門書で埋め尽くされている。美由紀は、そのなかにうつ伏せて寝ていた。

徹夜の日々がつづいて疲れきっているのだろう。しかし、すぐにでも報告したいことがある。

悪いとは思ったが、恵梨香は声をかけた。「ねえ、美由紀さん。美由紀さん!」

美由紀の顔はゆっくりとあがった。ぼんやりとした目で恵梨香を眺め、たずねてくる。

「なにかあった?」

「これ見てよ」恵梨香はノートパソコンをテーブルに置き、開いた。

館内無線LANに接続し、動画配信サービスのサイトにアクセスする。ニュースが項目ごとに視聴できる仕組みだった。そのなかからひとつを選んでクリックした。

モニターに映しだされたのは城ノ内光輝だった。

美由紀が身を乗りだす。映像は城ノ内が過去に出演した番組のもので、ニュース内容と直接関係はなかったが、キャスターの声が最新の情報をつたえていた。

「血液型カウンセラーで知られる城ノ内光輝さんが昨日、民放の生放送バラエティ番組に出演した際、突然、自分は嘘をついていたと告白、スタジオが一時騒然となるハプニングがありました」

目を丸くした美由紀が恵梨香を見る。恵梨香は微笑しうなずいてみせた。

キャスターの声はつづいていた。「城ノ内さんはこの番組で、血液型性格判断についてコメントを求められるコーナーに出演していましたが、突如として台本にある進行から外れ、カメラに向かい深々と頭をさげました。司会者らが唖然《あぜん》とするなか、城ノ内さんは、自身の主宰する日本血液型性格判断研究所が募集してきた会員らに対し、トリックを用いた勧誘をおこなってきたことを認める演説を、およそ三分半にわたっておこないました。それによると、城ノ内さんはこれら会員および会員候補の人々に対し、血液伝達反応という実際には存在しない生理医学用語を用いて、自身の血液型が書かれたカードを何度も選んでしまうという、一種の手品を科学的事象にみせかけたとのことです。城ノ内さんは自分の以前の職業がマジシャンであり、血液型カウンセラーになった経緯についても言及しようとしましたが、フロアディレクターによって中断させられ、生放送もＣＭに切り替わりました。番組担当のプロデューサーは、城ノ内さんがリハーサルと異なる発言に及んだことに戸惑いを隠せないようすです。ただし、同局の広報によりますと、この件はあくまでハプニングであり、城ノ内さんの発言と番組の趣旨は無関係で、発言内容について特にコメントすることはないとしています」

映像は停止し、音声も消えた。室内の静寂が戻ってきた。

美由紀は唸《うな》りながら椅子の背に身をあずけた。「なんでこんなことを……」

「そりゃ」恵梨香は肩をすくめてみせた。「美由紀さんにインチキを見破られたから、焦って自分から告白したんじゃん？」

「いまごろになって？　どういう心境の変化かしら」

「きっと反省したんだよ。世の中の迷惑になってるって気づいたんだろうね。これで血液型性格分類のブームも下火になるよ」

「それはどうかな……」美由紀は浮かない顔をした。「いまのニュースによると、城ノ内さんは会員の勧誘方法について非を認めただけで、血液型についてはなにも言及しなかった。どうしてかな」

「問題があるのはその勧誘のときのトリックで、血液型性格分類の広まりには責任を感じてない……ってことか……」

「そうね……。たぶん城ノ内さんにとっては、血液型性格分類は既存のものでしかなくて、あくまでそれを借りただけでしかない。会員に訴えられることを恐れて、自分が考えたトリックについては明かしたけど、血液型問題の解決の一助にはなりえない」

「でも、城ノ内ファンの会員たちが血液型性格判断の伝道士的役割を果たして、ブームの一翼を担っていたのは事実じゃん。そのひとたちが全員、だまされてたと気づけば、社会の風潮にも影響がでるはずじゃん？」

美由紀はしばし考えるそぶりをしていたが、やがてパソコンのキーボードに指を走らせ、検索サイトの入力窓に打ちこんだ。血液型カウンセラー。エンターキーを押して結果を表示する。

画面にはおびただしい数の人名を冠したサイトが表示された。

恵梨香は呆然《ぼうぜん》としてつぶやいた。「もうこんなに亜流が……」

「ええ」美由紀はそのうちひとつをクリックした。

スーパー血液型カウンセラー、ジェイク柿崎《かきざき》のページへようこそ。そう表示されている。

美由紀がメニューのなかから掲示板《BBS》を選択しクリックする。

表示された掲示板の、一番上の書き込みを見た瞬間、恵梨香はため息を漏らした。

城ノ内光輝さんがあんなことになってざんねん…。柿崎先生は本物ですよね？

「なんてこと」恵梨香は吐き捨てた。「城ノ内の支持者は結局、別の血液型カウンセラーに依存するだけってことか」

「血液型カウンセラーっていう職種の人気は多少、陰りがでるかもしれないけど、血液型性格分類の迷信はそれ以前からあったものだしね……。人々の生活に根づき、染みついていて、容易なことでは除去できない」

「やれやれ」恵梨香は椅子をひき、身体を投げだすようにして腰を下ろした。「月の錯視並みの強烈な錯覚を生む迷信か。言いえて妙だね。奇跡っておこらないのかな」

美由紀は黙っていた。視線をテーブルに落とし、辛《つら》そうな面持ちをしている。

このところ美由紀は落胆しがちだった。こういう状況では無理もないと思いながらも、恵梨香は励まそうとして明るく声をかけた。「ねえ美由紀さん。ずっと病院に行ってないでしょ？　嵯峨先輩に会ってきたら？」

恵梨香を見かえした美由紀の目は、ただ困惑のいろを浮かべていた。「行ってどうなるの？」

「どうって……。美由紀さんは嵯峨先輩のことが……」

「状況を打開する方法はひとつしかない。奇跡を起こすことしかないの……。まだなにもできずにいるわたしを見たら、嵯峨君はきっとがっかりする。病状の悪化にも影響を及ぼすかも……」

室内は沈黙に包まれた。恵梨香はなにもいえず、美由紀を見つめるしかなかった。霧島亜希子の心を変えうるほどの奇跡を起こさないかぎり、嵯峨に顔をあわせられないと美由紀は考えているらしい。せつない決断だった。嵯峨のことを思うがゆえに、彼のもとに行けない。美由紀はそう心にきめている。

このままでは二度と会えなくなるかもしれない。しかし、それを美由紀につたえて何になるだろう。そんなことは、美由紀がいちばんよくわかっているはずなのに。

胸に重苦しい気分を抱きながら、恵梨香は黙りこくった。

そのとき、近づいてくる足音があった。顔をあげると、鹿内が戸口を入ってくるのが見えた。

鹿内も憂鬱《ゆううつ》そうな表情を浮かべながら、まっすぐ歩み寄ってきた。「どう？　いくらか進展はあった？」

恵梨香は美由紀を見たが、美由紀には答える気力もないらしい。恵梨香は鹿内に告げた。「駄目。血液型性格分類が非科学的ってことはいえるけど、絶対に存在しないって証明することは、とても難しくて……」

そうか、と鹿内はため息をついた。「おかしな話だよな。ないとは言いきれないからあると信じる、そんなふうに主張する人の心を変えさせるなんて、どだい無理なのかもな。あるって証明するためにはたったひとつの可能性を提示するだけでいいけど、ないって証明するためには、あらゆるすべての可能性が否定されなきゃならない。人体とか、生命とかにまだ謎が残されている以上、こういうオカルトチックな信奉はなくならないな」

「なんといっても、わたしたち自身がときどき、血液型性格分類に信憑性《しんぴょうせい》を感じちゃうほどの強烈な錯覚なんだからさ……。その錯覚のメカニズムも解き明かさなきゃいけない。いまさらだけど、たいへんなことだよ。社会心理学以外のアプローチもしなきゃいけないのかな」

「臨床心理士会の全体会合でも、たいした意見はだされてないしな……」

「会長とかは、なにか言ってない?」

鹿内は首を横に振った。「臨床心理士会のトップとして、総務省統計局に出向いてる。医療心理師国家資格制度推進協議会の理事のほうも、同時に出席してるらしいよ」

「統計局に? なんでライバルチームの監督どうしがそんなところで顔を合わせてるのさ」

「どちらを国家資格に認定するか、そろそろ詰めようっていうことらしくてね。公的な統計データをとってどちらが役立ちそうかを検証する、そんな方針らしい。ただ、なにを基準にデータをとるのか、両チームの監督の意見が合わないようでね。侃々諤々《かんかんがくがく》って感じらしい」

「あきれた」恵梨香は頭をかきむしった。「国家資格化って、やっぱお偉方ってそれしか頭にないんだね」

「権威のある団体になれば血液型問題も解決できるとか、専務理事は無茶なこと言ってたな。医師会ができないことを、なんで俺たちがやれる? 国家資格者だからって国民が聞く耳を持ってくれるわけじゃないさ。つい先日まで、白血病問題について『夢があるなら』のブームのせいで医師の発言は黙殺されてたのに」

「ようは証明の方法だよね……。どうすればいいのかなぁ」

恵梨香の目は、自然に美由紀に向いた。

と、美由紀は、さっきまでとは異なる表情のいろを浮かべていた。

「統計局、か……」美由紀はつぶやいた。

「え？」恵梨香はきいた。「どうかした？」

椅子の背から身体を起こし、美由紀は真顔で静止した。なにかを熟考するように眉間《みけん》にわずかに皺《しわ》を寄せる。それからふいに立ちあがった。

鹿内が眉《まゆ》をひそめて美由紀にきいた。「どこに行くの？」

「会長のいるところよ」美由紀は歩きだした。

恵梨香は美由紀を見あげた。「何のために？」

「決まってるでしょう？　月の錯視を証明したのが宇宙旅行と月面着陸なら、それと同じぐらいの奇跡を起こすしかない」

それを聞いて、恵梨香は反射的に跳ね起きるように立ちあがった。「名案を思いついたの？」

「ええ」美由紀は足をとめて振りかえった。鹿内を見て、それから恵梨香をじっと見据えた。「ふたりにも協力してほしいことがあるの」

奇跡を起こす

日比谷《ひびや》公会堂に正午の鐘が鳴る。美由紀はひとりCLS550のステアリングを切って、シャンテ通りへと走らせていった。

道は混んではいない。霞が関にある総務省の合同庁舎第二号館まで、十分もあれば着くだろう。本来なら事前に連絡すべきだろうが、きょうはそのかぎりではなかった。会長がいるなら追いはらわれることもない。むしろアポイントをとろうとすれば、用件しだいで門前払いの憂き目にあう。

これが最後のチャンスだろうと美由紀は思った。嵯峨にはずっと会っていないが、容態については毎日のように望月医師から報告がある。ひと月もてばいいほうだと望月はいっていた。食欲がまったくなく、たびたび昏睡《こんすい》状態に陥ることもあるという。肉体的にはすでに限界に達しているらしい。支えているのは精神力のみなのだろう。

霧島亜希子については、状況はさらに厳しいようだった。白血病細胞の増加が激しく、血液を凝固させる成分が生成されるために、血流が身体のあちこちで途絶している。その結果、臓器の活動が停止しつつあるらしい。心臓が動かなくなったら終わりだと望月はつぶやくように告げてきた。

なんとしても救わなければならない。亜希子の意識のあるうちに血液型問題に終止符を打つこと、それしか方法はない。彼女が昏睡状態に陥り、意識が回復しなかったら、どんな証明も意味を持たない。

ただし、それも奇跡が起きたうえの話だ。雲をつかむような話。戦後日本に巣くいつづけた迷信という名の魔物、それを退治せねばならない。この勝負に力は意味を持たない。知恵と知識だけが武器になる。そして、ありったけの勇気を持ってみずからの心を支えねばならない。信念がぐらついたら、奇跡など起こせようはずもない。

嵯峨の顔が浮かんだ。ありえないほどに痩《や》せこけた嵯峨。彼はいまをもって、実母に病状をつたえていない。たったひとりの闘病。それでも、臨床心理士としての責務を放棄しようとしない。生涯、現役のカウンセラーでいたいと彼はいった。その思いが彼の命を失わせようとしている……。

にじんだ涙を、美由紀はすばやくぬぐった。すべてが終わるまで、もう泣かない。奇跡は起こす。それ以外に道はない。

恵梨香は国会図書館の専門室で手にした本を読みながら、椅子にのけぞって笑った。

「この本、おかしぃー。A型女性は小説なども作家別に読むことが多く、いちど好きになった作家ばかりを手に取ります。ハードカバーより文庫本が好みです、だって。巻末の解説を先に読んじゃう人が多いんだってさー。新聞の連載小説は好きではありません、って。すげー細かい。わたし昔、そうでもなかったけどなー」

「おいおい」と鹿内がテーブルの向こうでいった。「仕事しなよ。本を読みふけってちゃ、夕方までに終わらないぞ」

恵梨香は顔をあげた。さっきまで難解な専門書ばかりが山積みされていたテーブルの上は、血液型性格判断をテーマにした大衆向けの書物に占拠されている。鹿内が館内を駆けずりまわって集めてきたものだった。

「はーい。仕事ね」恵梨香は身体を起こし、サインペンを手にした。

名刺大の白紙カードは無数にある。これも鹿内が近くの文具店で買ってきたものだ。一枚をとり、本のA型女性の項目に書かれた性格の表記のひとつを書きこむ。「集中力があり、とことんやりぬく人です、と。これでよし。次」

書きこんだカードは脇によけておく。出来あがったカードはもう百枚近くに達していた。「目標千枚だね」恵梨香はまた本の記述をカードに書きだした。「社交性があり、誰とでもつきあいます、と」

「まるで短冊だな」と鹿内も作業に従事しながらつぶやいた。「ええと……損得勘定が優先的に働く……か。これ当たってるんじゃねえの？　O型女性の項目に書いてあるし。後輩の朝比奈《あさひな》宏美《ひろみ》ってのもO型だしな」

「美由紀さんはO型だけど、そんな人じゃないよ」

「ああ、そうだな……ま、いいや」

「ねえ」恵梨香はふと思いだしていった。「たしかこの作業、ビデオに撮っておいてって美由紀さん言ってなかったっけ」

「そうだったな。撮らなきゃな」鹿内はカメラ付き携帯電話をとりだした。「はい恵梨香ちゃん。お仕事してる画《え》ちょうだい」

「それで撮るの？　動画が撮影できるからって、解像度いまいちじゃない？」

「これは結構新しいやつだから、綺麗《きれい》に写るよ。これぐらいがちょうどいいんだ。恵梨香もあまり、そばかすが写ってほしくないだろ？」

恵梨香は鹿内のかまえた携帯のレンズに顔をしかめてみせてから、また血液型の本の性格判断を一行、白紙のカードに書きこんだ。

　黙々と作業をつづけながら恵梨香は心のなかでつぶやいた。頑張って、美由紀さん。月面着陸ぐらい、どうってことないんだから。

最後の希望

総務省、合同庁舎第二号館。その五階にあるホールのように広大な資料閲覧室を、美由紀は歩いていった。

日比谷図書館よりも背の高い書棚がそこかしこに壁をつくっている。そのなかに歩を進めた。自分の靴音だけが響く。心拍を速めないように、あえてゆっくりと歩いた。思考力はほんのわずかでも低下させたくはない。自分の持てるかぎりすべての能力を持って、この瞬間に賭《か》けたい。

進んでいくと、静寂のなかに男たちの低い声がきこえてきた。それが会長の桑名の声だとわかる。桑名はいった。その統計には問題がありますよ。医療分野の機関を訪ねた人間だけを対象にしたデータの収集方法じゃないですか。医療心理師のほうに有利な結果になることは、目に見えてます。

もうひとり、男の声がする。これも美由紀にとって聞き覚えのある声だった。医療心理師国家資格制度推進協議会の理事、沢渡がいった。われわれは公平かつ公正なデータと思いますけどね。たしかにカウンセラーの職域は医療分野のみに限られてはいないが、最も重要な職務について真っ先に検討するのは筋違いではないと思う。

さらに別の男の声がした。今度の声は初めて聞く。その声は告げていた。お二方とも、おっしゃることはわかります。そこで、統計局としてはより国民の生活に密着したかたちで、双方の団体の認知度を高めていくと同時に、研究技術力とその信頼性の実証をしていただきたいと、こう思うしだいです。

美由紀は書棚の迷宮を抜けた。開けた視界に、ぽつんと丸い会議テーブルが存在している。三人の男たちはそこに座って話しあっていた。まだこちらに気づいていない。美由紀は歩を進めた。

近づくにつれて、男たちの声は大きくなっていく。沢渡理事が、奥に座った神経質そうな男にきいた。「国民全般を対象とした統計ですか。カウンセリングを受ける人口は限られていると思いますが、具体的に、どんな方法を？」

「ええと、ですね」奥の男は手もとの紙をめくった。「心理検査法について、それぞれの方法を持ってクライアントの納得がいく検査結果を、できるかぎり多くだしていただく……それがいいのではと思います」

「というと」沢渡は身を乗りだした。「全国各都市に、カウンセリングルームを配置し無料で検査をおこなうとか……」

「いえ、それではサンプル数も限られますし、偏りも生じてきます。桑名会長のおっしゃるように、カウンセラーの仕事は医療のみならずあらゆる職域で要求されるものですから、どのようなタイプの国民であれ信頼を寄せられるものでなければならない。ですから電話もしくはインターネット、携帯電話ドコモのiモードなどの通信によって誰もが気軽にアプローチできることが必要です。療法の成否ではなく心理検査に限るのは、心の病の場合は人により条件も著しく異なりますし、療法の結果を統計のサンプルとして用いるのは、道義的に問題があるからです」

桑名会長は腕組みをして唸《うな》った。「するとつまり、電話やネットで心理テストめいたものをおこなって、その結果の満足度を調べ、統計にするということですか？　占いではないのだから、興味本位の利用は控えさせるよう、なんらかの職業分野に限ってみるとか、対処も必要じゃないでしょうか」

「私はそうは思わない」沢渡はいった。「統計方法としては非常に簡便でスマートだ。ごく一般のある種、興味本位の利用があると桑名会長はおっしゃるが、私はそれでいいと思う。国民に広く認知されるべき職業ですからね」

「けれども、その心理検査の結果の感想を集計するというのは、どうでしょう。当たる、当たらないで両団体の優劣を競うのですか？　臨床心理学の分野では俗に言う心理テストは尊重されていません。しかも、そのような心理検査の通信窓口を、ふたつの団体がそれぞれに設置するので？　選挙と同じく組織票が問題になりますよ」

「いえ」と奥の男が首を振った。「心理検査の窓口は両団体で一本化していただきます。しかし、臨床心理士と医療心理師がそれぞれ担当した心理検査の、どちらが対象となった人々の満足や納得感を得られたかを、内々に集計するのです」

「なるほど」と沢渡がうなずいた。「それなら公平だ」

美由紀はテーブルのすぐ近くにまで来ていた。そこに立ちどまって、三人のうち誰かが気づくのをじっと待った。

やがて、医療心理師の沢渡理事の目が美由紀に向いた。沢渡はかすかに驚きのいろを浮かべた。「きみは……」

あとのふたりも顔をあげる。桑名は面食らった顔をした。「岬。ここに何の用だね？」

緊張に身体がこわばる。喉《のど》にからむ声で美由紀は告げた。「お願いしたいことがあってまいりました。血液型性格分類の問題についてです」

しばしの沈黙のあと、桑名が咳《せき》ばらいをした。

「またその件かね」桑名は顔をしかめた。「見てのとおり、いまは別の案件について話しあっている。こんなところに押しかけてくるなんて尋常じゃないぞ」

「わかっています。でもこれは、どうしても解決せねばならない問題であり……」

「はて」と、奥の神経質そうな男が真顔で美由紀を見つめた。「失礼ですが、どなたですか。ご両人ともお知り合いのようだが、私は存じあげないので」

「申し遅れました、臨床心理士の岬美由紀といいます」

「ああ、桑名さんのほうの団体のかたですか。私は武藤政和《むとうまさかず》、総務省統計局の政策統括官です」

「初めまして……」美由紀は恐縮しながら頭をさげた。

「で」武藤は椅子に座りなおした。「なんの話ですかな。血液型とか……」

桑名があわてたように武藤にいった。「なんでもありません、こちらの話でして……」

しかし、医療心理師の沢渡のほうは多少なりとも興味があるようだった。「血液型性格分類を否定する、明確な根拠または証明方法が見つかったのかね?」

「いえ……。それはまだ……」

沢渡はあからさまに落胆したようすでため息をついた。「じゃあ意味はないな。きみは前にも、官庁のあちこちに顔をだして血液型問題における否定論を展開したが、いっこうに成果が挙がらなかったじゃないか。ずばり世間が納得するような論拠がなきゃ、どんなに政治家に手をまわそうとしても無為に終わるよ。早く学びたまえ」

と、武藤がぼそりとつぶやいた。「血液型問題、ね……」

桑名はいっそう焦燥に駆られたようだった。「武藤さん。そこはきょうの話し合いとは、なんの関係もありません。血液型性格分類および性格判断は、たしかに科学的根拠がない割には、世間に取り沙汰《ざた》されすぎて社会問題化しています。けれどもこれはわが国の歴史に長く根付いた迷信であり、時とともに世間にも正しい理解が広まっていくものです。一朝一夕に否定の証明が果たせるものではない。私どもおよび、医療心理師の技能を比較する目安に用いるのは、適当ではありません」

会長は医療心理師との競争ばかり気にかけている。この場が両者の激突の場である以上、それも無理からぬことかもしれなかった。しかし美由紀にとっては、国家資格化に絡む権力の奪い合いに関心はなかった。訴えたいことはひとつだけだ。

「お願いです」美由紀はいった。「この場にせっかくカウンセラーの権威ある両団体の長がおられるのですから、血液型問題を解決するための具体的な研究と協力について、話し合ってもらえませんか。これには大勢の専門家による協力が必要です。多角的な検証なくして、証明にはたどり着きません」

桑名は苛立《いらだ》ったように告げてきた。「岬。きみが嵯峨を心配しているのはわかるが、出過ぎた行為が許されるものではない。本来のきみの仕事に戻れ。これ以上、血液型問題に関わるな」

「いいえ！」美由紀は声を張りあげた。

その声は広い室内に反響した。三人は沈黙し、美由紀をじっと見つめた。

戸惑いよりも、心の揺れが大きかった。嵯峨の名をだされたことで、自制心を失いかけている自分がいる。

彼を助けたい。それは本心に違いない。だが、問題はそれだけにとどまらない。これは国家全体の抱える大きな機能不全なのだ。

美由紀はつとめて冷静にいった。「お聞きください。わたしたちはみな、血液型性格分類をある種、事実に近いことのように認識してきたはずです。日本および、韓国と台湾のみ、著名人のプロフィールには血液型が載っています。芸能人のなかには評判の悪い血液型を偽ろうと、別の血液型を記載する人もいましたが、その人が自動車事故にあったときに合致しない血液を輸血されてしまい危険な状態になりました。そんな問題が起きるほど、この迷信は強烈なものなんです。でも、迷信はあくまで迷信です。命を危険に晒《さら》したり、職場での差別につながったりするほど尊重されるべきものでしょうか？　血液型なんかで人格を否定したり、相性を判断したりするなんて……。この国は、先進国ではなかったんですか。ＩＴ国家といわれている国で、迷信によって人々が傷つけあうなんて。すぐにでも解決しなきゃいけないんです。そして、迷信を信じさせる錯覚も、対人関係を血液型と結びつけたがる衝動も、そこから起きる諸問題の被害も、すべて心の問題です。臨床心理士および、医療心理師の研究分野のはずです。わたしたちが問題に取り組むのをためらったら、いったい誰が解決するんですか。わたしたちしかいないんです。わたしたちしか……」

声が震えだしたため、美由紀は口をつぐんだ。泣き声を聞かれたくはなかった。涙など流すまいと誓った。ここで最後まで意志を貫き通せなくて、どうして奇跡など実現できるだろう。

しばしの沈黙のあと、桑名が静かにいった。「そうはいってもだな……。きみも認めているとおり、証明する方法はないんだ。医学的にも心理学的にも、血液型性格分類が存在しないということは明らかであっても、万人が納得するかたちで説明をつけるのは難しい」

美由紀は告げた。「いえ。いままではたしかに証明の方法はありませんでした。しかしこれから、それを試すことはできるはずです」

沢渡が目を光らせた。「どんな方法かね。それをおこなえば、確実に証明が果たされるというのかね？」

「……それはわかりません。未確定の要素があまりにも多いですし、確実なことはなにも……」

「では」沢渡はテーブルの上で両手をひろげた。「聞くまでもないだろう。わが団体として、協力できる話ではない。科学者はふたしかなやり方には馴染《なじ》まんよ。臨床心理士会も同意見だと思いますが」

桑名はしばらく無言でいたが、やがて首を縦に振った。「そうだな。提示されるべきは確実なる方法だ」

美由紀は胸を締めつけられる思いだった。どうしてわかってくれないのだろう。困難な挑戦であっても、試みることなくして科学の進歩も発展もありえないのに。

沈黙を破ったのは武藤だった。武藤は真顔で居ずまいを正した。「もうよろしいですかな？　では、ご両人と心理検査についての協議をつづけたいのですが……」

身体が震える。美由紀は涙をこらえてたたずむしかなかった。ここが最後の希望だったのに。試せる場所は、ほかにないのに。

新聞記事

総務省統計局、心理検査の精度で国家資格カウンセラーを選抜（東日本新聞）

十九日、総務省は臨床心理士会を財団法人と認定した文部科学省および、医療心理師の国家資格化を検討している厚生労働省の要請を受け、両者の専門家の技能を比較する統計調査をおこなうと発表した。

この統計は、専門家の作成したアンケート質問形式の問題に答えることによって心理検査をおこない、その結果を即座に利用者に伝えるというかたちでおこなわれる。総務省統計局の設置するフリーダイヤルの電話番号または、同サイトの専用ページなどで、二十四時間利用が可能だという。

心理検査の結果に納得がいくか否かを利用者に尋ね、それを検査精度の一定の目安にしていきたいと、統計局の政策統括官は語っている。

総務省の心理検査に人気集中――「最もよく当たる心理テスト」の声も（東日本新聞）

臨床心理士、医療心理師の両団体の研究および技能を測定するため、総務省統計局が設置した心理検査のオンライン窓口は、開設日から一週間で約百万人の利用者に達した。二十八日、総務省が発表した。

統計が目的であるため、「今回の検査結果について専門家らに医学的・心理学的な責務は課せられないとする」という注釈があることから、当初は利用者も少なくなるのではないかとみられたが、予想に反する人気となった。個人にとっては気軽に利用できる心理テストの意味合いが強く、それが利用者の増大につながっているとみられる。また、検査の結果について「自分の性格が的確に判断されている」と感じる人は全体の八十二・六パーセントに達し、民間企業の商用性が優先する「心理テスト」に比べて、信頼が置けると考える人が多いことも人気の理由とみられる。

武藤政和・総務省統計局・政策統括官の話――統計はサンプルが多いほど信頼できるデータになる。その意味でも、利用者が多かったことは喜ぶべきことと思う。

血液型性格判断、なおも根強い人気——総務省の心理検査に匹敵する支持率

血液型カウンセラー城ノ内光輝さん（45）の告白騒動で一時は下火になるかと思われた血液型性格判断だが、国民の実生活のなかでは以前と変わらない支持率を保っていることが、消費者生活センターの調べでわかった。

調べによると、現在も八割以上の人が「誰かの人格を判断するとき、血液型を考慮にいれる」としていて、「血液型性格判断は当たっている」「ほぼ当たっている」と感じる人も七割以上にのぼるという。

血液型による差別や偏見などの社会問題を生むケースが増えたことについては「由々しき問題」ととらえる人が五割以上にのぼったが、「当たっているのであるていど仕方がない」と回答した人も四割近くにのぼった。

科学的には根拠がないという声もある血液型性格判断だが、現在も人々の生活に密着していることをうかがわせるデータとなった。

総務省、二日に記者会見――心理検査によるカウンセラー職国家資格認定について

三十一日、総務省は統計局による記者会見を翌月二日におこなうと発表した。先週おこなわれた心理検査による統計の結果を公表するものとみられる。

検査用問題の作成者や回答者ら専門家が、検査を通じどのように技能を判断され集計されたかは現時点であきらかになっていないが、二日の会見でこれらを含め、臨床心理士および医療心理師のいずれかが国家資格職となりうるかも発表されると予想される。

総務省統計局によるオンライン心理検査は最終的に二百万人強の利用に達し、満足度も九割近くに達するなどの人気を博し、三十日に終了した。利用者からは、統計が終わっても検査窓口は残してほしいとの声もあがっている。

幸運を

恵梨香は新宿区若松《わかまつ》町にある総務省第二庁舎の記者会見場にいた。まだ会見は始まってはいないが、驚くべき報道陣の数だった。広々としていた室内に用意された座席はすでに埋まり、後方には立ったままの記者たちもいる。テレビカメラの数は、地上波の放送局の数を優に上まわっていた。ひとつの局が複数のカメラを用意するほど関心を寄せているか、それとも地方や海外のメディアまでも押しかけているのか、そのどちらかだった。実際、外国人の姿もちらほらと見かける。総務省統計局の心理検査がいかに国民の興味の対象だったかをうかがわせる盛況ぶりだった。

公的な心理テストという切り口がそれだけ人々に受けいれられたということは、そもそも日本人は占いめいた性格判断が好きなのだろう。恵梨香はそう思った。テレビ番組で紹介される心理テストにややこじつけっぽさや胡散《うさん》臭さを感じとった大衆が、ある意味で国のお墨付きを得た今回の企画にはこぞって興味を抱いた。それだけ誰もが、自分は何者であるかを気にしているということか。これだけ関心が集まれば、臨床心理士にしろ医療心理師にしろ、国家資格化した時点で大きく報じられ、その名も普及することだろう。

ただし、きょう発表されるのは団体の優劣でもなければ、専門家による心理検査のデータ公表でもない。もっと重要かつ、衝撃的な事実の公表が待っている。

恵梨香は会見席の脇に立ち、正面のスクリーンを準備する統計局の職員たちを眺めていた。ＤＶＤデッキが接続され、いつでも映像が再生できるようにしてある。

物理的な用意はほぼすべて整った。あとは時がくるのを待つばかりだった。

臨床心理士会の桑名会長はそわそわしながら会見場をうろつきまわっている。医療心理師のほうの沢渡理事は対照的に椅子に腰掛けたまま動かないが、びんぼう揺すりが激しかった。近くに立つと微震が発生したかと思うほどだ。恵梨香は、そのふたりにはなるべく近づかないようにしていた。いかに心理学の権威とはいえ、いまは自制心を働かせるのがやっとだろう。ささいなことでも激怒しないとも限らない。

だがそのふたりも、今回の会見の責任者ほど落ち着きのなさを露呈してはいなかった。政策統括官の武藤政和は、部屋に出たり入ったりを繰りかえしては、恵梨香ら臨床心理士たちの顔ぶれを眺めている。きょうの会見の主役が来るのを待ちわびているようだった。

「岬美由紀さんはまだかね」武藤は苛立《いらだ》ったようすでいった。

恵梨香の近くに立っていた鹿内が、ちらと腕時計を見ていう。「いまごろこちらに向かっているところです。まだ会見の時間まで、かなり余裕がありますから」

ふんと武藤は鼻を鳴らし、報道陣らを見渡した。「一時間も前からこんなに詰め掛けるなんてな。私にとっては断腸の思いだよ」

武藤がそういい残して歩き去っていくと、鹿内が恵梨香にささやいてきた。「ずいぶん気が立ってるな」

「そりゃね」恵梨香もつぶやいた。「きょうの会見内容を事前に知ってれば、リラックスするなんて夢のまた夢じゃん」

わたしもそうだと恵梨香は思った。手に汗をかいている。早く会見が始まってほしい、いや、終わってほしい。そう願っていた。こんなに先が見えない時間を過ごしたことなど、かつてなかった。

美由紀さん、幸運を。恵梨香はひそかに祈った。

ダイヤル

病室の電話が鳴ったとき、駿一はびくっとした。

この外線電話に連絡を入れてくるとしたら、彼らしかいない。ずっと沈黙が守られてきて、彼らも諦《あきら》めてくれたかと思っていたが、それほど甘くはなかったようだ。

壁の時計に目を向ける。午後一時すぎ。嫌な時刻だと駿一は思った。午後の面会時間はまだこれからだ。もし彼らが病院に押しかけてくると主張したとき、断りづらい。

ためらいはよぎったが、逃げてばかりもいられない。退院までまだ間がある。

駿一は受話器をとった。「……はい」

ところが、向こうから聞こえてきたのは男の声ではなかった。女のすすり泣く声。それも、誰なのかすぐにわかった。駿一は心臓をひと摑《つか》みされたようなショックを受けた。

「沙織!?」駿一は思わず声をあげた。

「駿一君……」沙織の声は、嗚咽《おえつ》とともに震えていた。「駿一君……。怖いよ」

弾《はじ》けるような音とともに、沙織の悲鳴があがった。その音がガスガンの発射音であることは、電話を通じてもはっきりとわかる。

「どうした、沙織？　無事か？」駿一はあわててきいた。

と、沙織の泣く声が遠ざかり、男の声がとってかわった。「駿一」

困惑と怒りが入り混じり、駿一は緊張に身を震わせた。「茉莉木さん。どういうことなんです、これは」

「わかるだろ？」茉莉木の声は横柄な響きを帯びていた。「デザートイーグルの改造五丁、すぐにでも取り掛かってもらいたいんだが」

状況が明らかになるにつれ、駿一のなかに憎悪が渦巻きだした。「なんてことを……」

「材料は用意しといたからよ。俺たちの目の前で作業をして、きょうじゅうに終わらせてくれないか。依頼人を待たせっぱなしなんでな」

「そんなの……無理だよ。きょう一日でなんて、できっこない」

「そうかよ？　おまえの彼女の顔に傷がついてもいいのか？　市販の銃じゃ痣《あざ》ていどだろうが、おまえが手を加えたM92Fならどうなるか、試してみてもいいんだけどな」

「待て！　待ってくれよ」

「……二時間ていどならな。すぐにそこから電車で飛んできな。いつもの海岸で待ってる」

かちりと耳に残る音とともに、電話は切れた。

駿一は呆然《ぼうぜん》と受話器を手にしていた。沙織が茉莉木たちに捕らえられている。

こうしてはいられない。駿一は跳ね起きると、外出用の普段着をひっぱりだした。もうすぐ免疫抑制剤の点滴を持って看護師がやってくるだろう。そうなったら、翌朝までベッドを起きだすことはできなくなる。急がねばならない。

沙織。駿一は、胸に感じる痛みが病のためではないと感じていた。沙織。こんな僕のせいで。その思いが焦燥感を募らせる。もうここにはいられない。治療などどうでもいい。彼女を助けねばならない。

朦朧《もうろう》とする意識とともに、嵯峨は亜希子の病室から廊下にでた。松葉杖《づえ》をつき、ふらふらと歩きながら自分の病室に戻る。

本当なら、ずっと亜希子と一緒にいて彼女の説得をつづけたい。だが、きょうもわずかに会話を交わしただけで、彼女は眠りについてしまった。しばらく起きる気配がないとわかると、嵯峨もベッドに戻らねばならない。毎日、同じことの繰りかえしだった。

いつまでつづくのだろう。もう身体は限界を超えていると実感する日々がつづいていた。あと何週間、いや、へたをすると何日ももたないかもしれない。せめて最期の瞬間であろうと、彼女のうなずく顔が見たい。手術に同意し、無菌室に入っていく彼女の姿を見ながら、この世をあとにしたい。

ふいにこみあげた吐き気をこらえようと身をよじったとき、体勢を崩しかけた。嵯峨は松葉杖を滑らせ、その場に倒れかけた。

と、誰かの腕が支えた。嵯峨は抱き起こされ、ゆっくりと元の姿勢に引き立たされた。

「ありがとう」松葉杖に身をあずけながら、嵯峨は相手に礼をいった。

だが、相手の顔を見たとき、嵯峨は驚かざるをえなかった。「駿一君……?」

普段着を身につけた駿一が、真顔で嵯峨を見かえしていた。嵯峨が倒れないことを確認するかのように、そっと手を放した駿一は、後ずさって頭をさげた。

嵯峨はきいた。「どうしたんだい? ……まだ退院じゃないんだろ」

「ちょっと用があって……。実家のほうに」

「実家って? なにか取ってきてほしいのなら、お父さんにでも頼めばいいじゃないか」

そのとき嵯峨は、駿一にただならぬ気配を感じた。助けを求めたがっている、瞬時にそう思った。だが、どうして何も言いださない。なぜ沈黙を守っているのだろう。

駿一は震える声で告げた。「もういくよ。じゃ……」

「まって。駿一君……」

だが、嵯峨の呼びかけに駿一は応じるようすはなかった。背を向けて駆けだし、廊下を走り去っていく。その慌てぶりも尋常ではなかった。

呼吸ができず、胸に激痛が走る。まずい、嵯峨はそう思った。いま昏睡《こんすい》状態に陥ることはできない。少なくとも、駿一について誰かに伝えるまでは。

病室に戻ろうとして、前につんのめった。激しい音をたてて松葉杖が床に放りだされる。拾っている暇はなかった。嵯峨は床を這《は》い、自室のドアに向かった。ひきずる身体が異常に重い。それでも嵯峨は、必死で前進しつづけた。

病室に入り、電話の受話器に手を伸ばす。目がかすんでダイヤルの番号すら見えない。手探りでかけるしかなかった。

もう駄目だ、意識が失われていく。その前に、伝えねばならない。彼女に、駿一の危機を知らせねばならない。

断絶

美由紀はCLS550のステアリングを切っていた。山手《やまて》通りを新宿方面へと走らせる。曇り空だが、雨は降っていないのはさいわいだった。都内の道路は降雨とともに渋滞が始まる。午前のスクールカウンセリングがどれだけ長引くか心配だったが、結果的にはほんの三十分ほど終了時間がずれこんだだけで済んだ。これならかなりのゆとりを持って、新宿区の国立国際医療センター前にある総務省第二庁舎に着くことができるだろう。

とそのとき、電話の呼び出し音が鳴った。ブルートゥースでハンズフリー接続がしてあるため、操作ひとつで先方の声をスピーカーにだせる。美由紀はボタンを押した。「はい。岬ですが」

わずかにかすれた声がきこえてきた。「美由紀さん……」

美由紀は息を呑《の》んだ。「嵯峨君⁉ どうしたの？」

しばらく沈黙があった。荒い息づかいが響く。嵯峨のささやくような声は、クルマの走行音に掻《か》き消されそうだった。「……駿一君が……危ない。実家のほうに……」

減速してエンジン音を小さくし、必死で耳を傾けたが、それ以上なにもきこえなかった。

「嵯峨君」美由紀は呼びかけた。「嵯峨君？　返事をして！」

応答はなかった。息づかいも、吐息ひとつきこえない。電話が切れたわけではないのに、嵯峨はその存在を消してしまったかのようだ。

やがて、あわただしいもの音が響いてきた。嵯峨先生、しっかりしてください。看護師の声がする。望月先生を呼んできて、昏睡状態。

昏睡。美由紀は頭を殴られたような衝撃を受けた。

激しい動揺のなかで、無我夢中で嵯峨のつたえようとしたメッセージを理解しようと考えをめぐらせる。きょう、総務省でおこなわれる会見にどんな意味があるかを、嵯峨にはつたえていない。彼にいま以上の心労を与えたくはなかったからだ。嵯峨は美由紀がこれから重大な試練に立ち向かうことを知らない。だからこそ、助けを求めてきた。

駿一君が危ない、嵯峨はそういった。危険はむろんのこと、病状についてではあるまい。駿一は病気以外のことで窮地に立たされている。彼がガスガンの改造に手を染めていたことを考えると、それは命さえ危険に晒《さら》すことかもしれなかった。

実家のほう、と嵯峨は最後に告げた。館山。高速を飛ばしていけば行けない距離ではないが、首都高にしろ湾岸線にしろ、いつ混みだすかわからない。時間の読めない旅に出かけられるほど、いまの自分に余裕があるはずもなかった。

それでも美由紀は迷わなかった。中央分離帯の切れ目でクルマをすかさずUターンさせ、渋谷付近の高速入り口を目指し速度をあげた。

最もたいせつなこの時間、使命を放棄したりはしない。それでも、苦しんでいる人を見捨てることなんてできない。それをみずからの心に許してしまえば、いままで胸に抱いていた信念に意味はなくなる。

「まだかね」と政策統括官の武藤がじれったそうな声をあげた。

恵梨香は困惑を覚えながら答えるしかなかった。「どうも遅れてるみたいですけど……。でも、かならず来ますよ。だいじょうぶ」

と、医療心理師の沢渡理事がつかつかとやってきた。「まさか逃げたんじゃないだろうな」

「そんな」恵梨香は首を振ってみせた。「美由紀さんはそんな人じゃありません」

「だといいがな」沢渡はため息まじりに吐き捨てると、しきりに頭をかきむしりながら、また椅子へと戻っていった。

会見場はすでに満員状態だった。報道陣らは会見の開始を待ち構えている。実際、もう始まっていて当然の時間だった。

美由紀はいったいなにをしているのだろう。さっき携帯電話にかけてみたが通じなかった。電源を切っているはずはないだろう。電波の届かないところにいる、そういうことだろうか。CLS550で高速道路を全力で飛ばしていると、むろんのこと電話はかかりにくくなる。遅刻を取り戻そうと必死で走っているのだろうか。だが、時間に遅れること自体、岬美由紀らしくはなかった。

　鹿内も顔をこわばらせながら話しかけてきた。「遅いね」

「うん……」恵梨香はつぶやいた。「もし間に合わないのなら、わたしたちが代わりに……」

「それは無理だよ」鹿内は小声でささやいた。「岬さんが会見するって約束でようやく各機関の了承をとりつけたんだ……。っていうより、あの会見席で喋《しゃべ》ることできるかい？　俺にはとても無理だよ。緊張で卒倒しちまいそうだ」

「わたしも……」恵梨香はため息をついた。

　実際、このままでは会見席に向かわずとも、それ以前に泡を吹いて倒れてしまいそうだった。いまさら会見を中止になどできない。すべてはこの日のために準備されてきたのだ、延期など不可能だった。

　お願い、早く来て。恵梨香は目を閉じた。美由紀さんでなければ、この場は凌《しの》げないっていうのに。

沙織はひたすら怯《おび》えながら、ワゴンの後部座席で身をちぢこませていた。

停車中のワゴンの窓から見える景色は、人里離れた海岸だった。昼間だというのに、まったくひとけがない。往来する人がいたところで、助けを求めることなどできない。窓を開ける前に彼らに危害を加えられ、阻止されるだけだ。

運転席と助手席にはそれぞれひとりずつ男が乗っている。ワゴンの近くに停車した、走り屋仕様のクルマにもふたりいた。四人の男たちは学校に来て、駿一の容態が悪化したことから彼の父に頼まれ、迎えにきたといった。

彼らの人相や、態度の悪さが気にならなかったわけではない。それでも、駿一に対する心配が先行してしまった。病院に連絡をいれる間もなく、学校を飛びだして、彼らのクルマに乗った。沙織が彼らの目論見《もくろみ》に気づいたのは、このワゴンの扉が閉められた直後のことだった。

男たちは銃のようなもので威嚇してきた。おもちゃのようにも見えたが、発射された弾はクルマのシートにめりこみ、中のスポンジを粉砕し車内に撒《ま》き散らした。それからは沙織のなかにあるのは恐怖だけだった。非力な自分にとって、いまはなすすべもない。男たちは駿一を電話で呼びだした。なんらかの作業を強制しようとしている。それがどんなものであれ、彼がここに来るとすれば、わたしの責任だ。

と、男のひとりが告げた。「来た。あれだ」

沙織ははっとして窓の外を見た。

森のなかにつづく小道を駆けて海岸に向かってくるのは、まぎれもなく駿一だった。脇腹を押さえ、いかにも辛《つら》そうな顔をしている。実際、まだ走るのは無理のはずだ。足をひきずり、顎《あご》を突きだしながら必死で向かってこようとする。

その駿一の姿を見たとき、沙織は心のなかでつぶやいた。来ないで。こんなところに来ちゃ駄目。

男たちはクルマから降り立った。ひとりが車体の側面に来ると、スライド式の扉を開けて沙織にいった。「降りなよ」

腰を浮かそうとしても、身体がいうことをきかない。沙織はただ震えていた。

チッと舌を鳴らした男が、沙織の首すじをつかんだ。そのまま車外に投げだすように引っ張りだす。沙織は思わず悲鳴をあげた。宙に放りだされ、砂の上につんのめった。

「沙織！」駿一の呼ぶ声がする。

顔をあげた。駿一が泣きそうな顔で駆け寄ってくるのがみえる。

そのとき、沙織の近くに立った男がなにかを手にして構えた。それがなんであるかを見てとったとき、沙織は無我夢中で叫んだ。「やめて！」

男はガスガンの引き金を引き絞った。耳をつんざく発射音とともに、走り寄ってきた駿一はもんどりうって砂の上に転がった。

絶望に身体を引き裂かれるような思いで、沙織はつぶやきを漏らした。「駿一君……」

ふたりの男が駿一に近づいていくと、そのうつ伏せの背に向かい、さらに銃を向けた。

「やめてよ」沙織は震える声でいった。「やめて……」

男たちは容赦なく駿一めがけてガスガンを撃った。駿一は呻《うめ》き声をあげて身体をのけぞらせた。わずかに血しぶきがあがるのを、沙織は見た。

「よして！　駿一君！」沙織は必死で怒鳴った。

ひとりの男がこちらに向きを変えた。にやついたその顔がゆっくりと歩み寄ってくる。

沙織は恐怖に身を震わせた。

別の男が沙織の髪をつかみ、乱暴に引き立たせた。激痛に涙がこぼれる。その揺らぐ視界の向こうで、男がガスガンでこちらを狙いすましたのがわかった。

男はいった。「彼氏のこしらえた銃で顔に記念の傷跡、つくっておくか」

駿一の怒鳴り声がする。「やめろよ！　沙織には手をだすな。やめてくれ！」

その近くにいた男が駿一の脇腹を蹴《け》る。駿一は仰向《あおむ》けになってのけぞった。

駿一君……。沙織は蚊の鳴くような自分の声をきいた。恐怖と絶望、悲しみが渦巻くなかで、自分の非力さに泣くしかなかった。もうどうしようもなかった。

これから銃撃にともなう激痛が襲う、その意識だけでも気を失いそうだった。沙織はすくみあがり、ひたすら震えた。

そのときだった。低いエンジン音が轟《とどろ》き、男たちはびくついた。

沙織の前で銃を構えていた男は、顔をひきつらせてふいに走りだした。その男を追うようにして、銀いろの流線型のセダンが砂浜を突進してきた。

男は脇に飛び退《の》いたが、セダンは速度を緩めず、砂埃《すなぼこり》をあげて一直線に駆けていく。やがて走り屋仕様のクルマに側面から激突した。衝突されたクルマはくの字に曲がってひしゃげながら、横転してひっくり返った。

砂埃が煙のごとく辺りを覆いつくし、それからゆっくりと視界が戻っていく。驚いたことに、横転し大破したクルマとは対照的に、流線型のセダンのほうは傷ひとつついていないようだった。

「な」背後の男が血相を変えて叫んだ。「なにしやがんだ！　俺のインプレッサを！」

セダンの運転席のドアが開き、ひとりのスーツ姿の女が降り立った。沙織はその女の姿を見て、時間が静止したかのような衝撃を受けた。

岬美由紀は硬い顔をしていった。「これクルマだったの？　てっきり館山名物の不法投棄ゴミかと思ったわ」

美由紀は砂浜にいた六人の位置関係を瞬時に把握していた。砂浜に倒れた駿一を人質にしようとする動きはない。拉致《らち》組の四人が素人であることの証《あかし》だった。だが、ひとりだけは別だ。依然として沙織を羽交い絞めにして、盾にしようとしている。

「茉莉木さん」別の男が駆け寄って、沙織を捕まえている男に銃を渡した。

やはり、その男がリーダー格らしい。茉莉木と呼ばれた男は、泣きじゃくる沙織のこめかみに銃口をつきつけた。

「俺は元自衛官だ」茉莉木が怒鳴った。「狙いは外さねえぞ。この小娘に危害を加えたくなきゃ、おとなしくしてろ」

だが美由紀はまるでひるまなかった。茉莉木につかつかと近づきながら、最低ね、と美由紀はいった。「拳銃《けんじゅう》ごっこをしたいばっかりに自衛隊に入って、トレーニングのきつさに音をあげて三日で辞める、あなたもその類《たぐ》いってわけ。悩みをきいてあげてもいいけど、心の病を治したいのなら、まず自分が悔い改めることね」

美由紀が平然と近くに立ったためか、茉莉木はどうすべきかわからないようすで身体を硬直させていた。目に怯えのいろが浮かんでいる。

それでも茉莉木は銃口を沙織の首すじに押しつけた。「このアマ。どうなるか見てろ!」

茉莉木は本気らしい。引き金にかけた指先に力をこめた。

が、その引き金が引き絞られる前のごくわずかな時間も、美由紀にとっては充分すぎるほどのゆとりに感じられた。杯を持ったときのように右の人差し指と親指を固めて、拳法でいう月牙叉手《げつがさいしゅ》の突きを下方から勢いよく繰りだす。その二本指でガスガンをつかんで、弾《はじ》くように上方へと奪い去った。

茉莉木にとっては瞬時の出来事に思えたらしい、右手はまだガスガンを手にしていたままのかたちに保たれている。その顔が愕然《がくぜん》としたものになり、頭上に掲げられた美由紀の右手にある銃を見て、衝撃の表情へと変わる。

しかしそれも一瞬のことで、美由紀は銃を水平方向にフルスイングし、銃把《グリップ》で茉莉木の頬をしたたかに打った。茉莉木は横方向へ飛び、大破した愛車に背中を打ちつけて、ぐったりとしてのびた。

背後に雄たけびとも叫びともつかない声をきいた。ひとりの男が突進してくる。手にはアーミーナイフが握られていたが、突きの姿勢をまるで考慮しないその男の攻撃は、美由紀にとっては素手に等しかった。交叉法《こうさほう》という体術で突きを受け流しながら側面にまわり、首すじに手刀を見舞った。男はそのまま地面に突っ伏した。

次の男は、いま倒れた男と同時に襲いかかろうとしていたが、わずかに攻撃が遅れたらしい。美由紀は向き直り、寸腿《すんたい》という低い蹴りで男の足首を蹴飛ばし、バランスを崩させてから男の胸もとめがけて〝掌《しょう》〟の突きを放った。男はのけぞって宙に浮き、背中から地面に叩《たた》きつけられた。

最後のひとりはおろおろとした顔で、銃をこちらに向けていたが、歩み寄ってくる美由紀にすっかり弱腰になっていた。

それでも、引き金を引き絞るだけの勇気はあったらしい。だが、美由紀はそのタイミングも見切っていた。鋭い音とともに銃が発射される寸前、美由紀は男の腕をつかんで銃口を脇に逸《そ》らさせていた。

美由紀は低くいった。「留置所か刑務所の臨床心理士には、わたしを指名してね。いくらでも相手になってあげるから」

身動きがとれず、目を見張るばかりの男の返答など聞く必要もなかった。右手の五指の指先を合わせて固めた鉤手《こうしゅ》という手形を、その顔に勢いよく振り下ろす。打撃の衝撃音は改造ガスガンの銃声より大きかった。男は仰向けに砂のなかに沈んだ。

ようやく静寂が戻り、波の音だけが響くうら寂しい地方の海岸という様相を呈した。美由紀は足早に駿一に近づき、ひざまずいた。

「駿一君」話しかけながら駿一の背を見る。大きな傷は、腰の近くの出血箇所ひとつだけらしい。ハンカチを取りだして、その傷を押さえる。

沙織が駆け寄ってきて、泣きながらいった。「駿一君。だいじょうぶなの。返事して」

と、駿一が砂にまみれた顔をゆっくりとあげた。「平気だよ……。白血球の数も戻ってるから、血もちゃんととまるだろうし」

美由紀は痛々しく思いながらも、かすかな安堵《あんど》を覚えた。銃撃された箇所の服は破れているが、傷は浅い。手術箇所に当たっていたら危険だったかもしれないが、これなら軽傷で済む。

「肩を貸すから」美由紀はそういって駿一の腕をとった。「ゆっくりと立って。……あまり時間もないの。治療は都内で受けてもらうから」

駿一の反対側の脇を支えながら沙織がつぶやいた。「岬先生……ありがとう。よく……ここがわかったね」

「臨床心理士会事務局に置いていったガスガンに砂が入ってたでしょ。あなたの家の近所で試しうちができそうなところといえば、ここしかないもの」

「そうか……」駿一は弱々しい口調ながらも、心底、感嘆したような声でささやいた。「岬先生……すごく強いんだね」

歩を進めながら美由紀はいった。「いいえ……。自分の力じゃないの。愛する人のおかげで強くなれるのよ」

政策統括官の武藤は言い放った。「もう待てん。記者会見は中止だ」

そのひとことが、鋭利な刃物のように胸に突き刺さる。恵梨香は実際に胸に痛みを覚えていた。思わず泣きそうになる。

桑名会長が歩み寄ってきた。「それは困ります。このままでは臨床心理士会は虚偽の行いをしたままということに……」

「われわれもだ」と、沢渡理事も武藤に近づきながらいう。「まるで不正があったかのごとく断罪されたらどうします。信用失墜はなんとしても避けねばならない。きょうここですべての説明が果たされねばならん」

武藤は唸《うな》った。「岬美由紀さんが来ないとなれば、両団体の長に代わって会見していただくしかなさそうですな」

しかし、桑名と沢渡は顔を見あわせると、ふいに焦りをのぞかせた。

「それは困る」沢渡がいった。「これはもともと臨床心理士会のほうが音頭をとったことだ、桑名会長おひとりで会見されるのが望ましいと思いますが」

「いや」桑名は心外だというように目を見張った。「これは連帯責任です。いまさら医療心理師のほうは関係ないとはいえんでしょう」

「もとはといえば、臨床心理士の岬美由紀さんの発案でしょう」

「だから、彼女じゃなきゃ説明できんといってるんです。そのう、私どもでは、概要を把握しているとはいえ、どのように解説したらいいのか……」

恵梨香は戸惑うしかなかった。責任のなすりつけあいにも見えるが、事実として会見席につくのは岬美由紀でなければならない。その美由紀が姿を見せないことで、微妙だった各機関の協力関係も崩れそうになっている。

美由紀さん、いったいどうしたっていうの。なぜ連絡をくれないの。恵梨香は心のなかでつぶやいた。

武藤はしばらく腕組みをしてうつむいていたが、やがて意を決したように顔をあげていった。「報道陣を解散させよう。これでは会見の体をなさない」

終わった。恵梨香は呆然《ぼうぜん》とした。いままでの苦労が水泡に帰してしまった。

ところがそのとき、待ちわびた女の声を背後にきいた。「お待ちください、武藤さん」

「遅れまして申しわけありません」美由紀は息をはずませながらいった。駿一を運びこんだ国立国際医療センターの駐車場から、向かいの庁舎内の会見場までの疾走。ふだんなら呼吸があがるほどもない距離だが、きょうは全力で走った。計測すれば過去で最高のタイムだったかもしれない。

恵梨香が満面の笑みを向けてきた。「美由紀さん！」

関係者一同に安堵のいろがひろがる。しかしそれも一瞬のことで、武藤が険しい顔で告げてきた。「わかっていると思いますが、失敗は許されませんよ」

「もちろんです」美由紀は呼吸を整えようと必死だった。「いままでのご協力、本当に感謝しています。桑名会長も、そして、沢渡理事も……」

と、これまでひたすら美由紀のプランを毛嫌いする姿勢をとってきた沢渡の顔が、かすかに和んだようにみえた。沢渡は穏やかな口調でいった。「ここまで来たからには、頑張ってくれ。応援してるよ」

桑名もうなずいて同意をしめしてきた。「きみにすべてがかかってる。私たちはきみに賭《か》けたんだ」

「はい」美由紀はしっかりと答えた。「おまかせください」

もう後には退《ひ》けない。美由紀は振りかえった。恵梨香、そして鹿内ら臨床心理士の同僚たちにうなずいてみせると、決意とともに美由紀は会見席へと歩を踏みだす。

職員がマイクで告げる声が響きわたった。「お待たせしました。それでは総務省統計局によります心理検査の趣旨を、臨床心理士の岬美由紀先生からご説明いただきます」

かすかにざわめきがあった。美由紀のことを知る報道関係者も少なくない。防衛省から転職した二十八歳の女がどうして今回の説明義務を負っているのか、訝《いぶか》しく感じているようすだ。

理由はいますぐにわかる。美由紀は会見席に着いたが、椅子には腰掛けなかった。代わりに、深く頭をさげた。

「国民のみなさまに謝罪申しあげます」美由紀はいった。「今回の心理検査は正当なものではありませんでした」

会見場はにわかに賑《にぎ》やかになった。ざわざわと話しあう声、ひっきりなしにシャッター音が響き、フラッシュの閃光《せんこう》があわただしく連続した。

記者のひとりが声高にたずねた。「どういうことですか。なにか不正でもあったのですか」

「いえ」美由紀は顔をあげた。「心理検査の各オンライン窓口で説明がありましたように、今回は統計が目的なので作成者の医学的、心理学的責務は問われないことが前提になっています。……けれども、それはわたしたちの勝手な言いわけにすぎません。なにより、すべてを計画したのはわたしです。わたしが全責任を負っていることを、まず理解していただきたかったのです」

「あのう」と別の記者が発言した。「なにか、ただならぬことをなさったように聞こえますが……。利用者があれだけ信頼していた心理検査に、どんな落ち度があったのですか。精度を高めるために、利用者のプライバシーを覗《のぞ》き見て検査結果に反映したとか?」

「そうではありません。もともとこれは、心理検査ではなかったのです」

ざわめきはおさまらなかった。誰もが疑問を持つのも無理はない。ひとつずつ納得してもらうしかない。

美由紀はリモコンを手にとり、ボタンを押した。「まずはこれをご覧ください」

スクリーンに動画が現れる。DVDに焼いたその映像は、国会図書館の専門室のようすだった。恵梨香が一冊の本を手にして、カメラに表紙をしめしている。書名は『ピタリと当たる血液型性格判断』だった。

スクリーンのなかの恵梨香は、その本を無造作に開くと、文面をカメラに向けた。クローズアップした画面に、本の一部がはっきり読みとれるまでに拡大された。恵梨香の指が文章を指し示す。そこには『理屈っぽいものを好まず、読書は好きではない』とあった。B型の性格判断の一項目らしい。

恵梨香は本を閉じ、名刺大のカードにサインペンで書きこんだ。理屈っぽいものを好まず、読書は好きではない。いま見せた文章をそのまま記入している。

そのカードをテーブルに置く。すでに記入済みのカードは山積みになっていた。どれもばらばらの性格判断が書かれている。年少者を厳しくしつける傾向がある。健康管理にあまり気をつかわない。派閥やグループのなかであまりリーダーになろうとしない。写真をとるときに笑顔をつくるのが苦手。貯金が好き。すべてが血液型性格判断からの抜き書きだった。

美由紀は記者たちにいった。「これはわたしが同僚に頼んで、おこなってもらったものです。ご覧のように血液型性格判断の本から抜きだした判断結果をひとつずつ、カードに記入しています。カードはぜんぶで二千枚に達しました。そして、次の段階がこれです」

リモコンのボタンを押し、チャプターを次に進めた。画面は切り替わり、総務省統計局の事務室が映しだされた。

担当職員たち数十人がそれぞれのデスクで電話にでたり、パソコンと向きあったりしている。どの職員もあわただしい動きをしていた。受話器を置いたかと思うとまた取りあげる。パソコンのキーボードに置かれた手もせわしなくキーを叩《たた》きつづけていた。

職員の手もとがクローズアップされた。さっき恵梨香が記入していたカードが数十枚置いてある。職員はそれらをトランプのように混ぜあわせ、三枚を引き抜いてデスク上に並べた。手にした受話器に向かい、その三枚の性格判断をつなぎあわせて告げる。

別の職員の映像になった。やはり恵梨香の書いたカードをシャッフルし、三枚を取りだす。それらの文面をそのままパソコンのモニターに映った入力欄に打ちこんでいる。

「これが心理検査の全容です」美由紀はいった。「オンライン心理検査で応対していたのは、臨床心理士でも医療心理師でもありません。臨時のアルバイトも含めた総務省の職員です。統計が公正なものになるよう、統計局の厳密な監視のもとおこなわれました」

記者たちがどよめいた。ひとりが弾《はじ》けるように立ちあがってたずねてくる。「まるっきりでたらめだったわけですか？」

「……その通りです。そもそも臨床心理学の世界では、こういう占いのような心理テストを推奨してはいません。TATなど心理検査はおこなわれますが、あくまでカウンセリングの目安にするものであり、この人はこういう性格だと断じるものではありません。というより、性格というのは一元的ではなく多面的です。人間は時と場合、相手によって表出する性格を変化させます。冷静であると同時に短気。ものを覚えるのが得意な半面、忘れっぽくもある。美しいものが好きでもあり、汚いからといってかならずしも嫌わない。相反する二面性は誰でも有しています。すなわち、性格の一部分だけを切り取ってみれば、このような性格判断は誰しも当てはまることがほとんどだということです」

「すると」記者がいった。「九割もの人が当たっていると感じた今回の心理検査……というより、心理検査ごっこのようなものだが……それらの人は、ただ当たってると思いこんだだけってことですか」

「まさしくそうです」美由紀はうなずいた。「自分のなかの多面性の一部に当てはまったところを拡大してとらえ、当たっていると錯覚する。占いに信憑性《しんぴょうせい》を感じる心のメカニズムです」

だが、別の記者が声をあげた。「ありえないよ。私もそのオンライン心理検査なるものを試させてもらったし、知人らも家族もやった。私は自分の性格が当たっていると感じたが、私以外の判断結果は、私に当てはまるとは思えない。妻の性格判断は私とはまったく違っていたし、職場の同僚についてもそうだ。あれがただランダムだとは思えませんが」

映像で裏舞台を見せてもなお、錯覚はおさまらない。美由紀は言葉で説明することの限界を感じはじめていた。どういえば伝わるのだろう。錯覚が強烈かつ鮮明すぎて、誰もそれを錯覚と思わない。まさに月の錯視だった。

ところがそのとき、会見場の後方から男の声があがった。「心理的な補完作用だよ」

美由紀は驚きに目を見張った。壁ぎわに立つその男は城ノ内光輝だった。無精ひげが生え、服装も乱れたものになっているが、彼に間違いなかった。

記者たちも城ノ内と気づいて騒然となった。たちまち城ノ内に向かってカメラのシャッターが切られる。

テレビリポーターがマイクを差し向けながらきいた。「城ノ内さん。どういうことですか。なぜここに……」

「記者会見に興味があって来たんですよ。岬先生がなにをなさるか、だいたい予測がついたんでね。思ったとおりだった」

美由紀は緊張を覚えた。横槍《よこやり》をいれるつもりなのだろうか。ここに来たのは、どんな目的があってのことだろう。

と、城ノ内はさばさばした口調でいった。「私の研究所の会員たちは……、いや、もう解散してしまったから元会員ということになるんだが、そのう、彼女たちは理解できると思う。あの四種類の血液型が記されたカード四枚、何度引いても同じカードがでるというやつだ。じつはすりかえられてぜんぶ同じになっているのに、誰も表を確かめようとしなかった。なぜなら、最初に選んだ自分の血液型カード以外は重要視せず、それらの表を見た気になって別の血液型カードだと決めつけてしまっているわけだ。確認していないのに、三枚は自分に無関係のカードだと思いこんでしまう。それが心理的な補完作用ってやつなんですよ。そうだろう、岬先生？」

城ノ内が微笑し、美由紀を見つめた。屈託のない笑い。すべてを打ち明けて楽になった、城ノ内の表情はそんな心のなかをのぞかせていた。

美由紀も思わず笑みを浮かべ、うなずいた。「おっしゃるとおりです」

記者たちがまた美由紀に向き直った。誰もが圧倒された顔をしている。

「占いについては」美由紀はいった。「誰でもまず真っ先に自分に該当するところを見ます。自分の星座、自分の血液型です。ここで自分のなかの多面性から当てはまる部分が引きだされ、それらが当たっていると感じます。次に、自分以外の星座や血液型の欄に目を向けると、それらは自分と無関係だという心理作用が働き、どれも違っているように感じられるのです。とりわけ言葉の場合は、あいまいな表現によってどの性格判断も当てはまりやすくすることができます。A型はおとなしくて周りと協調することを好む、B型は短気を起こしやすくて突出するのが好きと血液型性格判断にありますが、同時に、A型はいちど怒りを爆発させると手に負えない面があり、心の奥底では人と違っていることを望んでいる、と本に書いてあります。B型はじつは平和主義者でもあり多くの友人とつきあう、ともあります。これらの性格判断は、ぜんぶ同じことをいっているのです。しかし、自分の性格判断として提示されたものは当たっていると感じ、それ以外のものはニュアンスを違えてとらえようとする本能が働いて、当たっていないように思えるのです」

会見場は静かになっていった。

その静寂のなかで、ひとりの記者のつぶやきが響いた。「その錯覚に、九割の国民が満足し、納得したってことか……」

武藤が会見席の脇で発言した。「みなさま、政策統括官の武藤です。心理検査についていま岬先生からご説明があった件に関するデータを、ここで改めて申しあげます。オンライン心理検査の結果に納得がいったという回答、全体の八十九・六パーセント。信頼がおけるという回答、七十七・二パーセント。利用者二百六万七千三百十一人の全体からの集計結果であり、無作為抽出したものではありません。すなわち、心理検査に関心を寄せ試みた国民の九割は、自分の性格を正しく判断された、そう信じたということです」

記者たちはなおも無言だった。カメラのシャッター音も散発的なものになり、挙手する者もなかった。

つぶやきが記者席から漏れた。「それでも、これは九割の人間に錯覚が生じたと証明したにすぎない。血液型と性格の因果関係を否定する証拠というわけではない」

「はん」別の声が告げる。「否定する根拠？　それこそ悪魔の証明ってやつだ。証明責任は肯定派にこそある。肯定派が存在を証明できないから、ないとみなされる。それだけのことだ」

「だけどな。九割の人間が当たっているように感じただけというのでは、なんの証明にもそもそもわれわれはどうして、血液型性格判断を信じるに至ったというのかね？」

……」

するとと、年配の記者がいった。「まさしくそうだ。しかし、自分の胸に問いかけてみろ。

……当たっている、と感じたから。

まさしくそれ以外にはない。

血液型で性格が分かれる、という情報をどこかで見聞きした。自分、あるいは周囲の人間に照らし合わせてみたところ、当たっていると感じた。だから、信じるに至った。ほかにはなんの根拠もない。科学的実証もない。当たっていた、だから信じた。誰にとっても、それが始まりだった。

しかし、オンライン心理検査で起きたことも同じだった。当たっていた。ゆえに誰もが信じた……。

やがて、最前列の記者が美由紀を見つめ、静かにきいてきた。「お話はよくわかりました。しかしどうしてこのようなことをなさったのか、理由をおたずねしたい。総務省まで巻きこんで、事実とは違うかたちで国民に喧伝《けんでん》し、統計のサンプルに利用した……悪くとらえればそういうことになる。岬先生はなんの目的があって、こんなことを？」

責めるような視線がいっせいに向けられる。美由紀はしかし、怖《お》じ気づかなかった。

非難を浴びることは覚悟のうえだ。臨床心理士としての資格も返上せねばならないだろう。悔いはなかった。真実を国民につたえることができたのだから。

「わたしは」声が震えている。美由紀は涙を呑みこみながらいった。「血液型性格分類という、この国に根づいた迷信を否定する論拠をしめしたかったのです。血液型で性格が変わるという説に科学的根拠はありません。しかし、それだけではなぜ日本人の誰もが迷信を信じてしまうのか、説明にならなかったのです」

記者が戸惑いを表しながらいった。「でも、これほどのことを強行してまで……」

「いえ。必要だったのです。……血液型による差別が深刻化し、社会問題となりました。そして、詳しくはいえませんが……輸血で血液型が変わることを嫌って、命にかかわる手術を受けたがらない人もいるのです。あの人はBだから結婚しても幸せになれない、あの人はAだからサラリーマン向き……。そんな事実無根の判断、いったい何になるんでしょう。誰も人の性格をこうだと決めつけることはできません。性格は多面的で流動的なのですから……」

「なるほど」記者からつぶやきが漏れてきた。「血液型性格判断は、根底から信用できない。それを公にしたかったんですね」

「……いえ。まったく信用できないとはいっていません」

記者は妙な顔をした。「どういう意味ですか？」

「科学的にはなんの根拠もなかったことですが、しかし血液型性格分類があまりにも長く国民に浸透したために、自分の血液型の性格とされる部分については、みずから助長してしまう傾向があったはずです。B型だからもともと目立ちたがりなんだと思いこみ、実際に人前に立つのが好きになったり、O型ゆえにリーダーに向いているという自信がつくとから、そのような地位をめざす言動をとるようになるものです。だから常に血液型性格判断が当たらないわけではありません。……しかしながら、これらは後天的なパーソナリティの一部でしかないため、いつでも変わる機会があります。それを血液型という迷信に縛られ、先天的性格と思いこむと、悪いところを直そうとしなくなるという弊害も起きます。人はいつでも変われるんです。血によって性格はさだめられない。わたしが申しあげたかったことは、以上です……」

未来への希望

霧島亜希子は病室のベッドに横たわり、テレビの画面を眺めていた。

意識はそれほどはっきりしているわけではない。朦朧《もうろう》としている、その自覚もある。しかし、ものを考えることはできる。わたしはいま、何を見て、何を聴いたのか。すべてわかっている。

そう、いまのわたしが、何を感じているのかも。

テレビのなかの岬美由紀という女性が、涙をこらえながら立ち尽くしている。彼女が語ったすべてを、わたしは聴いた。それはあまりに衝撃的で、耳を疑うような事実だった。

それでも、事実だ。彼女はなにもかも捨てる覚悟で、それを証明してくれた。

わたしはいったい、なにをしてきたというのだろう。岬美由紀のように、世のために戦う人がいる。それなのにわたしは、恵まれた立場にありながら、ただ無気力に生きてきた。ドナーや医師、嵯峨ら患者仲間らの好意を無駄にして、わがままを貫いてきた。

この会見はきっと、わたしのような人間に向けられたものにちがいない。わたしが恐れをなしていたことを、勇敢な彼女は振り払ってくれた。

人は変われる、と彼女はいった。わたしも変われるはずだ。

担当医の望月は、看護師とともに病室にいた。テレビを観るように勧めてきたのは望月だった。彼がなにを意図していたのか、どんなことに希望を持とうとしてきたのか、いまならよくわかる。

正しいのは周りだった。わたしはそれに応《こた》えねばならない。

望月が近づいてきた。亜希子の顔を覗《のぞ》きこんで、望月は穏やかに話しかけてきた。「手術……受けてくれるね？」

亜希子は黙って望月を見つめていた。望月も亜希子を見つめかえした。

もう否定する理由などどこにもない。わたしは、生きたかった。その願いを阻む唯一の壁が、いま崩れ落ちた。

「いままでごめんなさい」ささやきとともに、亜希子の視界は涙に揺らいでいった。「手術……お願いします」


嵯峨は意識が戻ってくるのを感じた。

廊下の天井が上から下へと流れている。ストレッチャーの上だ。僕は運ばれている。いったいどこに連れていかれるんだ。

ストレッチャーを搬送する看護師の顔が目に入った。帽子とマスク、衣服すべてグリーンで統一されている。入院病棟の看護師ではない。それを知ったとき、嵯峨は息を呑《の》んだ。

「どこへ……」嵯峨は緊張とともにつぶやいた。

看護師が嵯峨の顔を見下ろしてきた。「無菌室に入るんです。きょうから手術の準備期間になります」

「駄目だよ……。病室に戻してくれ。僕は亜希子さんのそばを離れることはできない」

「いいえ。その心配なら、もうありません」

心配がなくなった。どういうことだろう。

悪い予感がした。嵯峨は看護師を見つめていった。「まさか、彼女……」

ところが、看護師の目には微笑があった。「手術を決意してくれたんです」

「……なんですって」

「霧島亜希子さんがいましがた、骨髄移植の手術に同意したんです。だからあなたも無菌室に運ばれるんです。……嵯峨先生のご友人、岬先生のお手柄ですよ」

岬美由紀。そうか。本当に奇跡を成し遂げたのか。

衝撃は意識を遠ざける。嵯峨はつとめて冷静でいようとした。それでも、溢《あふ》れだす感情に歯止めはきかなかった。

やったんだ、彼女。だが、どうやったのだろう。まるで想像がつかない。報道では、総務省統計局が臨床心理士と医療心理師を秤《はかり》にかけ、心理検査の支持率で優劣をきめるという、よくわからないことが実施されていたようだが……。

おぼろげに思考がひとつのかたちをとりはじめた。もしかしてあれが……。

それ以上、なにも考えられなかった。嵯峨は目に涙が溢れているのを知った。声を震わせて泣く自分の声をきいた。

助かった。彼女が助けてくれた。僕だけではない。霧島亜希子や、全国の血液型問題に苦悩していたすべての人々を、迷信の呪縛《じゅばく》から解放してくれたのだ。

涙がとめどなく流れおちる。嵯峨の意識は薄らいでいった。死期が迫るのを感じてはいなかった。むしろ逆だ。安心して眠りにつける。未来への希望は涙とともに、果てしなく湧き起こる。生まれかわったかのようだ。

終焉

美由紀は、沈黙する記者たちを前に立ち尽くしていた。

伝えるべきことは、すべて伝えた。あとはわたしの責任について言及するだけだ。

「最初に申しあげましたように……これはわたしひとりが責任を負うと約束し、関係各機関に無理をいって協力していただいたものです。国会で議題になれば、わたしは証人喚問に呼ばれるかもしれません。国民のみなさまを欺いたことについて、すべてを認め、反省するしだいです。申しわけありませんでした……」

頭を深くさげる。目が潤んできた。まだ泣きたくはない。涙で許しを請う女に思われたくはなかった。

記者がたずねてきた。「具体的には、どんなふうに責任をとるおつもりですか」

ゆっくりと顔をあげる。決意は揺らぐことはなかった。

美由紀はいった。「臨床心理士の資格はただちに返上し……」

そのとき、恵梨香の声が飛んだ。「まって」

報道陣にまたざわめきが広がる。美由紀は恵梨香の声がしたほうを見て、声を詰まらせた。

恵梨香は泣きながら駆け寄ってきた。記者たちのほうを向き、恵梨香は震える声で告げた。「臨床心理士の一ノ瀬恵梨香です。いましがた映像にあったとおり、わたしにも責任があります。わたしも資格を返上します」

フラッシュがいっせいに瞬くなか、恵梨香が美由紀を振り向いた。その瞳《ひとみ》が語りかけてくる。頰に大粒の涙を流しながらも、恵梨香は微笑を浮かべていた。

やったね。でも、美由紀さんひとりに辛《つら》い思いをさせないから。

涙がこらえられなくなる。視界が揺らぎだした。美由紀はつぶやきを漏らした。「恵梨香……」

と、人が近づいてくる気配があった。桑名と沢渡が会見席の後ろに立ち、深々と一礼した。

「日本臨床心理士会、会長の桑名浩樹です」桑名は真顔で記者たちにいった。「みなさまをお騒がせしたことを、深くお詫《わ》び申しあげます。今回の案件につきまして、発案は岬ですが、臨床心理士会として協力することを決定したのは私です。ですから、責任は私にもあります。誠に悔いが残ることではありますが……謹んでここに、辞意を表明いたします」

「会長」美由紀は呆然《ぼうぜん》としていった。「そんな……」

沢渡も咳《せき》ばらいをしてから、真摯《しんし》な態度で告げた。「医療心理師国家資格制度推進協議会理事、沢渡学です。私ども医療心理師も、今回のことに全面的に協力をいたしました。岬先生の計画に感銘を受け、ささやかながら助力したいと思うに至りました。すなわち、私の判断によるものです。医療心理師職にある皆様方にこれ以上のご迷惑をおかけするわけにもまいりません。……私も辞職する考えです」

美由紀はなにもいえなくなった。ふたりのベテランの心理カウンセラーはいずれも、穏やかな目を美由紀に投げかけてきた。責めるようなまなざしはどこにもない。温かさに満ち溢《あふ》れた微笑だけが美由紀に向けられていた。

わたしのせいで、ふたりは辞職を余儀なくされた。否定するならいましかない。わたしひとりで責任を負う、そのつもりだったはずだ。なんとしても、声を絞りださなきゃ。美由紀は焦った。その焦りが声を詰まらせる。泣くつもりがないのに、涙はこみあげてきてしまう。

記者のひとりがたずねてきた。「岬先生。ひとつおたずねします」

緊張が全身をこわばらせる。そのおかげで、やっと声をだせると感じた。「……はい」

「きょう日本の国民全員にとって初めて、血液型性格分類が当たっているように感じられるのは錯覚にすぎないという論拠がしめされたわけですが……いまのお気持ちをお聞かせください」

なにを尋ねたがっているか、よくわからない質問に思える。しかし、答えねばならない。わたしは自分の胸のうちを、そのまま言葉にするだけでいい。

「……よかった」美由紀はつぶやいた。「それだけです」

時間はとまったかのようだった。美由紀自身、なにも考えられなかった。思考そのものが停止している。意志のすべてを使い果たし、燃え尽きた。あとはたたずむしかなかった。

そのとき、手を叩《たた》く音がきこえた。

拍手だと気づくまで、かなりの時間を要した。その拍手は記者たちのあいだに広がっていき、すぐに会見場全体を揺るがすほどになった。

報道陣は立ちあがっていた。拍手は鳴りやまない。誰の顔にも笑いがあった。

「みごとな論拠だった」記者から声があがった。「奇跡だよ。まさに奇跡だ」

呆然とその拍手する人々を眺め、ようやくそれが自分に向けられたものだとわかった。

美由紀はなにも見えなくなった。ずっと溜《た》めてきた涙が溢れだし、とまらなくなった。

万雷の拍手のなかで、美由紀は子供のように泣きじゃくっていた。涙を流せるのは、なんと嬉《うれ》しいことなのだろう。なんと幸せなことなのだろう。

父と子

北見駿一が千葉地方検察庁の南町分室をでたとき、すでに空は赤い夕焼けに包まれていた。

退院からもう二か月以上が過ぎていた。沙織とは毎日のように会っている。ときどき検査のために通院することはあっても、不安などまるで覚えることはなかった。望月医師はいつも明るく、回復順調だね、そう告げてくるだけだ。臨床心理士が三人も知り合いになってくれて、退院前には毎日のように話しかけてくれた。おかげで精神面にもなんの問題も残さずに済んだ。

身体がとても軽い。入院生活で痩《や》せ細ったせいかと思っていたが、そうばかりでもないようだ。リハビリ期間を経てふたたび形成された筋肉は、血や骨とともに一から作りなおされたかのようだった。すなわち、生まれ変わった。前の自分とは根本的に違う。日々、そんな実感が深まっていく。

長く伸びた影をひきずりながら、父の重慶も建物を出てきた。だらしない服装に、背筋を丸めてとぼとぼと歩くそのさまは、まるで出所した服役囚のようだった。

駿一は思ったままのことを口にした。「もっと堂々と歩きなよ。親父が絞られたみたいじゃんか」

「うるせえ」重慶はそういったが、家で飲酒に明け暮れていたころのような乱暴な物言いは鳴りを潜めていた。どこか力なく重慶はいった。「なあ、駿一」

「なに？」

「どうもわからんのだけどな。あの検察官、なんで不起訴にしてくれた？」

「なんだよそれ。親父、説明聞いてなかったのかよ」

「難しくてよくわからねえんだよ。つまりあれか、十七で未成年だったから裁かれねえってことか」

「違うよ」駿一は歩道を歩きながらいった。「なんか、いまはもう少年法が改正されたとかで、十七でもムショに放りこまれるって話だったじゃんか」

「それはガスガンで人を撃った話だろ」重慶は歩調を合わせてきた。「おめえはそうじゃなかったから、だいじょうぶだったってのか？　作っただけだから、まあ許す、そういうことか」

「さあ、ね。ま、そういうことかな」

重慶は駿一の頭を軽く殴った。「おめえ、やらかしといてその態度はなんだ」

「なんだってなんだよ。もともと親父が呑《の》んだくれてばかりだったから、俺が自分の得意分野生かして稼がなきゃいけなかったんだろ」

「俺ぁもう無職じゃねえぞ。立派なパートタイマーだ」

「じゃ、いままで払ったぶんも返せよ」

「やなこった」

「おまえ。ふざけんなよ」

「ああ」重慶はふいに駆けだすと、ガードレールを乗り越えて側道帯にでた。「病人歩かせちゃいけねえって医者も言ってたな。俺がタクシーつかまえてやる。タクシー」

「やめろよ。今週の給料吹っ飛んじまうだろ」

「いいんだよ。また頑張って稼ぐからよ。タクシー」

駿一は口をつぐんで立ちつくし、タクシー以外の車両にまで手を挙げようとする重慶を眺めていた。

飄々《ひょうひょう》とした道化のようなその態度が、照れ隠しにすぎないことを駿一は知っていた。さっき検察官は、駿一ひとりだけを部屋に先に通し、小声で告げてきた。きみが不起訴になることがあるとすれば、それはお父さんのお陰だと思いなさい。あのお父さん、きのうまで一週間以上もここに押しかけて、息子に酌量の余地を与えてやってください、そう訴えつづけたんだよ。本人と会って話をするまできめられないと言っても、待合室に居座りつづけて、しまいには土下座までしようとした。われわれはけっして情にほだされることはないけどね、でも、そういう事実があったことだけは、きみに知っておいてほしいんだ。公には罪を許したわけではないが、実情はそんなところだと検察官は伝えたかったのだろう。だが駿一は、父のそういう振る舞いに感激する気など毛頭なかった。聞けば、重慶は検察官の同情を引こうとあらゆることをまくしたてたという。あいつは白血病なんです、不治の病なんですよ。検察官はあっけらかんと答えたらしい。お父さん、白血病は不治の病じゃないですよ、世の中の常識です。

白血病は治るという新聞記事を家に貼ってたくせに、調子のいい男だ。その点だけに目を向ければ、人としてはまるで信用できない。

それでも、と駿一は思った。人としては信じられなくても、父としては信用できる。ずっと昔から疑っていた、父の情愛。父への信頼。それをたしかめあう数か月だった。そして、存在を確認しあえた数か月でもあった。

ようやくタクシーが停車した。後部ドアが開く。重慶はまるで自分のお抱え運転手がクルマをまわしてきたかのように、誇らしげな顔を駿一に向けてきた。

駿一は思わず笑った。しょうがないな、とため息をつき、タクシーへと向かっていった。こんな男であっても、僕の父であることに変わりはない。そして僕も、父の子であることは揺るがない事実だ。それを受けいれられることが、たまらなく嬉しい。人生は希望に溢れている、いまならそう信じられる気がする。

現実に生きる

リハビリ科のフロアは広く、補助器具を使って歩行訓練をする人たちがそこかしこに見える。嵯峨はキャスターのついた歩行器のなかにおさまっていた。下半身を囲む筒状の歩行器につかまりながら、ゆっくりと前進する。

なかなか骨の折れる作業だが、これほど気持ちのいい運動はない。嵯峨は汗だくになりながらそう思った。健康なときのトレーニングとは違って、リハビリ訓練は日に日に成果があがる。きのう無理だと感じた十メートル以上の歩行が、きょうは既成事実のように難なくこなせる。フロンティアはしだいに遠方へと広がっていく。目標、十五メートルまで、あと少し。

美由紀が前方を後ずさりながらいった。「あと五歩。休まずに来て。ゆっくりと」

嵯峨は苦笑した。こういうときの美由紀は言葉こそ優しいが、与えてくる課題は過酷きわまりない。現状では一歩を踏みだすことは、山をひとつ越えるのに等しい作業だというのに。

「嵯峨先輩」恵梨香が近くで声をかけた。「頑張って。もうちょっとだから」

「そうだな」嵯峨はため息とともにいった。「ただし、きみの目よりはずっと遠くに見えてるんだけど」

「いえ」美由紀は微笑とともにいった。「無心でいくの。足を交互に動かして歩くなんて、ふだんの生活では意識してないでしょ? 頭をからっぽにして、とにかくここまで進んで。なにも考えなくていいの。ただ進むだけ」

「ああ……ただ進むだけ、か」嵯峨はつぶやいた。充分にわかっているつもりのことだが、どうしても意識に上る。早いところ頭から閉めださねばならない。

また足を踏みだす。腰を伸ばして立つだけでも、自転車に乗れなかったころのような緊張と恐怖がある。長い入院生活で、すっかり足腰の筋肉が萎《な》えてしまっていた。人は縦に長い。よくそんなものが直立歩行できるものだ。改めてそんな気分にさせられる。

それでも、と嵯峨は思った。自分は立ち直らねばならない。臨床心理士は病院において、癌患者や白血病患者の心の支えになることも仕事のひとつとしている。この経験が、そうした状況においてかならず役に立つだろう。同じ苦境を乗りきった人間の言葉には、きっと耳を傾けやすいはずだ。今後、患者たちの力になる。自分はいま、そのための力を湧き起こそうとしているのだ。

腕の力で無理に立ち、前進している感覚が、しだいに足に重心を移していると思えるようになってきた。身体をひきずるようにしながらも、嵯峨は前に進んだ。なんであろうと前に進む。それしか考えない。いま思考は、そのことだけに費やされるべきだ。

「あと二歩」美由紀はしだいに顔を輝かせるようになっていた。「あと一歩……。やった。おめでとう、嵯峨君」

嵯峨は息を切らし、前のめりに倒れこみそうになった。美由紀が姿勢を低くして、それを支えた。

顔が異常なまでに近づく。嵯峨はどきっとした。美由紀の吐息が顔にかかるほどの距離。身体を起こして遠ざけねば。そう思ってあがいても、前屈姿勢を正すことはできなかった。

やがて美由紀が、ゆっくりと気遣うように嵯峨をまっすぐな姿勢に戻してくれた。美由紀も照れたようにかすかに紅潮した顔で、後ずさりながらうつむいた。

「ど、どうも」嵯峨はつぶやいた。「ありがとう……」

恵梨香はふたりのようすに不満らしかった。大仰に顔をしかめていった。「ちょっと。なにやってんの、ふたりとも？　中学生？　あ、わたしが邪魔？　あっち行ってようか」

「いいよ」と嵯峨がいったとき、美由紀も同時に告げていた。いいのよ。

「なんだかね」恵梨香はじれったそうに頭をかいた。「ふたりともカウンセリング受けたら？　まだ思春期過ぎてないみたいじゃん」

嵯峨は美由紀を見た。面食らった顔の美由紀が微笑し、また床に目を落とす。

「そんなことないよ」嵯峨は笑っていった。「少なくともきみよりは年上に見られるよ」

「あっ、わたしが子供っぽいってこと？　馬鹿にしてんの？　性格悪」

「そういうわけじゃないけどさ」

「ずばり聞きたいんだけど。嵯峨先輩と美由紀さんって以前つきあってて、いまよりを戻したいって感じなんでしょ?」

嵯峨が否定の言葉を口にしたのと同じく、美由紀もまた首を横に振っていた。

美由紀は苦笑に似た笑いを浮かべた。「恵梨香、あのね……PEAって知ってる?」

「PEAって脳のホルモンの? まさか、吊り橋効果で恋愛の錯覚を抱いてったっていうの!?」

「そのう」美由紀はつぶやいた。「当たらずとも遠からず、かな。……わたし、嵯峨君が危機的な状況にあるときしか……」

「燃えないのかも、って?」

「いえ……まあ、そのう」

恵梨香は納得いかないというように嵯峨を見つめてきた。「嵯峨先輩もそうなの?」

「いや、それは……どうかな。でも、認めあう仲ってのもあるじゃないか」

どうもうまく説明できない。しかし、嵯峨は美由紀の横顔を眺めながら思った。

ふたりの関係は恋愛を超越している。もっと深いところで心が通じあっている、そんな気がする。それが具体的にどんなものなのかは、突き詰めていかないとわからない。けれども、いまはふたりともそれを望んではいなかった。ここ数日、彼女とも話しあってわかったことだ。僕らは、もっとお互いの可能性を高めたい。理想を現実のものとし、進歩しつづけるライバルでもありたい。

許しあえる存在になるのは、それからでもいいんじゃないかな。ふたりがだした結論は、そういうものだった。

恵梨香も苦笑ぎみにいった。「まあいいけどさ……。いろんな愛のかたちがあるってことだよね」

「そういうこと。恋愛のあり方は人にきめられるものじゃないさ」嵯峨は言葉を切った。

向こうから歩行器で近づいてくる、ひとりの女の姿がある。嵯峨と同じように辛《つら》そうに歩を進めながらも、どこか喜びに満ちた輝きがあった。

霧島亜希子は嵯峨に声をかけてきた。「こんにちは。嵯峨先生」

「ああ、こんにちは。……もうここに来れたの？　つい先日、白血球の数が三千だって聞いたのに」

亜希子は微笑を浮かべていった。「それ、もう一か月も前の話ですよ。それからほどなくして無菌フロアをでて、嵯峨先生と同じくリハビリに挑戦、ってとこです」

「へえ、そうか……。他人の家が建ったり、赤ちゃんが育つのはすごく早く思えるけど、それとおんなじだな……」

美由紀がいった。「ぐずぐずしていられないってことじゃない？　あと十五メートル頑張ってみる？」

「いや、もうきょうは勘弁してよ……」

恵梨香が笑うと、美由紀もそれにつられたように笑った。

た?」
嵯峨は亜希子をじっと見つめた。「ねえ亜希子さん。どう? B型になって性格変わっ

亜希子の顔にはまだ笑いがとどまっていたが、かすかに翳《かげ》がさした。「嵯峨先生。いろいろご迷惑かけて、ほんとにごめんなさい。申しわけありませんでした。……でも、ひとつだけはっきりしたことがあります。……何も変わりませんでした。わたしは、いつでもわたしだったんだな、って……。そう思います」

深刻そうにしたのは、嵯峨を気遣ってのことだったらしい。嵯峨は元気づけようと明るく話しかけた。「なにも気にしてないよ。きみが生きて、そして立ち直って、本当によかった。これからきみと同じ悩みを抱えるかもしれない人にとっても、きみの経験したことは希望の光になるんだよ」

美由紀も亜希子にいった。「あなたの知らないところで、あなたに希望を感じている人もいるの。それを忘れないでね」

はい。亜希子は目を潤ませながらうなずいた。「みなさん。本当にありがとうございました。性格は変わらないけど、新しい血液型とともに、いままでとは違う人生を踏みだせた気がするんです。みなさんの想いと、やさしさを生涯忘れることはありません。嵯峨先生。……これからも頑張ってください。わたしのように馬鹿な人とも会うかもしれないけど、どうか力になってあげて……」

「……きみは馬鹿なんかじゃないさ。お互い、頑張っていこうね」

亜希子は微笑みとともに涙を浮かべた。それを指先でぬぐいながら、もう一方の手を差し伸べてくる。

嵯峨はその手を握った。温かい手、それをたしかめあうための握手。嵯峨は心の隅々にまでその温度が伝導していくように感じた。どれだけこの瞬間を待ったろう。どれほど夢に見たことだろう。いまはもうすべてが現実だ。僕たちはいま現実のなかに生きているのだ、そう実感した。

仲間

しばらくぶりに雨があがったその朝、岬美由紀は文京区本郷の臨床心理士会事務局のエレベーターに乗りこんだ。

あの激動の数か月間が嘘のように、穏やかな日常が戻りつつある。きょうもこのあと、群馬までクルマを飛ばしてスクールカウンセリングに出かけねばならない。恵梨香はたしか、都内のハローワークで就職活動者の支援をするといっていた。そして、嵯峨敏也。二週間前に職場に復帰した彼も、きのうは千葉の精神保健福祉センター、きょうは児童相談所と忙しく動きまわっている。彼のことだ、もう出発してしまっただろう。顔を合わせることができないのは寂しいようで、なぜかほっとしている自分がいる。

嵯峨との関係は特殊なものだと美由紀は思った。ある意味で肉親よりも強い絆《きずな》に結ばれた、信頼に裏打ちされた関係。そう思いたい。そう信じたい。でなければ、世間でいうところの愛情が結ばれないまま過ぎていく日々に、意義が感じられないではないか。

彼もきっとそう思ってくれているのだろう。わたしたちは信頼深き仲だからこそ、男女として結ばれないのかもしれない。

上昇していたエレベーターが停止するのを感じ、美由紀は背すじを伸ばして悩みを振り払った。気持ちを切り替えるときだ。きょうもわたしは、心の病に苦しむ人たちのためになすべきことをなさねばならない。それが臨床心理士の日常というものだ。

ところが、開いたエレベーターの扉の向こうに降り立ったとき、美由紀はいつもと違う事務局のフロアに驚いて立ちつくした。

カウンセリングルームの待合室に大勢の人間が詰め掛けている。すぐに同僚の臨床心理士たちだとわかったが、まったく見知らぬ顔もあった。人々は野次馬見物のように輪になって、部屋の真ん中にあるなにかに注視しているようだった。

「あ、美由紀さん」恵梨香の声がした。「こっち、こっち」

美由紀は人垣のなかに埋もれていた恵梨香を見つけた。そちらに身体をねじこませるようにして、恵梨香に近づいていく。

「どうしたの？」美由紀はきいた。「これいったい何？」

と、意外なことに恵梨香のすぐ近くに嵯峨が立っていた。嵯峨は美由紀を見ると、人差し指を唇にあてて静かにするよう促してきた。

面食らって美由紀は嵯峨を見かえしたが、嵯峨は微笑を浮かべてから、円陣の真ん中へと目を向けた。

なにがあったのだろう。美由紀は嵯峨の視線を追った。と、はっと息を呑《の》む光景があった。

桑名浩樹会長がいる。美由紀のために辞職したはずの彼が衆目を集めながら、なんらかの書類を手に立ちあがった。さながら首脳会談のように、もうひとりの男と向かいあって書類を交換しあい、握手を交わしている。

その相手の男の顔を見たとき、美由紀はさらなる驚きを禁じえなかった。沢渡学、やはり血液型問題解決に尽力し職を退いた医療心理師国家資格制度推進協議会の理事。彼の姿を、この臨床心理士会の事務局で見かけるなんて。

しかし沢渡の横顔には険しさのかけらもなく、ただ穏やかな笑いだけがあった。桑名と沢渡は固い握手を交わしあっている。まるで幼いころからの親友のように。

呆然《ぼうぜん》とする美由紀に、嵯峨がささやいてきた。「桑名会長も沢渡理事も、関係省庁の薦めもあって復職したんだ。で、臨床心理士と医療心理師はそれぞれ意見や研究内容を交換しあう協力関係を育てていくことになった」

そうだったのかと美由紀は思った。周りにいる人々の半数が知らない顔なのもうなずける。彼らは医療心理師なのだ。肩書きと身を寄せる団体は違えど、志を同じくする心理カウンセラーたち。ふたつの団体の溝は埋まり、人々はいまひとつになっていた。

桑名は沢渡にいった。「これでわれわれも国家資格化に弾みがつくよ。医療心理師のバックアップをとりつけたんだから」

「バックアップ？　とんでもない」沢渡は笑った。「国家資格に認定されるのはわれわれが先だよ。そのあかつきにはあなたたちを全面的にサポートすることを約束するがね」

室内に笑いの渦が湧き起こった。

ライバルは、その関係のまま信頼を深めつつある。そのようすをまのあたりにして、美由紀は胸が熱くなっていくのを感じていた。けっして心を許しあうほどに弛緩《しかん》せずとも、認めあう仲になることができる。両者のあいだに存在していた、越えることのできないほどの高さを持つ垣根は、いま取り払われた。目指すところが同じならば、一方がもう一方に与《くみ》するかたちでなく、平等な立場で結ばれることもありうる。ふたつの団体のリーダーは、身をもってそれを証明してくれた。

美由紀は嵯峨の横顔を見つめた。まだ病みあがりのいろを漂わせているものの、以前と変わらない精悍《せいかん》な顔がそこにある。

わたしと彼の関係も、まだ始まったばかりだ。これから、わたしたちなりの信頼が育っていく。そこには、男女の愛を超越した素晴らしい関係が待っているにちがいない。いまは未知のものにしか感じられないが、そういう境地はきっと存在する。きっと達する。

嵯峨は美由紀の視線に気づいたのか、妙な顔をして見かえしてきた。

「どうかした？」と嵯峨は、いつものようにとぼけた質問を投げかけてきた。

「いいえ、べつに」美由紀は笑った。戸惑うことなく、心の底から笑うことのできる自分がいた。「ただ、とっても嬉《うれ》しくて」

「ふうん……。なにかいいことあったの？」

「まあね。……嵯峨君にとっても、きっといいことだと思うけど」

恵梨香が振りかえった。またこちらに茶々を入れたがっているらしく、悪戯《いたずら》っぽい目を輝かせている。

だが恵梨香が喋《しゃべ》るよりも前に、桑名の声が響いてきた。「ああ、そうだ、岬、いるかね。それから嵯峨、一ノ瀬」

美由紀はあわてて姿勢を正した。はい、と告げたその声は、嵯峨や恵梨香とぴったり重なっていた。

周りの人々がこちらを振り向く。そのむこうで桑名が告げた。「三人にとんでもないニュースがあるぞ」

沢渡もにやにやしながらいった。「まったく羨《うらや》ましいよ。きみら三人が臨床心理士会にいたことがね。よければきょうからでも、うちのほうに来ないか？」

桑名が沢渡を横目で見やった。「引き抜きは合意事項にないと思うが」

「そうだったな」沢渡は肩をすくめた。「これは残念」

また笑いの渦が湧き起こる。周囲の賞賛するようなまなざしを集めながら、美由紀もつられて笑った。嵯峨も、恵梨香も笑っていた。

嵯峨が距離を縮めてきて、寄り添うように立った。すました横顔を眺めて、美由紀は胸が高鳴るのを覚えた。

恵梨香のほうは、遠慮もせずに美由紀に横から抱きついてきた。満面の笑みを浮かべながら美由紀の顔を見あげてくる。

沢渡が腕組みしながら、ため息とともにつぶやいた。「きみたちのような若い力が世論を動かすなんて、考えもしなかった。心の問題を探求し解決しようとする、きみらの強い信念を感じたよ。学問としての臨床心理学はまだ始まったばかりだが、きみらがいれば大きく進歩していけそうだ。よほど強い信頼に結ばれているんだな」

美由紀は恵梨香と顔を見合わせた。自然に笑みが浮かぶ。つづいて、嵯峨とも目を合わせた。照れたような戸惑いを含む笑い。きっとわたしも同じ顔をしているのだろう、美由紀はそう思った。

「ええ」美由紀は沢渡をまっすぐに見つめかえし、胸躍る気持ちとともにいった。「同じように悩み、同じように希望を抱く仲間ですから」

日高防衛大臣、議員辞職免れる――元自衛官・岬美由紀さんのはからいで

国会で野党から「血液型問題を引き起こした張本人」と名指しで批判され、国政調査権に基づく証人喚問を要求されていた日高晃彦・防衛大臣（61）は、与党・閣僚内からも議員辞職を促され窮地に立たされていたが、元幹部自衛官で臨床心理士の岬美由紀さん

(28)が七日の証人喚問の際、日高大臣を弁護する発言をしたことを受け、尾畑首相も「辞めるほどのことはないのではないか」と発言、事実上、議員辞職を免れる見込みとなった。

　これは岬さんが、血液型問題の解決のため総務省統計局に事実を偽る公示を求めたとして、証人喚問を要求され、それに応じ七日に国会の衆議院議会で証人として出席した際の発言がきっかけになったもの。証人の席で岬さんは「血液型性格判断は太平洋戦争でも軍の部隊編制に考慮されるなど、わが国に根強い迷信となっていたため、大臣が錯覚にとらわれるのも無理はなかった。問題が解決し、国民に正しい認識が広まった今となっては、大臣に対する責任追及はおかしい」と強く主張した。

日高大臣は八日の閣議後の記者会見で「感謝している」と述べるにとどまった。

なお岬さんに対する責任追及に関しては、野党側が国政調査権の発動要請を行わない考えを示しているため、国会での議論は決着したものとみられる。

心理職の国家資格化へ大きなはずみ——臨床心理士三名、旭日双光章《きょくじつそうこうしょう》を受章で

血液型問題および白血病問題を解決した栄誉を称《たた》えられ、貢献者である若年層の臨床心

理士三名が本年度秋の叙勲で旭日双光章を受章した。若者が三名も受章することは極めて異例。

内閣府では、春秋叙勲候補者としてふさわしい人物の一般からの推薦を受け付けているが、原則として二十年以上活動、七十歳以上もしくは、五十五歳以上で精神的又は肉体的に著しく苦労の多い環境において業務に精励、あるいは人目に付きにくい分野で多年にわたり業務に精励した人物に限るという条件がある。しかし、わが国において過度に信じられていた血液型性格分類の迷信を非科学的との論拠をしめした三名の功績は、年齢に関係なく称えられるべきとする一般からの推薦が後を絶たず、内閣府賞勲局の審査と叙勲等審査会議の議を経て、授章が決定した。

受章したのは日本臨床心理士会の嵯峨敏也さん（32）、岬美由紀さん（28）、一ノ瀬恵梨香さん（25）の三名。十八日、宮中において天皇陛下から親授された。嵯峨さんらは勲章を着用し、天皇陛下に拝謁した。

なお、当日朝に皇居を訪れた三名のうち、一ノ瀬さんの服装が宮中にふさわしくないと宮内庁職員に指摘され、もめるというハプニングがあったが、尾畑首相の「いいではないか」のひとことで収拾された。

臨床心理士・一ノ瀬恵梨香さんの話――どんなかっこしてたっていいじゃん。人は外見じゃないんだからさ。心こそ人だよ。だからわたしたち、人の心のために頑張ろうとしてるんだよ。

半年後

明治大学キャンパスで催される学会に出席する日の昼下がり、美由紀は恵梨香とともに、三省堂《さんせいどう》神田本店の一階フロアにたたずんでいた。

いつも話題の書籍がコーナー化されているレジ脇の一画には、ひときわ派手な色づかいの本が山積みされている。カバーのデザインは多種多様で、著者も版元もばらばらのようだ。ただし、それらの表紙には共通するレイアウトもある。いずれも、A、B、O、ABのいずれかの文字が大きく表記されている点だ。

めずらしくレディススーツ姿、それでも茶髪によく似あうベージュのデザイナーズスーツで着飾ることを忘れていない恵梨香は、そのコーナーの看板を見あげてため息をついた。

美由紀も看板を目で追った。そこには『B型自分の解説書／血液型解説シリーズ500万部突破！』とある。

恵梨香が大仰に顔をしかめた。「なんだかね。ちょっと前にあんなことがあったばかりだってのに……」

思わず苦笑が漏れる。美由紀はつぶやいた。「仕方ないわね。月の錯視なんだから……」

「けど、BPOが血液型性格関連の番組の自重を求めて、一時は下火になったはずじゃん？　それなのに、ほら。堂々とこんなもん作るなんて。テレビ局のやつら、何考えてんのって感じ」

恵梨香が指さした円柱には、このコーナーがらみのポスターが貼ってある。テレビドラマの告知だった。タイトルは『血液型別・女の結婚する法』。主演女優の顔写真は、どことなく美由紀に似ている感があった。

プロデューサーが見間違えたのはこの女優かぁ……。美由紀は内心つぶやいた。

「ったく」恵梨香は遠慮なく、そのポスターを平手でばんと叩《たた》いた。「BPOにくぎを刺されたせいでテレビ局がその手の番組をやんなくなって、まともな出版社の雑誌も扱わなくなって……。そんな状況下、自費出版で血液型性格の本がでて大ヒット」

美由紀は肩をすくめてみせた。「それだけ潜在的ニーズがあったってことね」

「もとはといえば、テレビが非を認めてきちんと謝らなかったからでしょ。やりすぎでした、ごめんなさいって言ってれば、国民の目ももうちょっとは覚めたわけじゃん？　ところがどっちつかずのまま、黙って自粛するもんだから、以前に血液型性格分類ブームを煽《あお》られたまま意識変わらずの視聴者が山ほどいる」

「完全に否定しちゃったら、またブームがきたときに稼ぎを逃しちゃうからでしょ」

「ほんと、マッチポンプってやつだよね。国会議員の舌の根も乾かないうちに、この本の売り上げに触発されて、やれドラマだゲームだってやりだすなんてね。お金に目がくらみすぎじゃん」

「そうでもないわよ」美由紀は動じず、穏やかにいった。「変化は少しずつ起きている」

恵梨香はなおも不満げに首をひねった。「そうかなぁ」

するとそのとき、嵯峨の声がした。「ずいぶんにぎやかだな。シンポジウムの会場は大学のキャンパスだと聞いてたけど、ここになったのかい?」

スーツ姿の嵯峨は、微笑を浮かべて近づいてきた。もう病に伏していたことを連想させる面影はどこにもなかった。血色のよい顔だち、涼しい目でこちらを眺めて、それから書籍のコーナーに目を移した。

「いやあ、こりゃまた、ずいぶん増殖したもんだな」嵯峨はいった。「ベストセラーになってるシリーズ以外にも、大手出版社までもが二匹目三匹目のドジョウを狙って類似本を出版か。不況だからってここまで露骨だと、本を買うのも嫌になるね」

「でしょ?」恵梨香はさも苦々しくつぶやいた。「嵯峨先生があんな目に遭ったってのに、マスコミは自分たちが責められたくないもんだから、ちっちゃくしか報道しなかったしさ。天皇陛下に拝謁したことも、ニュースじゃ血液型の話はほとんどオミットだったし……」

嵯峨はさらりと告げた。「僕が死んでたら、状況は変わってたよ」

「え?」恵梨香は面食らったように嵯峨を見た。

美由紀も、驚きとともに言葉を失った。

「……どういう意味?」と美由紀はきいた。

するとふっと笑った。「そんなに深刻になるなよ。喩《たと》え話さ。僕か霧島亜希子さんのどちらか、あるいは両方が命を落とすような事態になってたら、さすがにテレビ局も血液型性格分類を批判する側にまわっただろうよ。マスメディアが報道の基本原則を放棄し、正しい知識を伝えようとしなかったせいで、人が死んだ。そういう批判から逃れるためにね」

「ええ」美由紀も同意した。「そうね。以前にも、テレビは二度にわたって超能力ブームを作りあげた。どんなに学者が懐疑的な姿勢をとっても、中立の名のもとに否定論を抑えつけて、ブームを存続させて視聴率を稼いできた。だけど……」

「オウムをはじめとするカルト教団がらみの凶悪犯罪が連続し、そういうテレビ局のスタンスに非難の矛先が向けられそうになった。なぜなら、それらの教団は修行による超能力の獲得を看板に掲げていたからね。で、メディアはとたんにてのひらを返して、討論番組の形式で超能力信奉者を笑いものにすることで、ブームを終焉《しゅうえん》に向かわせた。教団がらみのことには、直接触れないようにしながらね」

恵梨香が唸《うな》った。「死人がでるまではどっちつかずのままってことかぁ。やな世の中だね」

「いや」嵯峨はいった。「世は成長してるよ。たとえこの種の本に熱をあげる人が多くいたとしても、その意識には改革が起きつつある」

「ほんとに？」

「たとえば、ほら。この本なんて、題名の『血液型』って文字の隣りに小さく『占い』って記してある」

「言い訳がましいよね。っていうか、免罪符がわりだよね。占いって言葉。ちっちゃく書くなんて最低じゃん」

「とはいっても、何も書いてないよりましだろ？　発展とか意識改革っていうのは、そういうところから始まるのかもしれないよ。もしかしたら、血液型がもとで殺人事件が発生し、ブームが終わっていくことも起こりうるかもしれない。超能力ブームのときと同じようにね。でも、僕はそんなことは起きてほしくない。誰も傷つかずに、人々の意識が変わっていってほしいんだよ。僕らは、そのためにいるんだしね」

違いない、と美由紀は思った。

テレビというメディアにしろ、国家という権力にしろ、過ちが流布され世が乱れだしたときには、正しい知識をもって立ち向かう者が必要だ。たとえ微力でも、流されるまま何もせずに傍観するよりははるかにましだ。臨床心理士のわたしたちが率先して迷信や偏見に抗《あらが》わない限り、ひとの内面にかかわる問題は解決には向かわないのだから。

電子音が短く鳴った。

嵯峨はポケットから携帯電話を取りだし、液晶を一瞥《いちべつ》した。メールが届いたらしい。嵯峨は歩きだした。「会場の準備ができたらしい。行こう」

美由紀は嵯峨と微笑をかわしあい、歩を踏みだした。恵梨香も小走りに駆けてきて距離を詰め、美由紀と並んだ。

やわらかい午後の陽差しのもとに、三人は歩を進めていった。職務上、これからも幾多の困難に直面するに相違ない。知恵と行動力を駆使し、わたしたちは苦難を乗り切らねばならない。山をひとつ越えるたび、わたしたちは人に伝えられる正しい知識を得るに至る。世は成長し、発展する。わたしたちはその一助となる。きょうという日は、明日に備えるためにあるのだから。

解説

秋村忠則

ミリオンセラーのデビュー作『催眠』が、催眠療法の現実的なアプローチを描いて文学界に新風を吹き込んだことと並んで、本作『ブラッドタイプ』は松岡圭祐の小説としては最もジャーナリスティックな評判を得た作品として知られている。

血液型性格分類を迷信にすぎないと断じた本作は、三年前の刊行当初から話題になった。二〇〇六年夏から翌〇七年にかけて、TBSの「イブニング・ファイブ」や毎日放送の「VOICE」、NHK「未来観則　つながるテレビ@ヒューマン」といった報道情報番組で取り上げられ、ほかにも読売や毎日といった新聞各紙、果ては日刊ゲンダイ、日刊スポーツなどのスポーツ紙に特集記事が掲載される賑やかさだった。雑誌に至っては「週刊アサヒ芸能」から「TVBros.」「第三文明」まで多種多様な刊行物に取り沙汰《ざた》され、血液型性格問題がいかに国民的な関心を集めているかが明白になった。

これだけ評判が広がったのは、著者の松岡が小説の刊行に合わせて自身の公式ウェブサイト内で発表した「究極の血液型心理検査（という名のバーナム効果体験サイト）」http://www.senrigan.net/bloodmind/というFLASHを用いたプログラムソフトの役割が大きい。インターネットによくある心理テスト系サイトに見せかけて、自身の血液型を選択すれば性格判断が自動的にアウトプットされるというもので、当初は本の読者に向けられた特典だった。ところが、読者ではない一般のネット利用者のあいだで「本当によく当たる」と話題になり、のべ四百万人以上が利用、アンケート調査でも九割以上が「当たっている」と回答した。

本作を最後までお読み頂いたのなら、すでにお解りのことと思うが、「究極の血液型心理検査」なるサイトはその副題にも示されているように、本作のラストで岬美由紀や一ノ瀬恵梨香が仕掛けた「オンライン心理検査」と同じからくりを用いている。小説を未読の人々に対し松岡がネット上でこの事実を公表したところ騒然となり、先に挙げたマスコミ各媒体が次々と取り上げた次第である。

血液型性格分類に医学的根拠がないということ自体、まったく知らなかったという人が多いのがこの国の現状であり、とりわけ日本発祥の迷信であるという事実に至っては、初めて聞いたと訴える人も少なくない。テレビをつけるとやたら血液型性格分類の話題がとりあげられていたのは二〇〇三年ぐらいだったか、その後、放送倫理・番組向上機構（BPO）より要望がだされて、マスコミ全般で自粛ムードになった。ここに、マスコミとは別ルート、自費出版というかたちで『B型自分の説明書』などの本が売れ、またぞろマスコミがドラマや情報番組で追随するという節操のなさで、迷信はいつまで経っても大衆の意識から消え去ることはないのである。

なお本作は二〇〇六年の発表時点では、岬美由紀や嵯峨敏也、一ノ瀬恵梨香がそろい踏みしているにも関わらず、「千里眼」でも「催眠」でも「ニュアージュ」でもない、いずれのシリーズの名も冠さない単独の作品として出版された。発表順も『千里眼　背徳のシンデレラ』より後だったのだが、角川文庫版クラシックシリーズでは入れ替わることになった。このため千里眼シリーズでありながら活劇色が薄まり、臨床心理士としての岬美由紀の活躍を描くリアリティ溢《あふ》れる作風になっている。『千里眼の死角』での嵯峨との恋愛や、『千里眼とニュアージュ』での恵梨香との友情にひとつの区切りをつけている作品でもあり、ヒューマニズムを重視し人間を深く描いているという点でも『催眠　完全版』と肩を並べる快作だろう。

次回作

クラシックシリーズ12　千里眼　背徳のシンデレラ　完全版

千里眼　検索

松岡圭祐　official site
千里眼ネット
http://www.senrigan.net/

『千里眼　The Start』（角川文庫・2007年１月）
『千里眼　ファントム・クォーター』（角川文庫・2007年１月）
『千里眼の水晶体』（角川文庫・2007年１月）
『千里眼　ミッドタウンタワーの迷宮』（角川文庫・2007年３月）
『千里眼の教室』（角川文庫・2007年５月）
『千里眼　堕天使のメモリー』（角川文庫・2007年７月）
『千里眼　美由紀の正体』上・下（角川文庫・2007年９月）
『千里眼　シンガポール・フライヤー』上・下（角川書店・2008年３月）
『千里眼　優しい悪魔』上・下（角川文庫・2008年９月）
『千里眼　キネシクス・アイ』（角川書店・2009年３月）

『蒼い瞳とニュアージュ　完全版』（角川文庫・2007年９月）
『蒼い瞳とニュアージュⅡ　千里眼の記憶』
（角川文庫・2007年11月）
『催眠　完全版』（角川文庫・2008年１月）
『マジシャン　完全版』（角川文庫・2008年１月）
『カウンセラー　完全版』（角川文庫・2008年７月）

『クラシックシリーズ１　千里眼　完全版』
（角川文庫・2007年９月）
『クラシックシリーズ２　千里眼　ミドリの猿　完全版』
（角川文庫・2007年11月）
『クラシックシリーズ３　千里眼　運命の暗示　完全版』
（角川文庫・2008年１月）
『クラシックシリーズ４　千里眼の復讐』（完全新作）
（角川文庫・2008年６月）
『クラシックシリーズ５　千里眼の瞳　完全版』
（角川文庫・2008年11月）
『クラシックシリーズ６　千里眼　マジシャンの少女　完全版』
（角川文庫・2008年11月）
『クラシックシリーズ７　千里眼の死角　完全版』
（角川文庫・2008年12月）
『クラシックシリーズ８　ヘーメラーの千里眼　完全版』上・下
（角川文庫・2008年12月）
『クラシックシリーズ９　千里眼　トランス・オブ・ウォー
完全版』上・下　（角川文庫・2009年１月）
『クラシックシリーズ10　千里眼とニュアージュ　完全版』上・下
（角川文庫・2009年２月）
『クラシックシリーズ11　千里眼　ブラッドタイプ　完全版』
（角川文庫・2009年５月）
『クラシックシリーズ12　千里眼　背徳のシンデレラ　完全版』
上・下　（角川文庫・2009年５月）

本書は二〇〇六年六月、徳間書店より刊行されたた『ブラッドタイプ』に修正を加えたものです。

この物語はフィクションです。登場する個人・団体等はフィクションであり、現実とは一切関係がありません。

クラシックシリーズ11

千里眼《せんりがん》 ブラッドタイプ 完全版《かんぜんばん》

松岡圭祐《まつおかけいすけ》

角川文庫 15727

平成二十一年五月二十五日　初版発行

発行者―井上伸一郎
発行所―株式会社角川書店
東京都千代田区富士見二―十三―三
電話・編集（〇三）三二三八―八五五五
〒一〇二―八〇七八
発売元―株式会社角川グループパブリッシング
東京都千代田区富士見二―十三―三
電話・営業（〇三）三二三八―八五二一
〒一〇二―八一七七
http://www.kadokawa.co.jp

印刷所―暁印刷　製本所―BBC
装幀者―杉浦康平

定価はカバーに明記してあります。

ま 26-74　ISBN978-4-04-383633-8　C0193

角川文庫発刊に際して

角川源義

第二次世界大戦の敗北は、軍事力の敗北であった以上に、私たちの若い文化力の敗退であった。私たちの文化が戦争に対して如何に無力であり、単なるあだ花に過ぎなかったかを、私たちは身を以て体験し痛感した。西洋近代文化の摂取にとって、明治以後八十年の歳月は決して短かすぎたとは言えない。にもかかわらず、近代文化の伝統を確立し、自由な批判と柔軟な良識に富む文化層として自らを形成することに私たちは失敗して来た。そしてこれは、各層への文化の普及滲透を任務とする出版人の責任でもあった。

一九四五年以来、私たちは再び振出しに戻り、第一歩から踏み出すことを余儀なくされた。これは大きな不幸ではあるが、反面、これまでの混沌・未熟・歪曲の中にあった我が国の文化に秩序と確たる基礎を齎らすためには絶好の機会でもある。角川書店は、このような祖国の文化的危機にあたり、微力をも顧みず再建の礎石たるべき抱負と決意とをもって出発したが、ここに創立以来の念願を果すべく角川文庫を発刊する。これまで刊行されたあらゆる全集叢書文庫類の長所と短所とを検討し、古今東西の不朽の典籍を、良心的編集のもとに、廉価に、そして書架にふさわしい美本として、多くのひとびとに提供しようとする。しかし私たちは徒らに百科全書的な知識のジレッタントを作ることを目的とせず、あくまで祖国の文化に秩序と再建への道を示し、この文庫を角川書店の栄ある事業として、今後永久に継続発展せしめ、学芸と教養との殿堂として大成せんことを期したい。多くの読書子の愛情ある忠言と支持とによって、この希望と抱負とを完遂せしめられんことを願う。

一九四九年五月三日